BASTEI
LÜBBE

Von Katherine Sutcliffe sind bei BASTEI-LÜBBE erschienen:

11672 Insel der Leidenschaft
11681 Geliebter Verräter
11776 Verführung am Amazonas
11847 Fieberträume

Katherine Sutcliffe

Meine einzige Liebe

Aus dem Englischen
von Hedda Pänke

BASTEI
LÜBBE

BASTEI-LÜBBE-TASCHENBUCH
Band 12051

Deutsche Erstveröffentlichung
Titel der englischen Originalausgabe:
My only love

Printed in France März 1994
Einbandgestaltung: Franz Wöllzenmüller
Titelfoto: Pino Daeni / Agentur T. Schlück
Satz: ProjektText, Düsseldorf
Druck und Bindung: Brodard & Taupin, La Flèche
ISBN 3-404-12051-5

Der Preis dieses Bandes versteht sich
einschließlich der gesetzlichen Mehrwertsteuer

Dieses Buch ist all jenen meiner Leser gewidmet, die mich um Miles Warwicks Geschichte gebeten haben; aber auch meinem arabischen Freund Pelegal, meinem neuen Pferd, das meine kühnsten Träume Wirklichkeit werden ließ.

Ein ganz besonderer Dank meiner Lektorin Carrie Feron und meinem Verlag, der Berkley Publishing Group. Es war eine große Freude, mit ihnen an diesem Buch zu arbeiten.

Meine Hochachtung gilt, wie immer, den Verlagsvertretern und Buchhandlungen, die mich so stetig unterstützen.

A Time for Roses

A rose just might be taken for dead
when covered with leaves and winter's snow,
but when it's again a time for roses
that rose will spring forth and grow.

Hurt can be hidden so no one can see
when covered with fear or with hate,
but love can erase all that is hidden
if you let it before it's too late.

Don't let the anger of your tortured soul
blind you to what could be,
a love that's as fresh as a rain-drenched rose
this love can happen between you and me.

I may not be the one you had chosen
and you're not the one I would claim,
but sometimes life deals us a hand
and we play it to stay in the game.

So what may now seem hidden or dead
like the roses waiting for spring,
if given the chance love can bloom too
when it's time for roses again.

Joyce Jackson

Eine Zeit für Rosen / Alles hat seine Zeit

Eine Rose kann man für leblos halten –
unter herbstlichem Laub und kaltem Schnee.
Doch wenn die Zeit der Rosen wiederkehrt,
erwacht sie und erblüht aufs neu.

Schmerz und Leid kann man hinter Furcht
und Haß
so gut verstecken, daß niemand sie sieht.
Doch Liebe kann selbst das Verborgene heilen –
läßt man es zu, bevor es zu spät.

Laß dich von der Qual deines Herzens
nicht blind machen für das, was sein könnte.
Liebe ist erfrischend wie eine taufeuchte Rose –
und Liebe kann zwischen uns erblüh'n.

Du magst nicht der sein, den ich erträumte,
und ich bin vielleicht nicht die, die du ersehnt,
doch mitunter gibt uns das Schicksal eine Chance,
und wir nutzen sie, um – zu leben.

So kann, – wie das, was jetzt verborgen oder
leblos ist –
wie Rosen, die auf den Frühling warten,
auch die Liebe erblüh'n,
wenn die Zeit der Rosen wiederkehrt.

Joyce Jackson

Dann zög're nicht, nutz deine Zeit,
und wenn du kannst, dann denk ans Freien.
Liegt deine Blüte erst hinter dir,
magst du vielleicht auf ewig scheuen.

Robert Herrick

1

Es war absurd. Obwohl Miles Warwick von seinem Halbbruder Damien, Earl Warwick, Baron of Middleham, einiges gewöhnt war, konnte er kaum glauben, daß dieser so niederträchtig sein konnte, eine solche Zusammenkunft zu arrangieren.

Kurz nach Mittag war ein Bote mit einer Einladung in Braithwaite Hall erschienen: »Es wäre mir eine Freude, Sie am 6. November (heute) um drei Uhr nachmittags oder zu dem Ihnen nächstgenehmen Zeitpunkt auf Devonswick begrüßen zu können. Hochachtungsvoll, E. Devonshire.«

Als er die Nachricht erhielt, glaubte Miles, daß »E« für Emily stand, Lord Devonshires schöne, blonde und zierliche, aber launenhafte Tochter; für die junge Dame, mit der er vor wenigen Jahren ein wenig getändelt hatte, kurz bevor sie und ihre ältere Schwester - eine alte Jungfer, an die er sich nur vage erinnerte - England verlassen hatten, um sich auf dem Kontinent niederzulassen. Hin und wieder hatte er gerüchtweise gehört, daß der goldhaarigen Emily von diesem oder jenem Grafen, Herzog oder Baron der Hof gemacht wurde. Sie war ja wirklich ausnehmend hübsch, doch Miles konnte den Mann nur bedauern, der sich ernsthaft in diese kleine Viper verliebte. Dann hatte die ältere Schwester einen handfesten Skandal ausgelöst: Lange Zeit konnten sich die Klatschmäuler nicht über die empörende Tatsache beruhigen, daß sie - wie hieß sie doch gleich? - ein uneheliches Kind zur Welt gebracht hatte.

Überaus schockierend, gelinde gesagt.

Noch schockierender war jedoch die Tatsache, daß sie das Kind nicht in Pflege gab, sondern behielt. Doch allzu überrascht zeigte man sich in gesellschaftlichen Kreisen darüber dann auch wieder nicht - jedenfalls nicht nach den abenteuerlichen und peinlichen Enthüllungen über das Verhalten der älteren Devonshire-Tochter, die über den Kanal gedrungen waren. Danach hatte sie in Rumänien mit Zigeunern getanzt und war ohne Begleitung über die anrüchigen nächtlichen Basare von Singapur geschlendert. Hinter vorgehaltener Hand wurde sogar davon gesprochen, daß sie sich in die Hände eines asiatischen Tätowierers begeben hatte.

Man stelle sich vor - eine Frau mit einer Tätowierung!

Skandalös.

Miles hatte all diesen Gerüchten jedoch kaum Beachtung geschenkt. Zunächst einmal kannte er die ältere Tochter kaum, und zweitens war üblicherweise er das Opfer ähnlicher Verleumdungen. Schon als Kind hatte er den selbstgefälligen und überheblichen Gesichtsausdruck verachten gelernt, mit dem die Klatschmäuler ihre oft genug falschen Gerüchte weitergaben und dabei ihre Stimmen um eine Oktave senkten, weil das ihren Geschichten zusätzliche Dramatik verlieh. Im Alter von acht Jahren hatte er über seine Mutter und sich so viele Tratschgeschichten gehört, daß ihm häufig körperlich schlecht wurde, wenn er einen Raum betreten mußte, in dem sich Fremde befanden.

Auch jetzt war ihm wieder übel. Um drei Uhr hatte Miles die warme, helle Halle von Devonswick betreten und die unangenehme Entdeckung gemacht, daß »E. Devonshire« keineswegs für Emily Devonshire stand. Die Einladung stammte von ihrem Vater Everett, diesem hinterlistigen Hund. Lord Devonshire hatte ihn unverzüglich in ein Arbeitszimmer gebeten, an dessen Mahagoniwänden Gobelins hingen, auf denen Ritter in schimmernden Rüstungen und zarte Maiden Seelenqualen litten. Zweifellos waren die Wandteppiche ein Vermögen wert, wie auch die anderen Antiquitäten, die überall im Raum verstreut waren. Miles schätzte, was die Kunstschätze seinen »Freunden« wert sein würden, die mit unrechtmäßig erworbenem Gut handelten, erinnerte sich dann aber daran, daß diese vergeudeten Tage hinter ihm lagen. Hätte dieser Besuch tatsächlich Emily gegolten, wäre er sein erster Rückfall seit vielen Monaten gewesen. Seit zwei Jahren bemühte er sich nach Kräften, sein Leben zu ordnen, seine einigermaßen dunkle Vergangenheit hinter sich zu lassen. Er sagte sich, daß er wohl nie als Ausbund an Tugend durchgehen würde. Ehrbarkeit war außerordentlich schwer zu erringen; besonders dann, wenn man nicht an sie gewöhnt ist. Aber er bemühte sich nach besten Kräften. Das Unangenehme war nur, daß ihm die Zeit davonlief. Er brauchte dringend Geld. Vermutlich war das auch vorrangig der Grund gewesen, dieser idiotischen Einladung Folge zu leisten. Irgendwo in seinem Hinterkopf war einen flüchtigen Moment lang der

Gedanke aufgetaucht, Emily Devonshire könnte ihre unberechenbare Meinung geändert und den Wunsch haben, ihn wiederzugewinnen. Er hatte sogar erwogen, sich diesmal zugänglicher zu zeigen. Die Mitgift des Mädchens war mit Sicherheit ein kleines Vermögen wert und könnte seine Gläubiger auf längere Zeit befriedigen...

Wenn das doch nur der Fall wäre.

Miles beobachtete Lord Devonshire, der in einem Sessel neben dem Kamin saß. Der alte Kauz hatte ihm ein Angebot gemacht, das – angesichts seiner finanziellen Notlage – nur ein Dummkopf ablehnen konnte.

Aber eine Hure zur Frau nehmen, damit er ihre Mitgift in die Hände bekam? Grundgütiger Himmel! War er schon so weit heruntergekommen?

»Wie ich gerade sagte...« Devonshire räusperte sich und lehnte sich in seinem Sessel zurück. Seine altersfleckigen Finger klopften auf der Sessellehne ein Stakkato. »Es ist kein Geheimnis, daß Olivias Ruf gelitten hat.«

Das, dachte Miles, ist eine sehr zurückhaltende Formulierung.

»Aber das Mädchen hat auch seine Stärken. Seit meine Gesundheit nach dem Tod meiner Frau so beklagenswert heruntergekommen ist, hat Olivia die Leitung von Devonswick Hall mit beachtenswertem Erfolg übernommen. Abgesehen von ihrem längeren Aufenthalt auf dem Kontinent, hat sie die Bücher ganz hervorragend geführt – sie verfügt in der Tat über einen ausgeprägten Geschäftssinn. Ich gebe zu, daß derartige Talente in unseren Kreisen nicht unbedingt positiv bewertet werden, aber in Anbetracht ihrer anderen Unzulänglichkeiten...« Er schürzte nachdenklich die Lippen. »Wie drücke ich das am besten aus?«

Miles kniff die Augen zusammen und war bemüht, sich Olivia Devonshire in die Erinnerung zurückzurufen. Ohne Erfolg. In den vergangenen Jahren hatten sich ihre Pfade nur sehr flüchtig gekreuzt.

»Meine Tochter ist recht unscheinbar, würde ich meinen. Aber keineswegs häßlich«, fügte Lord Devonshire eilig hinzu. »Nur ... unauffällig. Mit anderen Worten: Für einen Mann wie Sie müßte meine älteste Tochter eine mehr als passende Frau sein.«

»Passend bis auf...«

»Ihr Fehlverhalten.«

Die Erinnerung an Olivia Devonshires »Fehlverhalten« schien einen unterdrückten Wutanfall auszulösen. Lord Devonshires zerknittertes Gesicht wurde maskenähnlich.

Miles streckte seine langen Beine und stand auf. Die Hitze in dem dämmrigen Raum war erdrückend. Sein Herz hämmerte. Auf den Tischen standen Treibhausblumen, und deren schwerer Duft verursachte zusammen mit dem Anblick von Lord Devonshires durchscheinender Haut ein unangenehm revoltierendes Gefühl in Miles' Magengegend. Er dachte daran, das Fenster aufzureißen, um die frische Regenluft einatmen zu können. Doch das wäre unhöflich gewesen. Darüber hinaus gab ein Spieler, dessen Schicksal an einem seidenen Faden hing, nicht gleich auf, wenn er ein unsicheres Blatt hatte.

Miles versenkte die Hände in den Taschen und richtete den Blick auf sein Spiegelbild in den Fensterscheiben. Er bemerkte, daß sein Mund den ironischen Zug annahm, für den die Warwicks so berühmt waren. Sein Vater, der ehrenwerte Earl Warwick, mochte ihm zwar weder Geld noch Land hinterlassen haben, aber sein Aussehen und Temperament hatte ihm Joseph, dieser anmaßende Hund, vererbt.

Ohne das Gesicht seinem Gastgeber zuzuwenden, fragte Miles: »Sagen Sie, Eure Lordschaft, was meinen Sie eigentlich mit der Formulierung ›ein Mann wie Sie‹?«

Der Sessel knackte. Miles sah im Fenster, daß sich der alte Mann hinter ihm erhob.

»Miles...« lächelte Devonshire. Er war sich durchaus bewußt, daß diese Anrede eine gewisse Geringschätzung verriet. »Sie sind ein Mann ohne Titel. Sie sind sogar ein Mann ohne jedes Erbe. Wenn Sie wünschen, daß ich ganz offen bin, könnte ich Sie als den illegitimen Ableger des Earl Warwick und seiner Pariser Mätresse bezeichnen. Sie hatten nichts, bis Ihnen Ihr Halbbruder Damien den Familiensitz der Warwicks überließ. Was, wie ich hinzufügen möchte, ausschließlich der Tatsache zu verdanken ist, daß er und seine Familie in naher Zukunft nach Amerika zurückkehren werden. Sie haben einer jungen Dame von Stand nichts zu bieten, und doch sind Sie hier in der Annahme aufgetaucht, meiner liebreizenden und unschuldigen Emily erneut den Hof machen zu können.«

Miles begegnete Devonshires Blick im Fensterspiegel mit einem kühlen, undeutbaren Lächeln und hob eine Augenbraue. Er dachte daran, den alten Mann dahingehend zu korrigieren, daß »hofieren« nicht unbedingt das war, was er im Hinblick auf Emily vorhatte, und daß seine liebreizende Tochter alles andere als unschuldig war.

»Jedermann weiß, daß Braithwaite Hall eine Ruine ist. Man weiß auch, daß Sie es sich in den Kopf gesetzt haben, diese alten, ausgebeuteten Minen wiederzubeleben, die Ihr Bruder als erfolgloses Unternehmen aufgegeben hat. Ganz zu schweigen von Ihren Spielschulden in London und Paris. Man ist sich allgemein einig darüber, daß Sie einen ungesunden Hang zum Risiko haben und daß Sie sich den Besuch einer Spielhölle nie entgehen lassen. Ihre Verbindlichkeiten bei Crockford's haben ungeheuerliche Ausmaße erreicht, und es heißt, daß Sie dort keinerlei Kredit mehr haben. Sie können keine Löhne mehr zahlen, und erst in der letzten Woche haben Sie drei Ihrer Angestellten den Dienst aufgekündigt.«

Miles drehte sich langsam um und sah Devonshire an. Der Mund des alten Mannes verzog sich zu einem Lächeln. »Wenn Sie meine Tochter heiraten, wird die Mitgift groß genug sein, um Sie von Ihren Schulden zu befreien und Sie für ein paar Jahre über Wasser zu halten. Natürlich nur, wenn Sie sparsam und klug damit umgehen.«

»Darf ich fragen, warum Sie es offenbar so eilig haben, die junge Dame loszuwerden?«

Devonshire zuckte mit den Schultern. »Aus praktischen Gründen. Sehen Sie, der Marquess of Clanricade hat ein Auge auf meine jüngere Tochter Emily geworfen. Wir wissen beide nur zu gut, daß Männer wie er alles vermeiden, was auch nur von fern wie ein Skandal aussieht. Wäre es nicht bedauerlich, wenn Olivias Fehlverhalten Clanricades Einstellung zu Emily in irgendeiner Weise ändern würde?«

»Also wäre meine Heirat mit Olivia sozusagen der

Schlüssel zum Keller, in dem Sie die Familienleiche verstecken können?«

»Genau. Doch abgesehen davon braucht das Mädchen auch einen Ehemann. Sie sind der lebende Beweis dafür, was aus einem Kind werden kann, das ohne Vater aufwachsen muß.«

Miles kämpfte gegen ein nahezu überwältigendes Bedürfnis an, Lord Devonshire ins bleiche, schweißüberströmte Gesicht zu schlagen. »Ich hatte einen Vater«, rief er seinem Gastgeber ins Gedächtnis, »sonst würde ich kaum vor Ihnen stehen. Aber vielleicht meinten Sie lediglich einen legitimen Vater – in diesem Fall könnte ich Ihnen schwerlich widersprechen.«

Devonshire trat zurück und ließ sich wieder in seinen Sessel fallen. »Sie sollten wissen, daß Olivia eigensinnig und temperamentvoll ist. Ungeachtet ihres eindeutigen Fehlverhaltens bleibt sie stolz bis zum Starrsinn. Hätte sie das Glück gehabt, als Mann auf die Welt zu kommen, wäre Sie mir ein ganz passabler Sohn geworden.« Er griff nach einer silbernen Glocke auf dem Schreibtisch und läutete. Sofort erschien ein Mädchen an der Tür, dessen schwarze Dienstkleidung durch eine schlichte weiße Schürze aufgehellt wurde. »Wo ist Olivia?« wollte Devonshire wissen.

»Sie macht ihren Nachmittagsspaziergang, Sir. Aber sie müßte jeden Moment zurück sein.«

Devonshire entließ das Mädchen mit einer flüchtigen Handbewegung. »Macht nichts. Dafür ist später noch Zeit. Wir sollten uns zunächst um das Naheliegende kümmern.«

Miles kam um den Schreibtisch herum. »Ich glaube nicht, daß es zwischen uns irgend etwas zu besprechen gibt«, sagte er.

Devonshire betrachtete ihn schweigend.

»An Ihrem Vorschlag habe ich nicht das geringste Interesse, Mylord. Ich brauche Geld, aber doch nicht so nötig, um eine Frau zu heiraten, die ich nicht einmal kenne, und die Verantwortung für die Erziehung ihres illegitimen Kindes zu übernehmen.« Er ging auf die Tür zu.

»Überlegen Sie es sich noch einmal«, sagte Devonshire.

»Da gibt es nichts zu überlegen.« Miles hielt inne und blickte sich um. »Einmal eine Hure, immer eine Hure.« Seine Stimme klang aufreizend sarkastisch.

»Und einmal ein Bastard, immer ein Bastard, was?« Devonshire kniff die Augen zusammen. »Ganz gleich, welchen Namen der Bastard auch annimmt – das ändert nichts an der Tatsache, daß er unehelich geboren wurde.«

Miles nickte Devonshire knapp zu und verließ den Raum. Ein schneller Abgang war angeraten – bevor sich die Dinge noch unerfreulicher entwickelten.

Das Schreien eines Kindes ließ ihn in der Halle verharren. Dann tauchte Emily Devonshire aus einem Zimmer auf. Ihr hübsches junges Gesicht wirkte angespannt. »Um Himmels willen, Gertrude! Unternehmen Sie doch endlich etwas gegen dieses schreckliche Geschrei. Ich bekomme davon entsetzliche Kopfschmerzen.«

»Ich tue mein Bestes, Miss Emily. Ich fürchte, der kleine Bryan braucht sein Mittagsschläfchen.«

»Dann sorgen Sie dafür, daß er es bekommt.« Wutschnaubend drehte sich Emily um. Als sie Miles erblickte, wurden ihre blauen Augen ganz groß.

»Nun«, sagte er, »so sehen wir uns also wieder.«

»Was machst du denn hier?« wollte sie wissen.

»Dich besuchen – dachte ich zumindest. Doch dein Vater hatte andere Vorstellungen.«

Emily warf einen vorsichtigen Blick auf das Mädchen, das mit dem widerstrebenden Jungen auf dem Arm im angrenzenden Zimmer auf und ab ging, um ihn zu beruhigen. Emily schloß die Tür und sah Miles fest in die Augen. »Du hast kein Recht, hierherzukommen«, erklärte sie. »Als wir das letzte Mal miteinander sprachen, sagte ich dir, daß ich dich nie wiedersehen will.«

Er zuckte mit den Schultern, und seine Lippen verzogen sich zu einem angedeuteten Lächeln. »So hatte ich es auch in Erinnerung. Es ist jedoch bekannt, daß Frauen mitunter ihre Meinungen ändern.«

Emily hob das Kinn. Ihre schulterlangen blonden Locken reflektierten das Licht der Wandlampe. Ihre blauen Augen waren kalt wie Bergseen. »Zufällig gehöre ich nicht zu diesen schwachen Frauen...«

»Nein?« lachte er hart auf und brachte Emilys Wangen zum Erglühen.

»Verschwinde!« verlangte sie mit zornbebender Stimme. Ihre schmalen Hände ballten sich zu Fäusten.

»Was ist denn nur, Liebling? Hältst du dich jetzt für etwas Besseres, da das Auge eines Marquess auf dich gefallen ist? Bist du jetzt zu gut für uns gemeines Fußvolk? Diese Einstellung hast du nicht immer gehabt, wie ich weiß. Ich glaube nicht, daß ich jemals wieder in ein Gewitter hinausblicken kann, ohne mich an dein kleines regenüberströmtes Gesicht zu erinnern.«

»Oh, was bist du doch für ein schändlicher Kerl, Miles Kemball!«

»Warwick«, korrigierte er mit sanft drohender Stimme. »Für den Fall, daß du es nicht wissen solltest: Vor fast einem Jahr habe ich ganz legitim den Namen meines Vaters angenommen.«

Sie hob eine feingeschwungene Augenbraue. »Das ändert weder wer noch was du bist. Ich bin überzeugt davon, daß sich dein Halbbruder bei der Vorstellung vor Widerwillen förmlich krümmt, den Namen Warwick mit einem so verkommenen Subjekt teilen zu müssen.«

»Du bist eine Schlange«, entgegnete Miles so ruhig, wie es seine aufflammende Wut gestattete. »Und was deine Einschätzung meines Charakters anbelangt - das ist ganz so, als würde ein Esel den anderen Langohr nennen.«

Ohne ein weiteres Wort wandte Miles Emily den Rücken zu und ging auf die Flügeltüren des Ausgangs zu. Er hörte kaum den hallenden Klang seiner Schritte auf dem Marmorfußboden. Ein Dienstmädchen tauchte scheinbar aus dem Nichts auf, um ihm zu öffnen, doch Miles riß das Portal vor dem erschreckten Mädchen so heftig auf, daß die Tür gegen die Wand krachte.

Die frische Luft ließ ihn frösteln. Er hatte seinen Mantel vergessen. Doch so kalt konnte es gar nicht werden, als daß er zurückgehen würde, um ihn zu holen. Wie hatte er nur annehmen können, die hübsche kleine Viper hätte ihn tatsächlich wiedersehen wollen? Besonders, nachdem ihre stürmische Beziehung mit der kurzen Mitteilung geendet hatte: »Ich muß verrückt gewesen sein, mich mit einem Mann wie Dir einzulassen!« Er mußte nicht recht bei Verstand gewesen sein, als er den Entschluß faßte, nach Devonswick zu kommen. Aber schließlich konnte die Einsamkeit der Moore von Yorkshire auch den normalsten Menschen in die Verzweiflung treiben.

Mit gesenktem Kopf stürmte er den befestigten Pfad entlang. Kälte und Nebel ließen Tränen in seine Augen treten. Er schäumte vor Wut.

Sein verdammter Bruder Damien. Ohne Zweifel hatte der ehrenwerte Earl Warwick eine entscheidende Rolle bei diesem höchst ärgerlichen Intermezzo gespielt. Also schien Dame durchaus zu glauben, er wäre dazu zu bewegen, irgendeine anrüchige alte Jungfer zu heiraten, die ein uneheliches Kind ihr eigen nannte, die mit Zigeunern getanzt hatte – und die am ganzen Leib tätowiert war ... Großer Gott!

Die Gestalt in Mantel und Kapuze tauchte so unvermittelt auf, daß Miles nur kurz auf dem Absatz zur Seite schwenken und hoffen konnte, einen Zusammenstoß mit der sehr viel kleineren Person zu vermeiden. Sie prallten dennoch zusammen. Die Frau strauchelte und stolperte rückwärts. Als ihre Füße auf einer vereisten Stelle des Wegs ausglitten, rutschte sie aus und landete unsanft auf ihrem Hinterteil.

»Sie dummer Tölpel!« rief sie.

»Sie könnten auch ein bißchen aufpassen, wohin Sie gehen«, gab er ebenso unfreundlich zurück.

»Ach ja?« Ihr blasses Gesicht – zumindest das, was er unter der Kapuze davon erkennen konnte – leuchtete zu ihm herauf. »Ich bin es nicht gewohnt, auf meinem eigenen Grundstück mit Fremden zusammenzustoßen, Sir.« Sie streckte ihm ihre Hand entgegen. Er ignorierte sie. Mit einem kleinen Schnaufer der Empörung rappelte sie sich hoch, geriet erneut ins Rutschen und griff haltsuchend nach seinem Arm.

Als sie sich endlich aufgerichtet hatte, richtete sie ihren Blick auf ihn. Ihre Augen wurden erst schmal, dann sehr groß, als sie ihn schließlich zu erkennen schien. »Sie!« Es war keine Frage. Es war auch keine Feststellung. Es klang mehr wie eine üble Anspielung.

»Und Sie...« sagte er mit ähnlicher Verachtung, während er ihr die Kapuze mit einem Finger vom Gesicht schob, »müssen Olivia sein. Es scheint, daß alle Devonshires das Benehmen von Neandertalern haben.«

Sie zuckte zurück. Sie zog sich die Kapuze wieder über den Kopf und verbarg so den oberen Bereich ihres Gesichts. Doch zuvor erspähte Miles die dichte, kastanienbraune Locke, die sich offenbar aus ihrem Knoten gelöst hatte. Das gab ihr ein zerzaustes Aussehen – ganz so, als hätte sie bei ihrem einsamen Spaziergang die Kapuze zurückgestreift und ihr Gesicht dem Wind entgegengestreckt. Die Wirkung war irgendwie verblüffend. Die Locken, die ihr um Stirn und Schläfen tanzten, ließen ihre Augen noch größer erscheinen, deren blaugrüne Farbe durch die hochroten Flecken der Empörung auf ihren Wangen noch vertieft wurde. Aber vielleicht war auch nur die Kälte für die Farbe auf ihren hohen Wangenknochen verantwortlich. Die Erkenntnis traf ihn wie ein Blitz aus heiterem Himmel: Wenn das hier wirklich Olivia Devonshire war, dann war sie keineswegs häßlich. Ganz und gar nicht.

»Was machen Sie hier?« wollte sie wissen.

»Ich friere«, gab er zurück und steckte die Hände in die Taschen.

»Was machen Sie hier?« wiederholte sie. Ihre Stimme klang leicht angespannt.

»Ich ging davon aus, daß ich Ihre Schwester wiedersehen würde. Aber...«

»Und haben Sie sie wiedergesehen? Was ist? Haben Sie sie gesehen? Antworten Sie, verdammt nochmal.« Sie stampfte mit dem Fuß auf.

Miles runzelte die Stirn. Die hochroten Flecken auf ihren Wangen stammten keineswegs von der Kälte. Ihre Augen sprühten Feuer, und ihre offensichtliche Erregung wurden von den hochgezogenen Bögen ihrer schwarzen Brauen noch unterstrichen. Er revidierte seine frühere positive Einschätzung. Lieber Himmel, es sah ganz danach aus, als wäre diese Frau ebenso unberechenbar und launisch wie der Rest der Familie. »Ja«, zischte er. »Ich habe sie wiedergesehen.«

Sie trug keine Handschuhe und verkrampfte die kältegeröteten Hände in den Falten ihres Umhangs. Alle Farbe verließ ihr Gesicht. »Der Junge...« Die Worte erstarben auf ihren Lippen, aber ihr Blick blieb starr auf ihn gerichtet. Nur dann und wann wiesen ihre durch die Kälte sichtbaren Atemzüge daraufhin, daß nicht jedes Leben aus ihr gewichen war.

Miles hob eine Augenbraue. »Ach ja... der Junge.« Er zeigte ihr sein berühmt-berüchtigtes Warwick-Lächeln: kalt, kalkulierend, abfällig. »Ihn habe ich auch gesehen. Er hat offenbar Lungen wie ein Blasebalg. Meiner Einschätzung nach hat er das Temperament seiner Mutter geerbt. Oder ist es das seines Vaters ... Wissen Sie eigentlich, wer der Vater des Jungen ist, Miss Devonshire?«

Die Frau sagte kein Wort.

»Aber wenn ich jetzt so darüber nachdenke, sieht er eigentlich aus wie ein Zigeuner... mit seinen dunklen Haaren und dem aufbrausenden Wesen...«

Nicht einmal ein Zusammenzucken. Und doch spürte er, als er da Auge in Auge ganz dicht vor der schweigenden jungen Frau stand, daß sie innerlich vor Zorn bebte. Er hatte diese zusammengekniffenen Lippen, diesen starren, schockierten Blick, diese Fassungslosigkeit tausend Male zuvor auf dem Gesicht seiner Mutter gesehen. Er wußte, daß es in ihr tobte.

Schließlich wandte sie sich wortlos ab. Hochaufgerichtet und kerzengerade lief Miss Olivia Devonshire mit der Grazie eines Seiltänzers über den eisüberkrusteten Pfad davon. Hochmütiges kleines Biest. Tat auch noch so, als wäre sie etwas Besseres.

»Miss Devonshire!« rief er, und sie hielt gerade so lange inne, um ihm einen wütenden Blick zuzuwerfen. »Wieviele Tätowierungen haben Sie eigentlich?«

Sie reckte das Kinn, straffte die Schultern. Ihre geröteten Finger rafften den Rock, ein unterdrückter Fluch kam über ihre Lippen. Dann eilte sie, so schnell sie ihre unsicheren Füße trugen, auf das Haus zu. Am Säuleneingang stand ein fröstelnder Butler. Er blickte in ihre Richtung und hielt Miles' Mantel in der Hand. Olivia entriß ihn ihm, betrachtete das Kleidungsstück eine Weile und drehte sich dann langsam wieder zu Miles um. Mit einem müden Lächeln erklärte sie: »Kein wahrer Gentleman würde auch nur im Traum daran denken, ein so schäbiges Stück zu tragen. Ihr Kragen, Sir, ist ausgefranst.« Dann schleuderte sie den satin-gefütterten Umhang, der ihn zehn Pfund (sechs Jahre zuvor eine sagenhafte Summe) gekostet hatte, in eine Schmutzlache.

*

Ungeduldig ließ sich Olivia von dem grauhaarigen Butler den Umhang abnehmen. Sie hörte kaum auf seine Vorhaltungen, daß sie sich mit Sicherheit den Tod holen würde, wenn sie auch weiterhin in diesem gräßlichen Wetter durch die Gegend spazierte. Sie murrte, er möge sich um seine Angelegenheiten kümmern. Es sei allein ihre Entscheidung, wenn sie vorzöge, auf diese Weise zu sterben. Sie tauschten ein Lächeln aus, dann verschwand Jonah mit ihrem sorgsam zusammengefalteten Umhang in den Tiefen des riesigen Hauses.

Sie stürmte in den nächstgelegenen Salon, zog die schweren Samtvorhänge zur Seite und wischte mit der Hand ein kleines Feld der beschlagenen Scheibe frei. Miles Kemball Warwick bestieg gerade sein Pferd. Den schmutzigen Umhang hatte er sich um die Schultern geworfen.

Er warf einen Blick zum Haus zurück.

Olivia fand, daß er umwerfend gut aussah. Der scharfe Wind zerrte an seinen dunklen Haaren. Sie umrahmten klargeschnittene Gesichtszüge, die in ihrer Ausdrucksstärke fast rücksichtslos wirkten. Seine hohen Wangenknochen und die kraftvollen Brauen gaben ihm etwas Aristokratisches. Sein Mund verriet kühle Geringschätzung, aber auch eine gewisse Herausforderung – ganz so, als böte er einer Welt trotzig die Stirn, die ihn verurteilte und verachtete.

In diesem Augenblick riß er das Pferd herum und ritt durch den Nebel davon. Olivia sah ihm noch lange nach, als er bereits in den dichten Schwaden verschwunden war. Ein wärmendes Gefühl der Erregung vertrieb die Kälte, die sie noch kurz zuvor hatte erschauern lassen. Man stelle sich vor – da hatte sie

Miles Warwick Auge in Auge gegenübergestanden, und ...

»Olivia!«

Sie fuhr herum und sah Emily im Türrahmen stehen. Das jüngere Mädchen drückte sich ein feines Spitzentaschentuch an die Schläfe, während es Olivia anstarrte. »Seit du das Haus verlassen hast, hat dieses Kind nicht mit seinem Gejammer aufgehört. Du mußt wirklich etwas unternehmen. Sonst bin ich leider wieder gezwungen, mich mit Kopfschmerzen ins Bett zu legen.«

Olivia trat vom Fenster weg und sah ihre Schwester mißtrauisch an. »Was hatte er hier zu suchen, Emily?«

Emily zögerte. Ihre Wangen waren hochrot, ihre Augen hatten den Blick eines verängstigten Rehs. »Wer?« fragte sie ausdruckslos zurück.

»Wer? Oh, du weißt sehr gut, wen ich meine. Gerade bin ich vor dem Haus mit ihm zusammengestoßen.«

»Woher soll ich wissen, weshalb Miles Kemball gekommen ist? Ich habe ihn mit Sicherheit nicht eingeladen.«

Olivia runzelte die Stirn.

Emily reagierte gekränkt. »Vielleicht solltest du mit Papa sprechen.«

»Was hat denn Papa damit zu tun?«

»Er war es, der sich mit diesem unverbesserlichen Flegel eine Stunde lang hinter verschlossenen Türen unterhalten hat.« Sie fächelte sich mit ihrem Taschentuch Luft zu und gestattete sich die Andeutung eines Lächelns. »Ich glaube, die Unterhaltung hatte etwas mit dir zu tun.«

Dieser Tonfall gefiel Olivia ganz und gar nicht. Der selbstzufriedene Ausdruck im Gesicht ihrer jüngeren Schwester vermittelte ihr das beunruhigende Gefühl, daß Ärger im Anzug war.

Sie ging an ihrer Schwester vorbei, die sie nicht aus den Augen ließ. Ohne ein weiteres Wort verließ Olivia den Raum und eilte die Treppe zum Kinderzimmer hinauf. Gertrude hatte den kleinen Jungen zu Bett gebracht und sang ihn nun sanft in den Schlaf. Bryan Hamilton Chiswell Devonshire hatte seine Namen vom Lieblings-Großvater seiner Mutter, dem Vater ihrer Mutter. Er sah aus wie ein Engel und besaß das Temperament eines kleinen Teufels. Emily machte für sein ungebärdiges Wesen die Tatsache verantwortlich, daß Olivia den Jungen verwöhnte. Doch das sah Olivia ganz anders. Bryan Hamilton Chiswell Devonshire hatte das gute Aussehen seines Vaters geerbt, seinen Hang zur Individualität und sein aufbrausendes Temperament. Jetzt sah er aus wie ein schlafender, spitzbübischer Engel.

Das gutmütige Kindermädchen legte mahnend einen Finger auf die Lippen und kam ihr auf Zehenspitzen entgegen, obwohl das Kind fast eingeschlafen war.

»Er war ein bißchen unruhig«, flüsterte Gertrude. »Ich glaube, wenn er ausgeschlafen hat, ist alles wieder in Ordnung.«

Olivia sah den Jungen unverwandt an. Sie nickte. Sie fühlte sich nervös und angespannt. Der Schock, Miles Warwick vor Devonswick über den Weg zu laufen, hatte sie aus ihrer Ruhe gebracht. »Miles Warwick war hier«, sagte sie und sah die andere Frau endlich an.

Gertrude hob überrascht die Augenbrauen. »Also das war er? Du meine Güte. So also sieht ein Lump aus.«

»Haben Sie eine Ahnung, warum er gekommen ist?«

»Nein, Ma'am.« Gertrude schüttelte den Kopf. »Ich habe mich die ganze Zeit um Bryan gekümmert, da sich Bertrice mit Darmbeschwerden ins Bett gelegt hatte. Ihr Vater hatte ausdrücklich angeordnet, den Jungen ruhig zu halten und nicht sehen zu lassen.«

»Hm, das kann ich mir vorstellen.«

»Wie meinen Sie, Miss?«

»Ich kann mir gut vorstellen, daß Vater nicht möchte, daß man Bryan hört oder sieht. Sie wissen doch, wie sehr ihn Bryans Existenz erregt.«

»Nun lassen Sie sich doch von derartigen Kleinigkeiten nicht beeinflussen, Miss Olivia. Ihr Vater hat das Kind trotz allem sehr gern.«

»Hat er das?« Olivia verließ das Zimmer und schloß sanft die Tür hinter sich. Sie sah das rosige Mädchen lächelnd an. »Sie haben jetzt eine Zeitlang frei, Gertrude. Warum trinken Sie nicht eine schöne Tasse Tee?«

»Sie sind sehr freundlich, Miss. Das werde ich tun.«

Olivia entließ das Mädchen mit einem Kopfnicken und sah ihm nach, wie es die Treppe hinunterging. Dann schaute sie auf dem Weg in ihr Zimmer, das neben Bryans Raum lag, noch schnell bei Bertrice hinein. Das grauhaarige Kindermädchen hatte sich schon um Olivia gekümmert und war kurz nach deren Geburt vor siebenundzwanzig Jahren nach Devinswick gekommen. Ihr ganzes Leben hatte sie für die Devonshire-Töchter gesorgt. Jetzt war sie siebzig Jahre alt und lebte in ihrer eigenen, nicht mehr ganz klaren Welt. Mit Ausnahme der vier Jahre, die Olivia in Europa und Asien verbracht hatte, war Bertrice für sie eine lebenslange Freundin und Vertraute gewesen. Jetzt sorgte sie für Olivias Sohn.

Als Olivia noch ein kleines Mädchen gewesen war, hatte Bertrice sie in den Arm genommen und ihr versprochen, sie würde mit Sicherheit ihren Traumprinzen finden.

Doch so war es für Olivia nicht gekommen. Warum sollte es auch? Sie entsprach nun einmal so gar nicht den Vorstellungen, die sich die Gesellschaft von einer jungen adligen Dame machte. Sie war weder so fragil wie ein Blumenblatt, noch war ihre Haut so zart wie das sprichwörtliche Porzellan. Ihr Gesicht war nicht oval geschnitten, wie es gerade Mode war, und sie scheute keineswegs davor zurück, hin und wieder ein Kraftwort zu benutzen.

In ihrem Zimmer verschloß Olivia die Tür. Sie schlug die Hände vor das Gesicht. »Ganz ruhig« sagte sie sich. »Es besteht absolut kein Grund zur Aufregung...«

Aber sie blieb zutiefst erregt. Sie eilte an das Westfenster, zog die Vorhänge zur Seite und starrte in die im dichten Nebel liegende Landschaft hinaus. In dieser Richtung konnte sie Reiter bis zu einer Entfernung von einer halben Meile erkennen. Doch heute war das nicht der Fall. Es war auch nicht nötig. Sie brauchte keinen sichtbaren Beweis dafür, daß sie Miles Kemball Warwick erst vor wenigen Minuten gegenübergestanden hatte.

Er hatte sich bedauerlicherweise nicht verändert. Er war noch immer so arrogant und angriffslustig wie eh und je. Und noch immer so unverschämt gutaussehend – wie alle Warwicks. Aber während die anderen jungen Ladies der Umgebung für Randolf und

Damien geschwärmt hatten, war sie schon immer von Miles fasziniert gewesen, dem Verfemten, der die Skandale um seine Person geradezu zu genießen schien. Olivia, die selbst eine Ausgestoßene war, hatte sich immer gewünscht, mit ihrem Verständnis und ihrer Fürsorge Miles' Wunden heilen zu können.

Doch Emily war die hübschere der beiden Schwestern. Der Flirt mit Miles war für sie nur ein weiterer Beweis gewesen, jeden Mann um den Finger wickeln zu können, der ihre Aufmerksamkeit erregte. Allerdings hatte sie sich bei Miles die Finger verbrannt. Zum erstenmal in ihrem Leben mußte Emily Devonshire feststellen, wie es ist, benutzt zu werden. Und so hatte ihn keine der beiden Schwestern für sich gewinnen können.

Der Vorhang entglitt Olivias Fingern, sie sah sich in ihrem Zimmer um. Das knisternde Feuer in dem kleinen Kamin vermittelte dem Raum eine anheimelnde Atmosphäre. Das mächtige Himmelbett mit seinen dicken Daunenkissen wirkte einladend, aber Olivia wußte, daß sie keinen Schlaf finden würde. Sie war viel zu aufgewühlt. Ihr Spaziergang zur Küste hatte sie belebt. Und dann der Schock, Warwick wiederzusehen...

Was hatte er nur hier gemacht? Welche Geschäfte konnten ihren Vater mit einem Mann wie Miles Warwick zusammenführen? Jedermann wußte, zu welcher Katastrophe seine Versuche geführt hatten, die Leitung der Minen zu übernehmen. Die Bergleute hatten im besten Fall verächtliches Bedauern für ihn übrig, und im Grunde wünschte die ganze Siedlung Gunnerside Miles Warwick schlichtweg zum Teufel. Auch in London konnte er sich nicht mehr sehen lassen, da durchaus die Gefahr bestand, daß ein

Spielhöllenbesitzer seine Spielschulden gewaltsam eintrieb.

Unruhig lief sie auf und ab, nahm die Kämme aus ihrem Haar und ließ die schweren dunklen Locken auf den Rücken fallen. Sie zog ihr feuchtes Kleid aus und stieß es nachlässig zur Seite. Sie erinnerte sich an eine Zeit, in der sie mit weit weniger als diesem Hemd bekleidet, vor einem Lagerfeuer getanzt hatte. Das schien in einer ganz anderen Welt gewesen zu sein. Sie stellte sich vor den Kamin und sah zu, wie die zuckende Glut gelbe und orangefarbene Schatten auf ihre Haut warf. Wieder dachte sie an Miles Kemball Warwick und daran, wie er mit seinen von vereinzelten Schneeflocken versilberten Haaren ausgesehen hatte. Die Kälte hatte sein Gesicht ganz blaß gemacht – ein faszinierender Kontrast zu seinem dichten schwarzen Haar. Und dann seine Augen ... Schon immer war sie von seinen Augen wie gebannt gewesen. Trotz der Aura von Verwegenheit und Leidenschaft, die Joseph Warwicks unehelichen Sohn umgab, waren seine Augen – diese faszinierenden Augen – erschreckend leblos. Seine Launen waren heftig und unberechenbar. Seine plötzlichen Temperamentsausbrüche in der Vergangenheit hatten so manchen Herrenclub ruiniert. Es ging das Gerücht, daß er einmal zwei Wochen lang hinter Gittern saß, nachdem er einen Polizisten, der herbeigeholt worden war, um ihn aus den geheiligten Räumen zu entfernen, mit einem Stuhl verprügelt hatte.

Wie empörend skandalös.

Aufregend.

Faszinierend.

Hätte sie das Glück gehabt, als Mann geboren zu werden, wäre sie liebend gern mit seinem aufsässigen Wesen in Konkurrenz getreten. Schließlich wirkten sich Skandale auf Männer nicht nachteilig aus. Sie verursachten Skandale und genossen die Konsequenzen.

Gott sei Dank hatten die Jahre Warwick nicht gezähmt. In einer Gesellschaft, die an ihrer eigenen Großspurigkeit zu ersticken schien, wirkte Miles wie ein erfrischender Wind.

Und jetzt?

Stirnrunzelnd starrte sie in die Flammen. Ein unbehagliches Gefühl machte sich in ihrer Magengegend bemerkbar. Das letzte, was jeder von ihnen brauchte, war eine wie auch immer geartete Beziehung zu diesem Mann.

Olivia öffnete die Verbindungstür zum Kinderzimmer. Der große Raum, den sie mit Abbildungen von Gestalten aus Märchen und Kinderreimen geschmückt hatte, schimmerte im Licht des ersterbenden Kaminfeuers. Der kleine Junge in seinen behaglichen Daunenkissen blickte verschlafen zur Decke. Er hörte Olivia kommen, wandte den Kopf und sah ihr mit seinen großen dunklen Augen entgegen.

»Aber, aber«, flüsterte sie und trat schnell an sein Bett. »Du solltest doch schlafen, Master Bryan.«

Seine rosigen Lippen lächelten, als er ihr die Arme entgegenstreckte. »Küßchen, Mummy?« fragte er.

»Selbstverständlich.«

Olivia drückte ihre Lippen auf die Kinderstirn und atmete mit geschlossenen Augen den warmen Duft seiner Haut ein ebenso wie einen Hauch der Orangenmarmelade, die er kurz vor seinem Mittagsschläfchen verputzt hatte. Sie strich ihm die dunklen Haare aus dem Gesicht, machte es ihm in den Kissen gemütlich und summte ihm ein kleines Lied vor, bis seine Lider schwer wurden. Die Augen wollten ihm schon zufallen, aber er kämpfte noch gegen den Schlaf an und blickte bewundernd zu Olivia auf. Seine dicken kleinen Finger spielten mit den Satinbändern ihres Unterkleides.

»Blume«, verkündete er und berührte ihre Haut mit seinen kühlen Fingerspitzen.

»Eine Rose«, erklärte sie und blickte flüchtig auf die kunstvolle Tätowierung einer zartfarbenen Rose an der Innenseite ihres Busens.

»Schön«, flüsterte er und schlief endlich doch ein. Olivia sah nachdenklich lächelnd auf ihn hinab. Ein Kind sah die Schönheit auch in den Dingen, die von der Welt nicht akzeptiert wurden. Wann hatten die Menschen aufgehört, das Gute zu sehen und sich statt dessen auf die unerbittliche Suche nach Fehlern und Mängeln gemacht?

Mit einem letzten Kuß auf Bryans Stirn kehrte Olivia in ihr Zimmer zurück. Wie gern hätte sie sich neben ihren Sohn gelegt, um den Rest dieses trüben Nachmittags wie er zu verschlafen. Aber leider wartete eine dringende Aufgabe auf sie.

Sie griff nach einer Bürste, fuhr sich damit durch die Haare, ehe sie sie wieder auf die Frisierkommode warf. Flüchtig raffte sie ihre Haarsträhnen zusammen, drehte sie zu einem festen Knoten und befestigte sie wieder mit den Kämmen. Dann holte sie ein graues Kleid aus dem Schrank, das sie von Kopf bis Fuß verhüllte.

Als sie sich die Brille aufsetzte dachte sie: Lord Devonshire, mein lieber, schicksalspielender Vater, du wirst mir ein paar Fragen beantworten müssen.

Die Liebe ist doch ein seltsam Ding,
höchst sonderbar für jeden.
Sie kommt von hoch droben
und stößt wie eine Taube
auf manche nieder.
Andre trifft sie wiederum nie –
außer mit Schmerzen.
Oh, welch ein Unsinn.

J. S. Ogilvie

2

Olivia starrte ihren Vater fassungslos an. »Heirat«, wiederholte sie und kämpfte gegen die ungläubige Benommenheit in ihrer Stimme an. »Eine Ehe mit Miles Warwick. Ich ... ich begreife nicht ...«

»Das ist doch simpel genug, Mädchen. Du brauchst einen Ehemann. Der Junge braucht einen Vater, und ...«

»Aber Miles Warwick.« Sie sah ihrer Schwester direkt in die Augen, um herauszubekommen, ob diese etwas von den Plänen ihres Vaters gewußt hatte. Doch Emily sah sie ähnlich verblüfft an. Ihre blauen Augen waren riesengroß, ihre ohnehin schon blasse Haut war weiß wie Schnee.

»Nun, nun«, meinte Lord Devonshire. »Es besteht doch keinerlei Anlaß, so verzweifelt auszusehen ...«

»Wie konntest du das nur tun, Vater? Wie konntest du es wagen, in einer so abschreckenden Weise in mein Leben einzugreifen? Ich bin kein Kind mehr ...«

»Kaum«, brummte er.

»Ich habe das Recht, gefragt zu werden, wenn du Entscheidungen über mein Leben treffen willst.«

Er zuckte zusammen.

»Ich bin doch kein Stück Vieh, um das man feilschen kann!«

»Als dein Vater steht es mir zu, Vorkehrungen für deine Zukunft zu treffen.«

»Vielleicht stand dir das zu, als ich ein unvernünftiges kleines Kind war, Vater. Aber inzwischen bin ich siebenundzwanzig Jahre alt.«

»Mit einem vierjährigen vaterlosen Sohn.« Lord Devonshire legte die Handflächen auf die Schreibtischplatte und erhob sich aus seinem Sessel. Er sah Olivia unverwandt in die Augen. »Wir wissen beide, daß es mir nicht besonders gut geht. Ich werde von Tag zu Tag schwächer, Olivia.«

»Also wirklich, Vater. Ich kann nur hoffen, daß du Warwick gegenüber nicht diese lahme Ausrede gebraucht hast. Seit zehn Jahren klagst du täglich über irgendwelche Gebrechen. Dabei wissen wir alle, daß du so gesund wie ein Ackergaul bist.«

»Unverschämtes Balg«, murrte Devonshire vor sich hin. »Aber sei es wie es sei. Das Versprechen, das du deiner Mutter auf ihrem Sterbebett gegeben hast, kann doch nicht dazu führen, daß du dein ganzes Leben...«

»Hör auf!« Olivia schlug mit der Faust auf den Tisch und schüttelte energisch den Kopf. »Wage es nicht, von Versprechen zu reden. Ich habe Jahre meines Lebens geopfert, um sie zu erfüllen. Ich habe meiner Mutter kurz vor ihrem Tod versprochen, nach besten Kräften für dich und Emily zu sorgen. Und bis jetzt warst du immer sehr zufrieden, daß ich mich daran gehalten habe!«

»Und ich muß dir sagen, daß du deine Aufgabe perfekt erfüllt hast. Zu perfekt, fürchte ich. Meine Abhängigkeit von dir hat mich träge werden lassen. Träge, faul und - egoistisch. Als deine Mutter dich darum bat, auf uns zu achten, dann meinte sie damit doch nicht, daß du dein ›Leben opfern‹ sollst. Davon bin ich fest überzeugt. Ich bedauere sehr, daß ich dir diese Jahre nicht zurückgeben kann. Wenn das möglich wäre, hätten wir dein – Fehlverhalten vielleicht vermeiden können.« Devonshire schüttelte den Kopf, die Falten der Ermüdung und Erschöpfung in seinem Gesicht vertieften sich. »Verdammt nochmal, Olivia, wenn du dich mir vor deinem übereilten Aufbruch mit Emily nach Europa doch nur anvertraut hättest. Dann hätte sich das ganze Problem irgendwie beseitigen lassen. Hättest du mir gesagt, wer der Vater ist...«

»Niemals.«

»Niemals.« Sein Gesicht nahm langsam eine hochrote Färbung an. »Sollte ich je erfahren, welcher Schurke sich an dir vergangen hat, werde ich ihn mit meinen eigenen Händen erwürgen. Ich lasse ihn vierteilen und die Reste am Kranbalken aufhängen – und selbst das wäre noch zu milde für ihn.« Er fixierte sie wie eine Kobra. »War er verheiratet?«

Olivia hob das Kinn und schwieg.

»Verdammter Balzhahn«, grollte er. »Kastration wäre das einzig Richtige für ihn.«

»Ich sehe keine Notwendigkeit, darüber zu diskutieren...«

»Wann ist es passiert? Willst du mir nicht wenigstens das sagen? Und wo? Hier? In London? Gott bewahre, daß einer meiner Dienstboten ... Sage mir endlich, wer es ist, oder ich lasse sie alle der Reihe nach antreten und auspeitschen, bis der Schuldige ...«

»Das wirst du nicht tun! Laß die Sache doch endlich auf sich beruhen, Vater. Was geschehen ist, ist geschehen. Weder Flüche noch Drohungen können daran etwas ändern. Du hast einen wundervollen Enkelsohn, auf den du stolz sein solltest. Er liebt dich sehr, Vater, ebenso wie ich.«

Everett Devonshire schnaufte empört und schüttelte den Kopf. Über dieses Thema hatten sie oft genug erbittert gestritten. Steifbeinig ging er zum Fenster. »Vielleicht hätten wir dich anders erziehen sollen«, sagte er zur dunklen Fensterscheibe. »Elizabeth und ich waren zu oft in London. Es will mir alles so absurd vorkommen, wenn ich daran denke, daß wir dich in der Obhut dieser alten, vertrottelten Nanny zurückgelassen haben. Und dann wurde Emily geboren, das genaue Abbild ihrer Mutter – so zart und zerbrechlich wie Porzellan. Bei Gott, Olivia, aber ich habe deine Mutter unendlich geliebt.«

Olivia sah zu Emily. Sie eilte zu ihrem Vater und zupfte ihn kindlich-verspielt am Ärmel. »Und ich erinnere dich an Mama, nicht wahr, Vater?«

Er betrachtete sie lange Zeit schweigend, bevor er sich wieder Olivia zuwandte. »Es gibt keine Entschuldigung für die Gleichgültigkeit, mit der deine Mutter und ich dich behandelt haben.«

»Ich war dein Liebling«, entfuhr es Emily, und sie packte den Ärmel fester. »Das stimmt doch, Vater? Du hast es mir tausendmal gesagt.«

Farbe stieg in Olivias Wangen. Sie wandte sich ab. Da war es wieder, dieses altbekannte, schmerzhafte

Stechen in ihrer Magengegend. »Selbstverständlich bist du sein Liebling, Emily«, erklärte sie mit leiser, ausdrucksloser Stimme. »Sag es ihr, Vater. Es macht mir nichts aus, weißt du. Das ist etwas, womit ich in den letzten zweiundzwanzig Jahren leben mußte.«

Lord Devonshire schwieg noch immer. Sein Gesicht war aschfahl geworden.

Olivia rang sich ein angespanntes Lächeln ab. »Vielleicht wäre es am besten, wenn du uns allein läßt, Emily. Es gibt da ein paar Dinge, die ich Vater gern unter vier Augen sagen würde.«

»Aber...«

»Nur ein paar Minuten, Emily.« Sie schob das widerstrebende Mädchen zur Tür und griff nach der Klinke. Emily lehnte sich mit der Schulter gegen die Tür und sah Olivia beschwörend in die Augen. »Wir unterhalten uns dann später«, erklärte Olivia und schloß dann die Tür zwischen ihnen.

Als sie sich umdrehte, sah sie, daß ihr Vater wieder in seinem Sessel hinter dem Schreibtisch Platz genommen hatte. Er schien seine Haltung zurückgewonnen zu haben. Olivia goß einen Schuß Brandy in ein Glas und reichte es ihm.

»Ich habe mich für deine Schwester zu entschuldigen«, meinte er.

»Bitte, Vater...«

»Wir haben sie zu sehr verwöhnt.«

»Unbestreitbar. Aber sie liebt dich sehr. Sie wäre verzweifelt, wenn sie auch nur für einen Moment lang annehmen müßte, sie hätte dich enttäuscht oder verärgert.«

Devonshire starrte kurz in seinen Brandy. Als er endlich wieder das Wort ergriff, klang seine Stimme müde und erschöpft. »Ich hatte vor, mit dir zu sprechen, nachdem ich mit Warwick über die Angelegenheit geredet habe.«

»Laß mich raten«, sagte sie. »Da ich Miles' Ruf kenne, nehme ich an, daß er erklärt hat, du könntest dich zum Teufel scheren.« Mit angehaltenem Atem wartete sie auf die Antwort.

Das Schweigen ihres Vaters sprach Bände.

»Ich verstehe.« Eine Strähne ihres dunklen Haares hatte sich gelöst, und sie stopfte sie energisch in den Knoten zurück. Sie rückte sich die Brillengläser zurecht und stellte fest, daß ihr das Sprechen schwerfiel. »Nun«, brachte sie mühsam über die Lippen. »Was hat er denn nun gesagt?«

»Schwachsinniger Trottel«, murmelte er und trank einen Schluck. »Dieser arrogante Tunichtgut tat auch noch so, als könnte er etwas Besseres erwarten. Ich habe darauf hingewiesen, wie klug und vernünftig du bist...«

»Für Männer sind Klugheit und Verstand kaum frauliche Tugenden, Vater«, lachte sie gezwungen. »Aber bitte, fahr fort.«

»Natürlich mußte auch das Thema deiner unglückseligen Mesalliance angesprochen werden. Aber ich war bemüht, die Angelegenheit so taktvoll wie möglich zu erörtern. Unter Hinweis auf Miles' Herkunft verwies ich darauf, daß ihm wohl kaum ein Urteil zusteht.«

»Ah. Und das hat ihn gar nicht beeindruckt? Das begreife ich nicht. Sag mir, Vater, wieviel Geld hast du ihm dafür geboten, daß er mich nimmt und dich von meinem ›Fehltritt‹ befreit?«

»Ich muß doch sehr bitten!« fuhr er hoch. »Zügle deine Zunge!«

»Dann bring doch bitte soviel Anstand auf, mir zu sagen, wieviel ich eigentlich wert bin.«

»Unwichtig. Er hat abgelehnt. Er sei nicht interessiert - für keine Summe der Welt. Verdammter Emporkömmling. Aber er hat sich ja schon immer eingebildet, etwas Besseres zu sein. Dabei sollte er doch dankbar für das sein, was er bekommen kann...« Als ihm klar wurde, was er da gerade gesagt hatte, traf es ihn wie ein Schlag. Fluchend knallte er das Glas auf den Schreibtisch und fuhr sich mit der Hand durch das schüttere graue Haar. »Verdammt, Olivia, nun sieh mich doch nicht so an! Du weißt doch, wie ich das gemeint habe.«

Olivia wandte sich zur Tür.

»Wohin willst du?« wollte er wissen.

Sie riß die Tür auf, rief nach Jonah und forderte ihn auf, die Kutsche vorfahren zu lassen. Dann lief sie auf die Treppe zu, von wo aus ihr Emily mit den Anzeichen größter Besorgnis entgegensah.

»Ich gehe aus«, erklärte Olivia ihrer Schwester.

»Wohin?«

»Natürlich in die King's Arm Tavern, um dort auf dem Tisch zu tanzen.«

Emily packte ihren Arm. »Du willst zu ihm.«

Olivia riß ihren Arm los und lief die Stufen hinauf.

»Aber das kannst du nicht tun! Das darfst du nicht! Was wirst du denn sagen, Olivia?«

Sie griff haltsuchend nach dem Geländer, fuhr herum und sah in das bleiche Gesicht ihrer Schwester. »Ich werde meinen Vater selbstverständlich dafür entschuldigen, daß er sich zu einem kompletten Narren gemacht hat. Auch dafür, daß er mich gedemütigt hat, aber vor allem, weil er das unschuldige Kind da oben so erschreckend erniedrigt hat.«

Schnell lief Olivia weiter die Treppe hinauf. Ihr ganzer Körper glühte und bebte. Als sie ihr Zimmer erreicht hatte und die Tür hinter sich ins Schloß warf, wußte sie kaum, wie sie die Frisierkommode erreichen sollte.

Doch irgendwie schaffte sie es. Sie ließ sich in den Stuhl fallen, stützte die Ellenbogen auf den Frisiertisch und verbarg das Gesicht in den Händen. Jetzt kamen die Tränen, sie konnte sich nicht mehr gegen sie wehren.

»Aber, aber«, erklang die vertraute und beruhigende Stimme von Bertrice Figmore. Olivia wischte sich hastig die Tränen aus den Augen, als sie das betagte Kindermädchen im Spiegel auf sich zukommen sah. Ihre silbergrauen Haare wirkten, als hätte sie den ganzen Kopf voller kleiner Wattebällchen. Sie watschelte mehr als sie lief, aber ihr Lächeln war aufrichtig und liebevoll. »Aber, aber«, wiederholte sie. »Was hat denn mein kleines Mädchen? Was haben Mummy und Papa denn getan, was Bertrices Liebling so unglücklich macht?«

Olivia putzte sich die Nase. Es hatte keinen Sinn, erneut zu erklären, daß ihre Mutter vor zwölf Jahren gestorben war. Das würde Bertrice nur noch weiter verwirren.

»Ich weiß schon, du brauchst mir nichts zu sagen.« Bertrice verzog geringschätzig den Mund. »Es war wieder dieser kleine Satansbraten, nicht wahr? Unartiges Geschöpf! Aber mach dir nichts draus.«

»Ich fürchte, diesmal hat Emily keine Schuld«, entgegnete Olivia. Sie drehte sich halb auf ihrem Stuhl um, blickte in Bertrices altersträbe Augen und bemühte sich, das unregelmäßige Pochen ihres Herzens unter Kontrolle zu bekommen. Ihr Vater hatte also tatsächlich versucht, sie mit Miles Warwick zu verheiraten. Es war für sie wie ein Schlag, daß der Mann, den sie seit Jahren verehrte, sie für eine launische alte Schachtel hielt. »Es geht um Miles Kemball-Warwick. Aus Braithwaite. Du erinnerst dich doch an ihn, Bertrice?«

Bertrice wirkte nachdenklich, doch dann leuchtete ihr Gesicht auf. »O ja! Er ist Emily zugetan, nicht wahr?«

Olivia spürte, daß sie errötete.

»Du schwärmst doch nicht etwa immer noch für diesen Tagedieb, Schätzchen?« Bertrice schnalzte mit der Zunge. »Dieser Junge ist ein Nichtsnutz. Wenn du mich fragst, haben deine Schwester und er sich gesucht und gefunden. Gleich und gleich gesellt sich gern.«

Olivia starrte eine lange Minute schweigend in das Gesicht ihrer alten Vertrauten. »Das war vor fünf Jahren«, sagte sie dann leise. »Er war damals nicht an mir interessiert, und er ist es auch heute nicht. Wie konnte mich mein Vater nur auf eine solche Art und Weise vor Miles Warwick demütigen? Vor jedem anderen hätte es mir nicht allzu viel ausgemacht. Aber ausgerechnet vor ihm ...«

»Du bist ein so liebenswertes kleines Ding, so voller Lebensfreude und Verstand. Jeder Mann wäre stolz, dich sein eigen nennen zu können ...« Bertrice drehte Olivia mit sanftem Druck wieder zum Spiegel um, und ihre Finger nestelten die Nadeln aus den langen dunklen Haaren. Dann bürstete sie sie mit kräftigen Strichen, bis sie im Lampenlicht wie ein Nerzfell glänzten. »Das gelbe Haar deiner Schwester hat mich noch nie begeistern können. Sieht aus wie Stroh, wenn du mich fragst.«

»Miles hat Emily einmal gesagt, ihr Haar sähe aus wie gesponnenes Sonnenlicht.«

»Du schlägst der Familie deines Vaters nach – im Aussehen und im Wesen.«

»Ich habe sie einmal belauscht. Es gab eine Zeit, da befürchtete ich, sie würde ihn heiraten. Ich konnte mir einfach nicht vorstellen, Miles Kemball zum Schwager zu bekommen... Ich habe immer davon geträumt, daß er mich eines Tages bemerkt und sie dann vergißt. Aber das hat er natürlich nie getan...«

»Erst letzte Woche habe ich deiner Mutter gesagt, daß sie es eines Tages bereuen wird, das Mädchen mit ihrer Affenliebe verdorben zu haben.«

»Der Marquess of Clanricade wird bald um ihre Hand anhalten«, erzählte Olivia, nahm Bertrice die Bürste aus der Hand und legte sie auf die Frisierkommode. Sie ordnete die Nadeln zu einem Haufen und begann dann, ihr Haar im Nacken zusammenzustecken.

Die alte Nanny beugte sich herab, so daß ihr Gesicht neben dem Olivias im Spiegel erschien. »Warum trägst du deine Haare nicht offen, Schätzchen? Es sieht so hübsch aus, wenn dir die Locken auf den Rücken fallen, und du siehst sehr viel jünger aus.«

Olivia steckte die Nadeln so fest in ihre Haare, daß die Strähnen an den Schläfen schmerzhaft spannten. Sie konzentrierte sich auf ihr Spiegelbild und bemühte sich, Bertrices enttäuschte Miene zu ignorieren. »Hol mir meinen Umhang«, bat sie. »Ich gehe aus.«

*

Als Miles im Haus seines Bruders ankam, hatte sich ein feiner Eisfilm auf seine Haare, sein Gesicht und seine Schultern gelegt. Seine Finger waren kältesteif, und er hatte kein Gefühl mehr in den Zehen.

Der Butler öffnete erst nach mehrmaligem, beharrlichem Klopfen. Helles Licht und eine schier unglaubliche Wärme ergossen sich über die Schwelle. Als Stanley Miles erkannte, baute er sich wie ein standhafter Zinnsoldat im Eingang auf.

»Seine Lordschaft«, erklärte der Butler, »hat Gäste.«

Miles hörte das Lachen der Gäste, er machte einen entschlossenen Schritt auf die Tür zu. Der verblüffte alte Butler trat schnell zur Seite. Die plötzliche Hitze ließ Miles nach Atem ringen. Seine Ohren fühlten sich an als stünden sie in Flammen. Als er das Speisezimmer betrat, tropfte ihm Wasser aus den dunklen, lockigen Haaren.

Bei Miles' überraschendem Eintritt blickte Damien Warwick an seinem Platz an der Stirnseite der Tafel auf. Wie auf Kommando wandten sich ihm alle Blicke der Anwesenden zu. Sie starrten ihn ungläubig an.

»Hoho!« schrie Frederick Millhouse. »Jedermann achte auf seine Wertgegenstände!«

»Beim Jupiter«, fügte Claurence Newton hinzu, »und ich dachte immer, der Teufel hätte seinen festen Wohnsitz in der Hölle.«

Das halbe Dutzend anderer Gäste ließ ein dröhnendes Gelächter hören. Bonnie, Damiens schwangere Frau, sprang von ihrem Stuhl hoch und schien auf Miles zulaufen zu wollen. Doch Damien griff schnell nach ihrem Handgelenk und zwang sie auf ihren Sitz zurück.

»Setz dich«, ordnete er an. Die Peinlichkeit der Situation ließ sie erröten, aber sie gehorchte.

Es dauerte einen Moment, bis sich das allgemeine Gelächter gelegt hatte. Weiterhin starrten alle Anwesenden auf Miles, der seinerseits seinen Bruder fixierte.

»Du störst uns beim Essen«, erklärte Damien kalt.

»Ich gehe davon aus, daß meine Einladung bei der Post verlorengegangen ist«, gab Miles ähnlich kalt zurück.

Damien lehnte sich auf seinem Stuhl zurück. »Was willst du, Miles?«

»Was glaubst du? Was könnte ich wohl wollen?«

»Einen Streit vom Zaun brechen – so, wie du aussiehst...«

»Hoho!« schrie Frederick. »Ich setze auf Kemball.«

Eine Welle nervösen Lachens durchlief den Raum, dann wurde es wieder still.

»Ich wurde heute nach Devonswick zitiert«, stellte Miles fest. Er blickte schnell zu Bonnie. Ihre Augen waren ganz groß, ihr Gesicht besorgt.

Gelassen legte Damien die Leinenserviette neben seinen Teller auf den Tisch und schob seinen Stuhl zurück. »Vielleicht sprechen wir darüber lieber unter vier Augen.«

»Mach dir keine Umstände. Ich dachte nur, ich komme mal kurz vorbei und sage dir ins Gesicht, daß du dich zum Teufel scheren kannst. Ich bringe Braithwaite allein über die Runden...«

»Und wie willst du das anstellen? Du hast bereits deine vierteljährliche Zuwendung verschwendet und...«

»Ich werde meine Seele nicht an irgendeine Schlampe verkaufen. Sogar ich habe Besseres verdient.«

»Ach ja? Was bringt dich denn auf diese Idee?«

Philippe Fitzpatrick sprang hoch, als Miles auf seinen Bruder losging. Der blonde Lord stellte sich zwischen beide und legte Miles fest die Hände auf die Schultern. »Gentlemen! Es ist weder der geeignete Ort noch der richtige Zeitpunkt, so delikate Angelegenheiten zu diskutieren.«

»Es ist keine Diskussion, Fitzpatrick«, entgegnete Miles. »Ich denke nicht daran, die Jungfer zu heiraten, Dame, und ich habe ganz entschieden etwas gegen deine Versuche, dich in mein Leben einzumischen.«

»Nur zu deiner Information«, fauchte Damien. »Ich habe mich keineswegs in dein Leben eingemischt. Lord Devonshire trat in der letzten Woche in dieser Sache an mich als Oberhaupt der Familie heran, und ich erklärte mein Einverständnis.«

»Und was gibt dir verdammt nochmal das allmächtige Recht, über meine Privatdinge zu entscheiden? Du bist nicht mein Vater, Earl Warwick. Du bist mein Bruder ... oh, ich bitte um Verzeihung, Mylord ... mein Halbbruder. Mein jüngerer Halbbruder, um ganz genau zu sein. Du hast kein Recht ...«

»Ich habe jedes Recht.« Damien stieß seinen Stuhl zur Seite und kam in seiner maßgeschneiderten Samt-Smokingjacke mit schneeweißer Krawatte auf Miles zu. Er schob Philippe Fitzpatrick aus dem Weg und baute sich mit geballten Fäusten dicht vor seinem Bruder auf. »Ich habe alles Recht der Welt, Kemball. Trotz deiner Unfähigkeit, die unübersehbaren Realitäten zu erkennen, bin ich nun einmal das

Oberhaupt dieser Familie. Nur meinem Bemühen, unsere Beziehung einigermaßen friedlich zu gestalten, ist es zu verdanken, daß ich dein unmögliches Verhalten bisher geduldet habe. Vor zwei Jahren hast du mir erklärt, du könntest endlich Ordnung in dein Leben bringen, wenn ich dir nur die Gelegenheit dazu gäbe. Du hast versprochen, sowohl Braithwaite als auch die Minen einer großen Zukunft zuzuführen.«

»Braithwaite hätte ich sowieso bekommen sollen, Dame. Ich bin Vaters Erstgeborener...«

»Verdammt nochmal, Miles! Geht es denn wirklich nicht in deinen Schädel, daß du nicht existierst – zumindest nicht nach den in diesem Land geltenden Gesetzen?«

Schweigen machte sich breit. Selbst Freddy Millhouse war vernünftig genug, den Mund zu halten.

Mit gelassener Stimme fuhr Damien fort: »Und was die Minen betrifft, so befinden sich die Bergleute ständig im Streik, seitdem du die Leitung übernommen hast. Soweit ich höre, liegt das an den gefährlichen Arbeitsbedingungen.«

»Es ist kein Geld für Verbesserungen da, Mylord. Das weißt du genau. Ich habe jeden Shilling in die verdammten Minen gesteckt. Du erwartest Wunder von mir, Damien. Ich bemühe mich nach Kräften...«

»Tatsächlich?«

»Ja, zum Teufel! Ich habe es bis obenhin satt, meine Tage und Nächte mit Diskussionen mit halbtoten Bergmännern zu vergeuden, die ihren Spaß daran zu haben scheinen, mir das Leben zur Hölle zu machen.«

»Sie machen sich keinen Spaß, Miles. Sie schätzen dich einfach nicht. Und garantiert trauen sie dir nicht über den Weg.«

»Das muß dich doch mit ungeheurer Schadenfreude erfüllen.«

Damien schüttelte den Kopf und sagte zugänglicher: »Nein. Es wird dich vielleicht überraschen, aber es erfreut mich ganz und gar nicht. Ob du es nun glaubst oder nicht, Miles, aber ich habe gehofft, in dir einen Funken des Warwick-Ehrgeizes zu wecken. Ich hatte gehofft, ich könnte in dem sicheren Bewußtsein mit meiner Familie nach Amerika zurückkehren, Braithwaite in guten Händen zu wissen. Doch es ist eine traurige Tatsache, daß sich der Besitz in einem schlechteren Zustand als zum Zeitpunkt deiner Übernahme befindet. Ich habe schlicht und einfach angenommen, eine Heirat - und die damit zusammenhängenden Vereinbarungen - könnten dir die Chance eines neuen Anfangs bringen.«

Bonnie war neben sie getreten und blickte nun von einem zum anderen. »Bitte«, wandte sie sich versöhnlich an ihren Mann, »denk an unsere Gäste, Damien.« Dann lächelte sie Miles liebevoll aber auch besorgt an. »Ich habe Jewel gebeten, noch ein Gedeck aufzulegen...«

Er lachte trocken auf. »Das ist doch ein Scherz, oder?« Dann machte er auf dem Absatz kehrt und strebte zur Tür.

»Kemball!« rief Damien und ließ Miles damit abrupt innehalten. »Wie ich höre ist Josiah Lubinsky an einem Kauf der Warwick-Minen interessiert.«

»Du kannst Lubinsky - und Devonshire - sagen, sie sollen sich zum Teufel scheren. Ich verkaufe nicht.«

Miles verließ das Speisezimmer. Bonnie lief ihm nach, während sich Damien wieder an den Tisch setzte.

Fast hätte er auf dem Weg zur Tür den Butler umgerannt. Das Hausmädchen Jewel ergriff erschreckt die Flucht. »So warte doch!« rief ihm Bonnie hinterher und ergriff ihn am Ärmel, als er gerade die Tür öffnen wollte. Ihre tiefblauen Augen wirkten betrübt. »Du hast wirklich keinen Grund, auf Damien wütend zu sein. Er hat nichts getan, was dich verletzen könnte. Ich war dabei, als Lord Devonshire seine Tochter zur Sprache brachte...«

Er versuchte, an ihr vorbeizukommen. Aber sie vertrat ihm den Weg. »Du hast dich wieder in Schwierigkeiten gebracht, stimmt's? So ist es doch immer wieder. Du läßt deinen Zorn und deine Enttäuschungen an allen anderen aus, nur nicht an dem Menschen, der eigentlich dafür verantwortlich ist. Und das bist du selbst. Wann wirst du endlich die Verantwortung für deine Handlungen übernehmen?«

Er sah ihr fest in die Augen und knurrte: »So spricht ein echter Freund.«

»Du hast wieder gespielt, nicht wahr?« Sie schüttelte stirnrunzelnd den Kopf. »Wie kann man nur so unvernünftig sein? Wie hoch sind deine Schulden?«

Er zuckte mit den Schultern und wandte den Blick ab. »Zehntausend.«

Bonnie erbleichte.

»Ich hatte fest mit einem Gewinn gerechnet, den ich in das Haus und die Minen stecken wollte. Deshalb habe ich meine gesamte Zuwendung eingesetzt...«

»O mein Gott! Du weißt, was geschieht, wenn Damien das erfährt? Er wird alles zurücknehmen, Miles. Alles. Braithwaite. Die Minen.« Sie stieß ihn mit der Faust gegen die Schulter, so hart sie konnte. »Verdammter Narr! Du weißt doch, wie schwer es war, ihn dazu zu bewegen, dir eine Chance zu geben! Das hast du doch hoffentlich noch nicht vergessen?«

»Nein«, erwiderte er und sah ihr in die schreckgeweiteten Augen. Ein bedrückendes Gefühl von Schuld und Bedauern überkam ihn. Der Rest der Welt konnte ihm gestohlen bleiben, aber mit Bonnie war es etwas anderes.

»Es tut mir leid«, sagte er leise. »Ich habe dich wieder enttäuscht. Ich bin nicht nur ein schlechter Geschäftsmann, ich bin auch ein miserabler Freund.« Er schob sie sanft zur Seite, öffnete die Tür und sah in den naßkalten Abend hinaus. »Bitte entschuldige mich bei Damien und euren Gästen...«

»Kann ich dir in irgendeiner Weise helfen?« fragte sie weich.

»Ich habe mich selbst in diesen Schlamassel gebracht, ich hole mich da auch selbst wieder heraus - auf die eine oder andere Weise.« Er blieb auf der Schwelle stehen, sah Bonnie aber nicht an. Sein Kopf war seltsam leer. In seinem Körper war nichts mehr von der Wut, die ihn dazu getrieben hatte, wie ein Verrückter über das Moor zum Haus seines Bruders zu reiten.

Bonnie berührte seinen Arm. »Vielleicht solltest du dir Lubinskys Angebot durch den Kopf gehen lassen.«

»Und meine einzige Chance verkaufen, etwas aus mir zu machen?« Er blickte sie mit hochgezogenen

Brauen an und schüttelte den Kopf. »Ich werde beweisen, daß ich ein Warwick bin. Ich werde diese Minen zum Erfolg führen, und wenn das das Letzte ist, was ich tue, Bonnie.«

»Aber Damien sagt doch, die Minen seien erschöpft. Es lohnt sich nicht, sie weiter arbeiten zu lassen.«

»Das ist ein Risiko, das ich gern übernehme. Schließlich bin ich ein Spieler, stimmt's?«

»Ein ziemlich erfolgloser Spieler«, erinnerte sie ihn.

»O ihr Kleingläubigen.« Lächelnd berührte er ihre Wange mit seiner Hand. Sein Blick fiel flüchtig auf ihren gerundeten Bauch, bevor er sich wieder der naßkalten Landschaft zuwandte.

Schließlich wickelte er sich in seinen schmutzigen Umhang und trat in den dunklen, kalten und nassen Abend hinaus.

»I have loved none but you. Unjust I may have been, weak and resentful I have been, but never inconstant ... For you alone I think and plan. Have you not seen this? Can you fail to have understood my wishes?«

Jane Austin
»Persuasion«

3

Als Olivia Devonswick verließ, war der Nebel noch dichter geworden und machte die Fahrt auf der schmalen gewundenen Straße zu einem gefährlichen Unterfangen. Dann und wann drang die Stimme des Kutschers zu ihr, wenn er sich bemühte, die scheuenden Pferde voranzutreiben, die in dem schnell gefrierenden Regen immer unsicherer wurden. Bertrice war eingenickt, aber Olivia starrte in die Dunkelheit und fragte sich immer wieder, warum sie eigentlich ihr Leben aufs Spiel setzte, um Miles Warwick zur Rede zu stellen.

In ihr Gefühl der Erniedrigung mischte sich Zorn. In einer Sekunde hatte sie vor, sich seiner Gnade auszuliefern und ihn um Verzeihung für die Taktlosigkeit ihres Vaters zu bitten, doch in der nächsten wollte sie ihm nur in sein überhebliches, gutaussehendes Gesicht schlagen. Wie konnte er nur glauben, ausgerechnet er sei zu gut für sie oder Bryan?

Dann fragte sie sich, warum es ihr überhaupt etwas ausmachte, was er von ihr, ihrem Vater oder Bryan hielt. Seit langem hörte sie nicht mehr auf die Verleumdungen und den Klatsch, die an ihr Ohr drangen. Die meisten Gerüchte tat sie mit einem Schulterzucken ab, und die wenigen, an denen etwas dran war, bedachte sie mit einem amüsierten Lächeln. Wenn die Klatschbasen ihr schon einen liederlichen Lebenswandel vorwarfen, warum sollte sie den nicht auch genießen? Schließlich brauchte sich eine so abgestempelte Frau keine Sorgen mehr um Anstandsnormen und Etikette zu machen. Eines Vergehens beschuldigt zu werden, ohne die damit verbundenen Vorteile zu genießen, erschien ihr irgendwie bedauerlich.

Doch sie hatte an ihren Vater und an ihre Schwester zu denken.

Sie spürte die Kurve, als die Kutsche in die Straße einbog, die von Middleham nach Braithwaite führte. Damit hatten sie den Besitz ihres Vaters mit seinen Feldern und Wäldern verlassen und begaben sich mitten hinein in das Gebiet der Moore - ein schier unendliches, nur von Heide und Ginster bewachsenes Gelände, über dem die Winde klagten und stöhnten wie ruhelose Seelen in der Nacht.

Ein Blick aus dem samtausgeschlagenen Inneren der Kutsche bestätigte es ihr. Die uralten, grasüberwachsenen Hedges, die die Straße säumten, führten zur Einfahrt nach Braithwaite. Das prachtvolle Portal war kurz nach Miles' Einzug restauriert worden - bevor er sein Geld an Spieltischen und mit Frauen verschwendete. Die beiden mächtigen, hochaufgerichteten schmiedeeisernen Bären, die den Zugang bewachten, waren seit Jahrhunderten die Wappentiere der Warwicks: Seit der erste Warwick, der »Königsmacher«, an König Richards Seite gekämpft hatte.

Schließlich bogen sie in die weite, geschwungene Einfahrt ein, die als Folge jahrelanger Vernachlässigung voller Schlaglöcher und uneben war. Ein einsames Licht schimmerte in der Entfernung. Die Pferde wurden in der Hoffnung schneller, daß dort ein warmer Stall auf sie wartete, und der Kutscher hatte alle Mühe, sie zu zügeln, damit sie in ihrer Hast nicht am Haus vorbeigaloppierten.

Olivia wickelte sich enger in ihren Umhang - mehr aus einem Gefühl der Angst heraus als wegen der Kälte - und wartete darauf, daß der Kutscher die Tür öffnete und ihr beim Aussteigen half. Sie überließ Bertrice ihrem Schlaf und trat in die kalte Nacht hinaus. Sie warf einen flüchtigen Blick auf das riesige Haus, eine Mischung aus Landsitz und Schloß mit Seitenflügeln und hochaufragenden Türmchen. Schwarze Fenster starrten wie tote Augen leer über die trostlose Landschaft.

Olivia blieb eine Zeitlang auf der Freitreppe stehen und blickte an den grauen Mauern empor, die vom tiefliegenden Nebel verschluckt wurden. Wilder Wein hatte sich nach Kräften bemüht, die Risse zwischen den Steinquadern zu füllen, aber mit Beginn der kalten Jahreszeit waren die Blätter braun geworden. Der Wind fuhr durch die fast leeren Ranken und ließ sie gespenstisch rascheln.

Sie holte tief Atem und klopfte an die schwere Tür.

Nichts.

Sie klopfte erneut. Diesmal mit dem Handballen, härter, entschlossener. Mit sinkendem Mut machte sie sich bewußt, daß es möglicherweise doch ein Fehler gewesen war, hierher zu kommen.

Nach scheinbar unendlich langer Zeit wurde die Tür aufgerissen.

Fast erschreckt trat Olivia einen Schritt zurück und sah sich einer schlampigen Dienerin gegenüber. Ihre schmutzige weiße Haube saß schief auf dem Kopf. Strähnige Locken versuchten vergeblich, unnatürlich große Ohren zu verbergen. Sie sah Olivia verblüfft an. »Ich möchte zu Mister Warwick«, erklärte Olivia.

Die magere Frau starrte sie stumm an und wischte sich die Hände an der Schürze ab.

»Ich bin Olivia Devonshire«, erklärte Olivia. »Und ich würde gern mit Mister Warwick sprechen, wenn Sie nichts dagegen haben.«

»Erwartet er Sie?« wollte die Dienerin wissen.

»Nein. Aber...« Die Tür begann sich zu schließen. Olivia stemmte sich dagegen. »Ist Mister Warwick anwesend?«

»Er kann heute abend keine Besucher empfangen.« Die Frau wollte die Tür zuschieben.

Olivia hielt energisch dagegen. »Fühlt er sich nicht wohl?«

»So könnte man es ausdrücken.«

»Vielleicht kann ich in irgendeiner Weise behilflich sein...?«

»Ihm kann niemand helfen.«

»Wenn Sie ihm einfach sagen würden, daß ich hier bin...«

»Er hat einen schlechten...«

»Ich habe eine lange Fahrt hinter mir. Es ist von großer Dringlichkeit, daß ich mit ihm spreche...« Eine Schulter fest gegen die Tür gedrückt, die andere Hand am Knauf, erklärte Olivia bestimmt: »Wenn Sie ihm nicht sagen wollen, daß ich hier bin, werde ich es ihm eben selbst sagen!« Damit schob sie sich in die Halle. Die mürrische Dienerin reagierte empört.

»Hören Sie, für wen halten Sie sich eigentlich? Dringen hier so einfach in ein Haus ein, als wären Sie verdammt nochmal von der Königin persönlich geschickt!«

Olivia sah die hochrote Frau durch ihre beschlagenen Brillengläser unverwandt an und zog eine Visitenkarte aus ihrem Ridikül. So höflich wie es die Umstände erlaubten, überreichte sie diese der Dienerin und sagte: »Teilen Sie ihm mit, daß ich ihn gern sprechen würde.«

Verdutzt blickte die Dienerin zur Tür. Dort kam gerade Bertrice über die Schwelle gewatschelt. Sie war bis zur Nasenspitze in wärmende Tücher gehüllt.

»Katerchen!« rief Bertrice mit singender Stimme. »Katerchen, wo bist du?« Dann wandte sie sich an Olivia und rief: »O mein Gott, ich habe ihn verloren!«

Olivia lächelte Bertrice beruhigend an. »Dickens ist in Devonshire, meine Gute. Wir sind hier in Braithwaite, um Mister Warwick einen Besuch abzustatten, erinnerst du dich?«

Bertrice starrte sie verständnislos an.

An einer Wand in der Nähe stand ein verschlissener Sessel. Sanft aber bestimmt führte Olivia Bertrice zu ihm und drückte sie auf den Sitz. »Bleib hier sitzen«, sagte sie freundlich. »Rühre dich unter keinen Umständen aus diesem Sessel. Willst du mir das versprechen? Es wird nicht lange dauern. Vielleicht kann dir die junge Frau in der Zwischenzeit eine Tasse Tee bringen...?«

»Bei uns gibt es keinen Tee!« keifte die Dienerin.

Olivia unterdrückte ihre Verärgerung, drehte sich nervös um und nahm die riesige düstere Halle in Augenschein.

Das also war Braithwaite. Die große alte Dame im Moor. Einst war es das Prunkstück von Yorkshire gewesen. Seine Geschichte stellte die kleineren Landsitze wie den ihres Vaters in den Schatten.

Oh, wie hatte sie davon geträumt, dieses Haus zu betreten – an der Seite von Miles natürlich. Gemeinsam hätten sie genug Energie und Würde aufbringen können, um der sogenannten feinen Gesellschaft die Stirn zu bieten.

Lieber Himmel, Braithwaite war genauso schön, wie sie es sich stets vorgestellt hatte. Sie blickte empor und konnte hoch über sich verschwommen die herrliche Stuckdecke ausmachen, die als eine der hervorragendsten Arbeiten in England betrachtet wurde. Während sie zu den weißen, ovalen Gesichtern tanzender Cherubime aufsah, kam es ihr vor, als hätte sich für sie der Himmel einen Spalt breit geöffnet.

Und da war die herrliche Treppe, ein Meisterwerk aus der Zeit des ersten Stuartkönigs, die sich mit ihren Girlanden und stilisierten Tieren über zwei Stockwerke zu Räumen hinaufschwang, die einst Königinnen und Könige bei ihren Besuchen in Yorkshire beherbergt hatten. Die Mauern waren aus den Quadern von Middleham Castle errichtet worden, wo Ritter in schimmernden Rüstungen den Damen ihrer Wahl die Treue geschworen hatten.

Braithwaite.

Es war alles so, wie sie es sich vorgestellt hatte. Doch dann ließ der erste Rausch der Begeisterung nach, die traurige Realität ergriff wieder von ihr Besitz, und sie blickte sich fast überrascht um. Man hätte doch annehmen sollen, daß an diesen geschichtsträchtigen Wänden Kunstwerke oder doch zumindest Familienportraits hingen. Doch da herrschte nur düstere Leere, und sie erschauerte, als ein Luftzug die Halle durchwehte und die einzige Beleuchtung zum Flackern brachte: die Kerzen, die in Armleuchtern auf dem Tisch neben ihr standen.

»Dringen Sie immer so unverfroren in die Häuser anderer Menschen ein?« erkundigte sich die Dienerin herausfordernd hinter Olivias Rücken.

»Eigentlich nicht«, erwiderte sie abwesend, während ihre Blicke noch immer jede Einzelheit der Halle in sich aufnahmen. »Wo ist er?«

»Sie benehmen sich, als hätten Sie hier irgendwelche Rechte...«

Unter einer Tür drang ein schmaler Lichtstreifen in die Halle. Olivia ignorierte die zunehmend verärgerte Dienerin und ging darauf zu. Sie drückte die Tür einen Spalt auf, gerade so weit, um einen flüchtigen Blick in den Raum werfen zu können. Im Kamin flackerte ein Feuer. Davor stand ein hoher Armsessel. Neben dem Sessel und in der Nähe des Kamins lag Holz. Beim näheren Hinsehen erkannte Olivia, daß es sich dabei um Tisch- und Stuhlbeine handelte. Der gepolsterte Sitz und die Rückenlehne waren neben der Tür abgestellt.

In dem Sessel bewegte es sich. Olivia zuckte zusammen. Sein Arm streckte sich vor, griff nach einem feingedrechselten Stuhlbein und warf es in die Flammen. Prasselnd stoben Funken den Schornstein hinauf.

Sie bewegte sich behutsam weiter in das Zimmer hinein, den Blick fest auf die Rückenlehne des Sessels gerichtet. Ihre Schritte zögerten, als zunächst sein Kopf, dann seine Schultern in Sicht kamen. Er hatte die Ellbogen auf die Knie gestützt und hielt eine Whiskyflasche locker in einer Hand. Seine Kleidung war naß und verschmutzt. Das einst weiße Leinenhemd klebte fast durchsichtig auf seiner Haut.

Er blickte hoch.

Ihr Herzschlag setzte aus.

Es war ihm keinerlei Überraschung über ihr unerwartetes Eindringen anzusehen. Sein Gesicht sah noch hagerer aus als am Nachmittag. Die wundervollen haselnußbraunen Augen, die vor Stunden so furchteinflößend gewirkt hatten, blickten jetzt fast leer.

»Sind Sie krank?« fragte sie. »Oder nur verblüfft?«

Er sah wieder ins Feuer und begann zu stöhnen. Ohne jedes Zögern ergriff Olivia eine angeschlagene Vase vom Kaminsims und hielt sie ihm unter das Kinn.

Wenig später drehte sie sich zu der Dienerin um, die mit großen Augen im Türrahmen stand. »Ich schlage vor, daß Sie Ihrem Herrn eine Decke und ein paar trockene Kleidungsstücke bringen, er hat sich offensichtlich erkältet. Haben Sie Brot im Haus?«

»Das ist das Einzige, was wir haben«, kam die mißmutige Antwort.

»Gut. Dann bringen Sie Mister Warwick eine Tasse kochendes Wasser und ein paar Scheiben Brot. Schnell, wenn ich bitten darf«, fügte sie hinzu. Doch die Dienerin verharrte noch einige Zeit neben der Tür, bis sie sich bequemte.

Als die Frau verschwunden war, nahm Olivia Warwick die Whiskyflasche aus der Hand. Sie stellte sie und die Vase auf einen Tisch in sicherer Entfernung. Dort blieb sie stehen und beobachtete Warwick, der seinen Kopf in beiden Händen vergraben hatte.

Minuten vergingen. Sie begann sich schon zu fragen, ob er ihre Anwesenheit vergessen hatte oder mit offenen Augen eingeschlafen war. Er rührte sich nicht, sagte kein Wort, er starrte nur auf den Fußboden zwischen seinen Stiefeln, während der Raum kälter und die Stille immer quälender zu werden schien.

Wo blieb nur diese verdammte Angestellte?

Endlich hob er den Kopf. Er sah sie forschend und leidenschaftslos an. Olivia spürte, daß ihr die Hitze in die Wangen stieg.

Er schien gerade etwas sagen zu wollen, als die Dienerin mit einem Arm voller zerknitterter Kleidungsstücke und einer Decke den Raum betrat. In ihrem Schlepptau folgte Bertrice. Sie trug ein Tablett mit Brot und Wasser.

Die Dienerin warf ihr Bündel Warwick vor die Füße, drehte sich um und ging wieder hinaus. Bertrice schien nicht zu wissen, wohin mit ihrer Last. Hilflos starrte sie Olivia an. Die nahm ihr schnell das Tablett ab und forderte sie auf, wieder in ihren Sessel in der Halle zurückzukehren und dort zu warten, bis sie kam. Folgsam watschelte Bertrice Richtung Tür, blieb dort aber noch einmal stehen und sagte: »Ich bin keineswegs so vertrottelt, um nicht zu merken, daß er betrunken ist.« Hochaufgerichtet ging sie hinaus.

Olivia drehte sich wieder um und sah, daß Miles sie nicht aus den Augen gelassen hatte. »Sie neigt in letzter Zeit ein bißchen zur Verwirrung«, hörte sie sich sagen.

»Katerchen!« erscholl Bertrices Stimme aus der Halle. »Wo bist du, Katerchen?«

»Wenn Sie erst einmal etwas gegessen haben, werden Sie sich sehr viel besser fühlen«, erklärte Olivia und schalt sich innerlich albern, Bertrice übertönen zu wollen, die keineswegs die Absicht zu haben schien, sich draußen ruhig zu verhalten.

»He, Sie da!« schrie die Dienerin. »Da können Sie doch nicht einfach reingehen!«

Olivia stellte das Tablett neben Warwicks Sessel ab und bemühte sich, die Tatsache zu ignorieren, daß ihr Gesicht wie Feuer brannte. Sie sehnte sich danach, ihren wollenen Umhang abzulegen, doch andererseits wollte sie nicht länger bleiben als unbedingt notwendig. Warwicks prüfende Blicke wurden ihr zunehmend unangenehmer.

»Das Brot wird den Rest von Whisky aufsaugen, der sich noch in Ihrem Magen befindet«, meinte sie und goß heißes Wasser in eine Tasse. »Und die heiße Flüssigkeit wird den Alkohol verwässern und Sie ein bißchen aufwärmen.« Sie erwiderte seinen intensiven Blick und streckte ihm Tasse und Untertasse entgegen. Voller Dankbarkeit nahm sie zur Kenntnis, daß ihre Hände nicht so sehr zitterten, daß sie das Geschirr zum Klirren brachten.

Er übersah Tasse und Untertasse.

Vorsichtig stellte sie beides wieder auf das Tablett und versteckte die Hände so beiläufig wie möglich in den Falten ihres Kleides. Sie hatte das Gefühl, als wäre ihr ein Blitz ins Rückgrat gefahren. Jeder einzelne Nerv ihres Körpers schien elektrifiziert zu sein. Schließlich begann er zu sprechen.

»Wer zum Teufel sind Sie?« wollte er mit rauher, schleppender Stimme wissen.

Sie hatte sich eine Menge von Möglichkeiten ausgemalt, wie er auf ihre Anwesenheit reagieren könnte. Diese war nicht darunter gewesen.

»Wie bitte?« fragte sie unsicher zurück.

»Ich wollte wissen, wer zum Teufel Sie sind. Was haben Sie in meinem Haus zu suchen?«

»Olivia Devonshire. Wir sind uns heute nachmittag ...«

»Sie sind nicht Olivia Devonshire«, unterbrach er. »Ich habe Miss Devonshire kennengelernt und ...« Stirnrunzelnd blickte er unbehaglich auf die Vase. Sein Gesicht wurde noch blasser, er holte tief Atem. Der Moment ging vorüber, und er schien sich zu entspannen. Erst da sah er sie wieder mit seinen dunklen Augen an. »Heute nachmittag waren Sie sehr viel hübscher«, kommentierte er sachlich.

Olivia spürte, wie sich ihr Rückgrat versteifte. Sie reckte das Kinn und rang nach Haltung. »Und Sie waren nüchterner«, gab sie trocken zurück.

Schweigend lehnte er sich in seinem Sessel zurück und streckte die langen Beine weit von sich. Seine schmutzigen Stiefel hatten Spuren auf dem einst so schönen Muster des Perserteppichs hinterlassen. Es hatte entschieden etwas an sich, das ihr ein unbehagliches Gefühl vermittelte. »Es ist die Brille«, verkündete er schließlich. »Sehr unvorteilhaft, Miss Devonshire. Sie steht Ihnen ganz und gar nicht.«

Sie fühlte sich versucht, sich die Brille von der Nase zu reißen. Aber sie widerstand.

Sein Profil vor dem zuckenden Feuer blieb unbeweglich in seiner Betrachtung ihrer Person. Reizte er sie absichtlich? So wie er das schon am Nachmittag getan hatte?

»Falls Sie gekommen sein sollten, um Ihre Sache zu vertreten ...« begann er.

Sie starrte ihn sprachlos an, während sie die Bedeutung seiner Worte in sich aufnahm.

»Ich möchte keineswegs hartherzig erscheinen, aber ich werde Sie nicht heiraten. Und jetzt können Sie zu Ihrem Vater zurückeilen und ihm sagen ...«

»Also das denken Sie, Sir? Daß ich gekommen bin, um Sie davon zu überzeugen, mich zu heiraten? Aber natürlich, das müssen Sie ja glauben. Etwas anderes würde Ihr Stolz gar nicht zulassen.« Sie lachte so leichtherzig, wie es die in ihr hochsteigende Wut erlaubte. »Aber ich bin lediglich gekommen, um mich für das Verhalten meines Vaters zu entschuldigen. Hätte ich auch nur eine Ahnung davon gehabt, daß er vorhaben könnte, mich mit Ihnen zu verheiraten, hätte ich ihm diese Idee unverzüglich ausgeredet. Die Vorstellung ist natürlich absurd. Ich bin sehr zufrieden mit meinem Leben. Ich sollte Sie bitten, mich zu heiraten, Sir? Ausgerechnet ich, die ein warmes und trockenes Heim hat, in dem ich jederzeit genügend zu essen bekomme? Ganz zu schweigen von den Dienern, die sauber, respektvoll und hilfsbereit sind? Sagen Sie mir, warum ich das alles aufgeben sollte, um einen Trunkenbold zu heiraten, den ganz England für einen moralisch verkommenen, skrupellosen und zügellosen Schurken hält?«

Er zuckte mit den Schultern. »Um das Gesicht zu wahren, könnte ich mir denken. Warum tun Frauen all die Dinge, die sie nun einmal tun?«

Sein Blick wandte sich wieder dem Feuer zu, und lange Zeit beobachtete Olivia, wie sich die knisternden Flammen in seinen Augen spiegelten. Sie fühlte sich eigenartig fasziniert, aber auch seltsam erschöpft. Seine Worte hatten einiges an Wahrheit enthalten. Sie mochte ihre Fahrt nach Braithwaite vielleicht mit der Behauptung verschleiert haben, sich für ihren Vater entschuldigen zu müssen, oder mit ihrer Wut darüber, daß Warwick das Angebot von Lord Devonshire so schnöde abgelehnt hatte. Doch insgeheim hatte sie gehofft, er könnte seine Meinung geändert haben. Selbstverständlich hätte sie ihn dann verschmäht...

»Nun«, sagte sie abschließend. »Ich habe gesagt, was ich sagen wollte. Jetzt werde ich Sie wieder Ihrer Einsamkeit überlassen.«

»Aber warum denn, Miss Devonshire? Sie sind doch gerade erst gekommen.« Sein gutgeschnittener Mund verzog sich zu einem Lächeln, aber seine Augen blieben ausdruckslos. »Ich nehme doch an, daß Sie sich nicht gerade danach sehnen, wieder in das unwirtliche Wetter hinaus zu müssen. Vielleicht möchten Sie mir bei einem Glas Gesellschaft leisten, bevor Sie wieder aufbrechen?«

Ohne ihr die Möglichkeit einer Entgegnung zu lassen, stand er auf. Seine behenden Bewegungen hatten nichts mehr von seiner vorherigen Schwäche. Er war wieder ganz der unverbesserliche Tunichtgut.

Er schüttete den Inhalt der Teetasse ins aufzischende Feuer, füllte sie mit Whisky und streckte sie Olivia entgegen.

Sie zögerte.

»Warum denn nicht?« fragte er, als hätte er ihre Gedanken gelesen. »Ihrem Ruf kann das beim besten Willen nicht mehr schaden.«

Fast widerstrebend streckte sie die Hand nach dem Porzellangefäß aus. Fast neckend zog er es zurück.

»Unter einer Bedingung», wandte er ein. »Legen Sie Ihren Umhang ab.«

Sie schüttelte den Kopf. »Ich kann nicht bleiben...«

»Nur ganz kurz. Dann bekommen Sie Ihren Drink und können sich auf den Heimweg machen.«

»Also gut.« Sie zog den Umhang aus. Er nahm ihn ihr ab und warf ihn über die Lehne eines Sofas. Sie fühlte sich plötzlich entblößt. Und verletzlich. Fast verlegen fuhr sie sich mit den Fingern über die dunkle, strenge Frisur und fragte sich, ob er sie mit Emily verglich, deren Haare so blond und voller Sonnenschein waren. Selbstverständlich tat er das. Alle Männer verglichen sie mit ihrer Schwester. Männer wie Miles Warwick bevorzugten blonde, zerbrechliche Frauen. Wie Emily. Wie ihre Mutter.

Schweigend stand er vor ihr und hielt die fragile Tasse in seiner kraftvollen Hand. Aber seine Augen waren sehr beredt, während er sie träge vom Scheitel bis zur Sohle musterte. Das Schweigen dehnte sich aus und füllte sich dann mit kleinen Geräuschen: mit dem Knistern der Flammen im Kamin, dem Ticken einer Uhr und dem ständigen Prasseln des Eisregens gegen die Fensterscheiben.

Schließlich streckte er ihr die Tasse entgegen. Vielleicht griff sie eine Spur zu schnell zu.

»Und nun ein Trinkspruch«, verkündete er und hob die Flasche. »Auf zwei Außenseiter, die ein Unwetter zusammengeführt hat!«

»Welches Unwetter?« erkundigte sie sich. »Das draußen oder das hier drinnen?«

Er hob die Brauen. Irgend etwas zuckte in seinen Augen auf. Erheiterung? Überraschung? Was es auch war, es brachte ihn jedenfalls zum Lächeln – allerdings nur kurz. Ihre Finger krallten sich so fest um die Whiskytasse wie um einen Rettungsring.

»Setzen Sie sich«, forderte er sie auf und deutete auf einen hochlehnigen kleinen Stuhl neben dem

Kamin. »Oh, ich bitte vielmals um Verzeihung«, fügte er leicht sarkastisch hinzu. »Würden Sie bitte Platz nehmen, Mylady? Ich flehe Sie an, meine Unhöflichkeit zu verzeihen. Ich habe nicht oft Besuch. Nach einer Zeit gewöhnt man sich daran, es nur mit aufsässigen Angestellten zu tun zu haben.«

»Ich denke, jeder aufsässige Angestellte sollte unverzüglich entlassen werden«, betonte sie und blickte anzüglich Richtung Tür, hinter der die Dienerin lange Ohren machte. »Sie sind der Herr auf Braithwaite.«

Er sah sie nicht an, lehnte den Kopf im brokatbezogenen Sessel zurück und blickte ins Leere. »Herr dieses Hauses? Ich bitte doch um eine präzisere Ausdrucksweise, Miss Devonshire. Braithwaite läßt sich von niemandem beherrschen. Und ganz abgesehen davon – wie beherrscht man eigentlich die Monstren der Leere?«

»Meinen Sie Leere oder Einsamkeit, Mister Warwick?«

»Mache ich den Eindruck eines einsamen Mannes, Miss Devonshire?«

»Wenn ich hier allein leben müßte, würde ich anfangen, mir Sorgen um meinen Geisteszustand zu machen.«

Ein leiser Laut entrang sich seiner Kehle, dann überließ er sich wieder der Betrachtung des Kaminfeuers, während Olivia ganz langsam ihren Whisky trank und zusah, wie die Schatten der Flammen auf seinen versteinerten Zügen tanzten. Als er endlich abrupt aufsah, bemerkte er ihren Blick.

»Was finden Sie an mir so faszinierend?« wollte er wissen. »Erzählen Sie mir nicht, Sie hätten noch nie ein Gläschen mit einem moralisch verkommenen Menschen zu sich genommen.«

»Nein« entgegnete sie. »Ich denke, das habe ich nicht.«

»Ah. Nur mit Zigeunern und Tätowierern.« Er nahm einen Schluck aus der Flasche und schloß kurz die Augen. Dann deutete er auf den Stuhl neben dem Kamin und sagte: »Bitte, setzen Sie sich.«

Zögernd folgte sie seiner Aufforderung – mit einiger Erleichterung. Sie hatte keine Ahnung, wie lange sie da unbeweglich gestanden hatte.

»Sagen Sie mir, Miss Devonshire, ist dies Ihr erster Besuch auf Braithwaite?«

»Ja.«

»Ist es so, wie Sie es sich vorgestellt haben?«

»Ja.«

Er reckte den Kopf und sah sie fast überrascht an. »Tatsächlich?«

»Ja, es ist einfach großartig...«

»Das versteht sich von selbst. Das weiß jedes Schaf, ohne jemals einen Schritt über die Schwelle gesetzt zu haben. Sagen Sie mir, was Sie davon halten.« Er beschrieb eine großzügige Geste durch den Raum. »Sind meine Gefährten nicht anregend?«

»Sie sind tot«, entgegnete sie und blickte von einem präparierten Tierschädel zum nächsten.

»Und wie finden Sie den Rest des Hauses?«

»Kalt und düster.«

»Sehen Sie, da haben Sie es. Kalt, düster und voller Toter. Welches Wesen würde schon gern in einer solchen Umgebung leben, frage ich Sie?«

Sie hob die Tasse an die Lippen und nahm nachdenklich einen tieferen Schluck. »Ich weiß!« rief sie schließlich und hielt ihm die Tasse hin. Er füllte sie auf. Seine dunklen Augen sahen sie aufmerksam an. »Ein Grottenolm«, erklärte sie und reckte das Kinn.

»Eine Fledermaus. Ein Vampir. Das ist noch besser. Ein Wurm. Eine Made.«

Er hob die Hand, als wollte er den Worten ausweichen. »Das reicht! Ein Grottenolm oder ein Wurm? Großer Gott. Ich nehme an, ich sollte dankbar sein, daß Sie nicht auch noch auf Pilze gekommen sind.«

»Aber Pilze haben weder Verstand, noch ein Herz oder eine Seele, Sir.«

Er lachte. Tief und harmonisch. Der Wohllaut nahm ihr fast den Atem. »Kein Herz? Keine Seele?« Warwick täuschte tiefes Mißbehagen vor, aber in seinen Augen blitzte der Schalk. »In Anbetracht der Tatsache, daß man mich Zeit meines Lebens als herz- und seelenlose Kreatur bezeichnet hat, neige ich wohl mehr den Pilzen zu, Miss Devonshire.«

»Aber Sie leben. Sie atmen. Sie können sogar lachen. Also müssen Sie auch ein Herz besitzen.«

»Zugegebenermaßen habe ich noch nie Pilze lachen gesehen.«

»Und einen Grottenolm oder Wurm auch nicht.«

»Fahren Sie fort. Bitte! Ich bekomme von Sekunde zu Sekunde mehr Hochachtung vor mir.«

»Sie gehen aufrecht...«

»Im allgemeinen.«

»Und da ich kein vierbeiniges Tier kenne, das gern allein in dunklen, kalten und feuchten Verliesen lebt, bleiben nur noch die Menschen.« Sie machte eine Pause, als müßte sie überlegen. »Und das heißt, daß Sie entweder ein Mönch oder ein Eremit sein müssen.«

»Ich mag ja durchaus sehr vieles sein«, erwiderte er und hob erheitert die Augenbrauen, »aber ein Mönch bin ich mit Sicherheit nicht, meine Liebe.«

Sie lachte. Es war ein seltsames Geräusch – mehr

ein glucksendes Kichern. Nachdenklich sah sie in ihre leere Tasse. Ihr Gesicht fühlte sich warm an. Das Kaminfeuer in ihrem Rücken vermittelte ihr innerlich ein Gefühl der Schwäche. Oder vielleicht lag das auch an der Art, in der Warwick in seinem Sessel saß, wie er seine langen Glieder ebenso männlich wie elegant von sich streckte. Inzwischen begann sein Hemd zu trocknen, aber da gab es noch immer Stellen, an denen es auf seiner Haut klebte. Sie ertappte sich dabei, auf einen dunklen runden Punkt auf seinem Oberkörper zu starren und machte sich klar, daß es seine Brustwarze war.

Ihr Blick flog zurück zu seinem Gesicht, und sie mußte feststellen, daß er sie mit einer Intensität betrachtete, die sie mit einem Schlag wieder kühl und verstandesmäßig werden ließ. Was tat sie eigentlich zu dieser Nachtstunde in der Gesellschaft von Miles Warwick? Und warum fühlte sie sich, als hätte man sie ein dutzendmal um die eigene Achse gedreht - lag es an den zwei Whisky, die sie getrunken hatte, als wäre es Limonade?

Und warum sah er sie so an? So neugierig? So konzentriert? Alle Unsicherheiten, die sie vorübergehend vergessen hatte, brachen wieder über ihr zusammen, als sich seine Lippen zur Andeutung eines Lächelns verzogen. Plötzlich fühlte sie sich ernüchtert. Am liebsten hätte sie die Flucht ergriffen.

»Keine Sorge«, erklärte er. »Da hat sich kein Härchen aus Ihrem Knoten gestohlen.«

Olivia war sich gar nicht bewußt gewesen, daß ihre Finger ihre Frisur überprüft hatten. Wie ertappt hielt sie inne.

»Auch ihre Brille sitzt ganz korrekt.«

Sie richtete sie trotzdem.

»Warum tragen Sie diese Gläser?« wollte er wissen.

»Weil ich sonst nichts sehen kann«, erwiderte sie.

»Unsinn. Heute nachmittag haben Sie sie nicht getragen, konnten aber dennoch ganz ausgezeichnet sehen.«

Heute nachmittag? Jetzt, wo der Winter ans Fenster prasselte und ein Feuer in ihrem Rücken brannte, kam es ihr so vor, als hätte dieses Zusammentreffen vor Jahrzehnten stattgefunden.

»Nehmen Sie sie ab«, befahl er. »Sie gefällt mir nicht.«

»Darauf kann ich bedauerlicherweise keine Rücksicht nehmen«, entgegnete sie.

»Ihre Augen sehen dahinter aus, als würden Sie mich aus einem Goldfischglas heraus betrachten.«

»Ich brauche sie zum Lesen.«

»Aber Sie lesen jetzt doch gar nicht.«

»Nein.« Sie schüttelte den Kopf. »Ich werde sie nicht abnehmen.«

»Nun gut. Aber dann sagen Sie mir, warum Sie eine solche Frisur tragen.«

»Wie bitte?«

»Sie ist ausgesprochen häßlich.«

»Ich...«

»Und dann dieses Kleid, das Sie da tragen. Es ist verdammt scheußlich. Grau steht Ihnen nicht. Sie sehen aus, als wären Sie in Trauer. Tragen Sie Trauer, Miss Devonshire?«

»Ich glaube nicht, Sir, daß Sie das Recht haben, mich zu beleidigen, während Sie in schmutzigen Stiefeln, nasser Kleidung und einem verdächtigen Fleck auf dem Hemd dasitzen.«

Er betrachtete sie schweigend. Zu Olivias Entsetzen kamen ihr die Tränen. Sie hatte entschieden zuviel getrunken. Wenn sie jetzt auch nur einmal zwinkerte, würden ihr die verdammten Tränen über die Wangen laufen. Doch sie hatte vor langer Zeit gelernt, sich zusammenzureißen. Wenn sie angestrengt geradeaus blickte, unter keinen Umständen den Kopf bewegte und auch nicht zwinkerte, konnte sie ihre Gefühle verbergen. Und wenn sie sich beeilte, konnte sie es sogar bis in die Kutsche schaffen…

»Würdest du mit in meinen Garten kommen?
Ich möchte, daß meine Rosen dich sehen.«

Rose Henniker Heaton

4

Warwick stand aus seinem Sessel auf und durchquerte unsicher den Raum. An der Tür blieb er mit dem Rücken zu Olivia stehen, die Hände in den Taschen. »Es gab eine Zeit«, sagte er zu den Schatten an der Wand, »da war das ganze Haus von Leben erfüllt. Ganz gleich, in welchem Flügel man sich auch befand. In den meisten Fällen war es das Personal, aber das war unerheblich. Ich konnte stets sicher sein, daß irgend jemand kam, wenn ich nur laut genug schrie.«

Er drehte sich um, sah sie an und fuhr fort: »Mein größter Traum war, Braithwaite für mich allein zu haben. Es gab keine wache Stunde, in der ich nicht an dieses Haus gedacht hätte. Und nachts im Bett stellte ich mir vor, daß ich durch diese Hallen und Räume ging. Ich versuchte mir den Stolz vorzustellen, den ich dabei empfinden würde – dieses Gefühl, endlich etwas wert zu sein, endlich irgendwohin zu gehören...«

Seine Stimme verklang, aber er rührte sich nicht. Auch Olivia blieb reglos. Das Unbehagen, das sie noch vor kurzem empfunden hatte, war vergessen. Sie starrte auf Warwicks breiten Rücken und die dunklen, inzwischen fast trockenen Haare, die ihm in Locken auf den Hemdkragen fielen. Eine seltsame Erregung pulste durch ihre Adern, als sie sich bewußt machte, daß sie gerade einen Miles Warwick erlebte, den vor ihr nur wenige Menschen kennengelernt hatten. Sicher hatte ihm der Whisky die Stimme gelöst – sie kannte die Wirkung, die Alkohol auf das Urteilsvermögen von Männern und Frauen ausüben konnte, aber sie wußte auch, daß in ihm Wahrheit lag.

Er hatte keineswegs wie ein Betrunkener gesprochen. Die Worte waren klar und deutlich über seine Lippen gekommen.

»Dann starb mein Vater, und alles ging an Randolf über. Als Randolf einen tödlichen Jagdunfall erlitt, hoffte ich inständig, irgendwie in den Besitz des Hauses zu kommen. Schließlich hatte sich Damien sein Leben in Mississippi eingerichtet und scherte sich einen Pfifferling um Braithwaite. Aber er kam selbstverständlich zurück und übernahm alles. Mit einem Mal war ich in dem Haus, in dem ich aufgewachsen war, nicht mehr willkommen. Aber Miss Devonshire, man kann Damien eigentlich keinen Vorwurf machen. Schließlich habe ich mich nie als ein idealer Bruder erwiesen.«

Er wandte ihr das Gesicht zu, lehnte sich gegen den Türrahmen und fuhr sich mit einer Hand durch die Haare. Er sah sie nicht an, sondern ließ seinen Blick von einer ausgestopften Jagdtrophäe zur anderen wandern. »Zweifellos haben auch Sie das Gerücht vernommen, ich hätte versucht ihn zu töten. Nun«, fügte er mit einem Hauch von Trotz in seiner müden Stimme hinzu, »das stimmt.«

Endlich sah er sie direkt an – ein atemberaubender Halbgott war vorübergehend von tiefer Reue erfaßt. »Was, Miss Devonshire, nicht einmal ein kleiner Aufseufzer des Entsetzens? Kein weiblicher Schrei nach dem Riechsalz? Vielleicht treffen die Gerüchte, die ich über Sie gehört habe, ebenfalls zu.«

»Vielleicht«, erklärte sie trocken und rückte ihre Brillengläser zurecht. »Sprechen Sie doch weiter, Mister Warwick.«

»Großer Gott, Sie sind wirklich eine sehr bemerkenswerte junge Dame, Miss Devonshire. Also gut. Ich habe sogar zweimal versucht, ihn umzubringen. Einmal wollte ich ihn auf einem Jagdausflug erschießen. Selbstverständlich gab ich vor, das Gewehr wäre versehentlich losgegangen. Beim zweitenmal durchschnitt ich seinen Sattelgurt. Er kam mit ein paar Knochenbrüchen davon. Sonst ist ihm nichts geschehen. Noch immer kein Entsetzensschrei, Miss Devonshire?«

»Ich kann mir vorstellen, daß Sie das gern hätten. Schließlich haben Sie sich einen gewissen Ruf damit erworben, die Menschen zu schockieren, stimmt's? Aber vielleicht wollen Sie mich auch nur erschrecken und hoffen, daß ich dann auf und davonstürze, und Sie mich nie wiedersehen müssen. Aber ich versichere Ihnen, Sir, soviel Mühe brauchen Sie sich nicht zu machen.« Sie hob lächelnd eine Augenbraue. »Außerdem bin ich nicht leicht zu schockieren. Wie sollte ich auch – denken Sie an meinen Ruf.«

»In der Tat.« Er betrachtete sie versonnen. »Dann sollte ich Ihnen vielleicht gestehen, daß ich der Anlaß dafür war, daß Damien in dieses gottverlassene und mückenverseuchte Land namens Mississippi gezogen ist. Unter Umständen erschüttert das Ihre Haltung. Sehen Sie, ich habe eine Nacht vor der Hochzeit mit seiner Verlobten geschlafen, und er hat uns dabei ertappt. Allerdings war das weniger meine

Absicht als die der jungen Frau. Sie wollte Dame einfach nicht heiraten. Und irgendwie bin ich auch heute noch sicher, daß es im Grunde gut so war. Als Damien fünf Jahre später nach England zurückkehrte, lernte er Bonnie kennen.«

Sein Gesichtsausdruck veränderte sich, und Olivia empfand einen kleinen Stich in der Magengrube. Sie kannte auch die Gerüchte über Bonnie. Man sagte, daß Miles die junge Frau insgeheim liebte.

Er verließ die Tür und ging zum Fenster. »Kommen Sie her, Miss Devonshire.«

Der Befehl drang kaum in ihr Bewußtsein. Zu sehr war sie damit beschäftigt, die Erregung zu dämpfen, die Miles' Erwähnung einer anderen Frau in ihr wachgerufen hatte. Wie eigenartig, dachte sie, daß seine Bemühungen, mich zu schockieren, mich dagegen eiskalt gelassen haben.

»Kommen Sie her«, wiederholte er.

Olivia stellte ihre Tasse zur Seite und zwang sich zum Aufstehen. Ihre Knie waren butterweich. Grotesk! Sie hatte doch noch nie zu den Zartbesaiteten gehört.

»Miss Devonshire?« kam es vom Fenster.

Sie trat neben ihn, achtete aber sorgsam auf einen sicheren Abstand zwischen ihr und Miles, als sie in einen riesigen Garten mit vergilbten Rosenbüschen hinausblickte.

»Früher einmal«, sagte er, »war dieser Garten im Sommer ein lebenssprühender, leuchtender Regenbogen von Farben. Mein Gott, war das schön. Die Fenster meines Zimmers führten in diesen Garten hinaus, und in der Zeit der Rosenblüte machte mich der Duft schon beim Aufwachen fast benommen.«

Olivia versuchte, sich den leblosen Garten in voller Blüte vorzustellen. Es gelang ihr nicht. Statt dessen konzentrierten sich ihre Blicke auf Warwicks Spiegelbild in der dunklen, regennassen Scheibe. Einen Moment lang glaubte sie, die Augen des Jungen gesehen zu haben, die fasziniert in den Garten voller duftender Rosen hinausschauten.

»Ich saß am Fenster und beobachtete Dames Mutter zwischen den Rosen. Ich betrachtete ihre Hände – wie behutsam sie die winzigen Blüten berührten. Ihre Kinder behandelte sie ebenso zärtlich, und ich ertappte mich bei dem Wunsch...« Stirnrunzelnd drückte er den Finger auf einen Tropfen Kondenswasser an der Scheibe und verrieb ihn so heftig, als wollte er das Bild zerstören, das ihn noch in der Erinnerung quälte.

»Aber wenn Sie an Rosen soviel Freude haben«, wagte sie sich vor, »warum lassen Sie sie dann eingehen?«

»Sie waren bereits eingegangen, als ich hier einzog.«

»Sind Sie sicher?«

Er sah sie an, aber sie blickte weiter auf sein Spiegelbild im Fenster. »Kann man aus diesem Zimmer irgendwie in den Garten gelangen?« erkundigte sie sich.

Er deutete auf eine hohe Tür in der Ecke des Zimmers. Olivia ging zu der Tür, öffnete sie und trat auf die Terrasse hinaus. Hier hielten zwei Flügel des Hauses den beißenden Wind fern, und obwohl noch immer der Eisregen fiel, schien die Kälte einigermaßen erträglich.

Das aus dem Haus fallende Licht beschien den Backsteinpfad, der den Garten säuberlich in Beete teilte. Sie trat von der Terrasse in das naßkalte Halbdunkel, fand den ersten Rosenstock und beugte sich zu ihm hinunter. Unkraut und das Laub vergangener Jahre hatten eine dichte Schicht am Wurzelstock der Rose gebildet. Olivia schob sie fort und brach einen Stachel von einem der leblos wirkenden Rosentriebe.

»Mister Warwick!« rief sie. Als sie keine Antwort erhielt, blickte sie über die Schulter und sah ihn als hohe Silhouette vor dem hellen Rechteck der Tür stehen. »Beeilen Sie sich, wenn ich bitten dürfte. Ich habe keine Lust, mir hier den Tod zu holen, während Sie da vor sich hin brüten.«

Zögernd kam er zu ihr und ging neben ihr auf die Knie. Olivia deutete mit einem klammen Finger auf den Rosenzweig und erklärte: »Der lebt. Sehen Sie? Da. Wo ich den Stachel weggebrochen habe. Ich würde sagen, es besteht durchaus Hoffnung für Ihren Garten, wenn Sie sich dazu entschließen können, die Beete jäten und die Rosen herunterschneiden zu lassen.«

»Glauben Sie?« Seine Stimme klang uncharakteristisch sanft und hoffnungsvoll – und so nahe.

»Selbstverständlich.« Ihre Stimme schwankte nicht, sondern behielt den gleichgültigen, monotonen Tonfall bei, den sie im Laufe der Jahre vervollkommnet hatte. »Wenn erstmal alles Abgestorbene weggeschnitten ist, wenn erst wieder Licht und Sonne an die Austriebsstellen der Pflanzen kommt, werden Sie mit Sicherheit die Wiedergeburt Ihrer Rosen erleben können. Aus völliger Dunkelheit kann schließlich nichts Gutes kommen.«

Er rührte sich nicht, er sprach kein Wort, während der kalte Regen die toten Blätter zum Rascheln brachte. Schließlich konnte sie sich nicht mehr beherrschen. Sie hob den Blick zu seinem Gesicht und mußte feststellen, daß er sie betrachtete – nicht den Rosenstock. Sie sah ihn durch die Regentropfen auf ihrer Brille an, wagte kaum zu atmen und wünschte bei allen Heiligen, sie wäre seinem Wunsch gefolgt und hätte die Gläser abgenommen. Sie wünschte sich auch, sie hätte sich ein anderes Kleid angezogen – eins, das nicht so scheußlich war –, aber sie besaß nichts Hübscheres. Geld für modische Kleidungsstücke auszugeben, war ihr stets als Verschwendung erschienen.

Sie stand auf, wischte sich Erde und Schmutz von den Händen und eilte dann zurück ins Haus und vor den Kamin. Dort schloß sie die Augen und ließ sich von der Wärme auftauen. Es verging gewisse Zeit, bis sich die Tür hinter ihr schloß. Gleich würde er sie zum Gehen auffordern und sie daran erinnern, daß sie ein ungebetener und unwillkommener Eindringling war. Und daß sie kein Recht hätte, in seinem toten Rosengarten zu wühlen, und...

»Sie werden sich den Tod holen«, ertönte es leise. Ein Decke wurde um ihre Schultern gelegt. Sie zog sie eng um sich und wollte sich bedanken, stellte aber voller Entsetzen fest, daß sie nur tonlos die Lippen bewegen konnte.

Sie standen beide schweigend da und starrten in den Kamin, in dem sich Stuhlbeine und Lehnen in zuckende Glut verwandelten.

»Das war ein sehr schöner Stuhl«, stellte sie fest.

»Ja, das war er.«

»Haben Sie kein Geld für Brennholz?«

»Nein.«

»Und was werden Sie jetzt machen?«

»Das Sofa verheizen, nehme ich an.«

Sie lachte und sah zu ihm auf. Sein Gesicht wurde vom Kaminfeuer beleuchtet, und zum ersten Mal bemerkte sie die feinen Falten, die sich um seine Augen eingegraben hatten. Auch zwischen seinen Brauen gab es zwei kleine vertikale Kerben. Und er mußte sich rasieren. Und er roch leicht nach Whisky und nach Pimentöl. Und Regen.

Sehr langsam streckte er die Hände aus und nahm ihr unendlich behutsam die Brille ab. »So ist es besser«, sagte er. »Mir gefallen Ihre Augen besser, wenn sie nicht verstellt sind. Sie haben sehr schöne Augen, Miss Devonshire.«

Einige Zeit standen sie schweigend nebeneinander. Beide schienen über den Wust von Empfindungen verwirrt, die zwischen ihnen aufflackerten wie die Flammen im Kamin.

Kann er mich tatsächlich auch nur im entferntesten attraktiv finden, fragte sich Olivia. Oder war das nur ein neuer Trick, sie zu verschrecken und aus dem Haus zu jagen, damit sie nie wieder auf den Gedanken kam, seine Türschwelle zu verdunkeln?

Großer Gott, dachte er. Entweder habe ich zu lange ohne Frauen auskommen müssen, oder Olivia Devonshire ist weitaus attraktiver, als ich es mir vorgestellt hatte – mit ihrem regenbenetzten Gesicht und den Tropfen an ihren seidigen schwarzen Wimpern. Die Schwellung ihrer Brüste brauchte die künstlichen Hilfsmittelchen nicht, zu denen Frauen mitunter Zuflucht nahmen, und einen verblüffenden Augenblick lang stellte er sich vor, sie in die Hände zu nehmen, vielleicht sein Gesicht in ihrer Üppigkeit zu bergen ... während ihre langen Beine sich spreizten, um ihn behutsam eindringen zu lassen.

Aber vielleicht hatte sie es lieber wild, hemmungslos und lasziv. Schließlich war sie ein Paradoxon: eine Frau in der Verkleidung einer alten Jungfer, aber mit dem Charakter einer Hure. Vielleicht war sie nicht gekommen, um ihn zu einer Heirat zu bewegen. Vielleicht hatte sie nichts anderes im Sinn als ein zügelloses Getummel auf dem Laken. In diesem Fall...

»Sagen Sie, Miss Devonshire, aus welchem Grund sind Sie wirklich gekommen?«

Sie blickte sehnsüchtig auf die Brillengläser, die er auf seinem Zeigefinger balancierte. »Das habe ich Ihnen doch gesagt. Um mich dafür zu entschuldigen, daß...«

»Nun kommen Sie schon. Ich bin Ihnen gegenüber mehr als offen und ehrlich gewesen. Da meine ich schon, daß Sie mir auch ein bißchen Aufrichtigkeit schulden.«

Er klappte die Bügel der Brille zusammen und steckte sie in die Hosentasche. Seine Augen waren unverwandt auf sie gerichtet. Ihre Augen waren sehr groß und wurden mit jeder Sekunde größer. Doch als er eine Hand um ihren Nacken legte, spürte er sie zusammenzucken, dann erbeben, und einen Augenblick lang sah sie so erschreckt aus, als könnte sie ihm entfliehen.

Aber sie floh nicht. Sie blieb regungslos stehen, während ihre Atemzüge schneller wurden und sich ihre Lippen zu einem kleinen Seufzer der Überraschung öffneten. Aber vielleicht war es auch nur Verlangen.

Er zog sie an sich. Sein Körper drückte sich gegen sie, während seine Finger über ihren Nacken glitten, zu ihrem Haarknoten hinaufwanderten und die

Kämme und Nadeln lösten. Die Fülle ihrer Locken ergoß sich über ihre Schultern. Sie streckte abwehrend die Hand aus, und er reagierte mit dem Lächeln, das selbst die unschuldigsten Mädchen dahinschmelzen ließ.

»Nicht«, flüsterte sie mühsam. »Das dürfen Sie nicht tun. Sie wollen mich nur wieder erschrecken, und...«

»Erschrecke ich dich denn, Schätzchen?« Er lachte leise. Vielleicht hatte er sie am Anfang wirklich erschreckt, aber jetzt...?

Er umfing sie, hielt sie noch enger und härter. Ihr Körper reagierte mit stocksteifer Abwehr und ihre grünen Augen sahen angstvoll zu ihm auf. Wie hatte sie sich doch von einem Moment zum anderen verändert: Dicht und voll umrahmten die Haare ihr Gesicht, ihr Kopf hatte sich nach hinten gebogen, gab ihre zarte Halsbeuge frei... O ja. Er konnte sich sehr gut vorstellen, daß diese Frau einen ganzen Zigeunerstamm in Versuchung führte. Oder einen der Diener ihres Vaters. Oder auch einen gar nicht so noblen Adligen – wie er einer war –, der im Strudel ihrer Augen ertrank. Wenn er klug war, würde er sie mit der Botschaft zu ihrem Vater zurückschicken, daß mit Miles Kemball Warwick nicht zu spaßen war, wenn es um Frauen ging. Daß er keineswegs zu einer Heirat zu verleiten war. Doch in diesem Augenblick war er durchaus nicht so klug. Weit gefehlt. Und er hatte schon so lange ohne die Wärme einer Frau auskommen müssen...

Sein heißer Atem traf ihr Ohr.

Sie stöhnte.

Er liebkoste die zarte, duftende Haut ihres Halses mit den Lippen.

Sie schmolz dahin.

Er küßte sie. Zunächst berührte er fast zufällig und tastend ihren Mundwinkel, dann legten sich seine Lippen auf ihren Mund, der sehr viel weicher war, als er es sich vorgestellt hatte. Ihre bebenden Lippen öffneten sich. Er griff in ihre Haare, zog ihren Kopf ebenso zärtlich wie besitzergreifend an sich. Alle Nerven seines Körpers waren gespannt, signalisierten kleine Nadelstiche fast schmerzvoller Lust.

Wieder stöhnte Olivia leise auf. Die berauschende Ekstase des Augenblicks verhinderte jedes Denken, jede Bewegung, jede Abwehr. Die erregende Wärme seines Mundes war überwältigend. Ein Leben lang hatte sie von diesem Moment mit ihm geträumt, doch nie hätte sie gedacht, daß es so sein würde...

Nicht aufhören! rief sie innerlich, und ihr Körper reagierte. Er drängte sich näher an ihn, und ihre Lippen öffneten sich bereitwillig, während seine Zunge ihren Mund in einem wilden und leidenschaftlichen Rhythmus erforschte, der sie erbeben ließ, weich und hilflos machte. Nach einem kaum wahrnehmbaren Zögern glitten ihre Arme um seinen Nacken und ihre Hand vergrub sich in seinem herrlichen Haar, wie sie es sich seit vielen Jahren erträumt hatte. Sie küßte ihn mit einer Hingabe, die sie noch vor wenigen Augenblicken schockiert hätte.

Er zog sich zurück. Plötzlich. Sein Atem ging schwer. Seine Augen brannten.

Die Wirklichkeit schlug über ihr zusammen.

Miles trat einen Schritt zurück. Kurze Zeit standen sie sich in unbehaglichem Schweigen gegenüber.

Schließlich durchquerte Miles das Zimmer, lehnte sich mit verschränkten Armen gegen den Schreibtisch und musterte sie.

»Wer war es?« fragte er mit rauher Stimme. »Oder besser: Wer ist er?«

Sie runzelte die Stirn und betrachtete abwesend die Haarnadeln, die überall auf dem Fußboden verstreut lagen. Sie konnte nicht denken.

»Spiel nicht die Naive. Du weißt genau, wen ich meine. Den Vater des Jungen. Wer ist er?«

Dieser plötzliche Themenwechsel verwirrte Olivia noch mehr. Die Tatsache, daß er so unvermittelt auf ihren Sohn kam, ließ ihr den Raum fast unerträglich heiß erscheinen. »Das geht dich nichts an. Das ist nicht deine Sache«, brachte sie schließlich über die Lippen.

»Dein Vater hat es zu meiner Sache gemacht.«

»Du hast das Angebot meines Vaters abgelehnt, also geht es dich nichts an.«

»Hast du ihn geliebt?«

Wo war ihr Umhang? Auf dem Sofa. Um ihn zu holen, müßte sie ganz nahe an Miles vorbei. Sie war nicht sicher, ob sie das schaffen würde. Jedenfalls nicht mit diesen zitternden Knien und dem wildpochenden Herzen. Wie dumm von ihr, einen undisziplinierten Mann wie Miles Warwick zur Rede stellen zu wollen und anzunehmen, unbehelligt davonzukommen.

Sie konzentrierte sich krampfhaft auf eine Fluchtmöglichkeit.

»Kenne ich ihn?« wollte er wissen.

»Ich muß jetzt wirklich gehen.« Sie blickte zum Sofa.

»Wohnt er hier in der Gegend?«

»Ich hätte nicht kommen sollen. Es war unüberlegt...«

»Weiß er von dem Jungen?«

»Der Junge hat einen Namen. Er heißt Bryan.«

»Trägt er zum Unterhalt des Jungen bei?«

»Bryan. Der Junge heißt Bryan«, betonte sie in zunehmender Verzweiflung.

»Ist er verheiratet? Offenbar, denn sonst hätte er dich geheiratet. Liebt ihr euch immer noch?« Er trat vor sie hin und verstellte ihr damit den Weg zum Sofa. Entschlossen wollte sie an ihm vorbei. Er trat zur Seite und behinderte ihre Schritte erneut. »Ich habe dir eine höfliche Frage gestellt«, betonte er.

»Und ich habe dir ebenso höflich gesagt, daß es dich nichts angeht.«

»Du mußt ihn sehr geliebt haben, da du auch jetzt noch darauf bedacht bist, seinen Namen und seinen Ruf zu schützen, während deine Reputation beim Teufel ist.«

»Ich muß gehen. Würdest du bitte...«

»Jetzt hab' ich's. Du hast gedacht, diesen Schurken durch deine prekäre Lage zur Heirat zwingen zu können. Sie hätte dir ein weiteres Leben in der Gesellschaft deines Vaters und deiner Schwester erspart. Ah! Ich muß der Wahrheit nahe sein. Deine Augen funkeln und du wirst ganz rot.«

»Unser Gespräch nimmt einen ausgesprochen anstößigen Verlauf...«

»Nein, Mademoiselle. Dein Ruf ist anstößig. Es ist anstößig, mitten in der Nacht herzukommen. Deine Art, dich zu kleiden, ist anstößig. Dein Betragen ist anstößig. Deine Versuche, mich zur Heirat zu verführen, sind anstößig. Soll ich fortfahren?

Dein Vater hat mir erzählt, du hättest deiner Mutter geschworen, für deinen Vater und deine Schwester zu sorgen. Als dir bewußt wurde, daß deine Chancen vorüber waren, Devonswick durch eine Ehe entfliehen zu können, hast du dich in eine Liebesaffäre gestürzt. Du hast angenommen, eine Schwangerschaft könnte dich von einer Existenz im Schatten deiner Schwester und unter der Herrschaft deines Vaters befreien.«

»Bist du fertig?« fragte sie.

»Ich bin nicht ganz sicher. Laß mich noch einen Augenblick lang nachdenken. In der Zwischenzeit kannst du dich ja wieder in den Sessel setzen und dir noch einen Drink eingießen.«

»Ich würde lieber verdursten und erfrieren, als mich noch einmal in diesen Sessel vor dem Kamin zu setzen und mit dir einen Whisky zu trinken.« Sie trat um ihn herum. Diesmal hinderte er sie nicht daran. Sie ergriff ihren Umhang und legte ihn sich um die Schultern, während sie auf die Tür zuging.

Wo war Bertrice? Sie blickte sich in der Halle um, sah aber nichts als die Schatten der Dunkelheit. »Verdammt«, sagte sie ieise. »Wo ist sie denn nur?«

»Zweifellos auf der Suche nach ihrer Katze«, erklärte Warwick hinter ihr. »Warum kommen Sie nicht wieder in die Wärme, Miss Devonshire? Für Sie werfe ich sogar noch einen Stuhl ins Feuer.«

»Bertrice!« rief sie.

»Sie wissen doch, daß dieses Haus dazu neigt, Menschen zu verschlingen.«

»Bertrice!«

»Hier oben!« Das Hausmädchen erschien oben an der Treppe; die Haube war ihr tief in die Stirn gerutscht. »Die verrückte Alte ist hier oben«, verkündete sie mit zornbebender Stimme.

Olivia hastete die Treppe hinauf und bemühte sich, Miles nicht zu beachten, der ihr nacheilte. Er überwand zwei Stufen, wo sie nur eine schaffte. Sein Hausmädchen wartete auf sie und murmelte wütend vor sich hin.

Olivia wurde in ein großes Schlafzimmer geführt und stellte zu ihrem Entsetzen fest, daß sich Bertrice hingelegt hatte. In seinem Schlafzimmer. In seinem Bett. Friedlich ruhte ihr silbergrauer Kopf auf den Kissen, die Bettdecke hatte sie bis ans Kinn gezogen.

»Offenbar hat sie ihre Katze nicht gefunden«, erklärte Miles von der Tür aus.

Olivia stand am Fuß des riesigen Himmelbetts, sah nachdenklich auf ihr altes Kindermädchen und fragte sich, wie sie ihrem Gastgeber erklären sollte, daß der Kater Dickens bereits vor sechs Jahren sein Leben ausgehaucht hatte. Die Peinlichkeit der Situation machte sie benommen. Die Tatsache, daß sie sich in Warwicks Schlafzimmer befand, trug ebensowenig zur Beruhigung ihrer Nerven bei wie das selbstgefällige Lächeln auf seinem Gesicht.

»Ich muß mich entschuldigen«, sagte sie steif, »aber es sieht so aus, als fühle sich Bertrice hier ganz zu Hause.«

»So hat es den Anschein.«

»Mit Ihrer Hilfe könnte ich sie zum Aufstehen bewegen...«

»Machen Sie sich darum keine Sorgen.«

»Aber Sie verkennen offenbar die Situation. Bertrice ruht gern und lange. Wenn sie erst einmal eingeschlafen ist, schläft sie bis zum nächsten Morgen.«

»Das ist im allgemeinen so.«

Zorn stieg in Olivia auf. Sie warf ihm einen verärgerten Blick zu. Er zuckte nur mit den Schultern. »Es sieht ganz so aus, als müßten Sie nun doch noch etwas länger bleiben.«

»Damit Sie weiterhin meine Gefühle in unbotmäßiger Weise verletzen können? Ich denke nicht, daß ich das tun werde. Bertrice? Bertrice! Wach auf!«

»Ich verspreche, mich anständig zu betragen...«

»Ich bezweifle in höchstem Maße, daß Sie auch nur ansatzweise wissen, was Anstand bedeutet, Mister Warwick.«

»Also gut. Und wenn ich verspreche, Ihre Liebhaber nicht mehr zu erwähnen...«

Sie schüttelte heftig den Kopf. Bertrice murmelte etwas Unverständliches.

Miles trat hinter Olivia und ergriff sanft aber fest ihren Arm. »Lassen Sie sie doch schlafen«, wiederholte er.

»Nehmen Sie sofort Ihre Hand von...«

»Ich lasse sie morgen früh nach Hause bringen. Großer Gott, Sie können aber eine sehr temperamentvolle kleine Person sein, wenn Sie sich etwas in den Kopf gesetzt haben.«

»Dann sollten Sie es nicht zum Äußersten kommen lassen.« Sie riß sich los und ging zur Tür, ohne einen weiteren Gedanken an Bertrice oder die Tatsache zu verschwenden, daß er noch immer im Besitz ihrer Brille war.

Das mürrische Hausmädchen machte einen Satz zur Seite, als Olivia an ihr vorbeischoß. Erst nach einer Weile erkannte sie, daß sie in die falsche Richtung stürmte. Mit einem ärgerlichen Aufstöhnen machte sie kehrt. Warwick stand oben an der Treppe.

An seinem kleinen Finger hing ihre Brille. Was für ein unerträglicher Mensch er doch war!

»Sagen Sie mir«, meinte er, als sie wieder bei ihm angelangt war, »sind Sie wütend, weil ich gesagt habe, Sie würden ohne die hier hübscher aussehen?« Er verzog das Gesicht in Richtung Brille. »Oder weil ich Sie nach dem Vater des Jungen gefragt habe? Ich glaube nicht, daß Sie zornig sind, weil ich Sie geküßt habe. Denn das haben Sie ganz offensichtlich genossen. Oder könnte es sein...« Seine Stimme wurde leiser, sein Gesicht nahm einen ernsten Ausdruck an, »...daß Sie an ihn gedacht haben, als ich Sie küßte?«

»Machen Sie sich doch nicht lächerlich!« Ihre Hand zuckte nach vorn, doch er zog die Augengläser zurück.

Olivia hob das Kinn und ging auf die Treppe zu. »Wie Sie wollen«, erklärte sie großspurig, »meinetwegen können Sie die Dinger auch behalten.«

Miles war schneller an der Treppe und verstellte ihr den Weg. Mit seiner abgetragenen Kleidung und den windzerzausten Haaren, die von seinem Ritt durch den Eisregen noch immer feucht waren wirkte er wie ein Pirat. Um ihn war ein Flair von Verwegenheit, eine Leidenschaft, die seine Augen aufblitzen ließ, und die sie einen Augenblick lang in den Bann schlug. Fast verzweifelt machte sie sich bewußt, daß sie sich nicht wehren würde, wenn er sie jetzt erneut küßte.

»Gehen Sie nicht«, bat er schließlich. »Ich werde Sally bitten, uns etwas zu kochen...«

»Es ist nichts da, was ich kochen könnte«, krähte das Hausmädchen spitz.

»Dann geben wir uns eben mit Wasser und Brot zufrieden.«

»Ich glaube nicht, daß ich diese freundliche Einladung in Anbetracht der Umstände annehmen werde.«

»Wenn Sie mit ›Umständen‹ den Kuß meinen sollten, da brauchen Sie sich keine Sorgen zu machen. Der hat nichts zu bedeuten. Es sei denn, Sie sehen das anders...«

»Und was soll das nun wieder heißen?«

Er hob die Schultern. »Sie können herzlich gern über Nacht bleiben, wenn Sie wollen.«

»Soll das etwa ein Angebot sein, Sir?« Mit großen Augen nahm sie sein fast unverschämtes Grinsen zur Kenntnis.

Ihr Versuch, die Stufen hinunterzueilen, wurde dadurch vereitelt, daß er die Hand ausstreckte und ihr den Zugang zur Treppe verwehrte. »Also gut«, meinte er und blickte ihr in die verwirrten Augen. Sein Gesicht war ihr sehr nahe. Das Licht vom Kronleuchter ließ sein Haar wie Kupfer schimmern. »Ich füge mich, Miss Devonshire«, fuhr er ruhig und emotionslos fort. »Ich gestehe, daß ich mich von meinem Egoismus hinreißen ließ. Vor Ihrer Ankunft war ich in tiefe Depressionen verfallen. Wahrscheinlich hatte ich mich dem Selbstmitleid allzusehr hingegeben. Das hier ist nicht das Braithwaite, nach dem ich mich mit jeder Faser meines Seins gesehnt habe. Vermutlich trifft der alte Spruch doch zu – man sollte vorsichtig sein mit seinen Wünschen und Träumen.«

»Vielleicht war oder ist es nicht das *Haus*, das Sie sich ersehnt haben«, wandte sie ein.

Er kommentierte ihre Bemerkung nicht, und Olivia wurde sich der spannungsgeladenen Atmosphäre zwischen ihnen bewußt. Sein Gesichtsausdruck war ebenso verwirrt wie zornig.

»Ich fürchte, ich habe Sie über Gebühr lange aufgehalten, Miss Devonshire. Darf ich Ihnen eine gute Nacht wünschen?«

Man hat die Liebe mit Schulden verglichen; beides raubt den Opfern nachts den Schlaf und hält sie tagsüber in unablässiger Unrast.

Fredrick Saunders

5

Der Morgen war naß, kalt und neblig. Während der Nacht hatte es geschneit. An den Bäumen um Devonswick hingen Eiszapfen und ließen sie wie verzauberte Trauerweiden aussehen.

Olivia erwachte mit stechenden Kopfschmerzen. Sie hatte kaum geschlafen. Immer wieder hatte sie an ihre Stunden mit Miles Warwick denken müssen, und in ihren Träumen hatte sie von ihrem Zusammensein die erstaunlichsten Variationen ersonnen. Gegen halb vier war sie schließlich aufgestanden und in die Küche gegangen, wo ihr die Hausmagd eine Kanne heißen Tee machte und einen Teller Scones vor sie hinstellte. Olivia setzte sich an den Herd, verspeiste das Gebäck bis auf das letzte Stück und verfluchte sich dafür, nach Braithwaite gefahren zu sein, um Warwick zur Rede zu stellen.

Wie hatte sie nur so töricht sein können! Sie hatte in ihrem Leben schon etliche unvernünftige Entschlüsse gefaßt, doch von keinem wünschte sie sich so sehnlich, ihn ungeschehen machen zu können. Vermutlich hatte er die ganze Nacht schallend über sie gelacht. Welche Unverfrorenheit, ihr zu unterstellen, sie sei nur zu ihm gegangen, um ihn zu einer Heirat zu verlocken! Und wie unverblümt er das Thema Bryan angegangen war! Und als Höhepunkt hatte sie sich auch noch dazu hinreißen lassen, ihm zu gestatten, sich Freiheiten herauszunehmen! Sie war tief beschämt.

Bedauerlicherweise konnte sie nichts davon ungeschehen machen. Ebensowenig konnte sie die Erregung vergessen, die sein Kuß in ihr hervorgerufen hatte, dieses atemberaubende Lustgefühl, das all jene Fesseln gesprengt hatte, die in den letzten Jahren ihre Gefühle so zweckmäßig unter Kontrolle gehalten hatten.

Wie es ihr streng geregelter Alltag verlangte, stand sie um sieben Uhr auf, badete und zog sich an. Dann ging sie in das Arbeitszimmer ihres Vaters, wo sie die Post öffnete und las, die gestern nachmittag gekommen war – oder versuchte es zumindest. Ohne Brille war es nicht einfach.

Erst auf halbem Weg zwischen Braithwaite und Devonswick war ihr bewußt geworden, daß sie ihre Augengläser zurückgelassen hatte. Nun konnte sie nur hoffen, daß Warwick die Brille Bertrice mitgab. Doch inzwischen war es ihr praktisch unmöglich, auch nur einen Satz zu lesen. Dennoch versuchte sie ihr Bestes. Jede Überanstrengung ihrer Augen war besser als die erneute Vorstellung, wie sie sich vor Warwick zur Närrin gemacht hatte.

Warwick! Lieber Himmel, warum konnte sie ihn nicht endlich aus ihren Gedanken verdrängen? Da saß sie nun den ganzen Morgen, konzentrierte sich mit aller Macht auf Buchstaben und Zahlen, aber in ihrem Kopf hatte nichts anderes Platz als die Erinnerung an seine Lippen auf ihrem Mund und an den Geruch seiner Haut, als er vor dem Kamin neben ihr gestanden und ihr ganzes Sein zum Erbeben gebracht hatte.

Um kurz nach zehn wurde die Tür aufgerissen und Emily trat ein. Mit dem Arm voller Kleider wehte sie herein wie eine Frühlingsbrise. Ihr Gesicht glühte vor Begeisterung. Sie hatte die blonden Haare streng aus der Stirn gekämmt und im Nacken mit einem Tuch aus blaßrosa Seide zusammengefaßt, das perfekt zu ihrem Negligé paßte. Ihre zierlichen Füße steckten in gleichfarbigen Lederpantöffelchen.

Oliva legte ihren Federhalter beiseite, verschränkte die Finger und bemühte sich nach Kräften, die bohrenden Kopfschmerzen wenigstens für ein Begrüßungslächeln vergessen zu können. »Guten Morgen, Schwesterchen. Was hast du denn da?«

»Kleider natürlich«, erwiderte Emily mit einem silberhellen Lachen. »Ich brauche ganz einfach deine Meinung, Oli. Der Marquess hat sich für heute angesagt. Welches Kleid steht mir am besten – was meinst du?« Sie warf ein paar Stück in die Richtung eines Armsessels. Doch statt auf ihm landeten sie in einem Haufen auf dem Fußboden. Ohne dem größere Beachtung zu schenken, hielt sich Emily ein anderes Kleid an und drehte vor Olivia eine kokette Pirouette. »Ist es nicht himmlisch, Oli? Glaubst du, daß es Lord Willowby gefallen wird?«

»Du wirst ihm mit Sicherheit in allem gefallen, Em – es sei denn, er ist blind oder ein Dummkopf.«

Das Kleid wurde auf den Boden geschleudert, Emily griff zu einem anderen. »Und wie ist es mit diesem hier? Ich habe gehört, daß Rüschen und winzige Schlüsselblumen am Decolleté in dieser Saison in Paris *de rigueur* sind.«

Olivia stand auf und begann, die Kleidungsstücke vom Fußboden aufzusammeln. Da war eine gelbe

Robe mit Satinmieder und einem Überrock aus gestreifter, goldbepaspelter Gaze. Eine Traumkreation, die sich Emily vor ein paar Monaten gewünscht und gedroht hatte, sie würde mit Sicherheit sterben, wenn sie sie nicht bekäme. Doch soweit Olivia wußte, hatte ihre Schwester das Modell kaum einmal anprobiert, seit es in Bergen von Seidenpapier und Bändern verpackt aus Paris eingetroffen war.

»Ich bin ganz sicher, daß Lord Willowby heute mit Vater sprechen wird«, sagte Emily. »Weshalb sollte er sich sonst in dieses gräßliche Wetter hinauswagen? Oli, meine Liebe, was machst du da eigentlich?«

Olivia hielt sich eine italienische Robe an und spürte, daß ihr unter dem ungläubigen Blick ihrer Schwester tiefe Röte in die Wangen stieg.

»Sei nicht närrisch«, sagte Emily und riß ihr das Kleid fort. »Du bist viel zu alt, um ein solches Kleid zu tragen. Die Farbe kleidet dich nicht. Sie paßt einfach nicht zu diesem schrecklichen Olivton deiner Haut. Ganz abgesehen davon – aus welchem Anlaß solltest du wohl eine solche Robe tragen wollen? Um mit Vaters Büchern zu hantieren? Oder vielleicht ...« Sie senkte die Stimme und ihre Augen wurden kalt ... »um Miles Warwick zu besuchen?«

Olivia kehrte zu ihrem Stuhl zurück, setzte sich und nahm den Federhalter wieder auf.

»Wie könntest du daran denken, in einem solchen Kleid nach Braithwaite zu fahren? Es war doch schockierend genug zu erfahren, daß Vater versucht hat, diesen unverbesserlichen Menschen zu einer Ehe mit dir zu überreden. Kannst du dir denn Miles Warwick als Mitglied dieser Familie vorstellen ...«

»Da er Papas Angebot ausgeschlagen hat, Em, ist das wohl kaum eine Sache, um die du dir Sorgen machen müßtest. Bitte, ich habe zu arbeiten und darüber hinaus schreckliche Kopfschmerzen. Wenn du unbedingt über Miles reden willst, dann bitte mit Vater.«

Es klopfte und Jonah betrat das Zimmer. Als er Emily sah, hob er eine Augenbraue, doch dann lächelte er Olivia an. »Miss, der kleine Bryan wäre jetzt bereit für seinen Spaziergang.«

Dankbar für einen einigermaßen würdigen Abgang legte Olivia den Federhalter nieder und lehnte sich in ihrem Sessel zurück. »Vielen Dank, Jonah. Würden Sie Deets bitten, mit der Kutsche vorzufahren? Und macht es Ihnen etwas aus, meinen Umhang zu holen?«

Emily runzelte mißmutig die Stirn. »Du hast doch nicht etwa vor, dich tatsächlich in diese Kälte hinauszubegeben, Olivia?«

»Ein bißchen Kälte hat noch niemandem geschadet, Emily. Abgesehen davon freut sich Bryan auf die Ausfahrt. Ein Kind braucht Bewegung in frischer Luft, wenn es gesund bleiben soll. Oder möchtest du als hingebungsvolle, liebevolle und besorgte Tante vielleicht ein paar Stunden lang mit ihm spielen?«

Emily wurde hochrot. Sie vermied es, ihre Schwester anzusehen. Olivia gestattete sich ein winziges Lächeln. Es geschah nicht oft, daß Emily Unbehagen zeigte.

Jonah räusperte sich. »Gibt es noch etwas?« fragte Olivia.

»Ja, Miss. Da ist ein Besucher...«

»Oh?«

»Miles Warwick.«

Warwick!

»Warwick?« wiederholte sie.

»Ja, Miss.«

»Ich ... verstehe. Nun, sagen Sie ihm einfach, mein Vater...«

»Er ist nicht hier, um Ihrem Vater einen Besuch abzustatten, Miss.«

Olivia warf einen Blick auf ihre Schwester. Emilys blaue Augen waren ganz groß und ihre Lippen formten ein überraschtes O, das sich im Bruchteil einer Sekunde in einen Ton des Mißvergnügens verwandelte. Sie stampfte mit dem zierlichen Fuß auf und rief: »Ich weigere mich, ihn zu sehen. Sagen Sie ihm, er möge verschwinden, Jonah. Ich...«

»Ich bitte um Verzeihung, Miss Emily, aber er ist nicht hier, um Sie zu sehen. Er möchte mit Miss Olivia sprechen.«

In Olivias Magengegend regte sich etwas, das freudiger Erregung verdächtig nahe kam. Und das, nachdem sie sich die ganze Nacht hindurch davon überzeugt hatte, daß es Miles Warwick nicht wert war, sich Sorgen um seine Meinung über sie zu machen. Sie straffte die Schultern, holte tief Atem und sagte: »Sagen Sie ihm, ich könnte ihn leider nicht empfangen. Bryan wartet schließlich auf mich, und ... nun ... ach, sagen Sie ihm bitte einfach, es sei unmöglich.«

Jonah nickte und verließ den Raum.

Emily trat über den Kleiderhaufen auf dem Fußboden, baute sich vor dem Schreibtisch auf, beugte sich zu Olivia und wollte mit drängender Stimme wissen: »Was macht er hier?«

»Vermutlich hat er Bertrice nach Hause gebracht. Beruhige dich doch, Emily. Du siehst ja aus, als hättest du ein Gespenst aus dem Nebel auftauchen gesehen.«

»Du wirkst auch nicht gerade gelassen«, gab Emily spitz zurück. »Kommt die Röte auf deinen Wangen eigentlich von deiner Besorgnis oder entstammt sie vielleicht einer gewissen Erregung?«

»Sei nicht albern.«

Emily rang die Hände und warf einen nervösen Blick zur Tür. »O Gott, was ist, wenn er mit Lord Willowby zusammentrifft? Wie ich Miles kenne, wird er es sich nicht entgehen lassen, Seiner Lordschaft alle unangenehmen Einzelheiten unserer Beziehung zu erzählen. Sieh zu, daß du ihn los wirst, Oli, bevor er meine gesamte Zukunft zerstört.«

Olivia stand auf und ging zur Tür. Draußen klang Bryans Lachen hell durch den Korridor, zusammen mit dem Geräusch laufender Füße. Und dann war das Kind bereits im Raum und warf sich freudestrahlend in ihre Arme.

»Mummy«, rief er, »die Köchin hat mir Pudding gemacht!«

Olivia ging in die Knie und zog den warm eingepackten Jungen fest an sich. Sein Atem roch nach Orangenmarmelade, und über seinen Lippen war ein Milchschnurrbart, der sich feucht anfühlte, als er ihr einen Kuß auf die Wange drückte. Lachend erwiderte sie seine Zärtlichkeit und hatte Warwick schon fast vergessen, als sie Jonah rufen hörte:

»Hören Sie, guter Mann, Sir! Miss Olivia möchte nicht gestört werden!«

Sie wandte den Kopf, und da stand er: die Beine leicht gespreizt, sein Umhang fiel locker von seinen Schultern bis auf die Schienbeine. Hinter ihm tauchte Jonah auf und blickte Olivia hilflos an. Sie entließ ihn mit einem Kopfnicken und stand langsam auf.

»Dringen Sie eigentlich immer so bei Frauen ein – ob es diesen nun gefällt oder nicht?« fragte sie Warwick.

»Wenn es die Situation erfordert ... Stehen Sie eigentlich immer nach Einbruch der Dunkelheit und ungebeten auf der Türschwelle eines Mannes?«

Olivia zwang sich zu einem langsamen, tiefen Atemzug. »*Touché*. Ich nehme an, Sie haben Bertrice heimgebracht?«

Er nickte und eine dunkle Haarsträhne fiel ihm in die Stirn.

»Nun ... nehmen Sie meinen aufrichtigen Dank entgegen, Mister Warwick. Wie auch meine Entschuldigung dafür, daß Sie eine Nacht lang auf Ihr Bett verzichten mußten. Wenn Sie uns jetzt bitte entschuldigen ...«

»Ich würde gern mit Ihnen sprechen«, unterbrach er.

»Das wird leider nicht möglich sein. Ich wollte gerade ausfahren, müssen Sie wissen. Mit meinem Sohn.«

Sie sah, daß sich Warwicks Blick auf das Kind senkte, das sich an ihr Bein klammerte, das Gesicht halb in den Falten ihres Rocks verbarg und zu dem hochgewachsenen, dunklen Fremden hinaufspähte.

»Das ist uns eine liebe Gewohnheit«, fügte Olivia schnell hinzu, um Warwicks Aufmerksamkeit wieder auf sich zu lenken. »Ich fahre jeden Vormittag mit ihm aus.«

»Wie rührend.« Die Worte klangen leicht ironisch, aber sein Gesichtsausdruck hatte sich nicht verändert. Sein Blick war hart, seine Miene unnachgiebig. Olivia gewann den Eindruck, daß er ungeachtet ihrer Einwände all das sagen würde, was er sagen wollte.

»Vielleicht wollen Sie uns begleiten«, sagte sie, da sie erkannte, daß er sich ohnehin nicht abweisen lassen würde.

Emily gab einen leisen Ruf der Überraschung von sich. Auch Olivia war über ihr Angebot schockiert. Da hatte sie sich also wieder auf ihn eingelassen. Immerhin würde er ihr nun das, was er loswerden wollte, unter vier Augen sagen.

Für ein paar Sekunden breitete sich Schweigen aus, und Warwick blickte erneut auf den Jungen, bevor er schließlich sagte: »Also gut.«

*

Zunächst hatte Miles lediglich Bertrice nach Hause bringen wollen. Mit Sicherheit war es nicht seine Absicht, Olivia unter die Augen zu treten. Nicht nach dem gestrigen Abend, an dem er sich zu einem kompletten Narren gemacht hatte. Erst durch sein unbeherrschtes Trinken und dann durch seine Vertrauensseligkeit, mit der er seine persönlichen Probleme ausgeplaudert hatte.

Und dann war da noch diese kleine Angelegenheit mit diesem Kuß.

Er konnte nicht ganz von sich weisen, daß er ihn genossen hatte.

Sogar sehr genossen hatte.

Tatsache war, daß er in der Nacht stundenlang durchs Haus gewandert war und immer wieder über ihn nachgedacht hatte.

Die Räder der Kutsche trafen auf ein Schlagloch, und die Erschütterung riß Miles aus seinen unbehaglichen Überlegungen in die Gegenwart zurück. Er saß Olivia direkt gegenüber, die in einen Umhang mit Fuchskragen gehüllt war. Neben ihr saß der Junge. Er war in eine Decke eingepackt, dennoch hatte ihm die Kälte rote Apfelbäckchen gemalt. Die großen grünen Augen des Kindes starrten ihn an. Seine kleinen dicken Finger hatte er artig auf dem Schoß gefaltet.

»Nun?« drang Olivias Stimme an sein Ohr. Im Schatten der Kutsche und halbverdeckt durch ihre Kapuze – wie auch gestern – wirkte ihr Gesicht wie cremefarbener Samt. Ihre Augen waren sehr groß – vermutlich optisch vergrößert durch die Dunkelheit und die Länge ihrer dichten Wimpern. »Was wollten Sie mir sagen, Mister Warwick?«

Er dachte einen Augenblick lang nach, griff dann in die Tasche und holte ihre Brille hervor. Er klopfte sich damit leicht auf die Knie, sah wieder den Jungen an und warf die Gläser dann Olivia auf den Schoß.

»Ist das alles?« Sie lächelte nicht. »Die Brille hätten Sie auch Bertrice mitgeben oder Jonah überlassen können.«

Er zuckte mit den Schultern und schlug die Beine übereinander.

»Wenn Sie mir etwas zu sagen haben, Sir, dann tun Sie es bitte jetzt. Um Bryan brauchen Sie sich keine Gedanken zu machen, es sei denn, Sie wollen, daß ich Ihnen den Namen seines Vaters nenne – das ist allerdings reine Zeitverschwendung, ich habe nämlich nicht die Absicht, mich mit Ihnen darüber zu unterhalten.«

Er beobachtete, wie sie ihre Brille in ihren behandschuhten Händen hin und her drehte; wenigstens hatte sie sie nicht angezogen. »Vielleicht war mir im Moment ganz einfach nach ein wenig Konversation«, sagte er.

»Das wage ich zu bezweifeln. Sie sind nicht der Typ, der seine Zeit mit Plaudereien verbringt.«

»Sie sind eine sehr ehrliche junge Frau, Miss Devonshire.«

»So jung bin ich auch nicht mehr, und deshalb habe ich auch nicht viel für kokette Spielchen übrig. Aufrichtigkeit schätze ich über alles.«

»Aufrichtigkeit hat oft ein sehr unschönes Gesicht und kann verletzender sein als eine Lüge. Meiner Erfahrung nach bevorzugen die Menschen die Lüge, Miss Devonshire.«

»Gehören Sie selbst auch zu diesen Menschen, Mr. Warwick?«

Er deutete ein Lächeln an. »Ich fürchte, ich stehe in dem Ruf, geradezu unverschämt offen zu sein. Es ist nicht gerade eine Eigenschaft, die man an mir bewundert.«

Die Kutsche schaukelte, ein Pferd wieherte. Deets, der Kutscher, ließ die Peitsche knallen und trieb die Tiere mit einem schrillen Pfiff an.

In der Kutsche herrschte angespanntes Schweigen, während Bryan mit seinen Fingern spielte und Miles nicht aus den Augen ließ. Dieser quittierte das Interesse des Kindes mit einer hochgezogenen Braue. Der Junge hatte zweifellos vieles von dem typischen Äußeren der Devonshires geerbt. Miles ertappte sich dabei, daß er von dem Jungen zur Mutter blickte, um ihre Augen, ihre Nase, ihren Mund zu vergleichen. Die Haare mußte er jedoch von seinem Vater haben. In der Familie Devonshire hatte niemand einen so dichten Schopf braunschwarzer Locken.

Angestrengt blickte er aus dem Fenster – um das Bild aus seiner Vorstellung zu verbannen, in dem

Olivia nackt vor Zigeunern tanzte.

*

Margrove Bluff, eine schroffe Felsklippe über dem sich sanft dahinschlängelnden Ure, war der höchste Punkt im Colsterdale Moor. Vor Jahrhunderten hatten die ersten Bergleute auf ihrer Suche nach Bleiadern Flüsse und Bäche gestaut und so ihren Lauf verändert. Das war natürlich eine sehr primitive Methode der Erzgewinnung gewesen, lange vor der Einführung von Schächten und Sohlen – und bevor die Bergleute ihre Hoffnung fahren ließen, in dieser Gegend reiche Vorkommen zu finden, und daraufhin nach Gunnerside Gill weiterzogen.

Zeit und Witterungseinflüsse hatten die Relikte jener Tage jedoch nicht gänzlich beseitigt. Über die Hügel der Umgebung waren noch immer die Überreste von Steinbauten und Kippvorrichtungen verstreut. Und die Bewohner dieser Gegend schworen, daß sie in kalten Winternächten die Seelen von Bergleuten singen hören konnten – wie immer, wenn die Männer zu ihrem gefährlichen Tagwerk aufbrachen oder davon heimkehrten.

Von der Klippe über dem Fluß konnte man an einem klaren Tag bis nach Middleham sehen – weit über das wilde, unbezähmbare Land mit seinen braunen, grünen und gelben Farbschattierungen. Jetzt hatte der Wind den Nebel gerade so weit vertrieben, um die hohen Giebel des früheren Caldbergh Workhouse sichtbar werden zu lassen und dahinter die Dächer und Schornsteine von Braithwaite Manor.

Mit dem Rücken im Wind und den Händen in den Taschen betrachtete Miles das Panorama und fragte sich, was zum Teufel er hier eigentlich trieb, warum er mit Olivia und ihrem Jungen hier war. Der Boden unter seinen Füßen knirschte vor Kälte, und der scharfe Wind ließ ihm die Augen tränen. Er konnte seine Finger, Zehen und Nase kaum noch spüren, doch dem Jungen schien das alles nichts auszumachen. Mit einem Schal um den Kopf und Fäustlingen an den Händen rutschte Bryan auf seinem kleinen Hinterteil einen kleinen Hang hinunter, während seine Mutter hochaufgerichtet und mit hängenden Armen oben auf der Klippe stand. Sie sah aus wie eine Eispuppe, die bei dem geringsten Druck zerbrechen würde.

Zweifellos war Olivia Devonshire ein energisches junges Ding. Stark. Unzugänglich, es sei denn, sie schluckte zwei Whiskies, wie sie es gestern abend getan hatte. Er mußte ihr zugestehen: Die meisten Ladies wären schon vom Geruch des Zeugs in Ohnmacht gefallen.

Er beobachtete, wie sie ihre Hände vor ihrem Mund zu einem Trichter formte und ihrem Sohn zurief, er möge sich vom vereisten Ufer des Ure fernhalten. Sofort machte er kehrt, rutschte aus und landete unsanft auf seinem Hinterteil. Aber unverzüglich rappelte er sich wieder hoch und sauste davon. Seine Atemwölkchen dampften wie bei einer kleinen Lokomotive. Einen Moment lang dachte Miles an die Zeit, als er hergekommen war – immer allein –, um sich auf die Klippe zu setzen und über das Leben und die Liebe nachzudenken. Doch dann war er zu der Erkenntnis gekommen, daß man auch leben konnte ohne zu »leben« – existieren war die treffendere Bezeichnung. Und die Liebe? Soweit er sich erinnern konnte, hatte es sie für ihn nie gegeben. Als er jetzt im über das Moor pfeifenden Wind stand, versuchte er sich zu erinnern, ob seine Mutter jemals mit ihm einen Spaziergang in die winterliche Umgebung von Paris gemacht und mit ihm gespielt hatte.

Wohl kaum. Dafür war sie mit Sicherheit zu beschäftigt gewesen - mit ihrer neuesten Liebelei.

Olivia drehte sich um und sah ihn an. In diesem Moment fuhr ein Wind über die Klippe, bauschte den Rock um ihre Knöchel und strich durch die verdorrten Gräser, die aus der dünnen Schneedecke hervorstachen. Dann kam sie auf ihn zu, ließ ihn keine Sekunde aus den Augen und hatte so gar nichts mit den meisten anderen Frauen gemein, die stets den Eindruck vermittelten, sie müßten in Ohnmacht fallen, wenn sie sich die Schuhe oder den Saum ihres Kleides beschmutzten. Ihm wurde in diesem Augenblick bewußt, daß Olivia Devonshire vielleicht nicht schön im herkömmlichen Sinne war, daß ihr Aussehen und ihre Haltung aber etwas Aristokratisches, Nobles hatten. Ihre Haut schien in der Kälte fast rauh. Sie hatte eine ausgeprägte Nase und ein energisches Kinn. Ihre Lippen schimmerten leicht bläulich.

Etwa einen Meter vor ihm blieb sie stehen. Sie sagte kein Wort, sah ihn nur fast herausfordernd an, als warte sie darauf, daß er ein Gespräch begann. »Ich habe nachgedacht«, hörte er sich sagen. »Vermutlich habe ich mich gefragt, was Sie tun würden, wenn ich nicht hier wäre.«

»Und was würde ich Ihrer Ansicht nach tun?« fragte sie.

Er hob die Schultern. »Ich könnte mir vorstellen, daß Sie die Kapuze abnehmen und das Gesicht in den Wind strecken. Vielleicht würden Sie sogar Ihre Haare flattern lassen. Und ich bin ganz sicher, daß Sie den Hang auf Ihrem Hinterteil hinunterrutschen würden wie der Junge.«

»Und ein solches Verhalten würden Sie inakzeptabel und skandalös finden.«

»Es kommt mir kaum zu, das zu beurteilen.«

»Stimmt.«

Er zog seinen Umhang fester um sich und stellte den Kragen hoch. Er war versucht, mit seinen Füßen zu stampfen, widerstand aber tapfer. Ihr schien die Kälte jedenfalls nichts anhaben zu können.

»Warum sind Sie denn hier?« wollte sie wissen und sah ihn noch immer durchdringend an.

»Ich weiß es nicht, Miss Devonshire. Genau diese Frage habe ich mir auch gestellt. Ich friere mich fast zu Tode, und Sie erwecken den Anschein, als wären Sie sehr viel lieber mit Ihrem Sohn zusammen.«

»Bryan ist der wichtigste Mensch in meinem Leben.«

»Er ist der einzige wichtige Mensch in Ihrem Leben – abgesehen von Ihrem Vater und Ihrer Schwester natürlich. Doch die beiden kann man wohl kaum als anregende Gesellschaft bezeichnen.«

»Vor vier Jahren, als Sie meiner Schwester den Hof machten, waren Sie offensichtlich anderer Meinung.«

»Den Hof machten? Das ist wohl kaum die richtige Bezeichnung.«

»Mir fällt keine andere ein.«

»Sie macht keineswegs den Eindruck, sehr darunter gelitten zu haben.«

»Ich fürchte, Emily ist ein wenig oberflächlich. Ich kann mir nicht vorstellen, daß sie für irgend etwas tiefere Gefühle aufbringt. Ich liebe sie zwar sehr, bin aber nicht so vernarrt, daß ich ihre Fehler nicht sehen würde.«

»Wie Ihr Vater beispielsweise?«

»Emily hat die Gabe, Männer zu blenden.«

»Das ist durchaus nicht ungewöhnlich für Frauen. Ich war schon immer davon überzeugt, daß Frauen die Fähigkeit in die Wiege gelegt wird, sich wie ein Chamäleon verwandeln zu können, um den Wünschen des ersehnten Partners zu entsprechen.«

»Damit tun Sie uns Unrecht, denke ich. Nicht alle Frauen leben ausschließlich für die Liebe eines Mannes. Und wir würden auch keineswegs unsere Würde opfern, nur um einen ahnungslosen Mann zur Ehe zu verlocken«, führte sie bedeutungsvoll hinzu. »Außerdem glaube ich nicht, daß ich einen Mann, der mich nicht liebt, für längere Zeit lieben könnte. Das wäre für mich eine schreckliche Zeitverschwendung.«

»Ah, ich beginne zu verstehen.«

Sie runzelte nachdenklich die Stirn.

»Vielleicht haben wir alle dem Vater des Jungen Unrecht getan. Vielleicht bestand - abgesehen von der Verführung - sein einziges Vergehen in seinem Mangel an aufrichtiger Zuneigung. Vielleicht war er durchaus bereit, Sie zu heiraten, aber Sie bestanden auf der großen Liebe. Mit weniger wollten Sie sich nicht zufriedengeben. Meine liebe Miss Devonshire, wissen Sie eigentlich, wieviele Ehen nie geschlossen worden wären, wenn einer der Beteiligten darauf gewartet hätte, daß ihn oder sie Amors Pfeil trifft? Lieber Himmel, ich fürchte, dann wäre die Menschheit schon vor längerer Zeit ausgestorben.«

»Wollen Sie etwa abstreiten, daß es Liebesehen gibt?«

»Durchaus nicht. Denken Sie beispielsweise an meinen Bruder und seine Frau. Die beiden verbindet mehr als Zuneigung.«

»Wie bei meinen Eltern. Allerdings war meine Mutter auch eine unbeschreibliche Schönheit. Jeder Mann hat sich auf der Stelle in sie verliebt. Emily ist in jeder Hinsicht ihr genaues Abbild.«

Irgend etwas in ihrem Gesichtsausdruck hatte sich ein wenig verändert. Es waren ihre Augen. Sie wirkten seltsam entrückt und traurig, meergrüne Brunnen, die ihn vorübergehend den eiskalten Wind vergessen ließen. In dieser kurzen Spanne, sie währte nicht länger als drei oder vier Sekunden, sagte sie nichts, sondern schaute nur über das Moor. Als sie ihn dann wieder anblickte, war jede Emotion aus ihren Augen verschwunden, und doch war da eine Veränderung. Ihre Schultern schienen nicht mehr so gestrafft, sie wirkten im Gegenteil so, als hätten sie eine ungeheure, unsichtbare Last zu tragen. Unvermittelt erkannte er die Wahrheit. Sie sangen in seinen Ohren wie ein Wind, der an einer Drachenschnur zerrt: alle die Gründe, aus denen Olivia Devonshire sich so ergeben mit ihrem Ruf als alter Jungfer und Schlimmerem abgefunden hatte.

In diesem Augenblick durchbrach ein Schrei die Stille. Vielleicht war es ein Brachvogel oder eine Dohle. Doch am Himmel waren keine Vögel zu sehen, auch ein flüchtiger Blick über die Umgebung zeigte weder Menschen noch Tiere. Da traf ihn die Erkenntnis wie ein Schlag...

»Bryan?« rief Olivia. »Wo ist er? Bryan!«

Mit gerunzelter Stirn blickte Miles zum Fluß hinunter. Doch da war nichts zu sehen als das Wasser, dessen dünne Eisschicht hier und da dürres Schilf durchbrach.

»Bryan!« Jetzt schrie Olivia und drehte sich verzweifelt in alle Richtungen auf der Suche nach ihrem plötzlich verschwundenen Sohn. Sie rannte mit wehenden Röcken zum Rand der Klippe. Ihre Schuhe verfingen sich im Saum ihrer Kleidung, und sie hätte sich um ein Haar die Knöchel gebrochen.

»Miss Devonshire!« rief ihr Miles nach, als er sie straucheln und stolpern sah. Schnell eilte er über die Klippe und war bei ihr, als sie gerade wieder auf die Füße kam.

»Lassen Sie mich los!« rief sie, als er sie bei den Schultern packte und festhielt. »Mein Sohn ist verschwunden...«

»Sie werden ihm mit Sicherheit nicht helfen können, wenn Sie kopfüber von der Klippe stürzen. Hören Sie zu!« Er schüttelte sie leicht.

Wieder erklang der Schrei. Olivia schob Miles zur Seite, eilte wieder auf den höchsten Punkt der Klippe zu und schrie laut auf, als ein Schwarm brauner Vögel aus seinem Versteck inmitten eines Heckenrosengestrüpps hochstob. Fluchend griff Miles nach ihrem Rock und hielt sie ganz fest, während er die eisverkrustete, felsige Oberfläche der Klippe nach irgendwelchen Spuren dafür absuchte, daß der Junge hinabgestürzt war.

Nichts.

Olivia wehrte sich heftig gegen seinen Griff, rief immer wieder Bryans Namen und nach Deets, der aber bereits auf sie zugeeilt kam, da er ihre Rufe gehört hatte. Schweratmend suchte Miles weiter den unnachgiebigen felsigen Boden ab und erforschte sein Gehirn nach plausiblen Erklärungen dafür, daß der Junge offenbar spurlos verschwunden war. Hier hatte er selbst als Kind gespielt. Soweit er sich erinnern konnte, gab es abgesehen vom steilen Klippenabhang keinerlei Gefahren – bis auf...

Er rannte los und rutschte fast auf dem schlüpfrigen Boden aus. Im Laufen warf er seinen Umhang ab, um sich ungehinderter bewegen zu können, während seine Blicke verzweifelt das Terrain absuchten und seine Ohren gespannt auf weitere Schreie des Kindes lauschten.

Da!

Er sah das schwarze Loch erst, als er fast selbst in die Vertiefung gestürzt wäre. Gedämpft kamen Bryans verzweifelte Schreie aus der dunklen Tiefe, und die dichte Vegetation trug auch nicht gerade zu einer sicheren Ortung bei. Miles ging in die Knie, konzentrierte seine Blicke in die Finsternis und rief Bryans Namen.

Der Junge reagierte mit ängstlichem Schluchzen.

»Bewege dich nicht, Bryan«, rief Miles so beruhigend wie möglich. »Deine Mummy und ich holen dich gleich da raus.«

Kurzes Schweigen. Ein angstvolles Schnüffeln. Dann ein schüchternes Stimmchen:

»Ehrenwort?«

Er lächelte. »Großes Ehrenwort.«

Miles stand auf und sah Olivia auf sich zugerannt kommen. Deets dicht auf ihren Fersen. Ihr Gesicht war schneeweiß, ihre Augen schreckgeweitet. Sie bemühte sich verzweifelt, an ihm vorbei zu kommen, und er bemühte sich verzweifelt, sie vom Rand des Loches fernzuhalten. »Hören Sie«, sagte er ihr und schüttelte sie, bis ihr die Haare über den Rücken fielen und ihr Körper ganz steif wurde. »Hysterie hilft Ihrem Sohn gar nichts, Miss Devonshire. Er ist da unten verhältnismäßig sicher, solange er sich nicht bewegt.«

»Ist das eine Art alter Brunnen?« erkundigte sich Deets und spähte besorgt über den Rand des Lochs in die Tiefe.

»Ein Einbruch. Die Klippen sind voll davon. Manche von ihnen entstanden, weil tief in der Erde Höhlendecken eingefallen sind.«

»Wie tief ist das Loch?« wollte Olivia wissen und packte ihn mit beiden Fäusten am Hemd.

»Das kann ich nicht sagen, aber es scheint ihm im Augenblick nicht allzu schlecht zu gehen.« Er sah Deets an. »Ich brauche ein Seil.«

»Dafür müßte ich nach Devonswick zurück«, entgegnete der Kutscher.

»Dazu ist keine Zeit!« schrie Olivia.

Miles trat an ihr vorbei und starrte in den schwarzen Abgrund. Dann zog er seine Jacke aus und krempelte sich die Hemdärmel hoch. Dann kniete er sich nieder.

Deets folgte seinem Beispiel, und als Miles seinen Oberkörper über den Rand des Loches schob, packte ihn der Kutscher fest bei den Knöcheln. Miles streckte seine Hände soweit wie möglich der verschwommenen Gestalt des Kindes entgegen, das sich an die Wand des Abgrunds drückte. »Gib mir deine Hand«, sagte er ruhig. Als der Junge nicht folgte, wiederholte er seine Forderung lauter und streckte sich noch weiter in den Abgrund hinein. Es folgte ein Gemurmel, ein Fluch, der Griff um seine Knöchel lockerte sich, und Miles spürte, daß er weiter in die Tiefe zu rutschen begann. Er suchte verzweifelt irgendwo Halt, um den unvermeidlichen Fall aufzuhalten, doch da stürzte er auch schon mit dem Kopf voran metertief in den kalten, nach Verwesung riechenden Abgrund.

Hoch über ihm schrie Olivia entsetzt auf. Deets fluchte hemmungslos los und entschuldigte sich dann für seine Ungeschicklichkeit, während direkt über Miles' Kopf Bryan verängstigt aufschluchzte. Miles befreite sich aus den untersten Schlamm- und Erdschichten und zog sich mühsam auf den kleinen Vorsprung, auf dem Bryan gelandet war. Da hockten sie beide auf der schmalen Erdfalte und starrten einander in der Düsternis an. Schließlich streckte Miles dem Kind die Hand entgegen, und der Junge kletterte auf seinen Schoß, verbarg sein Gesicht schluchzend an Miles' Brust.

»Aber, aber«, murmelte Miles beruhigt und versuchte, mit einem Zwinkern Sandkörner aus den Augen zu bekommen. Fast zögernd legte er den Arm um den kleinen Körper und blickte hinauf zum grauen Stück Himmel über sich.

»Mister Warwick!« rief Olivia. »Können Sie mich da unten hören?«

Er nickte.

»Mister Warwick!«

»Ich höre Sie, verdammt nochmal!«

»Wie geht es Bryan?«

»Wesentlich besser als mir«, murrte er. »Wenigstens ist er trocken.«

Unter beträchtlichen Schwierigkeiten schaffte es Miles, den Jungen irgendwie auf seine Schultern zu hieven, dann aufzustehen, festen Stand zu finden, um das Kind schließlich fest bei den Knöcheln zu packen und soweit hinauf zu schieben, daß Olivia und Deets von oben seine ausgestreckten Hände greifen und ihn herausziehen konnten. Oben erschollen laute Rufe der Erleichterung, die nach und nach verklangen, während Miles vor Kälte zitternd auf seinem schmalen Vorsprung stand und geduldig darauf wartete, daß er an der Reihe war.

Nichts. Er wartete.

»Ah ...« Er mußte sich räuspern. »Hallo!« rief er. »Und was ist mit mir? Hallo, ist da oben überhaupt noch jemand?«

Wieder Schweigen. Nur in dem Morast unter ihm platschte es unheilverkündend.

Endlich schob Deets seinen Kopf über den Rand des Abgrunds und rief: »Also gut. Ich strecke Ihnen jetzt die Hand entgegen, Sir.«

Irgendwie gelang es Miles, an der abschüssigen Wand des Abgrunds mit den Zehen genug Halt zu finden, um weit genug nach oben zu kommen, daß Deets seine Hand ergreifen konnte. Als er endlich wieder auf sicherem Boden stand, starrte Miles eine Weile lang stumm den Himmel an, während ihm der eiskalte Wind auch noch den letzten Rest von Wärme aus den Gliedern holte.

Deets zog seinen Mantel aus, legte ihn Miles um die Schultern und stützte ihn. In weiter Ferne bestieg Olivia mit dem in Miles Umhang gewickelten Bryan gerade die Kutsche.

*

Im Inneren der Kutsche war endlich etwas Wärme. Während Deets die Pferde mit der Peitsche zur Eile antrieb, hielt Olivia ihren Sohn auf dem Schoß und rieb ihm liebevoll Hände und Füße. Langsam kam wieder etwas Farbe in das Gesicht des Jungen, und er hörte auf zu zittern. Doch immer noch hielt sie ihn fest an sich gedrückt und küßte ihm immer wieder den kleinen Kopf. Nur gelegentlich blickte sie Miles an, fast zögernd.

»Ich nehme an, es war ganz gut, daß ich doch mitgekommen bin«, meinte er schließlich.

»Wenn Sie nicht mitgekommen wären«, entgegnete sie, »wäre das alles nicht passiert.«

Er hob die Augenbrauen.

»Schließlich«, fuhr sie mit gelassenerer Stimme fort, »haben Sie mich abgelenkt...«

»Ich sitze hier in meiner nassen Kleidung und hole mir fast den Tod, aber Sie machen mir noch Vorwürfe? Hier, sehen Sie mich doch mal an...« Damit hielt er anklagend seine zerschundenen Hände hoch und wies auf sein Hemd, das an mehreren Stellen zerrissen war.

Bryan setzte sich auf Olivias Schoß bequem zurecht und sah Miles an. Dann streckte er ihm seine kleinen Arme entgegen.

Schweigen. Die Kutsche schaukelte. Miles runzelte die Stirn.

Ohne ein Wort glitt Bryan vom Schoß seiner Mutter und kletterte auf Miles' Oberschenkel. Er drückte seinen kleinen feuchten Kopf an Miles' Brust und sah ihn mit seinen großen graugrünen Augen an.

»Lieber Himmel«, murmelte Miles und wurde sich vage bewußt, daß sich irgend etwas in der Nähe seines Herzens rührte. Zweifellos war das Scheu. Er hatte bisher kaum jemals mit einem Kind gesprochen, geschweige denn, eins in den Armen gehalten.

Vielleicht war es aber auch einfach nur Abneigung. Kinder waren für ihn immer ein notwendiges Übel gewesen, lediglich eine Notwendigkeit zur Fortsetzung der Blutlinie – eine Sache, die einem Mann seiner dubiosen Herkunft fremd war.

Olivia schwieg, aber ihr Körper wirkte verspannt. Sie betrachtete ihn mit einer Intensität, die an Panik grenzte. Aber da war noch etwas. Eine Art von Erkenntnis.

Als die Kutsche vor dem Portal von Devonswick hielt, entzog sie ihm das Kind. Deets, der den Schlag geöffnet und die kleine Treppe herausgezogen hatte, half Olivia und ihrem Sohn beim Aussteigen und geleitete sie dann eilig ins Haus. Miles ließ sich Zeit. Als er endlich in die Kälte hinaustrat, sagte er sich, daß er sich verabschieden sollte. Sein Vorhaben, was das auch immer gewesen sein mochte, war erfüllt. Und er war bis auf die Haut naß. Dann drang der Klang erregter Stimmen an sein Ohr. Offenbar kümmerten sich die Angestellten um den Jungen.

Er betrat gerade rechtzeitig die Eingangshalle, um zu sehen, daß Emily ihre Schwester und ihren Neffen am Fuß der Treppe in Empfang nahm. Sie sah aus wie einem Pariser Modejournal entstiegen. Ihre perlgraue, von schwarzer Spitze eingefaßte Seidenrobe war ein scharfer Kontrast zum einfachen braunen Gewand ihrer Schwester.

»Was um alles in der Welt machst du da?« wollte Emily wissen.

»Bryan ist in einen schrecklichen Abgrund gestürzt, und ...«

»Du hinterläßt ja überall Schlammspuren, Oli! Nun sieh dir doch nur den Schmutz an, dabei kann Lord Willowby jeden Moment hier sein.«

Mit Bryan in den Armen trat Olivia auf ihre Schwester zu. »Hast du nicht gehört, was ich sagte, Emily? Bryan hätte sterben können. Hast du denn keinerlei Mitgefühl? Keine Spur von Sorge um dieses Kind? Großer Gott, Emily, mitunter frage ich mich schon, wie es mit deinen moralischen und ethischen Empfindungen bestellt ist.«

Ohne ein weiteres Wort lief Olivia mit dem Kind die Treppe hinauf. Emily drehte sich um und sah Miles an der Tür stehen. Sie wirkte entsetzt.

»Ich erinnere mich nicht, dich eingeladen zu haben«, brachte sie über die Lippen, nachdem sie sich wieder ein wenig gefaßt hatte.

»Wie solltest du auch«, erwiderte er gleichgültig. Sein Mund verzog sich zu einem harten Lächeln.

Sie kam auf ihn zugehastet, blieb aber kurz vor ihm stehen und hielt sich ihr Spitzentaschentuch vor die Nase. Emilys blaue Augen musterten ihn von Kopf bis Fuß, nahmen seine nasse, schmutzverkrustete Kleidung und Stiefel zur Kenntnis. Sie äußerte sich jedoch nicht dazu, sondern blickte ihm wieder in die Augen und zischte: »Verlaß das Haus! Hörst du? Verschwinde!«

»Was ist denn nur los, Sweetheart? Befürchtest du, meine Anwesenheit könnte den guten alten Lord Willowby beunruhigen?« Er lachte, und ihre Augen funkelten wütend. »Hast du ihn mit deiner Unschuld betört? Wie ich mich erinnere, warst du darin schon immer sehr gut.«

Sie rang nach Luft. »Verschwinde!«

»Und wenn ich das nicht tue?«

»Dann werde ich dich hinauswerfen lassen müssen.«

»Und was sollte mich davon abhalten, irgendwo da draußen auf Willowby zu warten? Ich könnte ihm erzählen, daß sein unschuldiger Engel an der Innenseite seines linken Oberschenkels ein herzförmiges Muttermal hat, und daß er besonders empfindlich darauf reagiert, wenn man mit der Zunge...«

»Erpresser!« flüsterte sie außer sich vor Wut. »Was muß ich tun, damit du endlich verschwindest und dich hier nie wieder blicken läßt?« Sie dachte nach, dann wurden ihre Augen ganz schmal. Sie kam fast vertraulich näher und zwang sich zu einem zittrigen Lächeln.

»Bemüh dich nicht«, sagte er in ihr entsetztes Gesicht. »Ich bin absolut uninteressiert.«

»Ich hasse dich«, schnaubte Emily.

Er ignorierte sie, zupfte die Ärmel seiner schmutzigen Jacke zurecht und beschloß, daß sein Umhang warten konnte. Für heute hatte er wirklich genug von den Damen der Familie Devonshire.

»Mister Warwick.«

Er drehte sich um und sah, daß Olivia die Treppe wieder heruntergekommen war. Sie trug ihre Brille, aber ihre Haare umrahmten höchst vorteilhaft ihr Gesicht.

Auch Emily wirbelte herum, stürzte auf ihre Schwester und zischte ihr zu: »Schaff ihn hier raus, Oli, bevor Seine Lordschaft kommt, oder ich werde es dir nie vergessen!« Damit hastete sie durch die Halle, verschwand in einem angrenzenden Zimmer und schlug die Tür hinter sich zu.

Es verging eine gewisse Zeit, bis Olivias Blick wieder auf Miles fiel. »Ihr Umhang«, erklärte sie gelassen und kam auf ihn zu, das Kleidungsstück ordentlich über dem Arm gefaltet. Ihm kam die Idee, daß sie zu jenen Frauen gehören könnte, die in Sachen Ordnung und Sauberkeit geradezu fanatisch waren. Wenn er in ihren Raum schlendern würde, könnte er dort vermutlich feststellen, daß alle duftigen Gebilde in ihrer Wäscheschublade säuberlich nach Farben geordnet gestapelt waren. Allerdings ihrer Kleidung nach zu urteilen, besaß sie vielleicht gar keine hauchzarte Unterwäsche.

»Ihr Umhang«, wiederholte sie, blieb dicht vor ihm stehen und sah ihn an. In diesem Moment war ihm klar, daß sie genau wußte, was sich gerade zwischen ihm und ihrer Schwester abgespielt hatte. Olivia Devonshire mochte vieles sein, aber dumm war sie nicht.

Er nahm ihr den Umhang ab.

Olivia trat einen Schritt zurück und faltete die Hände. »Ich fürchte, ich habe versäumt, Ihnen meinen Dank auszusprechen. Sie haben Bryan das Leben gerettet. Ich kann mein bedauerliches Verhalten nur damit entschuldigen, daß meine Angst um ihn größer war als mein Gefühl für den nötigen Anstand.«

»Sie brauchen sich nicht zu entschuldigen, Miss Devonshire. Auch Ihr Dank ist überflüssig. Ich habe das Gefühl, daß Sie auch ohne mich mit der Situation sehr gut fertig geworden wären. Der einzige Unterschied besteht darin, daß ich derjenige bin, der in das Loch gefallen ist, nicht Sie.«

Erheiterung erleuchtete ihre Augen und spielte um ihren Mund. Verdammt, sie hatte hübsche Lippen. Nett anzusehen, voll, rosafarben und weich. Er fragte sich, wieviele Männer sie so leidenschaftlich geküßt hatten wie er am vergangenen Abend.

»Ihre Sachen«, sagten diese Lippen und lächelten. »Die habe ich total vergessen. Wenn Sie sie mir schicken, werde ich dafür sorgen, daß sie gereinigt und geflickt werden. Ich werde auch Ihre Stiefel putzen lassen.«

Miles sah an sich hinunter, auf seine Stiefel und auf die Schmutzspuren, die er auf dem Fußboden hinterlassen hatte. Dann schüttelte er den Kopf. »Nein, vielen Dank.«

Ohne ein weiteres Wort machte er auf dem Absatz kehrt und verließ das Haus. Frierend stand er auf der Freitreppe (der Gedanke, seinen Umhang umzulegen, kam ihm gar nicht), bis sein Kutscher mit dem Wagen vorfuhr. Er ließ sich in die Lederpolster der Kutsche fallen, schob mit einem Finger den Samtvorhang zur Seite und sah Olivia an der Tür stehen. Sie schaute die Auffahrt entlang.

Sie hatte die Brille abgenommen.

»Ich bin jetzt einundvierzig Jahre alt«, fuhr er fort. »Man hat mich einen eingefleischten Junggesellen genannt, und ich war ein eingefleischter Junggeselle. In meinen jüngeren Tagen habe ich mich nie als Ehemann gesehen, und ich habe auch später keine entsprechenden Überlegungen angestellt. Aber wir ändern uns alle, und ich änderte meine Ansichten in dieser Angelegenheit, als ich Sie kennenlernte. In letzter Zeit habe ich mehr und mehr das Gefühl, daß meine bisherige Lebensweise in jeder Hinsicht schlecht ist. Vor allem anderen wünsche ich mir, daß Sie meine Frau werden.«

Thomas Hardy
Far from the Madding Crowd

6

Miles war neununddreißig Jahre lang Junggeselle geblieben, weil er sich einbildete, auf eine Idealfrau warten zu müssen. Sie würde selbstverständlich atemberaubend schön sein, aber auch in höchstem Maße intelligent.

Inwieweit entsprach nun Olivia Devonshire diesen Voraussetzungen? Zunächst einmal, so machte er sich klar, war Miss Devonshire keineswegs unattraktiv. Mit der richtigen Kleidung und einer neuen Frisur könnte sie es durchaus mit ihrer Schwester aufnehmen.

Und wie stand es mit der Intelligenz?

Wahrscheinlich war das eine recht unfaire Bedingung. Die meisten Frauen waren, abgesehen von ihren Fähigkeiten in Täuschung und Koketterie, nicht sehr gebildet – doch Olivia Devonshire war natürlich eine Ausnahme. Ihr Vater hatte sogar behauptet, daß womöglich selbst seine Professoren in Cambridge noch etwas von ihr lernen konnten, was Buchführung anging... Und gerade auf diesem Gebiet konnte er fachliche Hilfe mehr gebrauchen als jeder andere.

Miles legte sich entspannt in der Wanne mit warmem Wasser zurück und rauchte seine Kuba-Zigarre. Er runzelte die Stirn.

Die Frau an seiner Seite würde ohne eine gehörige Portion Humor nicht auskommen. Olivia Devonshire jedoch besaß keinen Funken Humor, das zeigte schon ihre angespannte Körperhaltung. Ihr Gesicht würde vermutlich Risse bekommen, wenn sie versuchte zu lachen...

Doch andererseits hatte sie bestimmt nicht viel zu lachen. Irgend jemand müßte ihr einmal beibringen, nicht alles im Leben so furchtbar ernst zu nehmen ... es könnte sich vielleicht sogar herausstellen, daß dies eine interessante und angenehme Aufgabe wäre...

Eigentlich hatte er immer nur eine Frau aus angesehener Familie heiraten wollen. Ihr makelloser Ruf und ihre Stellung in der Gesellschaft sollten ihm zu dem Respekt und dem Erfolg verhelfen, der ihm sein Leben lang auf Grund seiner illegitimen Herkunft versagt geblieben war.

Und dann war da noch eine Kleinigkeit: die Liebe.

Er glaubte an die Ehe. Und mochte er Olivia Devonshire auch stundenlang von Ehen erzählen, die als reine Zweckverbindungen geschlossen wurden, so hatte er selbst doch immer davon geträumt, daß er die Frau, mit der er den Rest seines Lebens verbringen würde, auch liebte. Er hatte sich nie vorstellen können, den Alltag mit einer Lebenskameradin teilen zu müssen, der er keine Zuneigung entgegenbringen konnte. Deswegen waren all seine Affären auch nur kurze Zwischenspiele gewesen, in die er keine Gefühle investiert hatte.

Gewiß hatte er mehr mit seiner Mutter gemein, als er sich eingestehen wollte. Obwohl Alyson Kemball viele Liebhaber gehabt und zahlreiche Heiratsanträge bekommen hatte, gehörte ihr Herz immer nur einem Mann, und das war Joseph Warwick gewesen. Da sie ihn nicht haben konnte, hatte sie sich entschlossen, gänzlich auf eine Heirat zu verzichten.

Von seiner Mutter wanderten seine Gedanken zurück zu Olivia Devonshire. Und ihrem Sohn.

Er schaute auf die schmutzigen und zum Teil zerrissenen Kleidungsstücke, die auf dem Boden lagen, und dabei fiel ihm das Unbehagen wieder ein, das er auf der Fahrt nach Margrave Bluff unter dem eindringlichen Blick des Jungen verspürt hatte. Ihm war, als hätte er sich selbst als Kind gesehen – ein vaterloser Junge auf dem Schoß seiner Mutter, der sich Gedanken machte über den Mann, der ihm gegenübersaß. War dieser Mann sein Vater? Würde er einmal sein Vater werden? Wo zum Teufel war überhaupt sein Vater?

Armer Junge. Er hatte wirklich ein besseres Leben verdient. Schien ein cleveres Kerlchen zu sein, ein niedlicher Lausbub. Sicherlich lieb – ganz bestimmt tapfer. Er hatte ebenso mutig wie Miles, wenn nicht sogar noch mutiger, durchgehalten, während sie in diesem Erdloch gesessen und auf Hilfe gewartet hatten. Das war eine bewundernswerte Eigenschaft für so ein kleines Kind. Sein Vater konnte wirklich stolz auf ihn sein.

Miles löschte seine Zigarre im Wasser, stieg aus der Wanne und ließ sich von Sally ein Badetuch um die Hüften wickeln. Der Raum war kalt, die Fenster bereift. Sally hob seinen Hausmantel vom Boden auf, ein rotbraunes Seidengewand, das in der Taille von einer breiten Schärpe zusammengehalten wurde, und hielt ihn so, daß er bequem in die weiten Ärmel schlüpfen konnte. Dann reichte sie ihm einen silbernen Becher warmen Wein.

»Kann ich sonst noch etwas für Sie tun?« fragte sie und trocknete sich die Hände an der Schürze ab.

Lächelnd sah er ihr in die Augen. Das Funkeln darin entging ihm nicht. Zu einem anderen Zeitpunkt hätte er vielleicht von ihrem Angebot Gebrauch gemacht.

»Nein«, antwortete er. »Vielen Dank.«

Sie zuckte mit den Schultern und verließ das Zimmer.

Miles starrte die geschlossene Tür an und überlegte, ob er sie zurückrufen sollte. Doch etwas hielt ihn davon ab.

Er trank einen Schluck Wein und ging zu seinem Himmelbett hinüber. Monate waren vergangen, seit er zum letzten Mal nach Braithwaite eingeladen hatte. Und selbst da waren seine Gäste nicht mehr als ein Dutzend Bekannter gewesen, die die Taschen voller Geld und die Ärmel voller Asse gehabt hatten. Als sie wieder nach London zurückkehrten, war er froh, sie los zu sein, und hatte die Ruhe und Einsamkeit sogar genossen.

Aber die vergangene Nacht war die Hölle gewesen.

Wieder trank er einen Schluck.

Aus irgendeinem eigenartigen Grund war die Leere wie ein scharfer Wind aus jedem Flurwinkel, jedem Treppenaufgang, über jede Schwelle gefahren, sobald Olivia Devonshire die Tür von Braithwaite hinter sich geschlossen hatte. Und während Bertrice in seinem Bett den Schlaf der Gerechten schlief, hatte er sich unruhig auf einem Sofa herumgeworfen und zu vergessen versucht, wie gut es gewesen war, Olivia Devonshire in den Armen zu halten.

Wahrscheinlich verlierst du langsam den Verstand, alter Junge, sagte er sich. Ganz sicher war seine Phantasie mit ihm durchgegangen. Ganz sicher war sie keineswegs so zugänglich gewesen, wie er es sich nun vorstellte. Allerdings: Was sollte man von einer Frau ihres Rufes anderes erwarten?

Olivias Sohn fiel ihm ein und er runzelte die Stirn. Er trank den Wein aus und stellte den Becher auf einen mit Spielkarten bedeckten Tisch. Das mit dem Jungen war wirklich zu dumm. Wäre Olivia einfach eine graue Maus gewesen, die auf eine Ehe erpicht war, um nicht als alte Jungfer dahinzuwelken, hätte er unter Umständen eine Heirat erwägen können – unter der Voraussetzung, daß es sich ausschließlich um eine Zweckehe handelte, daß jeder von ihnen unabhängig blieb und die Liebesaffären eingehen konnte, die ihm beliebten.

Aber der Junge war eine große Verantwortung – und eine unangenehme Erinnerung an die düstere Vergangenheit seiner Mutter.

Der Junge dürfte auf gar keinen Fall für die Fehlentscheidung seiner Mutter verantwortlich gemacht werden ... so wie es bei Miles der Fall gewesen war.

Er zog sich zum Fünf-Uhr-Tee um. Wie immer. Alte Gewohnheiten sind schwer zu brechen, und abgesehen davon hatte er sonst nichts zu tun. Er dachte daran, zu Damien zu reiten und den Gästen seines Bruders neuen Gesprächsstoff zu liefern, aber der Sturz in den Abgrund hatte seine Spuren hinterlassen. Er fühlte sich steif und seine Glieder schmerzten.

Miles begab sich ohne eindeutige Absichten in sein Arbeitszimmer, lief durch den Raum und warf die Lehne eines französischen Stuhls aus dem 17. Jahrhundert in das Kaminfeuer. Er sah zu, wie die Funken hochstoben, nahm dann an seinem Schreibtisch Platz und durchblätterte den Stapel von Briefen, die dort seit Wochen, vielleicht sogar Monaten, ungeöffnet herumlagen. Da waren mehrere Schreiben aus Gunnerside. Sie enthielten nichts Neues. Es waren die bekannten Streikandrohungen, Forderungen nach Lohnerhöhungen und Beschwerden über Zustände, die die Arbeit in den Minen zu einer Gefahr für Leib und Leben machten.

Da war auch ein Brief von Josiah Lubinsky. Er warf ihn in den Papierkorb, ohne sich auch nur die Mühe zu machen, den Umschlag zu öffnen. Miles war an einem Verkauf der Minen nicht interessiert. Noch nicht. Jedenfalls nicht, bis zweifelsfrei feststand, daß die Gruben nichts mehr hergaben.

Miles lockerte seine Krawatte und blätterte durch die zahlreichen Briefe von Gläubigern, die dringend die Begleichung seiner Schulden forderten. Er wollte sie gerade Lubinskys Schreiben nachschicken, als der Absender auf einem Umschlag sein Interesse erregte.

J. P. Mathews & Assoc. London, England.

Miles schloß kurz die Augen. Wie lange hatte dieser Brief unbemerkt auf seinem Schreibtisch gelegen? Er brach das Siegel, riß den Umschlag auf und versuchte, ganz ruhig zu atmen. Er bedauerte, das Stuhlbein ins Feuer geworfen zu haben. Die Luft im Zimmer war unerträglich heiß und stickig.

»Sehr geehrter Mister Warwick, wie Ihnen aus vorangegangenen Schreiben bekannt ist, warten wir seit längerem auf ein Begleichen Ihrer Verbindlichkeiten...«

Miles rieb sich die Augen und starrte lange Zeit an die Zimmerdecke, bevor er sich wieder auf den Inhalt des Schreibens konzentrierte.

»Daher sehen wir uns zu unserem größten Bedauern gezwungen, unsere Geschäftsbeziehungen zu beenden...«

Verdammt. Oh, verdammt nochmal!

»Für den Fall, daß Sie uns bis zum 1. November keine Vorschläge in dieser Angelegenheit unterbreiten, werden meine Bevollmächtigten Ihnen bis spätestens 15. November auf Braithwaite einen Besuch abstatten, um Ihnen unsere Forderungen zu präsentieren. Wir bedauern die Unannehmlichkeiten zutiefst, die damit für Sie verbunden sein könnten...«

*

Olivia schlief mit der Brille auf der Nase ein. Die Aufregungen des Tages hatten sie erschöpft. Bevor ihr die Augen zufielen, hatte sie sich krampfhaft bemüht, die vorangegangenen Stunden zu vergessen - besonders den Moment, als sie oben an der Treppe in die Halle hinuntergeblickt hatte, wo sich

Miles und Emily dicht gegenübergestanden und erregt miteinander geflüstert hatten.

»Olivia? Olivia, wach auf«

Mühsam öffnete Olivia die Augen. Doch bis auf eine Öllampe auf einem entfernt stehenden Tisch war der Raum dunkel.

Die Brille war ihr von der Nase gerutscht und lag schief auf ihrer Wange. Sie setzte sie wieder auf und versuchte, die Gestalt zu erkennen, die sich in der Dunkelheit über sie beugte.

»Emily?« Olivia stützte sich mit den Ellenbogen auf und entdeckte im hübschen Gesicht ihrer Schwester Anzeichen akuter Panik. »O Gott, es geht um Bryan, nicht wahr? Was ist mit ihm? Ist ihm etwas zugestoßen...«

»Er ist wieder da, Oli.«

»Wer?«

»Miles. Seit zwei Stunden sitzt er hinter verschlossener Tür in Papas Arbeitszimmer.«

Olivia kämpfte gegen ihre verschlafene Verwirrung. »Was will er?«

Mit geballten Fäusten und weit aufgerissenen blauen Augen schrie Emily: »Was glaubst du denn, was er will, du Närrin? Dich!«

In schockierter Erregung schob Olivia die Tagesdecke zur Seite und schwang ihre Füße aus dem Bett. »Mach dich doch nicht lächerlich, Emily.«

»Ich mache mich also lächerlich? Dann erkläre mir doch, was Papa mit ihm da die ganze Zeit treibt. Erkläre mir, warum sie lachen und trinken wie zwei alte Spießgesellen. Und warum...«, sie schob ihr Gesicht ganz nah an Olivia heran, »mir Papa sagen ließ, ich solle dich wecken und dazu bringen, in deinem hübschesten Kleid in den nächsten zehn Minuten in seinem Zimmer zu erscheinen!«

Olivia zuckte nicht mit der Wimper. Das hätte ihre innere Aufruhr verraten können.

Aufruhr, fragte sie sich. Oder Erregung?

Lieber Gott, flehte sie innerlich, laß es keine Hoffnung sein. Die hatte sie vor langer Zeit aufgegeben.

Noch immer schlaftrunken ging sie zur Öllampe und drehte die Flamme höher. Dann lief sie durch den Raum und erleuchtete alle Lampen bis das ganze Zimmer in ihrem warmen Licht schimmerte. Das Feuer im Kamin war zu grauer Asche verglommen. Olivia stocherte in der Glut, bis ein paar Flammen aufzuckten. Sie warf eine Schaufel Kohlen und ein paar Brocken Torf nach.

»Das kann nicht dein Ernst sein«, meldete sich Emily. »Du willst doch nicht etwa hinuntergehen?«

»Es ist üblicherweise nicht meine Art, gegen Vaters Wünsche zu handeln. Warum sollte ich es jetzt tun?« Sie öffnete ihren Schrank und warf einen prüfenden Blick auf ihre eher kärgliche Garderobe – oder zumindest tat sie so. Ihre Gedanken überschlugen sich, wanderten in tausend Richtungen, um doch immer wieder zu einer entscheidenden Frage zurückzukehren? Was ist, wenn?

Olivia entschied sich für eine weiße Bluse und einen braunen Rock. Sie zog sich an, während Emily erregt im Zimmer auf und ab lief.

»Wie kann er es wagen?« jammerte sie. »Und ausgerechnet heute – wenige Stunden, nachdem Lord Willowby um meine Hand angehalten hat.«

Olivia griff nach einer Bürste, fuhr sich damit durch ihr Haar und stellte gereizt fest, daß es sich kaum bändigen ließ und allen Versuchen widerstand, in einem Knoten zusammengefaßt zu werden.

Emily ließ sich in einen Sessel fallen und schlug die Hände vor das Gesicht. »Was wird Lord Willowby nur denken, wenn du diesen entsetzlichen Mann heiratest? O Gott, er wird bestimmt alles über Miles erfahren!«

»Du bist zu voreilig, Em. Soweit wir wissen, hat Vater Warwick hergebeten, um ihm seinen Dank dafür auszudrücken, daß er heute vormittag Bryan gerettet hat.«

»Nun, es wäre für alle besser gewesen, wenn er den Jungen einfach dort gelassen hätte, wo er war!«

Olivia stürzte quer durch den Raum. Bevor Emilys Lippen auch nur ein Oh der Überraschung formen konnten, packte sie ihre Schwester fest bei den Armen und schüttelte sie mit aller Kraft. Als Emily vor Schmerzen aufschrie, zuckte Olivia zusammen. Emily starrte verblüfft und stumm zu ihr auf.

Auch Olivia war über sich verblüfft. Entsetzt. Jahrelang war sie die größte Unterstützerin ihrer Schwester gewesen. Hatte deren Unarten und Verfehlungen vor ihrem Vater gedeckt und vertuscht. Olivia hatte allen egoistischen Launen ihrer Schwester nachgegeben, weil sie irgendwie in der irrigen Annahme lebte, sich damit bei ihrem Vater beliebter zu machen.

Aber daß Emily Bryan den Tod wünschte, selbst wenn das aus der Erregung des Augenblicks heraus gesagt wurde – großer Gott, das war einfach zuviel ...

Emily brach in Tränen aus, sprang vom Sessel auf und lief aus dem Zimmer. Olivia sah ihr nach und glaubte, das Herz müßte ihr brechen. Ob ihre Verzweiflung Emily galt, sich selbst oder Bryan, wußte sie nicht.

*

Olivia stand vor dem Schreibtisch ihres Vaters wie ein Kind, das beim Apfelstehlen erwischt worden war. Sein Gesichtsausdruck war sehr streng, aber da lag auch eine gewisse Traurigkeit in seinen Augen. Als er lächelte, machte das seine Miene nicht zugänglicher.

»Heirat?« wiederholte Olivia und spürte, daß ihre Knie weich wie Pudding wurden. Sie versagte es sich, zu Miles Warwick hinüberzublicken, der neben dem Kamin stand. Ein Ellbogen ruhte lässig auf dem Sims, und er ließ sie keine Sekunde lang aus den Augen.

»Ja«, erklärte ihr Vater. »Heirat. Warwick ist noch einmal nach Devonswick gekommen, um mich um deine Hand zu bitten. Ich habe ihm selbstverständlich meinen Segen gegeben. Die endgültige Entscheidung liegt bei dir.«

»Die Entscheidung, Miles Warwick zu heiraten.«

Ihr Vater nickte.

Schließlich zwang sie sich doch dazu, Warwick anzusehen. Wie konnte er nur so gefühllos dastehen und von Heirat sprechen – so emotionslos, als ginge es um den Kauf einer Kuh? »Entschuldigen Sie«, brachte sie endlich über die Lippen. »Ich bin ein wenig erstaunt. Gerade gestern erst...«

»Das ist nur zu verständlich«, unterbrach Warwick und wandte seine Aufmerksamkeit ihrem Vater zu. »Vielleicht dürfte ich mit Olivia ein paar Worte unter vier Augen wechseln?«

»Selbstverständlich! Aber natürlich.« Ihr Vater stand auf, verließ das Zimmer und schloß die Tür hinter sich. Zwischen Olivia und Warwick breitete sich Schweigen aus. Sie wartete eine kleine Ewigkeit darauf, daß er das Wort ergriff und die unbehagliche Stille brach. Aber er stand in seinem dunkelgrauen gutgeschnittenen Anzug, der seine breiten Schultern und schmalen Hüften betonte, stumm am Kamin. Seine Augen waren so dunkelgrün wie seine mit goldenen Schmetterlingen bestickte Weste aus chinesischer Seide.

»Nun«, brachte sie schließlich über die Lippen und ihre Stimme klang bedenklich nervös, »darf ich mir die Frage gestatten, ob Sie vielleicht wieder ein wenig zu tief ins Whiskyglas geschaut haben? Oder hat mein Vater vielleicht den Einsatz erhöht und Ihnen ein Angebot gemacht, das nur ein so reicher Mann wie Prince Edward ausschlagen würde?«

»Nein«, entgegnete er knapp.

»Oh? Sie wollen mir doch nicht etwa vormachen, Sie wären von einem gewissen Gefühl der Zuneigung hergetrieben worden...«

»Nein.«

Sie wandte den Blick ab. »Nun, wie ich merke, haben Sie mit Ihrem Hang zur Offenheit nicht übertrieben.«

»Verzeihen Sie mir, wenn ich Ihre Gefühle verletzt haben sollte.«

»Meine Gefühle sind nicht leicht zu verletzen, Sir.«

Aus dem Augenwinkel sah sie, daß er sich bewegte. Er trat an das Fenster hinter dem Schreibtisch ihres Vaters und blickte hinaus. Sein dichtes Haar fiel ihm über den Kragen und die Lampe setzte den dunklen Locken rotgoldene Lichter auf. Oh, sie konnte kaum atmen! Sie drückte die Fingerspitzen fest auf die Schreibtischplatte, um sich zu beruhigen.

»Ihr Vater hat Ihre Fähigkeiten in geschäftlichen Dingen gerühmt«, sagte er, ohne sich umzudrehen. »Sie führen dieses Haus tadellos.« Er drehte sich auf dem Absatz zu ihr um, und sie sah nur, wie hervorragend das Weiß seiner perfekt gebundenen Krawatte den Bronzeton seiner Haut unterstrich. Miles Warwick liebte die Sonne, das wußte sie. Vor vielen Jahren hatte sie ihn beobachtet, wenn er auf den Arabern, die er so liebte, über das Moor ritt. Sie wußte auch, daß er gezwungen gewesen war, die meisten Tiere zu verkaufen, um seine Schulden zu bezahlen. »Sie brauchen einen Ehemann«, sagte er und fügte fast müde hinzu: »Und ich brauche eine Frau.«

»Sie brauchen eine Mitgift, Sir.«

»Das kann ich nicht bestreiten.«

»Sicherlich gibt es doch jüngere und hübschere Frauen, deren Väter sich ähnlich großzügig zeigen würden...«

»Das bezweifle ich.«

Sie sah ihn überrascht an.

»Ihre Väter würden mich nie als Schwiegersohn akzeptieren.«

Sie rückte ihre Brille zurecht.

»Es wäre nicht die erste Ehe, die aus anderen als Liebesgründen geschlossen würde«, betonte er.

Sie nickte.

»Und dann ist da der Junge zu bedenken...«

»Ich bin mir meiner Verantwortung durchaus bewußt. Daher bitte ich Sie sehr, ihn aus dieser Diskussion herauszuhalten. Wenn wir ganz aufrichtig sein wollen, dann muß ich betonen, daß ich mir unter anderen Umständen einen angeseheneren Menschen ausgesucht hätte, damit er mir bei Bryans Erziehung behilflich ist.«

Miles lehnte sich an das Fensterbrett und bemerkte, daß Olivia bei der ersten Erwähnung ihres Sohns errötet war. Eigenartig, wie ihre stoische Gelassenheit zum Teufel ging, sobald er den Jungen ins Gespräch brachte. »Richtig. Keiner von uns kann es sich erlauben, wählerisch zu sein. Offen gestanden, wäre ich keine so mittellose Partie, würde ich mir eine tugendhafte Frau suchen, die nicht dafür bekannt ist, sich mit Zigeunern und Asiaten herumgetrieben zu haben.« Ihr Kinn fuhr hoch, ihre Schultern strafften sich. Ihre Augen bekamen wieder diesen lebhaft grünen Ton, den er schon einmal bemerkt hatte, als sie vor Devonswick fast gegeneinandergeprallt waren. »Wenn ich Sie allerdings so anschaue, vermag ich kaum zu glauben, daß die spröde Frau vor mir dieselbe ist, die zu so viel wilden Gerüchten Anlaß gab. Also sagen Sie mir, meine Liebe«, fügte er mit einem schiefen Lächeln hinzu, »ist es wahr?«

»Was?« fauchte sie.

»Haben Sie mit Zigeunern getanzt? Haben Sie sich von einem Tätowierer quälen lassen?«

»Wäre es von Bedeutung, wenn es zuträfe?«

»Vielleicht wäre es besser, wenn wir einander sozusagen voll offenbaren, bevor wir beide in den heiligen Stand der Ehe treten.«

»Sie scheinen davon auszugehen, daß ich Ihren Heiratsantrag annehme, Sir.«

»Tun Sie es denn nicht?«

»Ich weiß es noch nicht. Da ist vieles zu bedenken.«

»Zum Beispiel?«

»Zunächst einmal Sie. Sie sind weithin als Frauenheld bekannt. Als Spieler, der einem kleinen Betrug durchaus nicht abgeneigt ist. Und was Ihre Familie anbelangt, so sind Sie voller Komplexe. Treffen diese Geschichten zu?«

»Ja, mit einer Ausnahme.«

Sie sah ihn erstaunt an.

»Ich betrüge nicht beim Kartenspiel.« Er kam unvermittelt auf sie zu, und sie wich zurück. Er beobachtete, wie sie sich davonstehlen wollte, dann aber doch entschlossen stehenblieb. Da war wieder dieser trotzige Zug um ihren Mund. Sie sah ihn mißtrauisch an wie ein in die Ecke getriebener Fuchs: Sollte sie ihr Heil in der Flucht suchen oder dem großen bösen Wolf die Stirn bieten? Er blieb neben dem Schreibtisch stehen und sagte: »Nun sind Sie an der Reihe, Miss Devonshire.«

Sie funkelte ihn durch ihre Brillengläser an. Ihre Haare waren an den Schläfen so streng zurückgenommen, daß ihre äußeren Augenwinkel fast schlitzförmig wirkten. Man sah, daß sie sich sehr flüchtig frisiert hatte. Der sonst so ordentliche Knoten in ihrem Nacken wirkte wie ein borstiger Igel. Eine Haarnadel war kurz davor, sich selbständig zu machen. Die Versuchung, da noch ein bißchen nachzuhelfen und ihren Haaren so zu ermöglichen, frei und locker über ihre Schultern zu fallen, war nahezu unwiderstehlich.

»Ich warte«, hakte er nach.

»Es stimmt«, sagte sie. »Alles.« Bebend holte sie tief Atem, aber ihr Blick hielt seinem stand. »Ich habe mit Zigeunern getanzt...«

»Nackt?«

Sie zögerte. Heiße Röte ergoß sich aus ihrem hohen Blusenkragen über Hals und Nacken. Ihre Hüfte suchte festeren Halt am Schreibtisch. »Das ist eine leichte Übertreibung. Ich ... ich war in Schleier und Tücher gehüllt. Und was den Tätowierer anbelangt – auch das stimmt.«

»Ah.«

»Fühlen Sie sich abgestoßen, Sir?«

»Das kommt darauf an. Wie groß ist die Tätowierung? Und wieviele Tätowierungen haben Sie? Oder besser: wo? Und was stellen sie eigentlich dar?«

»Was würde das schon groß ändern? Was geschehen ist, ist geschehen.«

»Ich wäre gern vorbereitet für den Fall, daß meine Frau eine Darstellung feuerspeiender Drachen oder von Totenschädeln und gekreuztem Gebein auf ihrer nackten Haut enthüllt.«

»In Ihrer Lage sollten Sie vielleicht dankbar für das sein, was Sie bekommen können.«

»In Ihrer Lage sollten Sie meiner Meinung nach ähnlich dankbar sein.«

»Da haben Sie es, Sir. Welche Art von Glück sollten zwei verlorene Seelen wie wir beide wohl aneinander finden können?«

»Das Glück der Gesellschaft.«

»Aber ich habe hier Gesellschaft. Meinen Vater, meine Schwester und meinen Sohn. Ganz zu schweigen von Bertrice.«

»Einen Vater, der seine Tochter einem Taugenichts wie mir überantwortet, um den gesellschaftlichen Status seiner jüngeren Tochter zu sichern. Eine Schwester, die Sie keine Sekunde vergessen läßt, daß Sie nur auf der Welt sind, um ihr jeden Wunsch von den Augen abzulesen. Ein seniles, altes Kindermädchen, dessen einzige Gefährtin eine unsichtbare Katze ist, und einen Sohn, dessen Zukunft Sie mit dem Makel belasten würden, sein Leben lang das Kind einer gefallenen Frau zu sein.«

»Während Sie sich mit Gespenstern aus Ihrer Vergangenheit und mit Spinnweben umgeben und Möbelstücke verheizen!« entgegnete sie heftig. »Während Sie die Gesellschaft aufsässiger Dienstboten ebenso zu schätzen scheinen wie die der Whiskyflasche. Ich bin kein naives Dummchen, Sir. Ihnen geht es nicht um Gesellschaft, sondern um ein Ende Ihrer Armut. Sie wollen Ihre Kreditwürdigkeit zurück, um Ihre Träume um Braithwaite verwirklichen zu können, um sich eine angesehene und gesicherte Position in den Adelskreisen aufbauen zu können, die sie bislang verachtet haben, weil Sie der Sohn einer ›gefallenen Frau‹ sind.«

Lange Zeit sagte er nichts. Nach und nach wurde die Stille durch das Pochen des Regens an die Fensterscheiben und das leise Zischen der Flammen im Kamin erfüllt. Schließlich ließ er sich zu einem gespannten Lächeln herab. »Es kann kaum einen Zweifel daran geben, daß sich keiner von uns etwas vormacht, sollten wir uns dazu entschließen, dieses ... Abenteuer einzugehen. Zugegeben, ich liebe Sie nicht. Aber ich habe mich schon oft gefragt, ob ich überhaupt dazu fähig bin, irgendeine Frau zu lieben.«

»Sagen Sie mir eins. Wenn diese Verbindung ausschließlich als Zweckehe betrachtet werden soll, haben Sie dann die Freiheit im Hinblick auf außereheliche Beziehungen nach Belieben zu verfahren?«

Er studierte ihre ausdruckslose Miene und den dünnen Goldrahmen ihrer Brille. »Wenn es mir beliebt«, erwiderte er schließlich mit harter, überraschend trotziger Stimme.

Olivia hob die Augenbrauen und verschränkte die schlanken Arme vor der Brust. »Ich nehme an, mir werden ähnliche Freiheiten zugestanden«, sagte sie.

Er starrte sie einen Moment lang an und stellte sich vor, daß sich Olivia Devonshire – *Warwick* – im Dunkel der Nacht zu einem heimlichen Stelldichein mit einem Liebhaber davonstahl. Diese Vorstellung war absurd. Aber dann erinnerte er sich daran, daß dieses Mädchen zwar aussehen mochte wie eine zimperliche Jungfer, daß sich hinter der puritanischen Fassade jedoch eine überaus verführerische Frau verbarg – und irgendwo da draußen gab es zumindest einen Mann, für den sie genügend empfand, um für ihn ihren guten Ruf aufs Spiel zu setzen. Wie schwachsinnig von ihm, das immer wieder zu vergessen.

Olivia entging keineswegs, daß Warwicks Gesicht sich verdüsterte, daß seine eitle, selbstgefällige Miene dahinschmolz wie Butter an der Sonne. »Nun?« erkundigte sie sich. »Keine Antwort? Kommen Ihnen etwa Bedenken? Es steht doch zu vermuten, daß Ihre Rückkehr nach Devonswick auf Freiersfüßen gewisse Gründe hat. Sind Sie inzwischen in noch größeren Geldnöten? Wurden Sie von einigen Ihrer Gläubiger vielleicht handfest bedroht? Doch das ist im Moment nicht so wichtig. Ich frage mich nur, warum Sie meine Amouren kümmern sollten, solange ich sie nicht an die große Glocke hänge?«

Er drehte sich um und schlenderte an den Bücherregalen entlang. Dann und wann blieb er stehen, um einen Titel besonders in Augenschein zu nehmen. Als er zu einem Tischchen kam, auf dem eine Reihe Karaffen mit hochgeistigem Inhalt stand, hielt er inne. Er fuhr mit ausgestrecktem Finger über eine der Karaffen und sagte: »Ich fürchte, ich neige im Zusammenhang mit Ihnen zur Vergeßlichkeit. Ich glaube, Sie erwähnten gestern abend den Namen des Mannes...?«

»Nein. Das habe ich nicht getan.«

»Bestimmt haben Sie das getan.« Er wandte sich halb zu ihr um und sah sie prüfend an. »Ich bin mir ganz sicher. Sie hatten gerade Ihre zweite Tasse Whisky ausgetrunken...«

»Nein. Ich habe es nicht getan.«

»Ich denke, es wäre nur fair, wenn ich die Identität des Vaters des Jungen erfahren würde.«

»Ich kann nicht erkennen, welchen Sinn das haben sollte.«

Er schob seine Jacke zurück, stemmte die Hände in die Hüften und funkelte sie wütend an. »Verdammt nochmal, werden Sie mir dann wenigstens sagen, ob Sie ihn geliebt haben?«

»Würde das irgend etwas ändern?«

»Sagen Sie es mir einfach, verdammt nochmal.«

»Ja. Ich habe ihn geliebt.«

»Ich verstehe. Und lieben Sie ihn noch immer?«

»Ob ich Bryans Vater liebe? Ist das Ihre Frage, Mister Warwick?«

Er nickte.

»Ich gestehe ein, es gibt Augenblicke, in denen ich große Zuneigung zu Bryans Vater empfinde. Es gibt aber auch Momente, in denen ich – wenn ich länger über seinen Charakter nachdenke – eine gewisse Enttäuschung, wenn nicht sogar Widerwillen verspüre.«

»Und was hat er für einen Charakter?«

»Er ist mit Sicherheit ein Mann ohne Skrupel, sonst hätte er ganz bestimmt die Situation einer jungen Frau aus guter Familie nicht derart ausgenutzt – ganz unabhängig davon, wie schwach sie war.«

»Also hat er ein gewinnendes Wesen, oder?«

»Zweifellos, aber nur, wenn es die Gelegenheit erfordert.«

Sie setzte sich auf die Ecke des Schreibtischs und blickte ihn ebenso intensiv an wie er sie. Doch unter ihrem braunen Musselinrock begannen ihr wieder die Knie zu zittern, als sie erkannte, wie weit sie sich da wieder vorwagte. Aber vielleicht war es besser so. Er hatte ihr schließlich aus sehr durchsichtigen Motiven einen Heiratsantrag gemacht, und sie war nicht bereit, den Rest von Würde, der ihr geblieben war, kampflos zu opfern. Dafür waren Bryans Zukunft und sein Wohlergehen bei weitem zu wichtig.

Warwick bewegte sich auf die Tür zu, und Olivia sprang so schnell hoch, daß die Schreibtischplatte ins Schwanken geriet.

An der Schwelle blieb er stehen und erklärte ohne sich umzudrehen: »Falls Sie auch nur das geringste Interesse an meinem Antrag haben sollten, Miss Devonshire, dann lassen Sie es mich wissen. Ich höre bis morgen um diese Zeit von Ihnen ein ›ja‹ oder ›nein‹ – oder Sie können vergessen, daß ich jemals hier gewesen bin.« Und dann war er fort.

Sie starrte auf die geschlossene Tür. Ihr Herz hämmerte wie wild, und ihre Lungen schienen ihr den

Dienst zu versagen. Dann eilte sie zur Tür, riß sie auf und sah ihn in der Halle stehen, wo ihm Jonah gerade den Umhang reichte.

»Mister Warwick«, rief sie. Er drehte sich um. »Ich hoffe, Sie verzeihen mir meine offenen Worte, aber Ihr Benehmen läßt einiges zu wünschen übrig. Man stürmt nicht einfach in das Haus einer Dame und stellt ihr Bedingungen – besonders dann nicht, wenn es um so bedeutende Dinge wie eine Heirat geht.«

Jonahs buschige Augenbrauen schossen in die Höhe. »Heirat!« schrie er auf, und dann rief er einem Hausmädchen, das mit neugierigen Eulenaugen am Fuß der Treppe stand, zu: »Was für ein Tag! Miss Olivia ist verlobt!«

»Das bin ich ganz und gar nicht«, stritt sie heftig ab.

»Miss Olivia ist verlobt!« rief eine weitere Stimme irgendwo aus den Tiefen der Korridore.

Mit leicht gesenktem Kopf stürmte Olivia quer durch die Halle, um Warwick zur Rede zu stellen. Er wich keinen Zentimeter, sondern sah ihr mit schmalen Augen entgegen.

»Nur damit Sie Bescheid wissen«, sagte sie in die Halle, ohne einen Bestimmten anzusprechen, »ich habe nicht zugestimmt, diesen Mann zu heiraten.«

»Was erregt Sie denn so?« erkundigte sich Warwick fast träge. »Könnte der Anlaß der sein, daß ich ohne Blumen und Pralinen kam und bei meinem Antrag nicht auf die Knie gesunken bin?«

»Machen Sie sich nicht lächerlich, Sir. Ich habe nicht das geringste Verlangen nach derart weiblichen Trivialitäten.«

»Nein? Dann sind Sie vielleicht einfach nicht daran gewöhnt, es mit Menschen zu tun zu haben, die sich Ihrem Willen nicht unterwerfen wollen oder können. Vielleicht haben Sie aber auch nur Angst.«

»Vor Ihnen!« Es war keine Frage.

»Vor der Welt jenseits dieses Portals, Miss Devonshire. Wissen Sie, was ich glaube? Ich glaube, daß Sie das alles erfunden haben. Es hat gar keine Zigeuner oder Tätowierer gegeben. Sie haben sich das alles einfach nur hier ausgedacht.« Er berührte ihre Schläfe leicht mit einem Finger. Sie rang nach Atem und ihr Gesicht wurde hochrot. Sie spürte, wie ihre Selbstbeherrschung den Kampf gegen ihre aufsteigende Empörung verlor. »Im Grunde«, fügte er nach einer bedachtsamen Pause hinzu, »sind Sie ein solches Blümchen Rührmichnichtan, daß es mich nicht überraschen würde, wenn Sie auch im Hinblick auf Bryans Empfängnis gelogen hätten.«

Ihr Mund öffnete und schloß sich wieder, ohne daß ein Ton herausgekommen wäre. Sie hatte das Gefühl, daß ihr das Herz im Halse klopfte – ein sicheres Anzeichen akuter Panik –, und daß ihr die Haare zu Berge standen.

Er neigte ihr den Kopf zu und verzog seinen sinnlichen Mund zu einem ironischen Lächeln, das seine hohen Wangenknochen betonte. »Ich würde fast wetten, daß er das Kind einer Unbefleckten Empfängnis ist.«

Die Spannung verließ ihren Körper. Hätte ihr Körper nicht noch von der vorangegangenen Erregung gezittert, wäre sie in schallendes Lachen ausgebrochen. Aber so zeigte sie ihm nur ein leicht borniertes Lächeln und fing an, die winzigen Perlknöpfe ihrer Bluse zu öffnen. Warwicks Augen wurden schmal, und seine gutgeschnittenen Gesichtszüge verhärteten sich, als sich die Bluse öffnete, um erst ihren

Hals, dann das Schlüsselbein und schließlich den Spitzenrand ihres Hemdes zu enthüllen, das ihre Brüste bedeckte.

Als seine dunklen Augen sie wieder ansahen, erwiderte sie deren aufwühlend intensiven Blick und sagte leise: »Nur, daß es da kein Mißverständnis gibt, Sir…« Sie zog das zarte Hemd mit einer Fingerspitze gerade so weit zur Seite, daß die perfekt tätowierte und feinkolorierte blaßrosa Rose an der Innenseite ihres schwellenden Busens zu sehen war. »Ich versichere Ihnen, Mister Warwick, die Gerüchte haben recht. Ich war und bin all das, was über mich im Umlauf ist. Wahrscheinlich sogar mehr.«

Sein Blick senkte sich wieder auf ihre Brüste und verharrte dort, während sich ein Schweigen ausbreitete. Olivia spürte, daß ärgerliches Unbehagen in ihr hochstieg.

Schließlich verzogen sich Warwicks Lippen und veranlaßten Olivia, den Atem anzuhalten. Er drückte einen Finger ganz leicht auf den Rosenstiel und ließ ihn hinaufgleiten bis zur rosafarbenen Blüte. Dort hielt er inne und sah sie wieder an. »Sehr hübsch. Würden Sie noch etwas enthüllen, wenn ich Da Capo rufe?«

Ihre Hand fuhr zum Kragen. Mit bebenden Fingern hielt sie die Bluse wieder zu.

»Sie werden schnell genug lernen, Miss Devonshire, daß ich nicht so leicht zu schockieren bin. Nicht ansatzweise so leicht wie Sie.«

»Was soll das heißen?«

»Daß soll heißen, daß Ihr Gesicht in dem Augenblick einen wundervoll scharlachfarbenen Ton angenommen hat, in dem ich Ihre Brust berührte. Ich frage mich, wie tief Sie erröten würden, wenn ich…«

»Leben Sie wohl, Mister Warwick.«

Olivia wandte Warwick den Rücken zu und machte sich mit steifem Rücken auf den Weg zur Treppe.

Ihr Vater kam mit ausgebreiteten Armen aus einem angrenzenden Zimmer. Sein robustes Gesicht hatte eine rübenähnliche Färbung, und seine rundliche Gestalt schien vor Freude förmlich zu hüpfen. »Es wird also noch eine Hochzeit geben! Meiner Treu, welch ein Tag! Meine beiden Töchter verlobt!«

»Miss Devonshire!« rief Warwick.

Ihre Schritte wurden langsamer.

»Diese scheußlichen Brillengläser beschlagen, wenn Sie wütend werden. Nur für den Fall, daß Sie das wissen wollen ...«

»Gehen Sie zur Hölle!« fauchte sie und brachte ihren Vater damit zu einem abrupten Halt.

»Gut!« gab Warwick zurück. »Wir sehen uns dann dort!«

Das Portal schlug zu, und dann fielen auch die anderen Türen rund um die Halle und in den angrenzenden Korridoren in ihre Schlösser, als die lauschenden Hausboten mitbekamen, daß der Tumult zuende war. Olivia stand bebend am Fuß der Treppe und war auf sich ebenso wütend wie auf Warwick, weil sie die Beherrschung verloren hatte, aus ... aus jedem möglichen Grund.

Beispielsweise dafür, daß er bei seinem Heiratsantrag nicht auf die Knie gefallen war.

Daß er nicht die geringste Achtung vor ihr empfand, nicht einmal so tat, als würde er sie respektieren.

Daß er offen und ehrlich gewesen war.

Daß er arrogant war.

Daß er so umwerfend gut aussah, so einsam war, und so tief verzweifelt über seine Vergangenheit – ähnlich verletzt wie sie selbst –, daß sie jede Vernunft in den Wind schlagen und einer Heirat mit ihm zustimmen würde, ganz gleichgültig, wie laut die Stimme in ihrem Kopf auch schrie, das dürfte sie nicht tun.

Sie drehte sich um und ging auf das Portal zu. Anfangs ein wenig steif, dann aber immer schneller.

»Olivia!« Emily kam die Treppe heruntergeflogen, eine Hand umklammerte das Geländer, die andere kämpfte mit ihren Röcken. »Tu es nicht! Das darfst du nicht! Du weißt doch, was es bedeuten würde! Olivia! Ich werde in meinem ganzen Leben kein einziges Wort mehr mit dir sprechen!« An der Tür erreichte sie Olivia, packte sie am Arm und zerrte an ihr.

»Er liebt dich nicht!« schrie Emily.

Olivia streckte die Hand nach der Türklinke aus.

»Es geht ihm doch nur um eins – um deine Mitgift. Aber er wird dein Geld für seine zahllosen Mätressen, für Pferde, seine Spielleidenschaft und diese bröckelnde Ruine ausgeben. Und wenn er alles verschwendet hat, wird er dich wegwerfen wie einen alten Lappen.«

»Geh mir aus dem Weg, Emily.«

»Um alles in der Welt«, dröhnte ihr Vater. »Komm her, Emily. Laß das Mädchen in Ruhe!«

»Sag es ihr, Papa! Sag Ihr, daß sie ihn nicht heiraten darf! Ich flehe dich an!«

Ungläubig sah Olivia ihrer Schwester in die tränenerfüllten Augen. Sie schüttelte langsam den Kopf. »Willst du mir diese vielleicht einmalige Chance verwehren, meine Freiheit zu finden, Emily?«

»Er ist widerlich!«

»Es gab eine Zeit, da hattest du eine andere Meinung.«

»Denk doch an Bryan.«

»Genau an ihn denke ich.«

»Nun komm schon, Emily.« Devonshire legte den Arm um die Schultern seiner Tochter und wollte sie fortziehen. »Gütiger Gott, Mädchen, ihr benehmt euch ja, als wäret ihr aufeinander tödlich eifersüchtig...«

»Eifersüchtig!« Emily lachte und weinte zugleich. Sie schlug seine Hände von ihrer Schulter. »Eifersüchtig auf sie? Auf ihn? Du mußt scherzen, Papa. Er liebt mich. Mich! Er will sich nur an mir rächen, weil...«

»Weil?« wollte er schroff wissen.

Emily wandte sich wieder mit brennenden Augen an Olivia. Sie beugte sich ganz nah an das Ohr ihrer Schwester und flüsterte rauh: »Wie könntest du mit der Tatsache leben, daß dein Ehemann und deine Schwester sich geliebt haben? Du müßtest dir doch vorstellen, daß er an mich denkt, wenn er mit dir ins Bett geht...«

»Was um alles in der Welt habe ich dir nur getan, daß du mich so haßt?« fragte Olivia leise, und der Schmerz schien ihr fast die Kehle zuzuschnüren. »Ich habe dich aufgezogen und geliebt wie eine Mutter. Ich habe alles geopfert, was mir wichtig war, damit du ein sorgloses Leben hast und einen Mann von Ansehen und Stand heiraten kannst wie Lord Willowby, aber nun willst du mir diese eine Möglichkeit verwehren.«

»Aber Bryan verdient...«

»Wage es nicht, seinen Namen in den Mund zu nehmen. Du bist es nicht wert. Spar dir deine heuchlerische Besorgnis für jemanden auf, den du vielleicht damit beeindrucken kannst. Und jetzt geh mir bitte aus dem Weg!«

Olivia trat an ihrer Schwester vorbei und riß die Tür auf. Die Kälte ließ sie kurz verharren, doch dann holte sie tief Atem, raffte ihre Röcke und lief die Freitreppe hinunter.

»Warten Sie!« rief sie Warwicks Kutsche hinterher, obwohl sie fast sicher war, daß der Kutscher sie über das Hufgetrappel und Räderrollen nicht hören konnte. Dennoch rief sie noch einmal und hastete weiter über die schlüpfrige Ausfahrt.

Um ein Haar wäre sie mit der Kutsche zusammengestoßen – erst da wurde ihr bewußt, daß das Gefährt stehengeblieben war. Plötzlich war da der Kutscher, der Schlag der Kutsche schwang auf und Warwicks verschwommene Gestalt kam elegant die Stufen herunter.

Ihr hektischer Lauf über die Ausfahrt hatte sie atemlos gemacht und jetzt, wo sie an ihrem Ziel war, überkam sie unvermittelt ein Gefühl des Bedauerns über ihre Spontaneität.

»Verdammt«, murmelte sie, und als Warwick auf sie zukam, schloß sie schamerfüllt die Augen. Großer Gott, ich muß ja aussehen wie eine Irre, dachte sie entsetzt, als sie bemerkte, daß ihre Füße, Beine und Rocksaum buchstäblich schmutzgetränkt waren, daß ihr die Haare wirr über die Schultern fielen, daß ihre Bluse offenstand und ihr feucht am Körper klebte.

»Miss Devonshire.«

Ihr Kopf zuckte in die Richtung seiner Stimme. Seine Gestalt wirkte wirklich sehr verschwommen.

Er streckte die Hand nach ihrer Brille aus und

nahm sie ihr sanft ab. Im Nu war die Welt um sie herum wieder deutlich und klar. Warwick betrachtete sie mit einer hochgezogenen Augenbraue, während er ihre Augengläser am Revers seiner Jacke trockenwischte.

»Sie wollten mir etwas mitteilen?« erkundigte er sich fast beiläufig.

Sie starrte auf die pendelnde Kette einer Taschenuhr, die in seiner Weste steckte. Seltsam, daß ihr die noch gar nicht aufgefallen war. Jetzt glänzte und schimmerte sie. »Ja«, brachte sie endlich mühsam über die Lippen. »Ich...« Sie schluckte und wollte tief Atem holen. Doch das ist schwierig, wenn man das Gefühl hat, am ganzen Körper gelähmt zu sein.

Warwick hielt die Brillengläser gegen den Himmel, blinzelte und prüfte sie umständlich. Befriedigt setzte er sie dann wieder Olivia auf. Seine Finger verweilten kurz in ihren Haaren an den Schläfen und glitten dann um ihre Ohrmuschel. »Ich hatte Ihnen doch gesagt, daß diese Gläser beschlagen, wenn Sie wütend sind. Oder, Miss Devonshire?«

Sie nickte.

Er begann ihre Bluse zuzuknöpfen, während sie starr wie eine Statue dastand und beobachtete, wie das ersterbende Tageslicht seine Gesichtszüge faszinierend betonte. Als seine Finger kurz ihre Brüste berührten, verdoppelte sich ihr Herzschlag. »Ich glaube noch immer, daß Sie ohne diese verdammten Dinger besser sehen können«, meinte er. »Aber das tut jetzt nichts zur Sache. Sie haben meine Kutsche bestimmt nicht aufgehalten, um über Ihr Sehvermögen zu sprechen. Ich nehme an, Sie wurden meinen Heiratsantrag betreffend einem ebenso plötzlichen wie drastischen Meinungsumschwung unterzogen.«

Sie nickte.

»Und ich nehme weiterhin an, daß Sie beschlossen haben, eine Verbindung zwischen uns könnte einer Verbesserung unserer Situation dienen.«

Sie nickte.

»Und würden Sie mir zustimmen, wenn ich sage: Je schneller wir das hinter uns bringen, desto besser?«

Sie nickte.

»Gut. Dann werde ich mit dem Standesbeamten sprechen. Ich glaube, es ist im allgemeinen üblich, drei Wochen lang das Aufgebot öffentlich auszuhängen. Aber zufällig kenne ich Hargreaves, den Standesbeamten, gut genug, daß ich glaube, davon ausgehen zu können, daß er ausnahmsweise ein Auge zudrücken wird. Können wir uns darauf verständigen, als Termin für die Eheschließung heute in einer Woche vorzusehen?«

»Heute in einer Woche?«

»Mir ist durchaus bewußt, daß das kaum Zeit für Vorbereitungen läßt, doch andererseits ist in Anbetracht unserer Situation wohl keine großartige Feier notwendig.«

Sie nickte.

Er betrachtete sie lange Zeit schweigend. Sie hatte zu zittern begonnen. Ob das an der Kälte lag oder daran, daß ihr bewußt wurde, daß sie gerade zugestimmt hatte, Miles Warwick zu heiraten - in einer Woche und praktisch ohne ein Wort zu sagen -, wußte sie nicht. Ihre Zähne schlugen aufeinander, und die Kälte kroch ihr langsam von den Füßen in den gesamten Körper.

Miles zog seine Jacke aus, legte sie ihr um die Schultern und schloß sie an ihrem Hals. In dem teuren Wollstoff und dem schäbigen Satinfutter der Jacke war noch immer die Wärme seines Körpers. Außerdem konnte sie, wenn auch nur vage, einen Hauch seines nach Lorbeer duftenden Eau de Cologne wahrnehmen. »Danke«, sagte sie zu ihm.

Er lächelte flüchtig und wirkte fast versonnen, bevor er sich knapp herunterbeugte, um ihren Mund kurz mit seinen Lippen zu berühren. »Keine Ursache«, flüsterte er.

Er wandte sich wieder der Kutsche zu und bewegte sich an dem neben den Stufen wartenden Kutscher vorbei, mit der Grazie eines Akrobats, ins Innere. »Gute Nacht, Miss Devonshire«, drang seine Stimme zu ihr heraus. »Sie werden von mir hören.«

Der Kutscher schlug den Schlag zu und kletterte auf seinen Bock. »Gute Nacht«, sagte sie und sah zu, wie die Kutsche anfuhr und dann in der Dunkelheit verschwand.

Du bist nicht gekommen;
die Zeit verstrich und machte mich benommen. –
Weniger vermißte ich deine teure Gegenwart,
als ich mich deines großen Erbarmens beraubt sah,
das aus reiner Güte jedes Zögern überwindet.
Bekümmert war ich, als die Stunde der Hoffnung
verstrich:
Du bist nicht gekommen.

Thomas Hardy

7

»Ich bin sicher, daß Sie meine Beweggründe anerkennen werden, Warwick. Ich möchte keineswegs Ihre Gefühle verletzen - Gott, wir sind nun einmal Männer; und da wir darüber hinaus Männer sind, die sich rühmen, ihr Geschick in die eigenen Hände zu nehmen, denke ich schon, daß meine Bedingungen für Sie zunächst vielleicht schwer zu akzeptieren sind. Aber...« Devonshire räusperte sich und sah Miles durchdringend an, während draußen der Wind heulte und mit kalten Fäusten an den Fenstern rüttelte. »Ich bin sicher, daß Sie meine Gründe verstehen werden. Zunächst und vor allem muß ich an Olivias Zukunft denken. Und dabei kann ich Ihre Vergangenheit nicht übersehen. Offenbar haben Sie eine Schwäche für das Glücksspiel. Sie verfügen über keinerlei Geschäftssinn. Selbstverständlich«, fügte er hastig hinzu, »kann Ihnen in Anbetracht Ihrer Erziehung daraus kein Vorwurf gemacht werden... Hören Sie mir zu, Warwick?«

»Selbstverständlich.« Miles Stimme klang ironisch aber beherrscht. Olivia hatte den Eindruck, nie zuvor bei einem Menschen ein solches Ausmaß mühsam kontrollierter Wut erlebt zu haben.

»Daher habe ich im Hinblick auf die Mitgift bestimmte Vorkehrungen getroffen. Olivia wird die umfassende Kontrolle über alle finanziellen Angelegenheiten haben. Aber natürlich wird sie sich Ihren Bedürfnissen entsprechend verständnisvoll zeigen.«

»Damit wollen Sie sagen...« Warwick wandte sich an Olivia, »daß ich gezwungen sein werde, dich um Geld anzubetteln.«

Sie schluckte.

»›Anbetteln‹ ist ein sehr hartes Wort«, erklärte Devonshire. »Bitte versuchen Sie, das alles im richtigen Zusammenhang zu sehen. Angesichts Ihrer Vergangenheit...«

»Das ist nicht üblich. Ehefrauen teilen ihren Ehemännern nicht das Geld zu. Es ist genau anders herum.«

Devonshire baute sich zwischen Olivia und Miles auf und lächelte ihn an. »Sie haben sicher Verständnis für meine Besorgnis. Du meine Güte, es ist doch allgemein bekannt, wie oft Tunichtgute die Mitgift ihrer Frauen verschleudern, und dann ist das arme Geschöpf gezwungen, den Rest seiner Tage unter wenig erfreulichen Bedingungen zu verbringen. Offensichtlich kann man das hier wohl kaum als Liebesheirat bezeichnen. Es wäre für mich unerträglich, wenn Olivia eines Morgens beim Erwachen feststellen müßte, daß sie und ihr Sohn wegen einer anderen Frau beiseite geschoben wurden.«

Devonshires Züge verhärteten sich, sein Lächeln wurde brüchig. »Denken Sie beispielsweise an Ihren

Vater und Ihre Mutter. Die Treue der Warwicks läßt beträchtlich zu wünschen übrig.«

Das Gespräch setzte sich fort, aber Olivia hörte kaum zu. Statt dessen betrachtete sie das Gesicht ihres künftigen Ehemanns und sah, wie seine Miene alle Phasen von der Verblüffung zur Verärgerung bis hin zur maßlosen Wut durchliefen. Eine Stimme in ihrem Inneren wisperte ihr zu, daß ihr die Szene eine gewisse Genugtuung geben müßte – schließlich war sein Antrag aus allen anderen als ritterlichen Motiven erfolgt –, aber sie empfand nichts dergleichen. Warum eigentlich nicht? Warum hatte sie im Gegenteil sogar das Bedürfnis, aufzuspringen und ihrem Vater ins Gesicht schreien zu müssen, daß seine Absicht absurd war, ihr die gesamte Verfügungsgewalt über das Geld zu geben, das sie in die Ehe einbringen würde? Miles' Stolz war bereits durch die Tatsache verletzt genug, sich zu einer Heirat gezwungen zu sehen. Er hätte jede Berechtigung, seinen Antrag zurückzuziehen – schon aus prinzipiellen Gründen heraus. Würde er es tun? Wie tief ist seine Verzweiflung, fragte sie sich.

Olivia erinnerte sich an die vergangene Nacht. Sie hatte kaum eine Minute geschlafen, weil sie sich immer wieder dieses heutige Treffen vorgestellt hatte, bei dem Miles der Ehevertrag vorgelegt werden würde. Sie hatte sich vor seiner Reaktion gefürchtet, wenn ihm seine traurige Lage in häßlichen juristischen Formulierungen schonungslos klargemacht werden würde.

Die ganze Nacht hindurch hatte sie sich immer wieder ausgemalt, daß er die Bedingungen ablehnen und aus dem Haus stürmen würde.

Sie hatte - ganz kurz - allerdings auch davon geträumt, daß er vor ihr auf die Knie sinken und sie seiner unverbrüchlichen Zuneigung versichern würde, und - weil er sie unendlich liebte - allem zustimmen würde, nur um sie zur Frau zu gewinnen.

Bis jetzt war nichts von beidem geschehen.

»Sagen Sie mir, Warwick, sind Sie mit diesen Bedingungen einverstanden?« fragte Devonshire.

Miles saß in einem hochlehnigen Sessel und vermittelte aller Welt den Eindruck, er wäre in höchstem Maße entspannt und von der schockierenden Wende der Dinge absolut unbeeindruckt. Wie beherrscht und überheblich er doch wirkte, in seinem eleganten marineblauen Jackett mit Goldknöpfen über ledernen Breeches, die in blankgeputzten Stiefeln steckten. Seine Augen verrieten jedoch seinen ungeheuren Zorn. Sie wirkten wie ein brennender Wald: graugrün mit einem beängstigend funkelnden Leuchten. Während sie auf seine Antwort wartete, tickte die Uhr auf dem Flur in die Stille, und der Klang jedes Pendelschlags wurde von Sekunde zu Sekunde lauter.

»Es scheint, als bliebe mir kaum eine Wahl«, erwiderte er schließlich.

Devonshire lächelte und streckte ihm die Hand entgegen. Miles übersah sie.

Das Lächeln verlosch. »Da wäre noch eine Sache«, meinte Olivias Vater.

»Sagen Sie nichts. Lassen Sie mich raten. Ich muß mir das Handgelenk aufritzen, um den Vertrag mit meinem Blut zu unterzeichnen.«

»Nichts derart Theatralisches, guter Mann. Es betrifft vielmehr den Jungen.« Er raschelte mit den Papieren. »Falls die Ehe zwischen Ihnen beiden wider Erwarten aufgelöst werden sollte, behält die Mutter das Sorgerecht.«

Miles lachte leise auf. Es blieb seine einzige Reaktion. Dann stand er auf. »Ich habe mit dem Standesbeamten gesprochen«, sagte er zu Olivia. »Den Rest überlasse ich Ihnen, da Sie entschlossen scheinen, die Dinge in Ihre Hände zu nehmen.«

Er machte auf dem Absatz kehrt und verließ grußlos das Zimmer. Olivia eilte ihm nach. »Um welche Zeit...« rief sie.

»Zwölf Uhr«, erscholl die knappe Antwort.

Sie folgte ihm in die Halle, wo Jonah mit Miles' Umhang und Handschuhen bereit stand. Der alte Butler war ihm beim Anziehen behilflich, dann öffnete er das Portal. »Mister Warwick«, rief sie.

Miles blieb auf der Schwelle stehen und drehte sich offensichtlich zornig um. Sie dachte daran, ihm zu erklären, daß die skandalösen Bedingungen ihres Ehevertrages nicht ihre Idee gewesen waren. Doch welchen Sinn hätte das gehabt?

»Ich ... ich weiß, wie Sie sich fühlen müssen«, sagte sie.

»Wirklich?« Er hob gespielt-amüsiert die Augenbrauen und streifte sich einen Glacéhandschuh über die Finger. »Sagen Sie mir, Miss Devonshire, wie fühle ich mich?«

»Entmannt.«

»Ah.« Er schenkte ihr ein kaltes Lächeln. »Gut ausgedrückt, meine Teure.«

»Niemand zwingt Sie mit gezogener Pistole zu Ihrer Zustimmung.«

»Darüber läßt sich streiten.«

Olivia holte tief Atem. »Sie müssen sehr verzweifelt sein, Sir.«

Er zuckte mit den Schultern und zog den zweiten Reithandschuh an. »Nicht mehr als Sie, nehme ich an.«

Sie runzelte die Stirn, und ihre Augen wurden ganz groß, als Warwick langsam auf sie zukam. Der Wind fuhr durch die geöffnete Tür, zauste an seiner Kleidung, an seinen Haaren. Aber es war nicht der kalte Wind, der seine Wangen so erröten und seine Augen blitzen ließ.

»Sie müssen sogar überaus verzweifelt sein, wenn Sie mich heiraten wollen, Miss Devonshire«, erklärte er erschreckend unpersönlich. »Denn ich bin kein Mann, der seine Würde freiwillig beschneiden läßt. Informieren Sie sich ein bißchen über meine Vergangenheit, dann werden Sie wissen, was ich meine. Alle diejenigen, die mir eine Falle stellen wollten, haben sich zum Schluß in den Schlingen ihrer eigenen Dummheit wiedergefunden.«

»Ist das eine Drohnung?« wollte sie wissen und klang wesentlich mutiger als sie sich fühlte.

»Ich drohe nicht, Miss Devonshire. Ich bin keine amerikanische Klapperschlange, die ihren Schwanz in Bewegung setzt, um irgendein unglückseliges Geschöpf davor zu warnen, daß sie im nächsten Moment zuschlagen wird. Ich gehe sehr viel subtiler vor.« Olivia wurde ganz steif, als er ihr einen Finger auf die Brust legte, genau dorthin, wo die Tätowierung unter ihrer Bluse verborgen war. Dann wanderte sein Finger ganz langsam an ihrem Hals hinauf und nach hinten, bis seine kräftige Hand ihren Nacken umfing und sich seine behandschuhten Finger in ihren Haaren verbargen. Sie konnte nicht denken und sich auch nicht bewegen. Seine Augen waren hypnotisch, und sie fragte sich flüchtig, ob es Furcht oder

Erregung war, die ihre Knie so schwach werden ließ, daß sie glaubte, sie müßten ihr jeden Augenblick den Dienst versagen.

»Oh, ich gehe wesentlich subtiler vor«, wiederholte er leise. »Ich bin mehr wie eine Viper, Miss Devonshire. Ich gleite in Ihr Bett und rolle mich zwischen den Decken zusammen. Ich warte, bis Sie am verletzlichsten sind, bevor ich zuschlage.«

»Falls Sie versuchen, mir angst zu machen ...«

»Kaum. Das war lediglich eine freundliche Warnung unter Freunden. Wir sind doch Freunde, Miss Devonshire. Oder?«

Sie versuchte zu nicken. Unmöglich.

Hinter ihr kam ihr Vater aus seinem Arbeitszimmer und blieb beim Anblick von Olivia und Miles wie angewurzelt stehen. »Aber, aber«, erklang seine besorgte Stimme. »Was ist denn das?«

Ohne sie aus den Augen zu lassen, sagte Miles: »Nur ein Kuß zum Abschied. Ich denke, das ist mein Recht, Mylord. Oder sind Sie anderer Meinung? Was wäre ich schließlich für ein Bräutigam, wenn ich meiner Herzallerliebsten nicht meine tiefempfundene Zuneigung zeige?«

Olivia beobachtete ihn mit einer Spur von Angst auf den Gesichtszügen. O ja, sie hatte Furcht. Das hatte er auf höchst eindrucksvolle Weise erreicht. Und sie war unsicher, wenn auch ohne die Feindseligkeit, die er vielleicht von einer schwächeren Frau hätte erwarten können.

Sie hielt ihn mit ihren undurchdringlichen Augen noch einen Moment fest, der ihr wie eine Ewigkeit vorkam. Dann schien ihn sein Zorn auf sie und ihren schlauen Vater wieder mit voller Wucht zu überfallen.

Er beugte sich zu ihr herunter und küßte sie auf den Mund, wie er es schon einmal getan hatte. Als sie ihre Lippen öffnete, öffneten sich auch seine und kosteten den aromatischen Geschmack ihrer Zunge.

Ihr Atem stockte.

Miles trat einen Schritt zurück.

Er machte auf dem Absatz kehrt und verließ das Haus.

Am Sonnabend erwachte Olivia mit einem unangenehmen Gefühl im Magen. Es war ihr Hochzeitstag, aber sie hatte von ihrem Bräutigam nichts gehört, seit er fünf Tage zuvor aus dem Haus gestürmt war.

Am Abend zuvor hatte sie ihr Hochzeitskleid zurechtgelegt: ein schlichtes, selbstgenähtes Gewand, dem alle Spitzen und Paspeln fehlten, die für gewöhnlich eine Hochzeitsrobe zierten. Da waren ihre üblichen Strümpfe, keine aus feiner Seide, die an den Knöcheln mit Blüten geschmückt waren. Das Zimmermädchen hatte ihre Schuhe auf Hochglanz poliert und sogar die alten, verschmutzten Senkel durch neue ersetzt. Während der Morgen voranschritt, fühlte sie sich ein- oder zweimal versucht, Emily darum zu bitten, ihr eins der zwei Dutzend Paare aus ihrer beeindruckenden Pariser Schuhkollektion zu leihen, tat es dann aber doch nicht. Eine solche Frage hätte Emily nur erregt. Sie hatte Kopfschmerzen vorgeschützt und sich in ihr Zimmer zurückgezogen. Emily brachte es einfach nicht über sich, als Olivias Trauzeugin an der Zeremonie teilzunehmen, und so hatte Olivia Bertrice um diesen Gefallen gebeten.

Die ersten Stunden des Morgens verbrachte Olivia mit ihrem Sohn. Sie unternahmen ihren üblichen

Spaziergang über das Anwesen und liefen zum Teich hinunter. Als sie sich dort auf einer Bank aneinanderschmiegten, erklärte Olivia Bryan so behutsam wie möglich, wie sehr sich ihr Leben verändern würde.

»Werden wir dort glücklicher sein?« wollte er wissen.

»Ja«, erwiderte sie. »Wir werden sehr glücklich sein.«

»Und ich werde einen Papa bekommen.«

»Selbstverständlich.«

»Hat er dich lieb?«

Olivia lächelte und beobachtete ein Wildkaninchen, das über den Schnee huschte.

»Ja, das tut er.«

»Und mich hat er auch lieb?«

»Natürlich. Er hat uns beide lieb. Sonst würde er uns wohl kaum heiraten, oder?«

Diese Worte verfolgten sie, als sie badete und danach ihren Morgenrock anlegte. Sie setzte sich an ihren Frisiertisch und betrachtete sich im Spiegel, während Bertrice ihre Haare bürstete. Ihre Wangen waren schneeweiß, ihre Augen eigentümlich glasig.

Als könnte sie ihre Gedanken lesen, zeigte ihr Bertrice ein aufmunterndes Lächeln. »Das ist ganz natürlich, Mädchen. Man nennt es Hochzeitsangst. Du hast doch nicht etwa Zweifel, ob es richtig ist, Warwick zu heiraten, oder?«

»Selbstverständlich nicht. Es ist nur...« Olivia hob die Schultern und wandte den Blick ab. »Ich nehme an, ich leide unter einem akuten Anfall von Selbstmitleid.«

Bertrice nahm sie bei der Hand, zog sie hoch und ging mit ihr zum Bett. Dort setzten sie sich beide nebeneinander. Heute hatte Bertrice einen ihrer klareren Tage. »Nun erzähl deiner Bertrice, was dich quält, Mädchen.«

Olivia wollte nicht ausführlich werden, und Bertrice hätte es ohnehin innerhalb einer Stunde wieder vergessen. »Es ist nicht ohne Ironie, wie sich die Dinge schließlich entwickelt haben«, meinte sie schließlich mit einem leichten Lächeln auf den Lippen. »Und doch ...« Sie sah Bertrice direkt an, die sie aus dem Schatten des Himmelbetts heraus beobachtete. »Während ich Miles früher unter allen Umständen geheiratet hätte, habe ich heute das Gefühl ...«

»Was für ein Gefühl hast du, Liebes? Erzähl Bertrice, was dich bedrückt.«

Olivia seufzte. »Ich glaube, ich hätte es lieber, wenn er mich lieben würde.«

Nachdem sie von dem Standesbeamten in einen besonderen Raum geführt worden war, saß Olivia in einem Sessel und schaute auf eine Porzellanuhr in Form einer Glocke. Das Zimmer war hochzeitlich dekoriert. Fenster, Tür und die Bilder von Liebespaaren an den Wänden waren von Blätterkränzen geschmückt, von denen lange weiße Bänder herabhingen. An einer Wand stand ein mit einer weißen, spitzenumrandeten Leinendecke verhüllter Tisch. Normalerweise wurden dort die kleinen Geschenke abgelegt, bevor sich das Paar in den Empfangssal begab, um die Gäste zu begrüßen. Da Olivia nicht wußte, ob von Miles jemand als Trauzeuge geladen war, hatte sie nur ein Dutzend Gastgeschenke aus weißen Bändern, Spitzen, Blumen und silbernen Blättern gemacht. Doch um Viertel vor zwölf war lediglich ein Gast erschienen: Miles' Bruder, Earl

Warwick. Er gratulierte ihr lächelnd und entschuldigte seine Frau. Die Countess Warwick stand kurz vor der Entbindung ihres dritten Kindes.

Punkt zwölf sollte die Zeremonie beginnen. Bryan hatte mit einem Kissen am Fenster Stellung bezogen und ihr versprochen, die Ankunft seines neuen »Papa« unverzüglich zu melden. Die Uhr schlug zwölf, die Hochzeitsgesellschaft versammelte sich erwartungsvoll im Hochzeitssaal und wartete auf das Eintreffen des Bräutigams, aber der tauchte nicht auf.

Um Viertel nach zwölf saß Olivia gelassen auf dem Rand ihres Sessels und spielte dann und wann mit dem Ärmel ihres Kleides, aber immer noch glänzte Miles durch Abwesenheit.

Um halb eins starrte Bryan noch immer auf die Straße hinaus und fragte wiederholt »Mummy, er kommt doch?«

»Bald«, erwiderte sie standhaft.

»Mummy?« fragte Bryan und schlang seine kleinen Finger um ihre Hand. »Weinst du, Mummy?«

*

Die *Hound and Hearth* Tavern war für die frühe Stunde ungewöhnlich gut besucht. An der Bar drängten sich Männer und hoben ihre Biergläser zu vollmundigen Hochrufen und derben Trinksprüchen auf die Braut und den Bräutigam von Braithwaite.

»Auf den Bastard Kemball, der an keinem Tag seines nutzlosen Lebens eine Stunde mit ehrlicher Arbeit verbracht hat. Möge er sich mit seiner Braut stets der Früchte seiner Plackerei erfreuen!«

»Dieser schlaue Hund Kemball weiß doch immer,

wie man sich die dicksten Fische angelt, was?«

»Ich habe Devonshires Tochter seit Jahren nicht gesehen, aber wie ich höre, soll sie reizlos wie eine Bohnenstange sein.«

»Und sie hat ein Balg, das ihr irgendein rumänischer Zigeuner gemacht haben soll, wie man sagt.«

»Es heißt, sie soll feurige Drachen auf ihrem Hinterteil tätowiert haben. Auf jeder Seite einen. Wenn sie sich in Bewegung setzt, sieht es so aus, als säßen sie auf einer Wippe.«

Brüllendes Gelächter erschütterte die Wände der rauchgeschwängerten Schenke.

Langsam erstarb das Lachen. Die Köpfe wandten sich nacheinander der Tür zu, wo Earl Warwick in einem exquisit geschneiderten grauen Gehrock mit scharfgebügelten Hosen stand. Seine pfirsichfarbene Krawatte war jedoch leicht verrutscht und sein dunkles Haar zerzaust.

Schwer lastete das Schweigen auf dem Schankraum, als Damien seinen zornigen Blick von den verdatterten Gesichtern der Zecher in eine dunkle Ecke richtete, in der Miles hockte und mit beiden Händen eine Whiskyflasche umklammerte.

Erschreckte Kommentare wurden laut. »Warum hat mir denn niemand gesagt, daß er hier ist?« und »Ich wußte es doch selbst nicht.« Miles bedachte die erschütterten Gäste mit einem dünnen Lächeln und hob grüßend seine Flasche. Dann sah er seinem heranstürmenden Bruder entgegen.

»Nun, nun, wen haben wir denn da?« spottete Miles. »Was treibt dich denn hierher, Dame?«

»Du weißt doch sicher, wie spät es ist?!«

Er zog seine Taschenuhr aus der Weste und ließ den Deckel aufspringen. »Halb eins.«

»Ist dir nicht eine Kleinigkeit entfallen?«

Miles goß sich noch ein Glas ein und schob die Flasche zur Seite. »Wie es nun einmal ist, Mylord, erinnere ich mich an sehr viele Dinge, seit ich hier sitze.«

Damien öffnete den Mund, doch Miles brachte ihn mit einer Geste zum Schweigen, rutschte auf seinem Sitz zurecht und blickte auf die geöffnete Taschenuhr, die er neben die Whiskyflasche gelegt hatte. »Ich muß zugeben, daß ich in jungen Jahren nicht gerade die weisesten Entscheidungen getroffen habe. Jetzt, da ich nicht mehr so jung bin, kann ich mit einem Minimum an Verständnis auf meine Fehler zurückblicken und mir sagen, daß ich derartige Schnitzer nicht mehr begehen würde für den Fall, daß ich noch eine Chance bekomme.«

»Und was hat das alles mit Olivia zu tun?« fragte Damien.

Miles fuhr sich mit der Hand durch die Haare und rieb sich dann erschöpft die Augen.

Damien beugte sich über den Tisch, stützte seine Hände auf und starrte seinen Bruder finster an. »Ich denke, ich weiß es. Du meinst, sie wäre nicht gut genug. Jetzt, wo du so erpicht darauf bist, ein ehrenwertes Mitglied der Gesellschaft zu werden, glaubst du vielleicht, ihre Vergangenheit könnte dich ständig an deine eigene erinnern. So ist es doch, was, Kemball? Wie sollte ein Mann respektiert werden, der sich mit einer Frau belastet, deren Vergangenheit genauso schimpflich wie seine eigene ist? Zweifellos müßte sie dich doch dauernd daran erinnern, daß du gezwungen warst, dich wieder einmal nur mit Abfall zu begnügen.«

Miles runzelte die Stirn.

Damien zog sich einen Stuhl heran und ließ sich darauf fallen. »Du hast doch nichts dagegen?« fragte er, griff nach der Whiskyflasche und setzte sie an den Mund. »Aber vielleicht hast du ja recht, Kemball. Ich meine, im Grunde kann ich mir euch beide zusammen nicht recht vorstellen.«

»Nein?«

Damien schüttelte den Kopf. »Nein. Wer will schon eine Frau, die nackt vor Zigeunern getanzt hat?«

»Sie war nicht nackt!« zischte Miles.

»Aber...«

»Sie trug Schleier.«

»Ah. Nun gut, aber da ist noch diese Kleinigkeit mit ihren Tätowierungen. ..«

»Sie sind nicht sichtbar. Also was soll's?«

Damien lehnte sich auf seinem Stuhl zurück und zuckte mit den Schultern. »Sie ist nicht besonders hübsch...«

»Ganz im Gegenteil. Es gibt Zeiten, in denen sie mehr als ansehnlich ist.«

»Tatsächlich? Wann?«

»Wenn sie die Brille abnimmt. Wenn ihre Haare ein bißchen vom Wind verweht sind. Wenn Verlegenheit, Zorn – oder Temperament – Farbe in ihre Wangen bringen und ... wenn sie sich im Garten mit den Rosen beschäftigt.«

»Sie ist also hübsch?«

»Jedenfalls jeden Zoll so hübsch wie ihre verdorbene Schwester.«

Damien beobachtete wie Miles seinen Whisky austrank und dann das Glas neu füllte. »Dennoch ist da noch die Sache ihres Leumundes.«

»Was ist damit?«

»Da ist der Junge.«
»Er heißt Bryan.«
»Alle Welt stellt die wildesten Vermutungen darüber an, wer ihr den Jungen gemacht hat.«
»Bryan. Er heißt Bryan.«
»Du wärst für immer mit der Verantwortung belastet, das Kind eines anderen Mannes aufzuziehen. Ich könnte mir vorstellen, daß das doch eine sehr große Verantwortung ist...«
»Worauf willst du eigentlich hinaus?«
»Nun - er ist nun einmal ein Bastard.«
Ganz langsam kam Miles von seinem Sitz hoch. »Nenn ihn nicht so!«
»Dann ist er eben illegitim. Sieh der Tatsache ins Gesicht, Kemball. Er ist ein Kind der Sünde, und...«
Miles griff über den Tisch, verkrallte seine Fäuste in Damiens Gehrock und zog ihn halb über die Tischplatte. Flaschen, Gläser und die Taschenuhr gingen scheppernd zu Boden. »Willst du damit andeuten, daß Bryan wegen der Sorglosigkeit seiner Mutter und seines Vaters weniger Verständnis und Liebe verdient hat als jedes andere Kind? Ich weiß zufällig, daß Bryan - ganz abgesehen davon, daß er ein ungewöhnlich hübsches Kind ist - extrem wohlerzogen ist. Es würde jeden Mann mit Stolz erfüllen, ihn seinen Sohn nennen zu können.«
Damien zuckte mit keiner Wimper, als er in die rotgeränderten Augen seines Bruders blickte. »Du scheinst ja außerordentlich empfindlich zu sein, was Miss Devonshire und ihren Sohn anbetrifft. Ich frage mich warum, Kemball - besonders in Anbetracht der Tatsache, daß du sie beide gerade vor dem Altar warten läßt.«

Allmählich lockerte Miles seinen Griff. Um sie herum standen die Zecher wie angewurzelt auf dem mit Sägemehl bestreuten Boden. Manche blickten angestrengt in ihre Gläser und taten so, als würden sie vom Wortwechsel der Brüder nichts mitbekommen. Andere ließen sich mit zusammengezogenen Brauen und biergetränkten Schnurrbärten keine Silbe entgehen. Dennoch war es totenstill. Das einzige Gräusch war das Knacken der Stühle unter Damiens und Miles' Gewicht.

»Ach, geh doch zum Teufel, Dame«, murmelte Miles.

Damien hob nur die Schultern und befreite sich ganz aus dem Griff seines Bruders. »Bist du nüchtern genug, um es bis zum Standesamt zu schaffen?«

»Ich ... ich weiß nicht recht.«

»Wenn wir uns beeilen, kommen wir vielleicht gerade noch rechtzeitig, bevor die Braut in höchster Verwirrung das Weite sucht.«

»Laß uns eins ganz klarstellen.«

»Gut.«

»Ich heirate das Mädchen aus einem einzigen Grund: um ihre Mitgift in meine Hände zu bekommen.«

»Das glaube ich dir aufs Wort, Kemball.«

»Ich heiße Warwick.«

Damien straffte seine breiten Schultern und glättete seine Revers. »Mit diesem Namen ist es eine komische Sache. Seit der erste Warwick Seite an Seite mit König Richard kämpfte, hat kein Warwick je eine Frau geheiratet, die er nicht liebte. Du kannst es Tradition nennen.«

Miles sah Damien lange Zeit stumm an. Dann

stolzierte er aus dem Gasthaus und ließ die Gäste in betretenem Schweigen zurück.

Der Standesbeamte sprach schnell und ernst, als Olivia und Miles Seite an Seite vor ihm standen und bemüht waren, sich auf seine Worte zu konzentrieren und die Spannung zu ignorieren, die zwischen ihnen herrschte.

Olivias Kehle war trocken, aber sie hatte vor langer Zeit gelernt, daß alles seine Zeit hatte. Wenn sie die Beherrschung in aller Öffentlichkeit verlor, würde sie das in den Augen jener nur weiter herabsetzen, die schon jetzt ihren Charakter in Frage stellten.

Gott im Himmel, es war nicht zu übersehen, daß Miles die letzten Stunden in einer Schänke verbracht hatte. Er roch nach schalem Bier, Whisky und Tabakrauch. Er hatte sich nicht einmal die Mühe gemacht, einen Anzug anzuziehen, sondern trug eine Reitjacke (mit einem geflickten Ellbogen), lederne Breeches und schmutzbespritzte Stiefel. Er stand neben ihr, schwankte leicht und murmelte seine Schwüre so leise, daß sie außer ihm niemand hören konnte.

Warum machte sie dieses traurige Schauspiel eigentlich mit?

Miles versuchte nach Kräften, sich auf den würdevollen Beamten und seine Worte zu konzentrieren. Seine Augen wanderten jedoch immer wieder zu der Frau links neben ihm. Olivia hatte ihm nicht mehr als einen einzigen Blick geschenkt, aber er schien seine Augen offensichtlich nicht von ihr lassen zu können. Wo war die reizlose alte Jungfer, die sich hinter einer dicken Brille versteckte?

Er hatte sich eine Entschuldigung zurechtgelegt und war sicher gewesen, daß sie diese – und ihn – zurückweisen würde. Doch als er dann im Standesamt erschien, hatte sie sich geweigert, mit ihm zu sprechen, sondern nur zu ihrem Vater gesagt: »Wir wollen endlich anfangen.«

Na prächtig. Sie verweigerte ihm also die Möglichkeit zur Lüge und die Genugtuung, sich wieder einmal geschickt aus der Affäre gezogen zu haben.

Er schwelgte in bitterem Sarkasmus und Selbstmitleid, aber als er sie dann in ihrem schlichten aber sehr schönen Hochzeitskleid den Raum betreten sah, brachen alle Trotzreaktionen in sich zusammen. Ihre Haare fielen in mahagonifarbenen Locken auf ihre Schultern und rahmten ihre porzellanzarten Gesichtszüge. Sie war Hand in Hand mit ihrem Sohn hereingekommen, der nun an ihrer anderen Seite stand und um seine Mutter herum zu ihm heraufstarrte – eine ganze Welt von Verwirrung und Hoffnung in den großen grünen Augen.

»Mister Warwick.«

Er zwang sich, den Blick auf den Standesbeamten zu richten, der ihn mit hochgezogenen Augenbrauen musterte.

»Ich habe Sie gefragt, Sir: Nehmen Sie diese Frau...«

»Selbstverständlich. Sonst würde ich wohl kaum hier stehen.«

Damien hüstelte.

Olivia starrte mit versteinertem Gesicht geradeaus.

Sir Hargreaves blickte mit geschürzten Lippen von Miles zu Olivia, von Olivia zu Miles, und wieder zurück. »Miss Devonshire, nehmen Sie diesen Mann zu Ihrem Ihnen gesetzlich angetrauten Ehemann?«

Schweigen.
Schweigen.
Erneut räusperte sich jemand. Zweifellos Dame, der gegen sein Lachen ankämpfte, während die Sekunden dahinschlichen und es für alle immer ersichtlicher wurde, daß Olivia ihre Entscheidung überdachte.

Na also, jetzt kommt es, dachte Miles. Natürlich. Er hätte es wissen müssen. Er hatte sie durch sein verspätetes Erscheinen gedemütigt, und nun war sie an der Reihe. Sie würde der kleinen Schar zunehmend unbehaglicher Gäste und dem peinlich berührten Beamten erklären, daß sie nicht einmal in ihrem schlimmsten Alptraum daran denken würde, mit dem Bastard von Braithwaite die Ehe einzugehen.

Bryan sah zu seiner Mutter auf und zupfte dann an ihrem Rock. »Bitte, Mummy«, wisperte er.

»Ja«, sagte sie leise und emotionslos. »Ja, das tue ich.«

Miles schloß die Augen und atmete aus. Erst jetzt wurde ihm bewußt, daß er den Atem angehalten hatte.

Weitere Worte wurden monoton heruntergehaspelt, dann kam der Moment, in dem der Standesbeamte um die Ringe bat.

»Ich ...« Miles spürte, wie ihm abwechselnd heiß und kalt wurde. Fieberhaft suchten seine Finger in den Taschen seiner Weste und seiner Jacke. Dann sanken seine Hände herab und ballten sich zu Fäusten. »Ich habe sie nicht«, gestand er.

»Ich verstehe ... Dann erkläre ich Sie beide Kraft meines Amtes zu Mann und Frau. Mister Warwick, Sie dürfen die Braut küssen.«

Miles starrte den Mann an und rührte sich nicht.

»Sir, Sie werden doch zumindest das tun können...« bemerkte der Beamte mißbilligend.

Hölzern drehte er sich zu ihr um. Sie tat es ihm nach, blickte aber standhaft auf sein Hemd und nicht in seine verlegenen Augen. Er legte leicht, unbeholfen, die Hände auf ihre Schultern und sah ihr ins Gesicht. Sie hob ihm nicht die Lippen entgegen, ermutigte ihn auch sonst in keiner Weise.

»Olivia«, sagte er leise und vielleicht einen Hauch verunsichert darüber, daß er zum ersten Mal ihren Namen aussprach. Dann legte er eine Fingerspitze unter ihr Kinn und hob ihr Gesicht an. »Es tut mir leid«, flüsterte er in ihre kalten Augen, neigte leicht den Kopf, um sie auf den Mund zu küssen. Doch sie wandte das Gesicht fast unmerklich zur Seite, und so küßte er sie auf die Wange.

Es war vorbei.

Ich erwarte, daß Zuneigung auch erwidert wird.
– Leben Sie wohl!

Bemerkung auf einer Visitenkarte des 19. Jahrhunderts

8

Olivia und Miles warteten gemeinsam im Büro des Standesbeamten. Sie stand am offenen Fenster und blickte zum Turm einer alten Kirche hinüber, während Miles wie ein Raubtier im Käfig hin und her lief.

»Es ist verdammt kalt hier drinnen«, erklärte Miles.

Olivia zitterte, doch das hatte wenig mit dem kühlen Raum zu tun. Sie beneidete die Dorfbewohner, die in warme Mäntel und Schals gehüllt, durch die Straßen liefen und gelegentlich stehenblieben, um mit einem Bekannten oder Freund zu sprechen. Sie beneidete sie um ihr Leben. Um ihre Freunde. Um ihren ganz normalen Alltag. Sie verspürte einen innerlichen Druck, den sie einfach nicht loswerden konnte, obwohl sie sich zu ruhigem und regelmäßigem Atmen zwang.

Miles berührte leicht ihre Schulter.

Olivia zuckte zusammen und drehte sich langsam um. Ihre Blicke fanden sich und blieben aneinander hängen – wie hypnotisiert.

»Draußen ist es schneidend kalt«, stellte er fest und griff um sie herum, um das Fenster zu schließen. »Du wirst dir noch den Tod holen.«

Sie trat zur Seite. »Dann wären Sie ein sehr reicher Witwer, nicht wahr, Mister Warwick?«

»Ich glaube, das ›Mister‹ und ›Miss‹ liegt doch wohl hinter uns, oder?«

»Wie kommen Sie dazu?« zischte sie durch die Zähne. »Wie kommen Sie dazu, so zu tun, als sei alles ganz in Ordnung?«

»Es lag nicht in meiner Absicht...«

»Offensichtlich macht es Ihnen überhaupt nichts aus, mich zu demütigen.«

»Später haben wir bestimmt sehr viel Zeit, um darüber zu diskutieren...«

»Ich habe nicht die Absicht, später darüber zu diskutieren. Ich möchte es jetzt diskutieren!«

»Du meine Güte, du bist ja hysterisch«, meinte er abschätzig.

Mit einem Schritt trat sie vor ihn – so dicht, daß ihre Brüste seinen Oberkörper berührten. Sie warf den Kopf zurück und stellte kühl fest: »Heute ist mein Hochzeitstag, Sir. Ich habe jedes Recht der Welt, hysterisch zu sein. Ich habe auch jedes Recht, den neuen Lebensabschnitt für mich und meinen Sohn mit Freude und Überraschungen beginnen zu können. Ich habe das Recht, an meinem Hochzeitsabend mit Blumen, Pralinen und Liebesgedichten beschenkt zu werden. Ich verdiene es, daß sich eine liebevolle Familie und Freunde zusammenfinden, um mir Glück und eine Ehe wie im Märchen zu wünschen. Vor allem aber verdiene ich einen Ehemann, der etwas für mich empfindet.« Unvermittelt verlor sie die Beherrschung und schrie ihn an: »Falls es Ihnen entgangen sein sollte: Nichts davon habe ich bekommen! Und dafür verabscheue ich Sie! Haben Sie verstanden? Ich hasse Sie!«

»In Ordnung!« schrie er zurück und wandte den Blick keine Sekunde lang vom schneeweißen Gesicht seiner Frau. »Für den Fall, daß Sie es noch immer nicht begriffen haben, Missis Warwick: Ich gebe keinen Pfifferling darauf, was Sie für mich empfinden. So war die Vereinbarung, wenn Sie sich vielleicht erinnern. Diese sogenannte Ehe wurde ausschließlich aus zwei Gründen geschlossen: um mich von meinen finanziellen Verpflichtungen zu befreien und um Ihren Ruf wiederherzustellen, der zur Hölle gegangen ist, weil Sie für Bryans Vater die Beine breitgemacht haben!«

Sie rang ächzend nach Luft, stolperte einen Schritt zurück und starrte ihn an, als hätte er sie tödlich getroffen. Dann riß sie den Arm mit der Schnelligkeit einer angreifenden Schlange hoch, holte weit aus und schlug ihm so heftig ins Gesicht, daß sich ihre Hand rot auf seinem Gesicht abzeichnete.

Irgend jemand räusperte sich.

Olivia zuckte zusammen, schien aus einem bösen Traum zu erwachen.

Miles wandte sich mit wutverzerrtem Gesicht ab.

Superintendent Hargreaves schloß die Tür und bewegte sich zögernd auf den Schreibtisch zu, auf dem das Personenstandsregister aufgeschlagen darauf wartete, daß das junge Ehepaar die Eintragung unterzeichnete. Er wirkte, als müßte er jeden Augenblick vor Peinlichkeit im Boden versinken. Er zog eine Brille aus der Tasche, setzte sie auf und tat so, als würde er das Register studieren. Schließlich blickte er zu Olivia auf. »Ich denke, ich sollte Ihnen vielleicht erläutern, daß die eben erfolgte Zeremonie null und nichtig ist, wenn Sie sich dazu entscheiden, die Eintragung im Register nicht zu unterschreiben.«

Hinter der geschlossenen Tür klang Lachen auf. Paare warteten im Vorraum auf ihre Eheschließung und nahmen von Verwandten und Freunden Glückwünsche entgegen. Miles stand neben dem Schreibtisch, drückte die Fingerspitzen auf die Platte und blickte über die Schulter des Standesbeamten hinweg auf ein Gemälde von Queen Victoria. Die glatten Ölfarben spiegelten Olivias Gesicht wider. Ihre Wangen waren gerötet, ihre Gesichtszüge entschlossen. Eine gewisse Besorgnis kam in ihm auf.

»Nun?« fragte Hargreaves mit der düsteren Miene eines Bestatters. »Miss Devonshire?«

Olivia warf Miles noch einen Blick zu, dann trat sie an den Schreibtisch und trug ihren Namen mit schwungvollen Schriftzügen in das Register ein.

*

Sie traten zu ihren Gästen im belebten Vorraum, zu Lord Devonshire, Bertrice und Earl Warwick. Bryan kam auf Olivia zugestürmt, warf sich in ihre Arme und küßte sie auf die Wange.

Lord Devonshire nahm Miles zur Seite und erklärte, seine Pflichten riefen ihn bedauerlicherweise nach Devonswick zurück.

»Es geht um Emily. Ich mache mir große Sorgen um sie. Seit dem Tod meiner Frau ist sie so zart und hinfällig ... Nun, Sie verstehen.«

Miles sah seinen Schwiegervater schweigend an. Devonshire hatte ein plumpes, aufgedunsenes Gesicht. Der Mann ist absolut egoistisch, machte sich Miles klar. Er überantwortete das Geschick seiner ihm treu ergebenen Tochter einem Tunichtgut wie ihm – nur damit Emily glücklich wurde...

»Also, dann werde ich gehen«, kündigte Devonshire an und drehte sich zur Tür um.

»Was?« sagte Miles und brachte Devonshire damit zu einem abrupten Halt und einer zögernden Körperdrehung in seine Richtung. Der alte Mann schwankte ein wenig und atmete heftig.

»Wo bleiben denn die Anweisungen des liebenden Vaters, wie ein Mann wie ich seine Tochter zu behandeln hat? Keine höflich verpackten Drohungen für den Fall, daß ich ihre Gefühle gröblich verletzen sollte?«

»Nun, ich...«

»Nicht einmal ein Wort des Abschieds für sie? Keine Zusage, daß sie bei Ihnen eine Zuflucht hat, falls ihr Leben mit mir für sie zur Hölle wird? Ich denke, ein aufmunterndes Wangentätscheln würde schon genügen.«

»Sie sind doch wohl kaum in der Position, Kritik zu üben, Sir, wenn ich mir Ihr verabscheuenswürdiges Verhalten heute – in der ganzen vergangenen Woche – vor Augen führe. Ich bin sehr überrascht, daß das Mädchen das alles mitgemacht hat. Sie kennen doch das alte Sprichwort, Kemball? Wer im Glashaus sitzt, sollte nicht mit Steinen werfen.« Damit zog Devonshire seine Hosen hoch, reckte das Kinn und verließ das Gebäude.

»Diesen alten Mistkerl sollte man auspeitschen lassen«, erklärte Damien hinter Miles.

Miles blickte Damien über die Schulter hinweg an. Ihm kam eine ebenso plötzliche wie beunruhigende Erkenntnis: Während Olivias Familie kaum Interesse an ihrem Glück und Wohlergehen gezeigt hatte, war Damien – ungeachtet seiner illegitimen Herkunft und der Probleme, die er den Warwicks im Laufe der Jahre bereitet hatte – heute zur Stelle gewesen.

»Wenn du das Bedürfnis verspürst, ihm die Zähne einschlagen zu müssen, habe ich dafür jedes Verständnis«, meinte Damien.

»Dieser Hundesohn ist dabei, mich zu einem sehr reichen Mann zu machen. Warum sollte ich das tun, Dame?«

»Weil es irgendwo in deiner finsteren Seele so etwas wie menschliche Empfindungen gibt. Ich habe das schon häufig vermutet, aber immer wieder verworfen, weil ich dich nun einmal nicht besonders leiden kann. Es ist aber eine ziemlich beängstigende Tatsache, daß ich dir im Grunde ziemlich ähnlich bin. Als ich aus Amerika zurückkehrte, war ich ein unvorstellbar skrupelloser, berechnender, gefühlloser Hund. Aber das war, bevor ich Bonnie kennenlernte. Hast du irgendwelche Schuldgefühle?«

»Ja.«

»Gut. Das heißt, daß eine gewisse Hoffnung besteht – falls Olivia dir verzeihen kann. Aber ich denke, sie wird es tun. Sie macht auf mich nicht den Eindruck einer rachsüchtigen, unversöhnlichen Frau. Wenn sie es wäre, hätten die Gerichte Bryans Vater schon längst am Wickel. Wer weiß, vielleicht wirst du sogar ganz glücklich.«

In diesem Augenblick prallte etwas gegen Miles' Bein und drückte zu. Er blickte hinunter und sah, daß Bryan mit großen grünen Augen und hochroten Wangen zu ihm aufschaute.

Damien lachte. »Was ist denn los, Papa? Du siehst ja aus, als hättest du noch nie mit einem Kind zu tun gehabt.«

»Habe ich auch nicht. Und nenn' mich nicht so. Ich bin nicht sein Papa«, fügte er leise, nur für Warwick verständlich, hinzu.

Damien lächelte immer noch. »Ich würde es wagen zu behaupten, daß er nicht beißt.«

»Bist du sicher? Korrigiere mich, falls ich mich irre, aber sind seine Lippen nicht schon in Vorfreude verzogen?«

»Er mag dich, Kemball. Wovor hast du Angst?«

»Ich habe gerüchtweise gehört, daß Kinder unberechenbar sein sollen.«

»Da du selbst nie erwachsen geworden bist, müßte dir das doch vertraut sein.«

Miles runzelte die Stirn, aber Damien lachte nur.

Miles ging in die Hocke und rang sich ein Lächeln für das neugierige Kind ab. Was sagte man eigentlich zu einem Vierjährigen? Wie sagte man es? Die plötzliche Erkenntnis, daß er dieses kleine Gesicht in den kommenden Jahren täglich vor sich sehen würde, verursachte ein merkwürdiges Gefühl in seiner Magengrube. Es war nicht ganz das Bedürfnis, die Flucht zu ergreifen, kam ihm aber sehr nahe.

Bryan murmelte etwas Unverständliches und betrachtete dann seine Füße.

Miles beugte sich weiter vor und sah Bryan in die Augen. »Ich habe dich nicht verstanden«, sagte er.

Der kleine Junge ließ sein Kinn noch ein bißchen tiefer sinken und flüsterte: »Du hast Mummy zum Weinen gebracht.«

»Das tut mir leid. Ich wollte es nicht.«

»Aber du hast es getan.«

Miles atmete tief durch und blickte zu Damien hoch, der ihn und den Jungen interessiert betrachtete. Sieh zu, wie du dich da einigermaßen würdig aus der Affäre ziehst, sagten die Augen seines Halbbruders.

»Bryan«, begann er. »Ich bin ganz sicher, daß wir alle in Braithwaite sehr glücklich werden.« Er hob das Gesicht des Kindes mit dem Zeigefinger an. »Vielleicht werden wir zusammen ausreiten. Vielleicht zeige ich dir auch all die geheimen Verstecke, in denen ich mich verborgen habe, als ich ein kleiner Junge war.«

Bryans Augen begannen zu funkeln. »Geheime Verstecke?«

»Versteckte Zimmer und verlassene Korridore, in denen ich so tat, als wäre ich König auf einem Schloß, umgeben von Rittern in glänzenden Rüstungen.«

»Meine Mummy hat mir immer erzählt, daß eines Tages ein Ritter in glänzender Rüstung kommt und uns von Großpapa und Tante Emily fortholt.« Er verzog seine kleine Nase und flüsterte aus dem Mundwinkel: »Sie haben mich nicht sehr lieb.«

Damiens Lächeln erstarb.

Miles legte seine Hand auf die Schulter des Jungen und spürte, daß Gefühle in ihm hochkochten. Zorn. Nein, nicht nur Zorn – Wut, ungezügelte Wut. Tiefes Mitleid und großes Verständnis für das Kind.

Plötzlich riß Bryan die grünen Augen ganz weit auf. Er strahlte über das ganze Gesicht vor Aufregung. »Aber wir haben etwas viel besseres als einen Ritter mit glänzender Rüstung gekriegt, nicht wahr, Sir? Wir haben einen König bekommen!«

Dann sauste er davon, als wären ihm anstelle seiner Füße plötzlich Flügel gewachsen.

»Reizend«, stellte Earl Warwick fest. »Wäre es für dich nicht ein Schock, wenn du feststellen müßtest, daß Kinder dich mögen? Oder, noch schlimmer, daß du Kinder im Grunde sehr gern hast?«

»Kinder sollen mich mögen? Du beliebst zu scherzen, Dame. Wir wissen doch beide, daß ich der Typ bin, vor dem Kinder so schnell wie möglich die Flucht ergreifen.«

»Er ist davongelaufen, okay. Aber beileibe nicht aus Furcht. Ich glaube, du hast Master Bryan eben sehr, sehr glücklich gemacht. Ich bin sicher, daß er heute nacht davon träumt, Drachen zu töten und ehrenwerte Jungfrauen zu retten.«

Miles stand auf, richtete sich die Jacke und wunderte sich über den eigenartigen Ausdruck in Damiens Gesicht. Earl Warwick betrachtete ihn ausgesprochen neugierig. Aber in seiner Miene war noch etwas, was sich Miles nicht recht erklären konnte.

»Sag mal«, begann Earl Warwick leise und blickte wieder auf die Tür, durch die Bryan verschwunden war. »Hast du mir nicht mal gesagt, du hättest vor ein paar Jahren Olivia ganz gut gekannt?«

»Ja.«

»Wie gut?«

»Zu dieser Zeit war ich in ihre Schwester vernarrt und habe von ihr gar keine Notiz genommen.«

»Emily?« Earl Warwick schüttelte sich. »Ich werde wohl nie begreifen können, was man an diesem bösartigen, kleinen Biest finden kann. Wirklich, ich verstehe beim besten Willen nicht, was beispielsweise Clanricade so reizvoll an dieser blondhaarigen Schlange findet.«

»Das kannst du auch nicht. Du hast doch nur Augen für Bonnie«, grinste Miles.

»Wie lange bist du eigentlich mit Emily Devonshire zusammen gewesen?«

Miles hob die Schultern. »Daran kann ich mich nicht erinnern. Und will es auch nicht. Können ein paar Wochen gewesen sein, vielleicht Monate. Mein Gott, es ist schon so lange her ...«

»Wie lange?«

»Fünf Jahre, ungefähr.«

»Offenbar kurz bevor sie und Olivia ihre große Reise angetreten haben.«

Miles runzelte die Stirn und sah sich nach seiner Frau um.

Seine Frau.

Seltsam, daß sie das so schnell für ihn war. Besonders, da er den ganzen Vormittag alles versucht hatte, ihr aus dem Weg zu gehen.

Mit den Händen in den Taschen schlenderte er über den Korridor zum Heiratszimmer, das inzwischen von einem anderen Brautpaar und dessen Gästen besetzt war - alles Landbewohner mit verarbeiteten und wettergegerbten Gesichtern. Die Braut aber strahlte. Der Bräutigam schien ebenfalls glücklich zu sein - wenn auch ein bißchen unsicher. Zwischen ihnen stand Olivia, steckte ihnen ihre eigenen kleinen Geschenke an und ließ ihre Gesichter dadurch noch mehr aufleuchten. Als Brautpaar und Gäste ihr gleichfalls gratulierten, lächelte sie.

Als sie endlich zu ihm auf den Korridor trat, fragte er: »Was hast du denn da drinnen gemacht?«

»Ich hatte zu viele Geschenke vorbereitet«, erwiderte sie. »Und es wäre doch zu schade, sie wegzuwerfen.«

Damit ließ sie ihn stehen.

Die Heimfahrt schien kein Ende zu nehmen. Die Kutsche holperte über die unebene Landstraße, und draußen vor den Fenstern war außer vergilbten Grasflächen und den Hügeln in der Ferne nichts zu sehen, aber Olivia hatte das Gesicht abgewandt und tat so, als fände sie Gefallen an der eintönigen Landschaft. Sie hatte das Gefühl, als wäre ihr Magen zusammengeschnürt.

Miles hatte Bryan und Bertrice gebeten, eine andere Kutsche zu nehmen und mit einem seltsam geheimnisvollen Lächeln hinzugefügt, es wäre schließlich ihr Hochzeitstag, und Frischvermählte hätten nun einmal ein Recht auf Ungestörtheit. Als der Kutscher in Braithwaite den Schlag öffnete und Olivia hilfsbereit seine Hand reichte, stieg sie vorsichtig aus und blickte sich sofort nach der Kutsche mit ihrem Sohn um.

»Sie werden sicher gleich kommen«, sagte Miles hinter ihr.

Sally empfing sie an der Tür in ihrem üblichen ungepflegten Aufzug: mit ungekämmten Haaren, schmuddeliger Kleidung und mürrischer Miene. Sie nahm Olivia den Umhang ab und wandte sich dann an Miles.

»Ich habe Fleischpasteten und Tee zum Abendessen vorbereitet. Ich denke, es wird genug für Sie beide da sein. Ich hoffe, Sie mögen Fleischpasteten«, sagte sie zu Olivia. »Denn sehr viel mehr kann ich nicht kochen. Ich habe kein großes Interesse am Kochen. Außerdem bin ich dafür auch gar nicht angestellt.«

»Fleischpasteten sind völlig in Ordnung, Miss ...?«

»Pinney«, half Sally aus.

»Miss Pinney. Und Sie brauchen sich keine Sorgen zu machen, daß es nicht für uns beide reicht. Ich bin nicht sehr hungrig.«

»Wie es Ihnen beliebt.«

Sally drehte sich um und setzte sich in Bewegung.

»Miss Pinney«, rief Olivia.

»Was ist?« rief Sally und marschierte weiter aus der Halle, ohne auch nur einen Blick über die Schulter zu werfen.

»Miss Pinney.«

Sally blieb stehen, drehte sich um und runzelte die Stirn.

»Sie sind noch nicht entlassen«, betonte Olivia.

Erheiterung und Ungläubigkeit zuckte über das Gesicht des Hausmädchens. Warwick beobachtete sie beide mit über der Brust verschränkten Armen und einer hochgezogenen Braue.

»Bis ich einen Koch oder eine Köchin gefunden habe, werden Sie bitte täglich den Speisezettel mit mir absprechen. Ich glaube kaum, daß es schwierig sein wird, jemanden zu finden. Wie ich hörte, hat gerade ein sehr guter französischer Koch seine Stellung auf einem Gut in Scrafton gekündigt. Ich werde gleich morgen an ihn schreiben.«

»Gut«, murrte Sally. »Wäre das alles?« fügte sie unüberhörbar ironisch hinzu.

Olivia nickte, und das Hausmädchen trottete davon - leise vor sich hinmurmelnd und Miles' Umhang über den Fußboden schleifend.

»Ich sehe schon, daß Sally und du ganz hervorragend miteinander auskommen werdet.« Warwick stand im Halbdunkel. Das Licht aus den hoch eingelassenen, schmalen Fenstern malte ihm Schatten auf Haar und Schultern. Die gesamte Halle wirkte immens düster und kalt.

»Ich fürchte, Ihr Personal ist reichlich fett und faul geworden, Sir.«

»Ich fürchte, Sally ist im Grunde mein gesamtes Personal.«

»Dann sollte ich darangehen, diese Situation so schnell wie möglich zu ändern.«

Seine Augen wurden schmal, seine Lippen kräuselten sich. Olivia fragte sich flüchtig, ob sie ihre Befugnisse überschritten hatte, kam dann aber zu dem Schluß, daß das nicht der Fall war.

»Nun, ich denke, die Situation verlangt nach einem Drink. Komm, Olivia, ich spendiere dir einen Brandy.«

Sie folgte Miles über den Flur in ein kleines Zimmer, dessen große Fenster nach Westen hinausführten. »Bitte, nimm Platz«, sagte Miles, öffnete einen Barschrank und goß maßvoll Brandy in zwei Schwenker. Angestrengt konzentrierte Olivia ihre Aufmerksamkeit auf das Moor hinter den verwilderten Gärten von Braithwaite – nur nicht auf ihren Mann.

Ihr Mann.

Großer Gott, wenn sie daran dachte, daß sie noch vor einer Woche fest überzeugt gewesen war, ihr Leben würde auf Devonswick enden, so wie es dort begonnen hatte. Und nun war sie verheiratet.

»Olivia?«

Sie drehte sich um und sah Miles mit dem Brandy neben ihrem Sessel stehen. Sie nahm ein Glas, trank aber nicht.

Miles ließ sich in einen Sessel neben ihr fallen und schwenkte den Brandy nahezu endlos im Glas. »Gefällt dir dieser Raum?« wollte er wissen.

»Er ist sehr hübsch.«

»Er ist weiblich. Damiens Mutter hielt sich oft hier auf. Stundenlang saß sie in diesem Sessel und las ihren Kindern vor.«

»Und wo waren Sie?«

»Ich habe von draußen gelauscht.«

»Wurden Sie denn nie aufgefordert, hereinzukommen?«

»Häufig.«

»Aber Sie lehnten ab.«

»Ich habe mir nie gestattet zu glauben, daß sie mich wirklich dabeihaben wollten.«

»Das war sehr töricht.«

»Ich war damals ein Kind. Abgesehen davon wollte ich, daß mir meine eigene Mutter vorliest.«

Olivia stellte ihr Glas ab. »Sie scheinen sehr verbittert über Ihre Mutter.«

Keine Reaktion. Abrupt stand Miles auf, durchquerte das Zimmer und ging zu einem Tisch, dessen Platte mit einer feinen Staubschicht bedeckt war. Ein Buch lag dort, ebenfalls verstaubt. Er schlug den Einband auf, schloß ihn aber gleich wieder. »Du bist sehr direkt«, sagte er schließlich, ohne sie anzusehen.

»Ärgert Sie das?«

Er zuckte mit den Schultern und ein Hauch von Verärgerung flog über sein Gesicht. »Ich habe dich nicht hergebracht, um mit dir über Alyson Kemball zu sprechen.«

»Nicht? Wenn ich mich recht erinnere, haben Sie dieses Thema angeschnitten, nicht ich. Aber vielleicht möchten Sie lieber über geschäftliche Dinge reden? Sehr gut. Wir können mit den Büchern beginnen...«

»Olivia.«

Miles stellte sein Glas ab und betrachtete das Profil seiner Frau, wie sie in die dunkel werdende Landschaft hinausblickte. Er war ... verwirrt. Eigenartig nervös. Verblüfft über seine Unbeholfenheit. »Wir können noch unser ganzes Leben über die geschäftliche Seite von Braithwaite diskutieren. Doch ich denke, jetzt sollten wir über uns sprechen.«

Er fragte sich, ob sie ihn überhaupt gehört hatte, denn sie blickte weiter auf einen undefinierten Punkt in der fernen Landschaft. Doch dann gab sie ihm mit einer kleinen Kopfbewegung zu verstehen, daß er fortfahren sollte.

»Heute ist doch unser Hochzeitstag, nicht wahr?«

»Es hat schon etwas Pikantes, wenn ausgerechnet Sie mich daran erinnern.«

»Es gibt bestimmte Aspekte dieser Vereinbarung, über die gesprochen werden sollte.«

Leichte Röte stieg in ihre Wangen. Sie griff nach dem Glas, das sie zur Seite gestellt hatte. »Ich hatte den Eindruck, daß unsere Verbindung kaum mehr als ein geschäftliches Arrangement ist – eine reine Zweckehe.«

Die Gelassenheit ihrer Stimme verwirrte ihn einen Moment. »Vielleicht habe ich mich nicht ganz deutlich ausgedrückt.«

»Sie haben sich sogar sehr deutlich ausgedrückt. Ich habe Ihnen das Recht auf Mätressen zu gestatten, während Sie nicht bereit sind, mir die gleichen Freiheiten zu gewähren. Sie lieben mich nicht, daher haben Sie auch kein Verlangen, Ihr Bett mit mir zu teilen.«

»Seit wann ist Liebe zueinander entscheidend, wenn sich Mann und Frau den Freuden sexueller Leidenschaft hingeben?«

»Anders kann ich es mir nicht vorstellen.«

Ihre Offenheit machte ihn vorübergehend sprachlos. Schließlich sagte er: »Und wie ist es mit dem reinen Verlangen?«

»Verlangen?« Ihre dunklen Brauen zogen sich zusammen. »Wie kann man Verlangen gegenüber einem Menschen empfinden, den man nicht mag?«

»Ich habe nie gesagt, daß ich dich nicht mag.«

»Sie haben aber auch nie gesagt, daß Sie mich mögen.«

»Ich kenne dich nicht.«

»Und doch haben Sie mich geheiratet.«

»Und dafür soll ich verurteilt werden? Schließlich hast du mich doch auch geheiratet, obwohl du mich nicht kennst.«

»Ich kenne Sie. Ich kenne Sie seit Jahren. Wir haben uns vor fünfzehn Jahren kennengelernt, als ich zwölf Jahre alt war. Ich bin Ihnen am Margrave Bluff begegnet. Sie standen auf dem Gipfel und sahen auf Braithwaite hinunter. Sie wurden ganz wütend, als Sie mich hinter dem Stumpf einer alten Eberesche entdeckten, von wo aus ich Sie beobachtete.« Endlich sah sie ihn an. »Sie sagten: ›Wer zum Teufel bist du? Und was machst du da hinter dem Baum?‹«

»Und was hast du geantwortet?« fragte Miles beeindruckt.

»Ich fürchte, ich war viel zu erschreckt, als daß ich auch nur ein Wort herausgebracht hätte.«

»Wodurch erschreckt? War ich denn so beeindruckend?«

»Für ein Mädchen vom Lande, das seinen ersten Ausflug nach London noch vor sich hatte, waren Sie sehr beeindruckend. Erhaben. Kultiviert. Ungemein aristokratisch. Für mich waren Sie ein heldenhafter Ritter. Immerhin ritten Sie diesen herrlichen schwarzen Hengst ...«

»Gdansk.«

»Ich fand, daß er ganz hervorragend zu Ihnen paßte.«

»Wir hatten das gleiche Temperament. Wild und angriffslustig.« Ein Lächeln glitt über sein Gesicht, als er an das Tier dachte.

Olivia sah in die bernsteinfarbene Flüssigkeit. »Sie waren die Verkörperung meiner Träume«, sagte sie leise und klang eigentümlich verletzlich – verletzlicher, als er sie sich vorgestellt hätte. »Sie waren so gutaussehend und ungebärdig. So frei. Ich bin jeden Tag in der Hoffnung nach Margrave geritten, Sie wiederzusehen. Manchmal ritt ich sogar ohne Sattel, jagte meine kleine Stute so schnell wie möglich über das Moor und stellte mir vor, ich wäre Sie und säße auf einem schwarzen Hengst mit Flügeln an den Hufen.«

Sie hob das Glas zum Mund, befeuchtete die Lippen mit Brandy und atmete tief durch, als bezöge sie Kraft aus seinem Bouquet. »Dann verließen Sie Braithwaite für einige Jahre, kehrten aber häufig zurück. Und jedesmal ritt ich nach Margrave. Ich dachte oft an Sie und stellte mir das Leben vor, das Sie abseits von Braithwaite führten. Vielleicht habe ich sogar gehofft, ich würde Sie wiedersehen, wenn ich immer wieder nach Margrave ritt. Sie sehen also, Sir, für mich sind Sie kaum ein Fremder.«

Behutsam stellte Miles sein Glas ab und ging zu Olivia hinüber. Neben ihrem Sessel beugte er sich hinunter und sah ihr in die Augen. »Warum hast du mich geheiratet, Olivia, wenn du mich so gut kennst? Warum empfindest du meine Schwächen, meine Herkunft, meinen Ruf und mein Verhalten nicht als abstoßend?«

Sie wandte das Gesicht ab und schloß die Augen – kurz, so kurz, daß es ein Fremder kaum bemerkt hätte. »Weil«, sagte sie mit energischer Stimme, »ich in meinem Innersten fest davon überzeugt bin, daß Sie es wert sind, gerettet zu werden.«

»Ich liebe Euch nicht! Nein, ich liebe Euch nicht! Und doch – wenn Ihr abwesend seid, bin ich traurig und beneide den klaren blauen Himmel über Euch, dessen stille Sterne das Glück haben, Euch zu sehen.«

Caroline Norton

9

Er legte seine Hand auf ihr Knie. Olivia blickte in sein Gesicht, seine Augen – in die Augen, die ihr so viele schlaflose Nächte gebracht hatten. Was sah sie in ihnen? Ungläubigkeit? Verwirrung? Hatte er plötzlich ihre Motive erkannt? Wußte er jetzt, daß sie ihn liebte? Daß sie ihn seit jenem Augenblick liebte, seit er sie vor vielen Jahren hinter der alten Eberesche entdeckt hatte?

»Bin ich es wert, gerettet zu werden?« fragte er sanft und nachdenklich. Sein Gesichtsausdruck war verwundert, vielleicht sogar erstaunt, doch das Lächeln, das um seine Lippen spielte, war zynisch. »Glaubst du das wirklich, Olivia?«

Unvermittelt empfand sie tiefes Unbehagen. Sie hatte zuviel preisgegeben. Zweifellos würde er sie auslachen, sie wahrscheinlich als naiv und unverbesserlich romantisch verspotten.

Warum starrte er sie weiter so an?

»Sieh mich an«, forderte er, und als sie sich weigerte, legte er einen Finger unter ihr Kinn. Seine Augen schimmerten eigenartig. »Warum?« fragte er knapp.

»Warum nicht? Sie sind mein Ehemann? Ist das nicht meine Aufgabe?«

»Deine Aufgabe oder deine Pflicht? Du hast dich verpflichtet gefühlt, deinem Vater und deiner Schwester einen Gefallen zu tun. Deshalb hast du mich geheiratet. Du fühltest dich verpflichtet, die Lebensumstände deines Sohnes zu verbessern. Deshalb hast du mich geheiratet. Und dennoch sitzt du jetzt hier und willst mir weismachen, du hättest dich zu dieser Heirat entschlossen, um mich zu retten – als würdest du tatsächlich etwas für mich empfinden.« Bitterkeit lag in seiner Stimme, als er nun fortfuhr: »Noch niemals war irgend jemand davon überzeugt, ich sei es wert, gerettet zu werden, meine Liebe. Warum sollte ich also nur einen Augenblick lang glauben, du wärest davon überzeugt? Du, die du für mich eine Fremde bist, auch wenn wir uns vor langen Jahren einmal flüchtig begegnet sind.«

Auf diese Frage hatte sie keine andere Antwort als die Wahrheit. Und diese Wahrheit kam selbst ihr absurd vor. Und so schwieg sie und ihr Blick wanderte zu seiner Hand auf ihrem Knie. Diese Berührung wärmte sie wie die Sonne.

Dieses Gefühl endete abrupt, denn Sally betrat den Raum. Hinter ihr kam Bryan über die Schwelle gestürmt und ließ das Dienstmädchen erschreckt aufschreien.

»Mummy!« rief der Junge und kletterte auf Olivias Schoß. Sie legte ihre Arme um das Kind und wandte ihre Augen Miles zu, der die Szene eher mit spröder Zurückhaltung betrachtete.

Nun kam auch Bertrice herein. Sie wirkte verstört. Bryan kicherte. »Sie hat wieder einen ihrer Momente«, erklärte er. »Sie hat Deets mitten auf der Straße halten lassen, damit sie nach ihrem Kätzchen suchen kann.«

»Großer Gott«, murrte Miles und kehrte zu dem Tisch zurück, auf dem er sein Glas abgestellt hatte.

»Ich kann mir nicht erklären, wo er geblieben ist«, murmelte Bertrice bekümmert.

Miles wandte sich an Olivia. »Du hast vergessen zu erwähnen, daß sie ebenfalls hier einzieht.«

»Das sollte eine Selbstverständlichkeit sein, Sir. Sie ist die Nanny meines Sohnes.«

»Ist sie ungefährlich?«

»Sehr vertrauenswürdig und verläßlich, kann ich Ihnen versichern.«

»Ich habe Hunger«, verkündete Bryan.

»Miss Pinney hat Fleischpasteten und Tee zum Abendessen vorbereitet.«

»Ich mag keine Fleischpasteten.«

Sally schnaubte empört und verließ das Zimmer.

»Vielleicht kannst du heute eine Ausnahme machen.«

»Dieses Haus ist kalt, dunkel und riecht so seltsam. Gibt es hier Gespenster?«

»Ich glaube nicht.«

»Ich möchte mein Zimmer sehen.«

Olivia sah Miles an. »Haben Sie ein Zimmer für ihn vorbereiten lassen, Sir?«

»Der Gedanke ist mir gar nicht gekommen.«

»Dann werde ich mich darum kümmern. Wo soll er Ihrer Ansicht nach wohnen?«

Er stellte sein Glas sehr nachdrücklich auf den Tisch und erklärte barsch: »In diesem Haus gibt es mehr als fünfundzwanzig Zimmer. Such dir eins aus.«

Olivia stand auf, nahm den Jungen auf den Arm und ging zur Tür. Dort zögerte sie kurz und warf ihrem Ehemann einen irgendwie vorsichtigen und neugierigen Blick zu. »Komm, Bertrice«, sagte sie dann und ging.

Miles aß nicht mit den anderen zu Abend. Statt dessen hatte er es vorgezogen, sich in seinem Arbeitszimmer zu verbarrikadieren. Dort stand er am Fenster und blickte in den beklagenswerten Rosengarten hinaus. Die Verantwortung lastete schwer auf ihm. Es war eine Sache, eine Frau zu nehmen – besonders eine so willensstarke und unabhängige Frau wie Olivia. Aber ein Kind, das noch in kurzen Hosen steckte, und eine verrückte Alte?

Er stöhnte tief auf. Kinder hatten offenbar die beunruhigende Eigenschaft, hinter die Fassade zu blicken, die Wahrheit hinter den Motiven eines Menschen zu erkennen.

Da hatte diese kleine Range doch tatsächlich gefragt, ob es hier Gespenster gab.

Miles lächelte, runzelte dann aber die Stirn, als er sich plötzlich an den Abend erinnerte, an dem er zum ersten Mal nach Braithwaite gekommen war. Er war acht Jahre alt gewesen. Und allein. Hatte seinen Vater noch nie gesehen. Mit einem schmuddeligen Zettel in der schweißnassen Faust hatte er allein in der riesigen Halle gestanden und die mächtige Treppe hinaufgeblickt. In diesem Moment war er ganz sicher gewesen, daß sich jeden Augenblick König Richard auf ihn stürzen würde. Doch natürlich erschien kein Geist. Nur sein Vater, dessen strenges und zorniges Verhalten ihn mehr entsetzte als ein Dutzend Gespenster es vermocht hätten.

Mit den Händen in den Taschen verließ Miles das Arbeitszimmer und schlenderte in den Speisesaal. Auf dem alten Eßtisch standen Unmengen schmutzigen Geschirrs. Offensichtlich war es Olivia gewöhnt, daß nach ihren Mahlzeiten Dienstboten den Tisch abräumten.

Sally betrat hinter ihm den Raum. Ihr Gesicht war so rot wie ihre Haare. »Noch nie in meinem Leben bin ich so beleidigt worden.« Sie riß eine Tasse nebst Untertasse so heftig an sich, daß sie sich den kalten Tee über die Schürze goß. »Ich denke, ich sollte auf der Stelle kündigen. Soll sie doch zusehen, wer sich um ihr verdammtes Bad kümmert.«

Miles hob eine Augenbraue, als sie das Porzellan wieder auf den Tisch knallte, ihre Fäuste in die breiten Hüften stemmte und ihn empört anfunkelte. »Ich brauche mir diese Behandlung von ihr doch nicht gefallen zu lassen, oder?«

»Welche Behandlung?«

»Benimmt sich so, als sei sie die Queen höchstpersönlich. Sagt mir doch glatt, ich soll ihr eine Wanne mit heißem Wasser bereiten. Was bin ich denn? Ein verdammtes Grubenpferd? Und als wäre das noch nicht genug, sagt sie mir auch noch, ich solle ihr nicht mehr unter die Augen kommen, bevor ich sauber bin. Sauber! Sie behauptet, ich rieche!«

»Ah.«

»Sie sagt, ich würde aussehen wie jemand, der sich in einem verdammten Schweinekoben herumgewälzt hat. Spricht man so mit einem treuergebenen, schwerarbeitenden Dienstmädchen, frage ich Sie? Ausgerechnet mir sagte sie das, die ich mich hier den ganzen Tag von morgens bis abends abschufte! Sagt mir, mein Aussehen wäre eine Beleidigung für sie. Fragt doch allen Ernstes, wann ich das letzte Mal zum Entlausen war! Die hat vielleicht Nerven! Und dann sagt sie mir auch noch, ich soll mir die Haare schneiden lassen oder als Knoten in einem Netz tragen. Sagt, so ist es nicht hygienisch. Könnte ihr ins Essen fallen oder ähnlichen Unsinn. Und als wäre das noch nicht mehr als genug der Beschimpfungen, behauptet diese freche, kleine Laus von einem Kind auch noch, meine Fleischpasteten schmecken wie Schweinefutter.«

Die freche, kleine Laus von einem Kind hat recht, dachte Miles, wagte aber nicht, das laut zu sagen. Er konnte sich nur darum bemühen, nicht in schallendes Gelächter auszubrechen.

»Haben sie inzwischen ihre Zimmer bezogen?« fragte er.

Sally nickte und begann wieder, den Tisch abzuräumen. Geschirr und Gläser schepperten und klirrten unter ihren fuchtigen Fingern, während sie unablässig etwas von hochnäsigen Aristokraten vor sich hin murmelte. Mit einem vollbeladenen Tablett machte sie sich endlich auf den Weg zur Tür, blieb dort aber noch einmal stehen, warf einen Blick über die Schulter zurück und sagte: »Sie will Sauerteigbrötchen zum Frühstück. Ich sage, selbst wenn ich wüßte, wie man Sauerteigbrötchen macht, würde es mich die halbe Nacht kosten. Ob sie sich nicht auch mit Toast zufriedengeben könnte. Wissen Sie, was sie gesagt hat?«

Er schüttelte den Kopf.

»Daß es ihr eine Freude wäre, mir zeigen zu können, wie man Sauerteigbrötchen macht – falls ich es überhaupt lernen möchte. Ich sagte ihr, daß ich keinen Wert darauf lege, besonders da sie ja ohnehin vorhat, einen modischen französischen Koch einzustellen. Sie sagt, sie wolle auf jeden Fall Sauerteigbrötchen. Ich solle mich eben bemühen. Und dann will sie Orangenmarmelade. Ich sage, daß es in diesem Haus seit fünf Jahren keine Orangenmarmelade mehr gibt. Und da mutet sie mir doch allen Ernstes zu, daß ich nach Devonswick reite, um ein Glas zu holen. Als hätte ich hier nicht schon mehr als genug damit zu tun, ihr verdammtes Badewasser zu kochen, mich zu entlausen und Sauerteigbrötchen zu backen, ohne zu wissen wie. Wann soll ein Dienstmädchen eigentlich zum Schlafen kommen, frage ich Sie? Und als Höhepunkt hat diese verrückte alte Schachtel von mir auch noch eine Untertasse warme Milch für ihre verdammte Katze verlangt.«

»Dann schlage ich vor, daß Sie so schnell wie möglich eine Untertasse mit warmer Milch in Bertrices Zimmer bringen.«

Sally starrte ihn an wie vom Donner gerührt. »Sie sind ja so verrückt wie alle anderen«, murmelte sie und verließ hastig den Raum.

Da er sonst nichts zu tun hatte, blieb er noch einen Moment im Eßzimmer. Als er es schließlich verließ, ging er in die Halle, trat an den Fuß der mächtigen Treppe, starrte hinauf ins Halbdunkel und lauschte. Wonach?

Dann kam es. Die Andeutung eines Geräusches. Eine Stimme, die von der Größe des alten Hauses fast verschluckt wurde.

Er schloß die Augen.

Das Lachen eines Kindes.

Er holte tief Atem.

Die geduldige, aber beharrliche Bitte einer Mutter um Fügsamkeit.

Dann Mutter und Kind gemeinsam. Ihr Lachen klang wie zwei fröhliche Glocken.

Er verließ ohne Umhang das Haus. Die bittere Kälte würde ihm gut tun. Olivias Lachen! Daß er seine Frau nie zuvor hatte lachen hören, kam ihm absurd vor. Daß ihn der Wohlklang ihres Lachens auf eine so unerwartete Weise berührte, kam ihm ähnlich absurd vor.

Einst waren die Reitställe ein prachtvolles Steingebäude gewesen, mit glänzenden Scheiben in den Bogenfenstern und Ziegelböden, die so sauber waren wie jene im Haupthaus. Die Wände waren mit Mahagoni verschalt, und ein Dutzend Reitburschen legten die Boxen allmorgendlich mit frischem Stroh aus. Jetzt war das Gebäude verfallen und schmutzig.

Er blieb an der Schwelle stehen und spähte in die Dunkelheit. Der muffige Geruch alten Heus stieg ihm in die Nase. In der Nähe des Sattelraums brannte ein Licht. Miles ging darauf zu und hörte das trunkene Brummen seines alten Reitburschen, der dabei war, die wenigen besetzten Boxen auszumisten.

»Du hist mir vielleicht ein gutes Mädchen. Ein hübsches Pony. Ich will nur mal schnell nachsehen, wenn du nichts dagegen hast ... Ah, da wird's mir ja ganz warm ums alte Herz. Rück mal ein bißchen. Noch ein bißchen! So ist's recht, Mädchen. Master Warwick wird froh sein, daß dein Bein so gut heilt. Ja, das wird er.«

Charles Fowles richtete sich auf und sah, daß Miles an einem Pfosten der Box lehnte. Sein Gesicht leuchtete. »Na, das ist vielleicht was. Sieh mal, wen wir hier haben, Perlagal. Ich wette, der Herr ist gekommen, um sich mit uns zu freuen.«

Miles sah hinüber zu der grauen Stute, die ihren wundervoll geschwungenen Kopf zurückwarf und leise wieherte. Sie war wirklich eine Schönheit mit ihrem stolz gewölbten Hals und den flammenden Nüstern, ihrer hellen Mähne, die im Licht der

Laterne wie feingesponnenes Silber schimmerte. Ihr Körperbau war vollkommen, und in ihrer Freude über Miles' Kommen tänzelte sie auf der Stelle und warf den schneeweißen Schweif hoch.

Miles streckte ihr die Handfläche entgegen, und sie berührte sie zart mit ihren samtweichen Lippen. »Ist sie wieder gesund?« fragte er den alten Mann.

»So gut wie neu, würde ich denken.« Charles warf ein paar Äpfel in einen Eimer und lehnte den Rechen gegen die Wand. »Wie ich höre, ist ein Glückwunsch angebracht, Sir.«

Miles lächelte. Wenige Menschen in England nannten ihn »Sir«. Doch seit jenem Tag vor dreißig Jahren, als Miles nach Braithwaite gekommen war, hatte ihm Charles Fowles stets diese Hochachtung erwiesen.

»Werde ich die Bekanntschaft der Lady bald machen dürfen?«

»Selbstverständlich.«

Charles kniff die Augen zusammen und griff mit nicht ganz sicherer Hand nach Zaumzeug, das an der Wand hing. Er warf es sich über die Schulter und humpelte vor sich hin glucksend in Richtung Sattelraum davon. »Bevor wir es uns versehen, werden wir hier in diesem alten Gemäuer das Getrappel kleiner Füße hören können.«

»Und das schneller, als du denkst«, murmelte Miles in sich hinein. »Sie hat einen Sohn«, sagte er lauter und wartete auf die Reaktion des alten Mannes.

Charles trat wieder aus dem Sattelraum und schloß die Tür hinter sich. »Nun, ist das nicht großartig?« meinte er und rieb sich die Hände sauber. »Ich würde mich freuen, wenn er morgen hier auftaucht.«

Miles sah zu, wie der Mann zu einem Stuhl hinkte. Seine Whiskyflasche hüpfte in seiner übergroßen Hosentasche auf und ab. Es war typisch Charles, die Neuigkeit seiner plötzlichen Heirat mit einer Frau mit Kind ganz selbstverständlich und ohne jedes Anzeichen von Überraschung zur Kenntnis zu nehmen.

»Ich nehme an, es wird hier jetzt einige Veränderungen geben«, sagte Charles und ließ sich mit einem Seufzer auf den Stuhl fallen.

»Ein paar.«

»Vielleicht lassen Sie sogar einen Shilling oder zwei für diese alten Gäule springen und möbeln das alte Gemäuer ein bißchen auf.« Er setzte die Flasche an den Mund, nahm einen tiefen Zug und wischte sich die Lippen mit dem Ärmel ab. »Könnte mir sogar vorstellen, daß Sie in vierzehn Tagen zu dieser Auktion fahren, um diesen schwarzen Teufel zurückzukaufen, in den Sie so vernarrt waren. Wie hieß er doch gleich?«

»Als ob du das vergessen könntest. Du warst doch dabei, als er zur Welt kam.«

»Ich war auch dabei, als er mir mit dem Huf eins in den Arsch versetzte. Verdammtes Mistvieh. Seitdem kann ich nicht mehr richtig laufen. Aber vergessen Sie das. Er war ein herrlicher Hengst. Zeugte prachtvolle Fohlen, dieser Gdansk. Also – werden Sie ihn zurückkaufen, Sir?«

Miles antwortete nicht, sondern drehte sich um und lief an den Boxen entlang, in denen die verbliebenen vier Araber bei seinem Anblick unruhig wurden.

»Ich werde mich jetzt zurückziehen, Sir, wenn es Ihnen recht ist«, erscholl Charles' Stimme hinter ihm.

»Gute Nacht«, erwiderte Miles und hörte, wie sich der alte Mann die Treppe zu den Räumen im Obergeschoß des Stallgebäudes hinaufschleppte, die in den letzten fünfzig Jahren seine Wohnung waren.

Miles betrachtete die wurmzerfressenen Pfosten und Pfeiler, die Lücken im Ziegelfußboden, die verfallenen Boxen und sah sich dann selbst, wie er vor seiner Frau in die Knie sank und sie mit ausgestreckter Hand um Geld bat.

Er stieß einen unterdrückten Fluch aus.

Er ging zurück zum Haus und traf in der Küche Sally an. Sie hatte beide Hände in einer Schüssel mit klebrigem Teig, schlug, knetete und ließ Mehl über den ganzen Fußboden fliegen. Sie blickte kurz auf, und als sie seine Miene sah, gönnte sie ihren Fingern eine Pause. Jede giftige Bemerkung, die ihr vielleicht auf den Lippen gelegen haben mochte, blieb ungesagt, als sie seine düstere Stimmung bemerkte.

»Sie können Ihrer Hoheit sagen, daß sie ihre verdammten Sauerteigbrötchen zum Frühstück bekommen wird«, meinte sie fast schüchtern.

Er reagierte nicht, sondern ging über die Dienstbotentreppe in das Obergeschoß und lief dort den stattlichen Korridor entlang, an dem die Familienschlafräume lagen. Er betrat sein eigenes Schlafzimmer. Es war leer.

Was hatte er denn erwartet?

Er drehte sich auf dem Absatz um, ging zum Nebenzimmer und klopfte an die Tür. Dann noch einmal, kräftiger. In diesem Augenblick flog eine Tür auf der gegenüberliegenden Seite des Flurs auf und Bryan kam in einem langen weißen Nachthemd laut kreischend auf den Korridor gerannt. Hinter ihm Olivia, ähnlich gekleidet, während ihr die Haare wie eine Wolke über Schultern und Rücken fielen. Weder Kind noch Mutter bemerkten Miles, sondern setzten ihre wilde Jagd über den Korridor fort: vorneweg Bryan, Olivia ihm dicht auf den Fersen.

»Oli - Oli - kriegst mich nie!« jubelte das Kind.

»Das werden wir ja sehen!« rief Olivia. Dann warf sie sich mit wehendem Nachthemd blitzschnell zu ihrem Sohn, hob ihn hoch und schwenkte ihn im Kreis herum. Unbändiges Gelächter erfüllte den Flur.

Miles beobachtete die Szene mit angehaltenem Atem.

Dann sah sie ihn mit dem Rücken zu ihrer Schlafzimmertür stehen. Mit ihren geröteten Wangen und den noch immer strahlenden Augen drückte sie den Jungen eng an sich, als wäre er ein Schild, der sie vor Miles' Reaktion schützen konnte - vielleicht wollte sie aber auch nur das Kind beschützen.

»Sir«, sagte Olivia. »Man sagte mir, Sie wären spazierengegangen.«

»So war es.«

Olivia sah ihn über den zerzausten Schopf ihres Sohnes hinweg an. Mit jedem Atemzug hob und senkte sich ihre Brust. Dann eilte sie ohne ein weiteres Wort in Bryans Zimmer. Miles folgte ihr.

»Still jetzt«, flüsterte sie, während sie den widerstrebenden Jungen ins Bett brachte. »Ich fürchte, wir haben Warwick gestört. Er ist nicht daran gewöhnt, daß wilde, kleine Jungs in seinem Haus herumsausen.«

»Aber er mag doch kleine Jungs, nicht wahr?« wollte Bryan wissen und spähte über die Schulter seiner Mutter hinweg zu Miles.

»Natürlich tut er das. Ja, da bin ich mir ganz sicher.«

»Wie soll ich ihn nennen, Mummy? Soll ich ihn Papa nennen?«

Olivias geschäftige Hände rührten sich nicht mehr, aber sie sah Miles nicht an. »Ich werde mit ihm darüber sprechen«, erwiderte sie schließlich und fuhr fort, die Bettdecke um den kleinen, sich windenden Körper festzustopfen. »Warum nennst du ihn bis dahin nicht einfach Sir?«

»Ist gut.« Bryan rollte sich auf die Seite, zog die Knie an, vergrub seine rundliche rosa Wange im Kopfkissen und beäugte Miles aus dem Augenwinkel. »Gute Nacht, Sir.«

»Gute Nacht«, sagte Miles.

Olivia stand auf, warf Miles einen flüchtigen Blick zu, löschte das Licht und verließ eilig den Raum. Miles folgte langsamer und zögerte, als sie in ihr Zimmer stürmte. Es waren im Grunde zwei kleine Räume, ein Schlafzimmer und ein kleiner Salon, die sie sich offensichtlich ausgesucht hatte. Als sie nicht wieder auftauchte, ging er zur Tür und sah Olivia vor dem Frisiertisch sitzen. Sie hatte sich eilig ein Negligé übergeworfen, blickte konzentriert auf ihr Spiegelbild und bürstete sich die Haare, die im kerzenbeleuchteten Raum die Farbe alten Whiskys hatten.

»Olivia ...«

»Es tut mir leid, wenn wir Sie gestört haben«, unterbrach sie ihn und klang eine Spur atemlos. »Dann und wann hat Bryan seine Probleme mit dem Zubettgehen. Er ist sehr leicht erregbar. Doch das sind wohl die meisten Kinder seines Alters, nehme ich an.«

»Du hast wundervolle Haare«, sagte er und verfluchte den fast sehnsüchtigen Klang seiner Stimme.

Du hast keinerlei Verlangen nach dieser Frau, rief er sich in Erinnerung. Er sollte sie eigentlich verachten - sie und alles, was sie repräsentierte, diese Verletzung seiner Würde. Er empfand keinerlei Verlangen nach ihr, und doch stand er hier wie angewurzelt, und der Anblick ihrer Kurven unter dem weichen Flanell trieb ihm einen Schweißfilm auf die Stirn und ein merkwürdiges Gefühl in seine Lenden.

Sie hielt mit ihrem Bürsten inne, nur kurz, dann strich sie sich wieder durch die Haare. »Ich wette, er ist schon im Morgengrauen wieder auf den Beinen. Er scheint hier sehr glücklich zu sein. Vorhin habe ich ihn oben an der Treppe dabei ertappt, daß er mit Drachen kämpfte, die nur in seiner Phantasie existierten. Er ist mit einer sehr lebhaften Phantasie gesegnet - oder geschlagen.«

Schließlich wandte sie den Kopf und bemerkte, daß er sie intensiv musterte. Er ließ sich durch ihren Blick nicht stören, sondern versenkte sich weiter in ihren Anblick, wie sie da in ihrem hochgeschlossenen Nachtgewand auf dem zierlichen, gepolsterten Hocker saß. Im Kerzenlicht schimmerte das Gewand blaßgolden.

»Sie haben doch nichts dagegen, daß ich diesen Raum bezogen habe?« wollte sie leise wissen.

»Ich dachte...« Er schüttelte seinen Kopf. »Nein, warum sollte ich?«

Sie legte behutsam die Bürste nieder. »Wir werden gleich morgen früh mit den Büchern beginnen.«

»In Ordnung.« Er wollte in diesen Moment nicht an die verfluchten Bücher denken.

»Ich fürchte...« Ihre Schultern hoben und senkten sich mit einem Seufzer. »Ich habe auf Miss Pinney einen schlechten Eindruck gemacht.«

»Ich weiß.«

Sie zuckte nicht zusammen, sondern hob das Kinn und faltete die Hände im Schoß, als wartete sie darauf, daß er den Bannstrahl seines Zorns auf sie schleuderte.

»Du wirst deine Brötchen bekommen«, sagte er. »Allerdings keine Orangenmarmelade.«

Sie hob gespielt-verzweifelt die Brauen. »Ich weiß wirklich nicht, ob ich das überstehen werde.«

Sie lachten beide, wurden dann wieder ernst. Das Schweigen dehnte sich aus, wurde fühlbar, pochte wie Pulsschläge in seinen Ohren. »Darf ich hineinkommen?« fragte er schließlich.

Sie hob ihre Hand hastig an die Wange, ließ sie dann an ihrem Hals ruhen. Welche Empfindungen huschten über ihr Gesicht? Überraschung? Verzweiflung? Nervosität? Er war den Umgang mit launischen Frauen nicht gewohnt. Außerdem hatte sie wohl kaum das Recht, die erschreckte Jungfrau zu spielen. Nicht bei ihrer Vergangenheit.

Sie saß wie erstarrt auf dem Rand ihres Hockers und beobachtete, wie er auf sie zukam. Ihre Lippen öffneten sich leicht, eine Hand griff haltsuchend nach der Kante des Frisiertisches. Er blieb vor ihr stehen und fragte: »Hast du Angst vor mir, Olivia?«

»Ich frage mich nur, warum Sie hier sind.«

»Ich denke, das ist eigentlich ziemlich offensichtlich, meine Liebe.«

Unvermittelt stand sie auf, durchquerte den Raum und tat so, als würde sie aus dem Fenster schauen. »Ich dachte ... wir würden uns zumindest erst ein bißchen besser kennenlernen...«

»Geht es um ihn?«

Sie drehte sich abrupt um, sah ihn hart an. »Wie bitte?«

»Vielleicht denkst du an deinen anderen Liebhaber. Bryans Vater. Falls du dir Sorgen machst, daß ich dir das heute abend vorwerfe ...«

»Nein. Ich ...« Sie schluckte. »Sie müssen das verstehen. Das alles ...« Ihre Hand deutete durch den Raum. »Das alles kam so schnell. Verzeihen Sie mir, verehrter Ehemann, aber ich bin keine Frau, die sich so schnell einem Mann hingibt, der keinerlei Zuneigung zu ihr empfindet – ganz abgesehen von Ihrer Meinung über mich.«

»Ist es denn nicht genug, daß ich dich geheiratet habe? Daß ich dir und deinem Sohn ein eigenes Heim gegeben habe?«

Sie blickte ihn lange Zeit unverwandt an. Ihre Haltung drückte eine seltsame Mischung aus Furcht und Sehnsucht aus.

»Wenn ich annehmen könnte, Sie empfänden auch nur einen Hauch Zuneigung zu mir, dann ...« Sie brach ab und betrachtete ihre Hände, die im Halbdunkel des Zimmers sehr zart und fast weiß wirkten.

Das Blut schoß ihm heiß in den Kopf. Wie konnte sie es wagen, Zuneigung von ihm zu fordern, bevor sie ihm gewährte, was sein eheliches Recht war? Er hatte schließlich Anspruch auf seine Privilegien als Ehemann – immerhin hatte er teuer dafür bezahlt. Mit seinem Stolz. Mit seiner Männlichkeit. Aber sie stellte sich hin und erwartete tatsächlich heuchlerische Schwüre der Ergebenheit, um sich besser fühlen zu können ...

»Mummy!« brach der Schrei ihres Sohnes die gespannte Stille.

Der Junge kam in das Zimmer gestürzt, griff nach Olivias Hand und zerrte wild an ihr. »Schnell! Komm schnell! Da unten ist eine komische Frau...«

Olivia runzelte die Stirn. »Beruhige dich! Du hast schlecht geträumt. Du solltest doch in deinem Bett liegen...«

»Bitte!« Mit riesengroßen Augen wandte sich Bryan an Miles. »Da unten sind zwei Männer und halten eine verrückte alte Frau fest. Sie sagen, sie sind vom...«

»Amersham Private Hospital«, erscholl Sallys aufgeregte Stimme hinter ihnen.

Miles drehte sich um. Das Dienstmädchen starrte ihn mit offenem Mund an, das Gesicht mehlverschmiert, die Hände teigverkrustet.

»Er hat recht«, fügte Sally hinzu. »Sie haben eine verrückte Lady mitgebracht.«

Miles schloß kurz die Augen. »O mein Gott«, flüsterte er und verließ den Raum. Mit starr geradeaus gerichtetem Blick lief er steifbeinig über den Korridor. Sein Herz trommelte ihm in den Ohren. Das konnte doch nicht wahr sein. Die Hunde hatten ihm eine Frist bis zum Fünfzehnten eingeräumt, um das Geld zusammenzubringen.

An den Stufen zögerte er, hielt sich mit der linken Hand an der Balustrade fest und blickte über die gewundene Treppe auf die drei Besucher, die da unten warteten. In diesem Augenblick trat ein vierter hinzu. Es war ein hochgewachsener, schwarzgekleideter Mann mit dem Aussehen einer Leiche. Der Mann blickte hoch, entdeckte Miles im Schatten und rief: »Mister Warwick, nehme ich an?«

»Was um alles in der Welt wollen Sie hier?«

»Mein Name ist Peabody. Dwight Peabody. Ich komme vom Amersham Private Hospital.«

Langsam stieg Miles die Stufen hinunter. Sein Blick wanderte von dem hageren Mann namens Peabody zu den beiden weißgekleideten Begleitern und schließlich zu dem armseligen Geschöpf, das mit wildzerzausten Haaren und tränenüberströmten Wangen zwischen ihnen hing.

»Miles!« jammerte die Kreatur. »Oh, mein lieber, lieber Miles. Hilf mir! Bitte!«

»O mein Gott!« hauchte Olivia leise hinter ihm. »Wer ist dieses beklagenswerte Geschöpf?«

»Meine Mutter«, knurrte er.

Wir sahen es in unseren Augen
und wünschten, es mit jedem halbgeatmeten Seufzer
auszusprechen – jedoch, wir blieben stumm.

Thomas Moore

10

Am nächsten Morgen stellte Olivia fest, daß Miles Braithwaite verlassen hatte. Nach Sallys Aussagen war er bereits in der Dämmerung aufgebrochen, hatte ein paar Sachen mitgenommen, aber nicht gesagt, wohin er wollte oder wann er zurückkommen würde.

Um ihre Gedanken von ihrem treulosen Ehemann abzulenken, beschäftigte sie sich in den folgenden Tagen mit häuslichen Angelegenheiten: der Anstellung von Personal, dem Aufstellen eines Haushaltsplans und der Begleichung alter Schulden. Offenbar hatte sich die Nachricht von Miles' Eheschließung in Windeseile verbreitet, denn schon bald tauchten zahllose zwielichtige Gestalten auf, um Forderungen zu stellen.

Da waren beispielsweise die Herren Sydney und Lawrence. Schon bei ihrem Anblick liefen Olivia kleine Schauer über den Rücken. Sydney hatte Schweinsaugen, fast farblose kleine Kugeln, die zu eng beieinanderstanden. Lawrence verfügte über das Aussehen einer Bulldogge: hervortretende Augen, eine flache Nase und Hängebacken. Beide waren nahezu glatzköpfig.

»Wir erwarteten, mit Kemball sprechen zu können«, erklärte Mr. Sydney höchst gekränkt, was seinem pompösen Auftreten einen Stich ins Lächerliche gab.

»In der Tat«, plusterte sich Mr. Lawrence auf. »Ich bin doch nicht mit diesem verfluchten Eisenbahnzug den ganzen Weg aus London gekommen, um von einem weiblichen Wesen empfangen zu werden, das absolut keine Ahnung von Geschäften, Geld oder der kultivierten Kunst des Glücksspiels hat. Damit will ich Ihnen natürlich keineswegs zu nahe treten, Gnädigste.«

Sie starrte Lawrence unverwandt an, bis der unbehaglich auf seinem Sessel zu rutschen begann. Er schlug seine Beine übereinander, um sie gleich darauf wieder nebeneinander zu stellen. Sie wirkten wie zwei Baumstümpfe. Dann behaupteten sie, Warwick schulde ihnen insgesamt zweitausendfünfhundert Pfund. »Vielleicht ist das so, vielleicht aber auch nicht«, entgegnete Olivia mit einem unglaubwürdig geduldigen Lächeln. »Aber Sie können mir keine Beweise dafür vorlegen. Sie dürfen von mir doch nicht erwarten, daß ich Verpflichtungen begleiche, die vielleicht gar nicht existieren. Das wäre doch ein sehr schlechtes Geschäft, oder?«

Sie gaben sich mit jeweils fünfhundert zufrieden.

Dann war da der ehrenwerte Lieutenant Brereton. Er erklärte, wie es dazu kam, daß er eine exorbitante Summe Geldes an Miles und dessen »hinterhältige Spießgesellen« verloren hatte. Daraufhin präsentierte er die Schuldscheine des Clubs ebenso wie schriftliche Aussagen von Zeugen des Geschehens.

»Dieses Geld muß mir erstattet werden«, betonte er. »Ich hoffe auf Ihr Verständnis, Madam.«

»Ich verstehe«, meinte sie zugänglicher, als sie mit Sydney und Lawrence gesprochen hatte. »Eintausend Pfund sind eine Menge Geld für einen jungen Mann Ihres Alters. Ich bin sicher, daß Ihr jährlicher Unterhalt nur einen Bruchteil dieser Summe ausmacht.«

Er nickte und blickte weiter strikt geradeaus.

»Und ich nehme an, daß Sie gezwungen wären, Ihren Vater um Hilfe zu bitten, um Ihre Schulden im Club bezahlen zu können.«

Sein Adamsapfel hüpfte auf und ab, aber er zuckte nicht mit der Wimper. »Mein Vater ist tot. Ich wäre gezwungen, mich an meine Mutter zu wenden...«

»Und Ihrer Mutter würde es natürlich das Herz brechen, wenn sie erfährt, unter welchen Umständen Sie dieses Geld verloren haben. Vielleicht gefährdet diese Angelegenheit gar ihre finanzielle Sicherheit.«

Er nickte.

»Und es würde sich auf Ihre militärische Karriere ganz und gar nicht günstig auswirken, wenn man dort von dieser Sache erfährt.«

»So ist es.«

Olivia schenkte dem jungen Mann ein Lächeln, dann griff sie zum Federhalter und schrieb einen Scheck aus. »Wenn Sie gestatten, Lieutenant, möchte ich Ihnen den guten Rat geben, sich von den Spieltischen fernzuhalten, bis Sie gelernt haben, wann Zurückhaltung angesagt ist.«

Erleichterung zeigte sich in der Miene des jungen Mannes. Er starrte ungläubig auf den Scheck, den ihm Olivia entgegenstreckte. Seine Hand zitterte leicht, als er ihn nahm. »Madam...«

»Keine Ursache, Lieutenant.«

Olivia verbrachte jede freie Minute mit Miles' Mutter und Bryan und versicherte ihnen, daß Miles lediglich durch dringende Geschäfte abberufen wurde und mit Sicherheit bald zurückkehren würde. Insgeheim fragte sie sich jedoch, ob dieser Optimismus berechtigt war.

Und wenn er nicht zurückkam?

Auch das würde nicht viel ändern, sagte sie sich. Schließlich war sie seine Frau. Sie und ihr Sohn lebten im großartigsten Haus von Yorkshire. Sie waren keineswegs auf Miles' Geld angewiesen, um überleben zu können. Und doch schwebte die Angst wie eine dunkle Wolke über ihr. Immer wieder mußte sie an jenen Augenblick ihres Hochzeitsabends denken, als er fast sehnsüchtig vor ihr gestanden hatte.

Großer Gott, wie oft hatte sie in den vergangenen Jahren von einem solchen Moment geträumt? Sie, die sie auf einer Insel der Einsamkeit aufgewachsen war, umgeben von dem Meer der Gleichgültigkeit, die ihr von Eltern und Schwester entgegengebracht wurde, hatte sich nie mehr nach einer zärtlichen Berührung, einem lieben Wort, einer aufrichtigen Geste der Zuneigung gesehnt als in dem Moment, als sie in die Augen ihres Ehemannes sah...

Aber sie hatte ihn zurückgewiesen.

Wenn sie nicht mit ihrem Sohn spielte oder sich um Alysons Wohlergehen kümmerte, suchte Olivia die Reitställe auf und freundete sich mit Charles Fowles an – und natürlich mit den Pferden.

Besonderen Gefallen fand sie an der weißen Araberstute Perlagal. In den großen dunklen Augen des Tieres blitzte das Feuer seiner Wüstenvorfahren. Olivia machte es sich zur Gewohnheit, sich schon vor dem Morgengrauen und nur in einem wollenen Kleid und ihrem Umhang aus Braithwaite davonzustehlen. Sie verzichtete auf einen Sattel und ritt mit wehenden Haaren über das Moor nach Margrave

Bluff. Dort erfreute sie sich am Sonnenaufgang und stellte sich vor, irgendwann ihren Ehemann dort anzutreffen, der endlich heimgekehrt war.

Doch er kam nicht heim, und Olivia verdoppelte ihre Bemühungen um Braithwaite.

Sie hängte in Middleham Stellenangebote für fachkundiges Dienstpersonal aus. Ihr Brief an den französischen Koch war erfolgreich. Schon zwei Tage später stand Jacques Dubois mit Sack und Pack auf der Schwelle von Braithwaite.

Dann machte sich Olivia auf die Suche nach Malern, Tischlern und Zimmerleuten. Schon bald herrschte emsige Betriebsamkeit auf Braithwaite: Überall wurde gehämmert und gesägt, Dienstboten liefen hin und her, Handwerker pfiffen fröhlich vor sich hin. Gelegentlich flüchtete sich Olivia in die Abgeschiedenheit von Miles' Arbeitszimmer, setzte sich hinter Miles' Schreibtisch und blickte auf die ausgestopften Tiere mit ihren bedrohlichen Schnauzen und Zähnen. Es war das Zimmer eines Mannes – bis hin zum Waffenschrank mit seiner beeindruckenden Sammlung, darunter auch ein Messer mit langer Klinge und geschnitztem Fischbeingriff, eine Armbrust und diverse Gewehre.

Der Schreibtisch war die ungeheure, aber durchaus würdige Hinterlassenschaft eines Ahnen, der seine Möbelstücke offenbar unmäßig groß und unmäßig verziert bevorzugte. Jede Seite des Monstrums war mit kunstvoll geschnitzten Zweigen, Blättern und Eicheln geschmückt, durch die dann und wann ein Eichhörnchen lugte. Das Nußbaumholz war im Laufe der Zeit pechschwarz von dem Öl geworden, mit dem es Generationen diensteifriger Geister poliert hatten. Olivia hätte selbstverständlich etwas Grazileres bevorzugt, vielleicht einen zierlichen Queen-Anne-Schreibtisch mit anmutig geschwungenen Linien. Der aus ihrem Schlafzimmer aus Devonswick würde sich bestimmt sehr gut machen. Aber...

Als sich Olivia im Sessel zurücklehnte und den protzigen, doch seltsam behaglichen Raum überblickte, machte sie sich zögernd und unbehaglich die Tatsache bewußt, daß sie die Renovierung von Braithwaite ohne jede Zustimmung ihres Ehemannes in Angriff genommen hatte. Sie wagte nicht, sich auszumalen, wie er reagieren würde, wenn er nach Hause kam.

Wenn er nach Hause kam.

Olivia stützte die Ellbogen auf die Schreibtischplatte, verbarg das Gesicht in den Händen und verschob dabei ihre Brille. Wo, zum Teufel, war ihr Ehemann? Mit seiner Gleichgültigkeit leben zu müssen, war eine Sache. Mit dem Verlassenwerden fertig zu werden, eine ganz andere. Doch dann rief sie sich ins Gedächtnis, daß ihr jetziges Leben noch immer unendlich besser war als das, das sie auf Devonswick geführt hatte.

Sie war frei.

Sie wurde anerkannt.

Sie wurde gebraucht.

Wenn doch nur...

Olivia stand auf, trat ans Fenster und blickte in den Rosengarten hinaus. Sie erinnerte sich an den Ausdruck in Miles' Gesicht, als er im Garten neben ihr in die Knie gegangen war und das Bedauern, das sie damals über ihr Aussehen empfunden hatte. Jetzt konzentrierte sie sich auf ihr Bild in der Fensterscheibe und versuchte, sich vorzustellen, wie sie mit

Emilys Stupsnase und ihrem Kußmündchen aussehen würde, ohne die ovalen Konturen, die ihre Wangen und das Kinn so betonten. Und ihre Figur – viel zu hochgewachsen. Mit ihrer Größe von einem Meter und siebzig konnte sie den meisten Männern gerade in die Augen blicken. Vielleicht war es das, was sie an Miles schon immer besonders bewundert hatte – daß er sie um mindestens fünfzehn Zentimeter überragte.

Mit einem Seufzer lehnte sie die Stirn gegen das Fenster und schloß die Augen. Sie war töricht. Schließlich ging es vor allem um Bryans Zukunft.

Sally betrat das Zimmer. »Ihre Schwester ist da«, verkündete sie.

Olivia starrte sie an, bis das Mädchen ganz zappelig wurde. »Verzeihen Sie ... Madam.« Sie versuchte sich in einem unbeholfenen Knicks. »Miss Emily Devonshire aus Devonswick möchte wissen, ob Sie sie empfangen, Madam.«

Olivia nickte und belohnte Sally mit einem erfreuten Lächeln, das genau so lange anhielt, bis das Dienstmädchen den Raum verlassen hatte.

Emily kam in einer Taftwolke in das Zimmer gerauscht. Ihre blonden Haare waren zu einem seidigen Lockengebilde getürmt, aus dem es zierlich auf ihre Schultern fiel. »Da bist du ja!« rief sie. »Es ist doch zu scheußlich, daß ich gezwungen war, mich über das Moor zu wagen, nur um dich sehen zu können!«

»Ist irgend etwas mit Vater?« fragte Olivia.

»Ach, woher denn? Natürlich nicht. Vater mag zwar immer wieder betonen, wie hinfällig er ist, aber wir wissen doch beide, daß er stark wie ein Maultier ist. Du bist das Problem.«

»Ich?«

»Wir bekommen dich ja gar nicht mehr zu Gesicht, Oli. In der wichtigsten Zeit meines Lebens versteckst du dich hier in dieser Einöde und pusselst in diesem alten Gemäuer herum.«

»›Pusseln‹ ist vielleicht nicht ganz die richtige Bezeichnung, denke ich. Abgesehen davon ist das hier jetzt mein Zuhause, ich habe hier Verpflichtungen.«

»Aber du vernachlässigst uns auf geradezu sträfliche Weise.«

»Wohl kaum. Es ist höchste Zeit, daß ihr beide lernt, für euch selbst zu sorgen. Ich bin jetzt verheiratet, Em.«

»Verheiratet?« Emily lachte. »Olivia, du siehst absolut miserabel aus. Mit Sicherheit wirst du dich scheiden lassen, um dich damit erneut dem Gespött und der Verachtung der Gesellschaft auszusetzen.«

»Wann wirst du wohl endlich begreifen, daß ich keinen roten Heller auf die sogenannte Gesellschaft gebe?« Olivia kam um den Schreibtisch herum und bemerkte, daß ihrer Schwester hektische Röte ins Gesicht stieg. »Gott bewahre, daß ich mir jemals wünsche, diesen von dir so geschätzten Kreisen anzugehören. Wie du mir immer wieder vorgehalten hast, mangelt es mir dafür ohnehin an Schönheit und richtigem Auftreten. Ich war zu beschäftigt mit deiner Erziehung, als daß ich die Möglichkeit gehabt hätte, letzteres zu erlernen. Und natürlich ist da noch Bryan...«

»Hör auf!« flehte Emily und hielt sich die Ohren zu. Dann ließ sie sich in einen Sessel fallen – ein Bild des Elends. Olivia vergaß ihre Verärgerung und runzelte die Stirn.

»O Oli, bitte. Ich bin nicht gekommen, um mit dir zu zanken.« Emily war den Tränen nahe.

Besorgt kniete sich Olivia neben ihre jüngere Schwester und ergriff ihre Hand. »Was ist denn geschehen, Emily?«

»Es geht um Lord Willowby. Wir haben uns gestritten, Oli.«

»Jeder streitet irgendwann einmal, Em.«

Schniefend blickte sich Emily nach etwas um, womit sie sich die Tränen abwischen konnte. Sie erspähte ein Taschentuch in einem unordentlichen Bücherstapel, griff danach und putzte sich die Nase. »Ich bekam einen Brief von Carolyn Cobb, die Marcia Hutchinson kennt, eine Bekannte von Belinda Delfries. Belinda behauptet, Lord Willowby hätte sein Herz an eine andere verloren. Man hätte ihn sogar schon mit ihr im Theater gesehen.«

»Gerüchte«, entgegnete Olivia leise.

Emilys Unterlippe begann wieder zu beben, Tränen flossen über ihre Wangen. »Es stimmt! Ich habe ihn danach gefragt, als er mich heute besuchte. Sie heißt Janelle Sheredon, und er findet sie faszinierend, behauptet aber, sie wären lediglich befreundet, nicht mehr.« Wieder schnaubte sie in das Taschentuch und fügte mit besonderer Betonung hinzu: »Sie ist Witwe, und du weißt, was das heißt.«

»Daß sie älter ist?«

»Älter und erfahrener, wenn du weißt, was ich meine. Sie ist fünfunddreißig. Praktisch schon an Altersschwäche gestorben.«

»Wie alt ist Willowby?«

»Fünfundvierzig.«

»Hat er angedeutet, sein Versprechen rückgängig machen zu wollen?«

Emily schüttelte den Kopf. »Aber ich fürchte, das ist nur eine Frage der Zeit. Wir hatten uns auf einen Hochzeitstermin in acht Monaten geeinigt, und als ich anregte, ihn vorzuverlegen, hat er das abgelehnt.«

»Aber eine Hochzeit bedarf doch gründlicher Planung...«

»Der alte Tropf wird auch nicht jünger, Oli! Er ist bereits zweimal zum Witwer geworden, und keine Ehe hat ihm lebende Nachkommen beschert. Da sollte man doch annehmen, daß er es kaum erwarten kann. Schließlich...« Sie schluchzte so heftig, daß ihre Schultern zuckten. »Wir wissen doch alle, daß das der einzige Grund ist, aus dem er mich heiratet: damit ich ihm einen Erben gebäre.«

»Unsinn. Wäre das der Fall, hätte sich Willowby auch jede andere suchen können. Aber das hat er nicht getan, weil jedermann weiß, daß du die hübscheste junge Frau im ganzen Land bist. Welcher Mann könnte dir wohl widerstehen?«

Emily betupfte sich die Augen und zwang sich zu einem Lächeln. »Nun ... wahrscheinlich hast du recht. Dennoch...« Sie runzelte die Stirn. »Wir wissen beide, daß man bei Männern nie ganz sicher sein kann. Es muß doch irgendeine Möglichkeit geben, ihn davon zu überzeugen, den Hochzeitstermin vorzuziehen.«

Lautes Rumoren und das Gelächter der Maler auf dem Korridor rissen Emily aus ihren Überlegungen. Sie sah sich im Zimmer um und rümpfte die Nase. »Wenn ich du wäre, Oli, würde ich die Arbeiter diesen Raum ausmisten und ganz neu einrichten lassen. Er ist so typisch Warwick.«

»Stimmt, Emily. Aber genau deshalb gefällt er mir besonders gut.«

Emily verließ ihren Sessel, schob ihr benutztes Taschentuch in Olivias Hand und trippelte zur Tür. Dort blickte sie den Flur hinauf und hinunter, in dem Maler die Wände neu tünchten und Dienstboten die Dielen mit Bürsten schrubbten. »Mir gefällt dieser Blauton ganz und gar nicht, den du für diese Wände ausgesucht hast.« Emily neigte ihren Kopf leicht ihrer Schwester zu und bedachte sie mit einem mißbilligenden Seufzer. »Aber du warst ja schon immer mit einem fürchterlichen Geschmack geschlagen, wenn es um Farben, Kleider und Männer ging. Und da wir gerade von Männern sprechen – wo ist denn dein Ehemann, Olivia?«

»Ausgegangen.«

»Ausgegangen? Nach Aussagen des Dienstboten, den du nach Devonswick geschickt hast, um deine persönlichen Dinge zu holen – gleich stapelweise, aber lassen wir das –, ist dein Mann seit fast zwei Wochen ›ausgegangen‹. Ich hasse es, es dir zu sagen, Oli, aber ich hatte dich gewarnt...«

»Dann sagen Sie es auch nicht«, erklang eine sanfte Stimme vom Korridor.

Überrascht drehte sich Emily um und erblickte Alyson Kemball mit Bryan an der Hand.

Olivia eilte auf ihren Sohn zu und hob ihn hoch, während Emily die Frau unfreundlich anfunkelte. Alyson, die hinfällig und bleich aussah, lächelte Olivia an. »Wir wollen gerade ins Morgenzimmer, um ein paar Kekse zu essen und Tee zu trinken. Wir hatten gehofft, du würdest uns Gesellschaft leisten.«

»Und wer ist das, wenn ich fragen darf?« wollte Emily wissen.

Bryan schlang seinen kleinen Arm um Olivias Hals, und sie zog ihn eng an sich. »Das ist Miles' Mutter.«

Emily rührte sich nicht.

»Und Sie müssen Tante Emily sein«, sagte Alyson mit nur leicht hochgezogenen Brauen. »Ich habe von Bryan schon so viel von Ihnen gehört.«

»Oli, ich muß unbedingt mit dir sprechen«, fauchte Emily und trat ins Arbeitszimmer zurück.

Olivia ließ Bryan auf den Boden gleiten und sagte zu Alyson: »In zehn Minuten bin ich bei euch im Morgenzimmer.« Lächelnd sah sie den beiden nach, wie sie den Flur entlang schlenderten. Es entging ihr nicht, wie behutsam Bryan seine Großmutter führte.

»Wie konntest du nur diese schreckliche Frau ins Haus lassen?« wollte Emily wissen. »Kein Wunder, daß Miles verschwunden ist. Hast du überhaupt eine Ahnung, wie sehr er sie verabscheut?«

»Sie ist sehr krank.«

»Wenn Earl Warwick davon erfährt – der Himmel mag wissen, was er dann tut!«

»Bryan hat sie sehr gern. Er nennt sie Großmama.«

Emily wurde bleich.

Olivia holte Emilys Ridikül vom Sessel, reichte ihn ihrer Schwester und lächelte: »Wenn du mich jetzt bitte entschuldigen würdest... Ich bin mit meinem Sohn und seiner Großmutter zum Tee verabredet. Auf Wiedersehen, Emily. Meine besten Grüße an Vater.«

Emilys Augen wurden erst groß, dann schmal. Ohne ein weiteres Wort rauschte sie in einer Wolke aus Taft aus dem Zimmer.

Du fürchtest mitunter, ich liebte dich nicht so,
wie du es dir wünschst?
Mein teures Mädchen, ich liebe dich immer,
immer und ohne Vorbehalt.
Je besser ich dich kennenlernte,
desto mehr liebte ich.

John Keats

11

»Als ich mich erhob und anzog, dachte ich über das Geschehene nach und fragte mich, ob das ein Traum gewesen. Ich konnte der Wirklichkeit nicht sicher sein, bis ich Mister Rochester wiedergesehen und ihn seine Worte der Liebe und des Eheversprechens wiederholen gehört hatte.«

Alyson schlug die zerlesene Ausgabe von *Jane Eyre* sanft zu und lächelte ein wenig erschöpft zu Bryan hinüber, der in Bertrices molligen Armen schlief. »Wie ähnlich er doch Miles ist«, sagte sie nachdenklich und wandte das Gesicht, um einen Sonnenstrahl einzufangen, der plötzlich die Wolken durchbrach und ins Zimmer fiel. »Ich habe oft darüber nachgedacht, wie es wohl sein würde, in das Gesicht eines Kindes zu blicken und dort meinen Sohn wiederzufinden. Ich habe mir vorgenommen, meine Enkelkinder zu verwöhnen, um etwas von dem wiedergutzumachen, was ich an Miles versäumt habe. Aber jetzt sieht es so aus, als würde ich nie die Gelegenheit dazu erhalten.«

Olivia entließ Bertrice mit einem Kopfnicken, trank einen Schluck Tee und betrachtete ihre Schwiegermutter eindringlich. Seit sie nach Braithwaite gekommen war, hatte sich Alysons Gesundheitszustand beträchtlich verbessert. Olivia vermutete, daß die schmerzstillenden Medikamente, die ihr in Amersham verabreicht wurden, negative Auswirkungen auf ihre Psyche gehabt hatten. Neuerdings wirkte sie geistig bemerkenswert klar.

»Stell dir vor, Olivia. Nach all diesen Jahren bin ich endlich heim nach Braithwaite gekommen. Du kannst gar nicht wissen, wie glücklich ihr mich damit gemacht habt, daß ich herkommen durfte. Es war immer mein größter Traum, daß das alles hier eines Tages meinem Sohn gehört. Jetzt ist es so, und ich brauche mir keine bitteren Vorwürfe zu machen, daß ich ihn als Kind hierhergeschickt habe. Verabscheut er mich deswegen noch immer?«

»Ich kann kaum für meinen Mann sprechen.«

»Du bist eine sehr taktvolle junge Frau. Natürlich haßt er mich. Er haßt mich dafür, daß ich ihn mit der Bürde der Illegitimität zur Welt gebracht habe. Er haßt mich dafür, daß ich Joseph so sehr geliebt habe, daß ich dafür mein – und sein – Leben in der unsinnigen Hoffnung geopfert habe, daß Joseph seine Familie verlassen und mich heiraten würde. Er haßt mich dafür, daß ich ihn genügend geliebt habe, um mich von ihm trennen zu können. Sag mir, Olivia, ist er glücklich? Ist er erfolgreich? Was für ein Fremder mein Sohn doch für mich ist! Ist er ein liebevoller Ehemann und Vater?«

Olivia musterte Alyson kurz, bevor sie antwortete. »Ja«, meinte sie schließlich. »Er ist ein wunderbarer Ehemann und Vater.«

»Und du liebst ihn?«

»Oh, ich liebe ihn sehr.«

»Und er liebt dich? Natürlich. Selbst die wildeste Kreatur kann durch eine freundliche und tolerante Hand gezähmt werden.«

Olivia hätte es sich nie träumen lassen, daß Emily so bösartig sein könnte, auf direktem Weg zu Earl Warwick zu fahren – unter dem Vorwand, der Countess einen Besuch abzustatten und ihre Glückwünsche zur Geburt ihres dritten Sohnes auszusprechen –, um dort die Neuigkeit von Alyson Kemballs Ankunft zu verbreiten. Doch als Earl Warwick am nächsten Morgen auf der Schwelle von Braithwaite stand, wußte sie sofort, daß genau das geschehen war.

Olivia empfing Warwick im blauen Salon – die Brille fest auf der Nase, bereit zum Gefecht. Er hatte sie kaum mit einem dieser berüchtigten Warwick-Blicke angefunkelt, als sie auch schon den Schlagabtausch eröffnete:

»Während ich durchaus Verständnis für Ihre Gefühle aufbringe, Mylord, bitte ich Sie, auch die meinen zu respektieren. Sie werden doch sicherlich von mir nicht verlangen, daß ich sie bei diesem Wetter vor die Tür setze. Sie ist heimatlos. Sie ist mittellos. Und sie ist schwerkrank. Sie ist eine vom Tode gezeichnete Frau, der man kaum zum Vorwurf machen kann, einen Mann geliebt zu haben, der ihre Liebe nicht erwiderte. Und abgesehen davon ...« Sie holte tief Atem. »Braithwaite ist das Heim meines Mannes. Und als Miles' Frau habe ich zu seiner Entscheidung zu stehen, seine Mutter hier wohnen zu lassen.«

Warwick zuckte nicht mit der Wimper. Genau wie sein Bruder stand er einfach nur da, die breiten Schultern gestrafft, und durchbohrte sie mit seinen dunklen Augen.

»Sehr beeindruckend«, stellte er schließlich fest. »Höchst bewundernswert. Ich frage mich nur, warum Sie ihn immer noch verteidigen, wo er doch – wie ich hörte – vor zwei Wochen das Haus verlassen hat und seither nicht wieder aufgetaucht ist.«

»Er ist mein Mann.«

Warwick verschränkte die Arme vor der Brust. Seine Miene war düster. »Ich bin mir nicht sicher, ob ich je eine Frau – oder einen Mann – kennengelernt habe, die sich in dieser Weise für die Familie aufopfern würden.«

»Ich kann Hinwendung zu Kranken und Alten kaum als Opfer ansehen.«

»Ich sprach nicht von den Kranken und Alten. Ich bezog mich auf Ihre Familie ganz allgemein.«

Olivia runzelte die Stirn. »Sie sprechen in Rätseln, Sir.«

»Sie haben meinen Bruder geheiratet, um den Wünschen Ihres Vaters zu entsprechen. Ich frage mich, was Sie noch alles zum Schutz Ihrer Schwester auf sich nehmen würden.«

»Was hat irgend etwas davon mit Miles' Mutter zu tun?«

»Der Zusammenhang besteht darin, daß Sie offenbar hartnäckig entschlossen sind, die, die Sie lieben, unter allen Umständen zu schützen – auch wenn Sie das Ihren guten Ruf kostet.« Er entspannte sich ein bißchen und sah sich in dem frisch gestrichenen Raum um, bevor er fortfuhr. »Auch wenn mir die Vorstellung, daß Alyson Kemball unter diesem Dach lebt, fast körperliches Unbehagen verursacht, ist sie doch keineswegs meine Hauptsorge, Madam. Ich bin nur gekommen, um Ihnen gegenüber anzudeuten, daß Sie Ihren Mann vielleicht in Gunnerside finden können.«

»In Gunnerside?«

»In den Minen. Es hat sich ein Unglück ereignet...«

»Oh!« entfuhr es ihr nahezu tonlos.

Earl Warwick trat einen Schritt vor und ergriff ihren Arm. »Soweit ich weiß, ist Miles nicht betroffen. Doch aufgrund der zunehmenden Unzufriedenheit unter den Arbeitern, hat man unverzüglich nach ihm geschickt...«

»Nach ihm geschickt?« Olivia hob die Brauen. »Wissen Sie, wo sich Miles aufgehalten hat?«

Er kam noch ein wenig näher – ganz so, als wollte er ihr seine Unterstützung anbieten. »Er hat ein Cottage nicht weit von Gunnerside. Es ist bekannt, daß er sich dort gelegentlich aufhält... Wenn er Sorgen hat, oder wenn er einmal allein sein möchte.«

»Kennen Sie das Haus? Wissen Sie, wo es ist?«

»Ein paar Meilen außerhalb von Gunnerside. In diesem Cottage ist meine Frau aufgewachsen – bis zum Tod ihres Vaters hat sie dort gelebt. Ich hätte Sie vielleicht sofort darüber informieren sollen, als ich von Miles' Verschwinden erfuhr. Aber ich war durch die Geburt meines jüngsten Sohnes in Anspruch genommen. Darüber hinaus wußte ich nicht mit Sicherheit, daß er sich dort aufhielt – oder mit wem.«

»Sie meinen – mit einer Mätresse?«

Er zuckte mit den Schultern und wirkte irgendwie bekümmert. »Soweit ich weiß, hat Miles keine Mätresse. Er kann sich keine leisten. Wie dem auch sei...«

»Sie hielten es für besser, kein unnötiges Risiko einzugehen, Mylord?«

»So in etwa.«

»Sie sprechen natürlich aus Erfahrung...«

Ihre Blicke trafen sich. Seine Lippen verzogen sich zu einem Lächeln. »Ich denke, es würde uns wohl anstehen, nicht in unserer Vergangenheit zu graben. Meinen Sie nicht auch, Mistress Warwick?«

Olivia wandte sich ab.

»Ich dachte, Sie sollten von den Ereignissen in den Minen erfahren«, sagte Earl Warwick. »Es scheint mir angeraten, daß ich selbst hinüberreite, um nach dem Rechten zu sehen. Ihr Ehemann ist nicht gerade für seine Fähigkeiten berühmt, derartige Probleme bereinigen zu können.«

Olivia nickte, aber als sich Warwick zum Gehen wandte, meinte sie schnell: »Ich könnte in fünf Minuten bereit sein. Bitte, versuchen Sie nicht, mich davon abzuhalten. Sie würden feststellen, daß ich nicht leicht zu überreden bin. Wie Sie schon sagten: Ich bin hartnäckig entschlossen, die zu schützen, die mir teuer sind... koste es, was es wolle. Abgesehen davon, wenn Sie mich nicht mitnehmen, werde ich allein dorthin reiten.«

»Daran zweifle ich keinen Moment.«

Olivia bedachte ihn mit einem dünnen Lächeln und ging zur Tür.

Miles strengte die Augen an, um die Wände der alten Minen besser sehen zu können. Rechts neben ihm stand Jake Delaney, links Herbert Wallace. Beide Männer waren sehr viel kleiner als Miles, glichen das aber an Leibesfülle wieder aus. Ihre Brustkörbe, Arme und Schultern wirkten so massiv wie das Gestein um sie herum. Beide arbeiteten seit ihren Kindertagen in den Minen.

Weit vor ihnen, in der Tiefe des Berges, erklang das beständige dumpfe Kratzen, wenn Pickel auf

Gestein trafen, sowie das Stöhnen der Männer, die das Bleierz in die flachen Karren hievten, die es dann aus den Minen transportierten. Jake nahm eine Grubenlampe von ihrem Haken an einem Stützbalken und hielt sie vor sich hin. Sie warf bizarre Schatten über den steinübersäten Boden. Er sah Miles zornig an, legte ihm eine breite Hand in den Rücken und schob ihn vorwärts. »Nach Ihnen, Mister Warwick ... Sir.«

Miles bewegte sich vorsichtig vorwärts.

»Was ist denn, Mister Warwick?« fragte Herbert mit dröhnender Stimme, die Sand von der Grubendecke rieseln ließ. »Sie haben doch nicht etwa Angst? Daß hier gestern zwei Männer bei einem Einsturz getötet wurden, heißt doch noch längst nicht, daß es wieder geschehen muß – das war zweifellos ein außergewöhnlicher Unglücksfall, stimmt's? Jedenfalls war das die Erklärung des Obersteigers, als im letzten Monat fünf Arbeiter einem Einsturz nur um Haaresbreite entkommen sind.«

Miles starrte auf die Barriere herabgestürzten Gesteins und schüttelte den Kopf. »Ich habe im letzten Jahr genügend Geld in diese Gruben gesteckt, um deren Sicherheit zu gewährleisten, Mister Delaney.« Er sah sich nach seinem Grubenleiter um – oder Obersteiger, wie er von den Männern genannt wurde. Bob McMillian stand, selbst starr wie ein Felsklotz, in der Nähe. »Was ist passiert, Bob?«

Bob McMillian hob die Schultern und rieb sich das bärtige Gesicht. »Das kann man erst genau sagen, wenn wir das ganze Gestein abgetragen haben, Sir. Scheint so, als hätten die veralteten Strossen einfach nachgegeben«, antwortete er und meinte damit die Holzverschalungen der Sohlendecke.

»Ich habe Sie vor drei Monaten ausdrücklich aufgefordert, diese Gefahrenquelle zu beseitigen. Also was zum Teufel ist mit den neuen Stützbalken geschehen?«

»Sie sind nie angekommen, Sir.«

»Nie...« Miles trat auf seinen Grubenleiter zu. »Haben Sie dafür eine Erklärung, Mister McMillian?«

McMillian blickte sich nervös um und senkte die Stimme. »Man sagte mir, Sir, Sie hätten keinen Kredit mehr.«

»Aber sie hatten sich in diesem besonderen Fall doch einverstanden erklärt...«

»Sie haben ihre Entscheidung revidiert, Sir.«

»Nun, da sehen Sie es«, brummte Jake. »Sieht ganz so aus, als würden uns Ihre glatten Sprüche und Ihre schönen Versprechungen auch nicht weiterbringen, Mister Warwick, Sir.«

»Aber natürlich bringen sie uns weiter«, zischte Wallace. »Sie bringen uns ins Grab.«

Jake packte Miles Jackenärmel und riß ihn zu sich herum. »Wir haben uns jetzt zwei Jahre lang Ihre hochtönenden Versprechungen angehört, die jämmerlichen Bedingungen hier endlich verbessern zu wollen. Aber wohin hat uns unsere Geduld gebracht? Es dauert nicht mehr lange, dann sind wir alle tot. Der arme Billy! Er war der beste Mann der Mine. Jeder hat ihn gemocht, und er hat gerade erst vor einem Jahr geheiratet. Und jetzt mußten wir ihn in einer Decke heraufholen.«

»Ich bedauere diesen tragischen Verlust natürlich sehr und werde alles tun, um die Familie zu entschädigen. Aber Renovierungsarbeiten dauern nun einmal ihre Zeit, Mister Delaney.«

»Und wieviele von uns sollen in dieser Zeit noch sterben?«

»Was verlangen Sie denn von mir?« schrie Miles fast verzweifelt. »Soll ich sie schließen?«

Schmutz und Sand rieselte von der Sohlendecke, die Stützbalken ächzten.

Jake grinste. »Ich werde Ihnen sagen, was Sie tun können, Direktor. Sie können an Lubinsky verkaufen.«

»Lubinsky!« Miles lachte hart auf. »Sie Narr. Wenn ich diese Minen an Lubinsky verkaufe, wird ganz Gunnerside vor die Hunde gehen.«

»Ach ja? Wie kommen Sie denn darauf?«

»Was meinen Sie, wie lange Sie noch für einen Mann arbeiten werden, der seine Leute wie Tiere ausbeutet? Der sich weigert, auch nur einen Mann einzustellen, der die Blüte seiner Jugend hinter sich hat? Dreiviertel unserer Bergleute wären ihre Arbeit los, bevor die Tinte auf den Verträgen getrocknet ist.«

»Mir kommen die Tränen«, höhnte Wallace. »Als würde Warwick auch nur einen Pfifferling auf uns und unser Schicksal geben.«

»Genau«, stimmte Jake zu und trat näher an Miles heran. »Und wenn ich daran denke, daß unsere Frauen und Kinder seit Jahren kaum etwas zu beißen haben, könnte ich mir vorstellen, daß sie einen Wechsel in der Geschäftsführung gleichfalls begrüßen würden.«

Miles warf seinem Grubenleiter, der seltsam unbeteiligt geblieben war, einen Blick zu. Dann drehte er Delaney und Wallace den Rücken zu und verließ den Schacht. Sofort war er von zwei Dutzend Bergleuten mit staubverkrusteten Gesichtern umringt.

Zuviel Arbeit und zu wenig Essen hatte aus ihnen Skelette mit Muskeln und vorgewölbten Brustkörben gemacht: In ihrer Not, den wenigen Sauerstoff im Inneren der Erde optimal zu nutzen, hatten sich ihre Lungen im Laufe der Zeit überentwickelt.

Da waren aber auch noch Frauen und Kinder. »Mörder!« schrien sie und hoben die Fäuste. »Wir haben Ihre hochnäsige Art der Minenführung gründlich satt!«

Jemand schleuderte Schafmist, ein anderer einen Stein auf Miles, der ihn oberhalb seiner rechten Augenbraue traf und verletzte. Plötzlich brach das Chaos aus. Die Menge drängte vor, kreiste Miles ein, schlug ihn mit Fäusten und versetzte ihm Fußtritte. Er stolperte und stürzte bei dem Versuch, sein Gesicht zu schützen.

»Aufhören! Sofort aufhören!« rief eine bekannte Stimme.

Dann ertönte ein Schuß. Die Menge erstarrte.

Mühsam kam Miles auf die Füße und wischte sich mit dem Jackenärmel das Blut aus den Augen. Hinter der Menge standen zwei Gestalten auf einem Karren: ein Mann mit wehendem Umhang und einem Gewehr in den Händen und – o Gott! – eine Frau in einem Umhang mit Fuchskragen, einem Knoten am Hinterkopf und einer Brille auf der Nase. Sie richtete einen Peitschenstock auf die Menge, als wäre er eine Handfeuerwaffe.

»Leute!« rief Olivia. »Ihr benehmt euch wie eine Meute marodierender Hyänen.«

»Wer zum Teufel ist denn das?« murmelte es aus der Menge.

Miles stöhnte und erwog flüchtig, sich der Gnade der blutrünstigen Menge auszuliefern.

Damien sprang vom Karren und half dann Olivia beim Herabsteigen. Mit entschlossen vorgeschobenem Kinn und geradeaus gerichtetem Blick marschierte sie mitten hinein in die Menge und musterte alle mit hochgezogenen Brauen, die ihr im Weg standen. Als sie Miles erreicht hatte, sah sie ihn an. »Vielleicht hätten Sie die Freundlichkeit, mich den Leuten vorzustellen?«

Er lächelte sie kühl an und schwieg.

»Also gut.« Sie wandte sich auf dem Absatz um und rief: »Ich bin Mister Warwicks Frau.«

Stille. Dann lachte jemand schallend. Ein anderer flüsterte: »Ich kenne sie. Das ist Lord Devonshires Tochter. In Middleham nennt man sie die eiserne Jungfrau.«

Die Menge zog sich zurück, ließ ihnen mehr Raum.

Damien kam langsam herangeschlendert, versetzte Miles einen leichten Schlag auf die Schulter und sagte: »Wie ich sehen kann, versprühst du wieder deinen üblichen Takt und Charme, Kemball.«

Miles schloß die Augen. »Was zur Hölle willst du hier?«

»Vermutlich bedeutet es dir gar nichts, daß deine Frau und ich gerade deine Haut gerettet haben.«

Miles betastete seine aufgeplatzte Lippe, das schmerzende Kinn und das geschwollene Augenlid. »Scheint, als wärst du eine Spur zu spät gekommen, Dame. War das Zufall oder Absicht?«

»Was glaubst du denn?«

»Ich glaube, du hast sie vielleicht aufgestachelt.«

»Du solltest mich besser kennen. Ich bin kein Zuschauer. Ich bin mehr für Beteiligung. Ich hätte dir den Kiefer zertrümmert.«

»Ich denke, es ist weder der geeignete Zeitpunkt noch der richtige Ort für Sticheleien, Gentlemen«, mischte sich Olivia ein und wandte sich dann an Miles: »Ich halte es für ratsam, sich dieser brisanten Situation zu entziehen. Den Leuten könnte plötzlich bewußt werden, daß Sie wütender auf Sie sind als verblüfft über mich.«

Damien lachte.

Miles warf ihm einen vernichtenden Blick zu.

»Leute«, rief Olivia laut genug, um sich über die erneut aufkommenden Unmutsbezeugungen Gehör zu verschaffen. »Euren Arbeitgeber zu ermorden, ist eine überaus verabscheuenswürdige Tat. Was hättet ihr davon?«

»Es würde mir eine gewisse Genugtuung verschaffen«, schrie ein Mann.

»Das mag schon sein ... bis Sie sich plötzlich ohne Arbeit wiederfinden – oder am Galgen. Wie süß wird Ihre Rache schmecken, wenn Ihre Kinder verhungern?«

»Unsere Kinder verhungern schon jetzt!« weinte eine Frau auf.

Eine Woge der Zustimmung ging durch die Versammelten.

»Ich glaube, wir sollten uns auf neutrales Gebiet zurückziehen, Mylord«, sagte Olivia zu Damien. »Ich fürchte, wir kommen nicht weiter, bevor diese Situation entschärft ist.«

Das *White Horse Ale House and Inn* wurde schließlich zum neutralen Gebiet erklärt. Nach längeren Verhandlungen schlossen sich die Türen hinter Delaney, Wallace, McMillian, Damien, Miles und Olivia. Sie setzten sich an einen langen Tisch und warteten schweigend darauf, daß der Schankwirt Krüge mit dunklem Ale vor sie hinknallte. Dann stemmte er die Fäuste in die Hüften und betrachtete Damien und Miles mit verächtlich heruntergezogenen Mundwinkeln. Damien erwiderte seinen Blick mit einer Intensität, die ihm riet, seine Meinung für sich zu behalten. Miles beobachtete Olivia, als sie nach dem Bierkrug griff, ihn an die Lippen setzte und ihm über den Rand hinweg einen kurzen Blick zuwarf.

»Das ist eine verdammte Zeitverschwendung«, murrte Jake. »Ich bin es nicht gewohnt, mit Frauen über berufliche Dinge zu verhandeln.«

»Richtig«, stimmte ihm Wallace zu. »Seit wann brauchen die Warwicks eine Frau, die für sie spricht?«

»Sie sollten wissen, daß ich für niemanden spreche«, entgegnete Olivia. »Aber es ist doch unübersehbar, daß Sie sich im Hinblick auf die Leitung der Minen mit meinem Mann in den Haaren liegen.«

»Verdammt richtig«, erwiderte Jake. »Weil wir seine leeren Versprechungen bis obenhin satt haben.«

»Das ist verständlich. Earl Warwick und ich haben ausführlich über die Sachlage gesprochen, und ich glaube, Sie werden mit mir dahingehend übereinstimmen, daß das Grundproblem in den fehlenden finanziellen Mitteln meines Mannes liegt – und in einer beklagenswerten Geschäftsführung.«

Miles kniff die Augen zusammen.

»Daher«, fuhr Olivia ein bißchen vorsichtiger fort, »bin ich hier, um Ihnen zu garantieren, daß alles Mögliche unternommen werden wird, um das Wohlergehen der Bergleute und ihrer Familien zu sichern.«

Herbert sah sie eigenartig an. »Und wie wollen Sie das erreichen, Madam?«

»Indem ich Verträge entwerfen lasse, in denen sich mein Mann und ich verpflichten, jedem Arbeiter in unserem Unternehmen gewisse Rechte zu garantieren, darunter die Umorganisation der Minen, bestimmte Vergütungen, Erneuerungen und...«

»Entschuldige bitte«, sagte Miles und erhob sich. Er lächelte Olivia kühl an, legte sanft seine Finger um ihren Arm und fügte hinzu: »Ich würde dich gern kurz unter vier Augen sprechen.«

Olivia sah sich in der gleichmütig dreinblickenden Runde um und ließ sich von Miles fast widerstandslos in den hinteren Teil der Schenke führen. Er rückte ihr keinen Stuhl zurecht, sondern setzte sich rittlings auf seinen und starrte sie an, bis sie sich endlich setzte und die Finger um den Ridikül auf ihrem Schoß verkrampfte. Sie wich seinem Blick nicht aus.

»Zunächst einmal danke ich dir dafür, daß du mir geholfen hast, aber was denkst du dir eigentlich dabei, dich in die Belange der Minen einzumischen?«

Olivia öffnete ihren Ridikül, zog ein Taschentuch heraus und reichte es ihm. »Sie bluten am Kopf.«

Er ignorierte das Taschentuch. Olivia zuckte mit den Schultern und steckte das Tuch wieder ein.

»Man sollte doch meinen, du hättest zur Zeit in Braithwaite genug zu tun.«

»Damit spielen Sie vermutlich auf Ihre Mutter an.«

Er sah zu Earl Warwick hinüber. »Ich nehme an, er weiß über Alyson Bescheid?«

Sie nickte.

Miles schloß kurz die Augen. Er wirkte hager und verhärmt, als hätte er in den vergangenen zwei Wochen kaum geschlafen. »Diese geschäftlichen Dinge gehen dich nichts an«, sagte er schließlich.

»Wirklich nicht?« Sie musterte ihn. »Es ist doch offensichtlich, daß es hier Probleme gibt, und ...«

»Da bist du zusammen mit meinem Bruder zu der Erkenntnis gekommen, daß ich nicht fähig bin, sie zu bereinigen. Verdammt nochmal!« Er schlug mit der Faust auf den Tisch. Olivia zuckte zusammen. »Ich werde diese Minen nicht schließen und ich werde sie auch nicht an Lubinsky verkaufen.«

»Earl Warwick erwähnte, daß die Minen praktisch erschöpft sind. Es wäre doch eine vernünftige Lösung für Ihr Dilemma«, wandte sie ein.

Miles stützte die Ellbogen schwer auf die Stuhllehne und blickte müde zu den alten Balken der niedrigen Decke empor. »Du verstehst das nicht. Ganz gleich, wieviel Geld ich auch in diese verfluchten Minen pumpe, ich erreiche einfach nichts. Die Männer arbeiten nicht besser. Und trotz meiner Bemühungen, ihre Sicherheit so gut wie möglich zu gewährleisten, kommt es immer wieder zu Unglücksfällen.«

»Warum dann weitermachen? Warum nicht verkaufen?«

»Im Gegensatz zu dem, was du von mir denkst, sorge ich mich um diese Menschen. Wenn Lubinsky die Gruben übernimmt, bringt er seine Kompanie von Gorillas mit, und die anständigen Bergleute von Gunnerside werden gefeuert und vergessen. Es wäre nicht das erste Mal.«

»Und doch sind sie bereit, dieses Risiko einzugehen, um Sie loszuwerden.« Olivia blickte zu den

Männern hinüber. »Vielleicht, wenn ich mit ihnen spreche...«

»Nein.« Er richtete sich kerzengerade auf, und sein gutgeschnittener Mund verzog sich höhnisch. »Ich fürchte, du hast bereits mehr als genug getan.«

»Hochmut kommt vor dem Fall«, entgegnete sie und hob entschlossen das Kinn. Dann stand sie auf und ging zu den Männern zurück.

»Gentlemen«, sagte sie und schleuderte ihren Ridikül auf den Tisch. »Mister Warwick und ich sind übereingekommen, daß unverzüglich geeignete Maßnahmen getroffen werden sollten, um die Unzufriedenheit zu beenden, die sich in den Warwick-Minen ausgebreitet hat.« Miles trat hinter sie, und die Atmosphäre lud sich unangenehm auf. Dennoch holte sie tief Atem und fuhr fort: »Mister McMillian...«

Warwicks Grubenleiter bewegte sich unbehaglich auf seinem Stuhl und vermied es, sie anzusehen. »Ich würde mich gern ausführlich mit Ihnen unterhalten und einen Blick in Ihre Bücher werfen«, erklärte Olivia.

McMillian sah Miles an, dann seine Männer. Die betrachteten Olivia, als wäre sie ein unbekanntes Insekt. »Und«, fügte sie hinzu, »dann möchte ich einen Inspektionsgang durch die Minen unternehmen.«

Sie fuhren senkrecht von ihren Stühlen hoch – bis auf Earl Warwick. Der blieb ganz entspannt. Um seine Lippen spielte das berüchtigte Warwick-Lächeln.

»Sie trauen sich vielleicht was«, schrie Jake Delaney. »Seit Lord Ashleys Kommission das Gesetz zum Verbot der Frauenarbeit in den Bergwerken vorlegte, hat sich kein Frauenzimmer mehr unter Tage sehen lassen.«

»Es ist gefährlich«, brummte Herbert Wallace.

»Und äußerst töricht.« McMillian schüttelte den Kopf und verschränkte die Arme vor der Brust. »Abgesehen davon werden Sie sich Ihr hübsches Kleid schmutzig machen.«

Die Männer wieherten. Olivia rückte ihre Brille zurecht und sah einen nach dem anderen an, bis er verstummte. »Ich möchte die Minen sehen«, bekräftigte sie.

Sie sahen einander skeptisch an.

»Mister Delaney, ich schlage vor, daß Sie mit den anderen reden. Sie werden jemanden brauchen, der Ihre Belange vertritt, wenn es zu Verhandlungen kommt. Bis es dazu kommt, ersucht Mister Warwick höflich darum, den Abbau bis auf weiteres einzustellen.«

McMillian sprang auf. »Einen Moment mal! Sie können doch nicht einfach daherkommen und uns aussperren. Diese Männer haben Frauen und Kinder zu ernähren!«

»Richtig. Daher sind wir alle aufgerufen, uns so schnell wie möglich um eine Beendigung dieser unhaltbaren Zustände zu bemühen.«

*

Nach gründlicher Überlegung entschloß sich Olivia, ihre Inspektion der Minen auf den nächsten Tag zu verschieben. Sie verbrachte statt dessen den Rest des Nachmittags mit Bob McMillian und den Warwicks hinter verschlossenen Türen im Betriebsbüro der Minen, einer Holzhütte, die auch die Schmiede des

Ortes beherbergte, und kam zu dem Schluß, daß ihr McMillian gar nicht gefiel, und daß sie ihm noch weniger traute.

Nach Einbruch der Dämmerung verließ sie die Männer und eilte zum *White Horse Ale House and Inn* zurück, um sich ein Zimmer zu nehmen, da sie erfahren hatte, daß ihr Mann im Betriebsbüro übernachten würde. Sie war dankbar für die Abgeschiedenheit, die ihr die kleine Kammer mit ihren hauchdünnen Wänden bot. Als sie endlich im Bett lag und die Augen schloß, flogen die Ereignisse des Tages noch einmal an ihr vorbei. Sie riß sich zusammen, um nicht zu zittern. Ihre Glieder schmerzten nach dem anstrengenden Galopp von Braithwaite nach Gunnerside, und danach waren ihr Rücken und ihre Schulter – im Grunde ihr ganzer Körper – in Miles' Anwesenheit gespannt wie eine Bogensaite gewesen.

Er war wütend darüber, daß sie hergekommen war.

Er war wütend darüber, daß sie ihm geholfen hatte.

Aber was hatte sie denn erwartet? Daß er darüber in Jubel ausbrechen würde, daß sie und sein Bruder in diese häßliche Auseinandersetzung eingegriffen und seinen Hals gerettet hatten? Aber hätten Earl Warwick und sie denn seelenruhig mitansehen sollen, wie die aufgebrachten Bergleute Miles töteten?

»Olivia.«

Olivia öffnete die Augen und lauschte auf das Rütteln des Windes an den Fenstern. Ihr Herz klopfte wie rasend. Die Geräusche und das laute Lachen der Zecher im Schankraum schlugen wie eine Woge über ihr zusammen.

»Olivia«, erklang Miles' Stimme. Dann klopfte es an der Tür.

Wie lange hatte sie geschlafen?

Sie stieg aus dem Bett und schrie leise auf, als ihre Füße den kalten Boden berührten. Olivia eilte zur Tür und öffnete sie gerade so weit, um Warwicks dunkles Gesicht erkennen zu können.

»Verzeih«, sagte er und trat ein. »Habe ich dich geweckt?«

Olivia sah auf die Tür.

»Mach sie zu«, ordnete er an. Sie zögerte noch immer, und er betrachtete sie leicht amüsiert. »Komm, komm, meine Liebe. Schließlich sind wir nicht zum ersten Mal miteinander allein.« Er zeigte mit dem Finger auf die Tür. Sie ließ sie ins Schloß fallen, lehnte sich von innen dagegen und sah, daß er ihr langsam das Gesicht zuwandte.

Miles' Augen wurden schmal. Olivia hatte sich das Mieder aufgeknöpft, bevor sie zu Bett gegangen war. Jetzt klaffte es auseinander und enthüllte ihre Samthaut und die rosafarbene Rosenknospe auf ihrer Brust. An ihren zerwühlten Haaren, den leicht geschwollenen Augenlidern und Lippen war ersichtlich, daß sie geschlafen hatte.

»Sind Sie berauscht?« erkundigte sie sich mit rauchiger Stimme. »Wenn Sie es sein sollten, bitte ich Sie, mich unverzüglich zu verlassen, Sir. Ich verspüre keinen Wunsch, mich mit einem Betrunkenen zu unterhalten.«

»Was bringt dich auf die Vermutung, ich sei gekommen, um mit dir zu streiten?«

Sie runzelte argwöhnisch die Stirn und befeuchtete ihre Lippen mit der Zungenspitze.

»Mein Bruder hat mich höflich abkommandiert,

mit ihm vor dem Abendessen einen zu picheln – sehr außergewöhnlich, mußt du wissen. Ich nehme an, er will mir wegen des Aufenthalts meiner Mutter auf Braithwaite die Leviten lesen. Zweifellos wird er mich daran erinnern, daß Braithwaite mir nur zur Probe gehört: Wenn ich am Ende des nächsten Jahres nicht solvent bin, geht der Besitz an ihn zurück. Daher kann er durchaus mit gewissem Recht fordern, daß Alyson Kemball aus dem Haus entfernt wird. Daher werde ich als pflichtbewußter Sohn und ehrenwertes Mitglied der menschlichen Gesellschaft wohl meine Träume, Braithwaite zu besitzen, fahren lassen müssen, um glücklich und zufrieden mit der Frau zu leben, die mir als Achtjährigem einen Zettel in die Hand gedrückt und mich aus dem Haus geworfen hat. Da ich jedoch auch ein liebevoller Ehemann bin, sagte ich ihm, ich müßte mich erst mit dir beraten, bevor wir uns zu unserem Tête-à-tête zusammensetzen. Abgesehen davon haben wir vieles nachzuholen, ist es nicht so?«

»Wirklich?« Sie räusperte sich, griff in ihre Rocktasche und zog die Brille heraus. Mit flatternden Fingern setzte sie sie auf.

Miles schüttelte lachend den Kopf. Er bewegte sich auf sie zu und sah, daß ihre Augen hinter den Gläsern groß und größer wurden. »Heute wirst du dich nicht hinter dieser Monstrosität verstecken.«

Bevor sie reagieren konnte, riß er ihr die Brille von der Nase, warf sie auf den Boden und zermalmte sie mit seinem Stiefelabsatz.

Olivia rang nach Luft. »Sie Narr! Was erlauben Sie sich?«

»Das.« Er legte ihr eine Hand um den Nacken und schob ihren Rücken gegen die Tür. In ihren blaugrünen Augen funkelten Angst und Erregung. Ihre weichen Lippen öffneten sich. Mit beiden Händen packte sie sein Handgelenk. Für einen Moment war seine Verärgerung über ihre und Damiens Einmischung in sein Leben und seine Geschäfte vergessen. Eine unerwartete Woge des Verlangens für diese aufreizende Frau überkam ihn.

»Sir, Sie werden mir keine Angst einjagen. Außerdem«, fügte sie mit besonderer Betonung hinzu, »habe ich zu Hause noch eine andere Brille.«

Sein harter Mund verzog sich schwach. Er senkte sein Gesicht zu ihr herab. »Oh, ich habe nicht die Absicht, dir irgendeinen Schaden zuzufügen, meine Liebe. Die Wände sind viel zu dünn. Könnten Ohren haben. Nein, ich bin nur gekommen, um nach etwas zu suchen, das ich am Nachmittag verloren habe.«

Olivia zwinkerte, wirkte erst verwirrt, dann nervös, und schließlich entsetzt, als er sein Knie zwischen ihre Schenkel schob. Ihr Blick hing unverwandt an seinem Gesicht, als er sie hart gegen die Tür drängte. Sie holte tief Atem und griff verzweifelt nach seiner Hand, als diese ihren Hemdsaum hochheben wollte. »W...was machen Sie da?« fragte sie mit verzerrter Stimme.

Unter ihrem Hemd war sie nackt. Ihre Schenkel fühlten sich warm, glatt und fest an. »Ich habe es dir doch gesagt. Ich fürchte, ich habe heute etwas verloren – kann aber auch sein, daß es mir in dem Augenblick abhanden gekommen ist, als ich den Bedingungen deines Vaters im Hinblick auf die Mitgift zustimmte. Du hast keine Ahnung, wonach ich suche, mein teures Weib? Wirklich nicht? Dann werde ich es dir sagen. Ich bin auf der Suche nach meiner Männlichkeit. Du hast mich heute vor all diesen Männern kastriert. Ich dachte, du könntest meine Potenz hier vielleicht irgendwo versteckt haben.«

Ihre Lippen öffneten sich, doch sie brachte nur ein leises »Oh« hervor, als seine Hand ihre weichen, empfindsamen Schenkel umfaßte.

Er hatte mit einem Kampf gerechnet, mit ein paar Beleidigungen ihrer spitzen Zunge oder einer strengen Zurechtweisung dafür, daß er so grob mit ihr umging. Es war seine Absicht gewesen, sie zu schokkieren. Er wollte ihr die Demütigung heimzahlen, die sie ihm heute angetan hatte. Aber jetzt stand sie da wie ein im Visier eines Jagdgewehrs erstarrtes Reh, während ihr Körper an seiner Handfläche ganz warm und weich wurde. Doch warum sollte ihn das eigentlich überraschen? Schließlich stand sie ja in diesem Ruf.

Stirnrunzelnd erinnerte er sich an den Moment, als er sie geküßt hatte, erlebte wieder dieses beunruhigende Entzücken, das er bei der Berührung ihrer Lippen und ihres Mundes empfunden hatte. Wenn er hier noch einen Augenblick lang verweilte, würde die Erinnerung daran, wie sich ihre weichen Lippen unter seinem Mund öffneten, das Tier in ihm erwecken und er würde die Gründe für seinen Zorn vergessen. Er sollte endlich etwas tun – sie vielleicht auf das Bett werfen und sie mit seinem Körper bedecken – sich das nehmen, was ihm gesetzlich gehörte.

Verdammt, aber sie war wirklich verführerisch.

Seine Finger glitten über ihre Haut, bis ihr Gesicht errötete und sie unregelmäßig zu atmen begann. Ihre Augen schienen nichts mehr zu sehen, ihre Lippen waren voll und rot, und ihre Schenkel drückten sich – nur ganz leicht – seiner Hand entgegen.

Es gefiel ihr. O ja. Er fragte sich, was ihr sonst noch gefallen würde, ob sie lieber zärtlich oder mit aller Leidenschaft geliebt werden wollte – so wie er es gern hatte. Hemmungslos. Wild.

Explosiv.

Wenn er doch nur ein wenig mehr getrunken hätte ... Er könnte vergessen, wie sie ihn vor ganz Gunnerside gegängelt, bevormundet – kastriert – hatte.

Aber er war einfach zu wütend.

Er zog die Hand zurück und ließ das Hemd wieder über ihre Beine fallen. Dann trat er einen Schritt zur Seite und warf ihr ein Lächeln zu, das sie ebenso gegen die Tür drückte, wie es vor kurzem sein Körper getan hatte. Sie zitterte, ihr Gesicht war plötzlich schneeweiß. Wie jung und verletzlich sie nun wirkte. Wäre sie eine andere Frau gewesen – unberührt –, hätte er ihr die Erschütterung und das Erschrecken über seine sexuelle Aggressivität vielleicht geglaubt. Zweifellos war es ihre Begierde gewesen, die ihr Gesicht mit der Hitze der Leidenschaft gerötet hatte. Zweifellos dachte sie an einen anderen Augenblick, an einen anderen Ort, möglicherweise an einen anderen Mann. Noch immer sah sie ihn an, doch als die Sekunden verstrichen, gewann sie ihre Haltung und ihren alten Widerstand zurück. Und damit eine gewisse Herausforderung. Als wollte sie sagen: Du wagst es nicht, mich zu nehmen. Du wagst es nicht, mich zu wollen – ohne Rücksicht auf das, was ich bin oder gewesen sein mag.

»Gute Nacht und süße Träume, meine Liebe«, sagte er und griff an ihr vorbei zur Türklinke.

Die Liebe ist ein tiefer Brunnen,
aus dem du häufig trinken,
in den du aber nur einmal fallen kannst.

Ellye Howell Glover

12

Olivia erwachte zu der fernen, frohen Melodie von Kirchenglocken. Müde – sie hatte kaum geschlafen – erhob sie sich aus dem Bett, trat ans Fenster und blickte hinaus.

Über die Dorfstraßen und aus der weiteren Umgebung ergoß sich eine Menge dunkelgekleideter Menschen. Alle hatten die Köpfe gesenkt, ihre wettergegerbten Gesichter wirkten ernst. Schweigend bewegten sie sich in Gruppen auf die Kirche zu.

Olivia eilte die Treppe hinunter und suchte den Schankwirt, der sich gerade ein schwarzes Jackett über sein dunkelgraues Hemd und die gleichfarbige Weste zog. »Guter Mann«, fragte sie, »was treibt all die Menschen in die Kirche?«

»Nun, es findet ein Trauergottesdienst statt, Madam. Ein Bergmannsbegräbnis für Billy und Ian.« Kopfschüttelnd knöpfte er sich die Jacke zu. »Die beiden armen Burschen waren unter Tage in dem zweihundertzehn Fathom tiefen Stollen, als ein Teil des Schachtes einstürzte und sie beide unter sich begrub. Ihre Kameraden schafften gerade das Erz aus dem Schacht. Als sie zurückkehrten, waren Billy und Ian flach wie Pfannkuchen...« Er wischte sich über die Augen. »Sheeny Kilpatrick war mit ihnen da unten gewesen. Er konnte entkommen. Als er nach oben kam, brachte er fünf Minuten lang kein einziges Wort heraus. Dann holte er Kappen McMillian. Kappen kämpfte sich im Schacht so weit wie möglich zu den Männern vor, aber die beiden waren nicht mehr zu retten. Kappen konnte nichts anderes mehr tun, als ihren Witwen und Müttern die traurige Nachricht zu überbringen. Es war ein furchtbarer Tag, aber der heute ist noch schrecklicher.«

Olivia folgte ihm zur Tür und sah von der Schwelle aus auf die Hunderte von Männern, Frauen und Kindern, die schweigend die Straßen füllten. »Aber woher kommen denn die vielen Menschen?« fragte sie leise.

»Aus anderen Ortschaften, Madam. Von anderen Minen. Wenn einer das Opfer eines Grubenunglücks wird, dann fühlen sich alle tief betroffen, denn sie wissen, daß es beim nächsten Mal einer aus ihrer Ortschaft, einer aus ihrer Familie sein kann.« Die Jacke fest zugeknöpft, stellte der Schankwirt seinen Kragen gegen den Wind hoch und trat auf die Straße. Wenig später hatte ihn die Menge der Trauernden verschluckt.

Olivia schloß sich dem Trauerzug von der Kirche zum Friedhof an. Die Totenglocke, die ihren Weg begleitet hatte, verstummte nun, und der Methodistenpfarrer blickte über die große Trauergemeinde. »Erde zu Erde, Staub zu Staub. Wir wollen beten.«

Erschauernd sah Olivia auf die breiten Schultern ihres Ehemanns. Ihr entging nicht, daß er weder den Kopf senkte noch betete, sondern die Hände in den Handschuhen zu Fäusten geballt hatte und ausdruckslos über die Köpfe der Versammelten starrte.

Nachdem die Begräbnisfeierlichkeiten vorüber waren, ging Miles durch die sich auflösende Menge auf die Witwen zu. Als sie ihn sahen, brachen sie erneut in Tränen aus und zogen ihre Kinder fest an sich.

Vom Friedhofseingang aus beobachtete Olivia, wie ihr Mann mit den Frauen sprach und ihre Hände ergriff. Sie weinten. Die Kinder bargen ihre kältegeröteten Gesichter in den Röcken ihrer Mütter, während kleinere Kinder anderer Bergleute unbefangen zwischen den Gräbern Fangen spielten.

»Er versichert den Witwen, daß es ihnen und ihren Kindern nicht am täglichen Brot mangeln wird«, erklang eine sanfte Stimme hinter Olivia. »Üblicherweise wäre er vom Obersteiger begleitet, doch McMillian ist zum Abendessen nach Hause geeilt.«

Die Frau trat ein paar Schritte vor. Nun standen die beiden Frauen nebeneinander, und Olivia musterte die gutaussehende Brünette verstohlen. »Wie sie nach dem Verlust des Vaters die Kinder ernähren sollen, ist ihre Hauptsorge«, fuhr sie fort. »Früher, wenn es in der Familie keinen Sohn gab, der den Platz des Vaters in den Minen einnehmen konnte, gingen die Frauen unter Tage. Bis vor drei Jahren gestattete McMillian auch Kindern, die kaum älter waren als jene dort, im Bergwerk zu arbeiten. Ihr Mann hat dem unverzüglich ein Ende gesetzt. Es war selbstverständlich gegen das Gesetz, Kinder arbeiten zu lassen, doch es war schon immer McMillians Prinzip, wo kein Kläger ist, ist auch kein Richter...«

Die Frau machte eine kurze Pause, ergriff dann aber mit gesenkter Stimme wieder das Wort: »Warwick wird die Frauen natürlich auffordern, seine Großzügigkeit nicht an die große Glocke zu hängen. Es sind schon Männer aus anderen Gründen als Grubenunglücksfällen gestorben. Manche hatten die alltägliche Plackerei so satt, daß sie sich unter Tage einfach in einen Abgrund gestürzt haben.«

»Selbstmord?« Olivia runzelte die Stirn.

»Wenn die Bergleute erfahren, daß Warwick sich nach ihrem Tod finanziell um ihre Familien kümmert, könnte es durchaus zu einer erschreckenden Zunahme von Selbstmordfällen kommen, fürchte ich. Es ist nun einmal eine Tatsache, daß sich die Männer zu Tode schuften, um ihre Familien ernähren zu können. Sehen Sie ihnen doch in die Gesichter, Mistress Warwick. Ist es nicht verständlich, daß ihnen nach jahrelanger Quälerei in den Schächten der Tod durchaus als willkommene Erlösung erscheinen kann?«

Die Frau seufzte, blickte sich kurz um, wandte sich dann aber wieder Olivia zu. »Und dann gibt es da natürlich auch Unfälle, die ausschließlich auf Sorglosigkeit beruhen. Die Männer betrinken sich. Sie geraten in Streit. Man kann von den Minenbesitzern nicht verlangen, daß sie für die Dummheit der Bergmänner bezahlen.«

Olivia schüttelte den Kopf und hüllte sich enger in ihren Umhang. »Aber sie sind so erbost auf meinen Mann.«

»Nicht alle. Aber ich gebe zu, daß es eine weitverbreitete Unzufriedenheit gibt. Und Unzufriedenheit führt zu Zorn und Aufbegehren. Aber ich sage Ihnen eines, Mistress Warwick: Es gibt da Leute, die die Unzufriedenheit unter den Bergleuten für ihre eigenen Zwecke schüren und ausnutzen.«

»Meinen Sie Lubinsky?«

»Ich meine Menschen, die Miles näher stehen. Und noch eins: Die Dinge nehmen rapide zu.«

»Sie sprechen in Rätseln, Madam. Haben Sie darüber mit meinem Mann geredet?«

»Sie werden bald feststellen, Mistress Warwick, daß Miles trotz seiner äußerlichen Attitüde des Zynismus hartnäckig und häufig genug törichterweise zu den Männern - und Frauen - hält, denen er einmal sein Vertrauen geschenkt hat ... Mitunter, bis es zu spät ist. Daher wiegt es für ihn so unendlich viel schwerer, wenn ein Mensch dieses Vertrauen bricht - sei das nun ein Geschäftspartner, ein Freund oder jemand, den er liebt.«

»Sie scheinen meinen Mann sehr gut zu kennen, Mistress ...«

»Hooper. Janet Hooper.«

Früher hatte Olivia den Äußerungen ihres Vaters über den Bergbau in Yorkshire nur flüchtiges Interesse geschenkt. Sie wußte, daß die Arbeitsbedingungen viel zu wünschen übrigließen. Sie wußte aber auch, daß die Mechanisierung sowie gesetzliche Reformen im Hinblick auf die Führung einer Mine einiges dazu beigetragen hatten, das traurige Los der Bergleute zu verbessern.

Und so zeigte sie ein zuversichtliches Lächeln, als sie zusammen mit Miles, Earl Warwick, Delaney, Wallace und McMillian in einem kleinen Rollwagen einfuhr.

»Behalten Sie Hände und Arme schön bei sich«, riet Delaney. »Sobald Sie sie über den Wagenrand strecken, sind Sie sie los.«

»Und nicht pfeifen«, fügte Wallace hinzu. »Das bringt Unglück.«

Olivia blickte mißtrauisch über den Rand des Wagens und sah, daß Wasser die Räder umspülte. Als das Gefährt in die Dunkelheit rumpelte, beugte sich Delaney zu ihr und wisperte: »Wenn wir Glück haben, bekommen wir keine Pixies zu Gesicht.«

»Pixies?« wiederholte sie.

»Ja. Die Gnome«, erläuterte Delaney. »Sie sind so eine Art männliche Feen, aber anders als diese, haben Pixies nur Schabernack im Sinn.«

Auch Olivia schob sich näher, bis sie praktisch Nase an Nase mit dem grinsenden Delaney war. »Ammenmärchen, Mister Delaney. Wenn Sie glauben, mir mit derart unsinnigem Zeug Angst einjagen zu können, dann irren Sie sich. Mit so etwas haben Sie doch nur bei jemandem Erfolg, der seine fünf Sinne nicht mehr beisammen hat.«

McMillian stieß Wallace mit dem Ellbogen an und gluckste. »Sie hat ordentlich Mumm in den Knochen, was Herbert?«

Herbert Wallace verzog das Gesicht und warf Miles einen Blick zu. Der saß mit auf die Knie gestützten Ellbogen im Wagen. Seine Augen hingen an Olivia, aber bisher hatte er kein Wort mit ihr gesprochen.

Olivia lauschte auf das Holpern und Quietschen des Wagens und beobachtete, wie das Tageslicht, das vom Eingang in den Schacht fiel, schmaler und schmaler wurde. Ein überwältigendes Gefühl, hier unten lebendig begraben zu werden, verursachte ihr Übelkeit.

Der Schacht, den sie durchfuhren, war knapp zwei Meter hoch und kaum anderthalb Meter breit. Olivia war beeindruckt von dem Mauerwerk der Sohle, die ihr ein ordentliches und sicheres Aussehen gab.

»Der Unterhalt dieses Mauerwerks muß ein Vermögen kosten«, sagte sie mehr zu sich selbst als zu den anderen.

»Exakt sechshundert Pfund im Vierteljahr, um die Decken und Wände jeder Sohle zu sichern«, erwiderte ihr Mann. Er sah sie noch immer an. Vielleicht war er nicht mehr zornig über ihre Anwesenheit in der Mine.

»Das erscheint mir eine sehr große Summe zu sein«, meinte sie. »Ist das notwendig?«

»Auf jeden Fall. Es sei denn, du willst das Risiko für die Männer erhöhen. Ganz zu schweigen von der Gefährdung des Fahrwegs, über den Blei und Abraum ans Tageslicht transportiert werden.«

Olivia beobachtete ihn, wie er ihre Umgebung gründlich inspizierte. Gelegentlich kamen sie an einer Pechfackel vorbei, die durch Gips an der Sohlenwand gehalten wurde. Das dämmrige Licht spiegelte sich in seinen Gesichtszügen. Es gab ihm das Aussehen eines kleinen Jungen, der vor einem Teller mit Süßigkeiten sitzt, während er von der Mine sprach, als wäre sie ein lebendiges Wesen.

»Die Holzverschalungen sind genauso kostspielig wie das Mauerwerk. Im Grunde noch teurer, weil die Balken ständig faulen oder splittern und ersetzt werden müssen. Größere Unternehmen wie die London Lead Company unterhalten eigene Holzplätze, manche besitzen sogar Wälder. Eine eigene Sägemühle mit den notwendigen Arbeitskräften würde jedoch weitere fünfzehnhundert Pfund im Vierteljahr verschlingen.«

Sie kamen an die Einmündung eines anderen Schachtganges. Olivia empfand fast so etwas wie

Erleichterung und bemühte sich, in der dünnen Luft so tief wie möglich zu atmen.

Der Rollwagen hielt, Delaney und Wallace stiegen aus und ergriffen eine Grubenlampe, die in der fast absoluten Finsternis nicht mehr als ein müdes Flackern von sich gab. Miles folgte, sah kurz zu Olivia zurück und streckte dann seine Hand aus, um ihr beim Aussteigen behilflich zu sein.

Olivia ignorierte sie, trat auf den Sohlenboden und stellte fest, daß sie bis zu den Knöcheln im Schlamm versank. Verdutzt starrte sie erst ihre Füße, dann Miles an. Er bot ihr wiederum schweigend die Hand. Diesmal nahm sie sie.

Sie erkannte schnell, daß die Gefahren, die in den Schächten lauerten, zahlreicher und vielfältiger waren, als sie angenommen hatte. Mit Sohlendekken, die so niedrig waren, daß Miles und Earl Warwick gebückt gehen mußten, um sich nicht die Köpfe zu stoßen, waren die Minen wahre Katakomben, in denen Katastrophen nur darauf zu warten schienen, das Leben der Bergleute auszulöschen.

Schon bald hatte Olivia genug. Doch sie hatte – sehr entschieden! – auf dieser Besichtigung bestanden. Sie wollte Miles' Probleme kennenlernen und besser verstehen können. Der Geruch war so penetrant, daß sie ein parfümiertes Taschentuch an die Nase pressen mußte. Miles hatte ihren linken, Earl Warwick ihren rechten Arm ergriffen. So bewegten sie sich weiter durch die feuchten und finsteren Tunnelgewölbe, während McMillian erklärte, wie das Erz über hölzerne Geleise über steile Steigungen hinauf ans Tageslicht gebracht wurde. Gelegentlich kamen sie an Gruben vorüber, die nicht viel mehr als schwarze Löcher waren, in deren Tiefen schwache, orangefarbene Lichter flakkerten.

»Das da unten nennen sie die Hölle. Jeder Mann, der freiwillig da unten arbeitet, unterzeichnet sein eigenes Todesurteil. Wenn ihn Einbrüche, Wasser oder Krankheiten nicht umbringen, werden das mit Sicherheit Stickwetter tun. Der einzige Zugang ist über eine Leiter möglich.«

Die Besichtigung ging weiter. Die Bedingungen verschlimmerten sich. Die schier unerträgliche Hitze zehrte an Olivias Energien und ließ ihr den Hals trocken werden. Ein Thermometer zeigte, daß die Temperatur hier unten 42 Grad Celsius betrug.

Als es Olivia kaum noch ertragen konnte, wandte sie sich an Earl Warwick: »Sir, ich habe von Ihren großartigen philantropischen Leistungen ebenso gehört wie von Ihren Anstrengungen zur Verbesserung der industriellen Arbeitssituation in diesem Land. Und doch lassen Sie es zu, daß Ihre Angestellten unter diesen ebenso unwürdigen wie unerträglichen Bedingungen arbeiten müssen. Sie können nicht zulassen, daß die Bergleute alle Schuld ihrem Bruder zuweisen. Diese Probleme sind nicht neu. Es gab sie bereits lange vor dem Zeitpunkt, an dem Sie die Minen an meinen Mann weitergegeben haben, Sir.«

»Ich stimme Ihnen zu, Madam. Dennoch weise ich nachdrücklich darauf hin, daß es meine Absicht war, diese furchtbaren Löcher zu schließen. Wie Sie selbst sehen können, würden die Kosten für Renovierungen und Verbesserungen jeden Gewinn bei weitem übersteigen, der mit dem noch verbliebenen Blei zu erzielen ist – falls überhaupt noch Blei da unten zu finden ist.«

»Da unten ist Bleierz!« zischte Miles. »Darauf verwette ich mein Leben. Und mit diesem Blei können wir die Sicherheitsbedingungen verbessern und die Löhne erhöhen. Aber wir müssen neue Schächte niederbringen, um an das Blei heranzukommen.«

»Und das kostet Geld«, betonte Delaney. »Wie zum Teufel können Sie von neuen Schächten reden, wenn Sie nicht einmal genügend Geld haben, um die instand zu halten, die bereits bestehen? Ich werde Ihnen was sagen: Sie würden uns allen einen großen Gefallen tun, wenn Sie sich dazu entschließen könnten, an Lubinsky zu verkaufen.«

»Nur über meine Leiche, Delaney. Ich ...«

In diesem Moment schrie ein Mann laut auf. Von der Sohlendecke stürzten Gesteins- und Erdbrocken herab. Die in der Nähe arbeitenden Bergleute rannten auseinander. Olivia fühlte sich von den Füßen gehoben und von Miles' Armen blitzschnell vor den fallenden Felsbrocken und den hastenden Männern in Sicherheit gebracht. Einen kurzen Augenblick lang wirkten beide wie erstarrt. Sie drückte sich stumm an seine Brust und blickte in das Gesicht über ihr, in dem die Augen das Flackern der Grubenlampe an der Wand reflektierten.

Doch dann gab er sie an Earl Warwick weiter, der sie in die Arme nahm und mit einem hohen Schwung von dem bedenklich lockeren Gestein entfernte, das noch immer auf den schlammigen Sohlenboden polterte. Miles stolperte auf einen jungen Mann zu, der nicht älter als achtzehn Jahre sein konnte. Er war in dem Schlamm gestürzt und schien nicht wieder auf die Beine zu kommen. Miles legte sich den Arm des Jungen um die Schulter und zerrte ihn schnell aus der Gefahrenzone.

Glücklicherweise brach die Decke nicht weiter ein, und als wäre gar nichts Besonderes geschehen, rief Bob McMillian den Männern grob zu, sie sollten gefälligst wieder an die Arbeit gehen. Als sich einige damit nicht sonderlich beeilten, brüllte er ihnen Beschimpfungen hinterher.

Während die Männer ihre Picken wieder aufnahmen und in den Tunnel zurückkehrten, sah Olivia Earl Warwick an und erklärte: »Mylord, Sie können mich wieder absetzen. Ich bin durchaus in der Lage, auf eigenen Füßen zu stehen und zu gehen.«

Nachdem er sie losgelassen hatte, klopfte ihr das Herz aus unterschiedlichen Gründen bis zum Hals. Da war der Zorn über die unzumutbaren Arbeitsbedingungen der Bergleute, ganz zu schweigen von McMillians unerhörtem Verhalten. Dann war da aber auch noch die Erregung darüber, daß Miles sich bemüht hatte, sie vor Schaden zu bewahren. Sie warf Earl Warwick einen Blick zu und sah, daß er lächelte. »Ich kann an unserer Situation nichts Lächerliches finden, Mylord.«

»Ich habe nur darüber nachgedacht, daß sie mich sehr an jemanden erinnern, der meinem Herzen sehr nahesteht.«

»Oh? An wen?«

»An meine Frau. Ich glaube, Sie beide würden sehr gut miteinander auskommen.«

Miles tauchte wieder auf, hinter ihm die bedauernswerten Bergleute. Die Nachhut bildete McMillian. Sein bärtiges Gesicht war hochrot – vor Hitze und vor Wut. Seine riesigen Pranken waren zu Fäusten geballt.

»Sie machen einen Fehler«, schrie er Miles hinterher, der nun stehenblieb und ihn ansah. »Wenn Sie diese Männer hier rauslassen, werden sie nie wieder zurückkommen.«

»Wenn man sich diese Strossen ansieht, McMillian, können die Männer von Glück reden, mit dem Leben davongekommen zu sein. Was zur Hölle haben Sie eigentlich mit dem Geld gemacht, daß ich Ihnen zur Absicherung der Minen gegeben habe?«

»Das Geld hätten Sie auch gleich zum Fenster hinauswerfen können. Das war doch ein Tropfen auf den heißen Stein«, gab der Mann zurück.

»Es ist so, wie er sagt«, sprang Jake in die Bresche. »Wenn Sie klug sind, verkaufen Sie an Lubinsky. Sonst können Sie den ganzen Laden hier schließen – eine andere Wahl bleibt Ihnen nicht.«

»Gehen Sie doch zum Teufel«, rief Miles, machte auf dem Absatz kehrt, griff Olivia am Arm und zog sie auf den Rollwagen zu.

Olivia hielt sich in den nächsten Stunden in ihrem Zimmer auf und schaute durch das Fenster in die regenüberströmte Landschaft hinaus, während sich ihre Gedanken überschlugen. Ihr Sohn befand sich sicher in Braithwaite, aber er fehlte ihr, und sie hoffte, bald mit Miles nach Hause zurückkehren zu können.

Wenigstens ging es Miles gut, und sie war fast überzeugt davon, daß er wieder nach Braithwaite kommen würde. Sie dachte daran, wie Miles sie vor vielen Tagen in die Arme gezogen und geküßt hatte... Sie erinnerte sich auch daran, wie Miles in Margrave Bluff in diesen dunklen, feuchten und gefährlichen Abgrund gestiegen war, um Bryan zu retten. Ihr halbes Leben lang hatte sie von Miles

Warwick geträumt. Hatte Neid und unendliche Trauer verspürt, als sie von Emilys Beziehung zu ihm erfuhr. Und jetzt ... jetzt entdeckte Olivia, daß eine Ehe, in der die Liebe unerwidert blieb, sehr viel schlimmer sein konnte als gar keine Ehe.

Ein Klopfen an der Tür riß sie aus ihren Gedanken. »Ja, bitte?« rief sie.

»Ich würde gern mit dir sprechen.« Es war Miles' Stimme.

Olivia griff nach ihrer Brille und kam sich überaus töricht vor, als sie das glaslose Gestell befingerte. Sie überprüfte ihre Frisur in dem Rasierspiegel über dem Waschbecken, zupfte ein paar vagabundierende Strähnen zurecht und glättete ihr Kleid mit den Händen.

Sie öffnete die Tür einen Spalt weit. Er stand im halbdunklen Korridor, eine Whiskyflasche in einer, zwei Gläser in der anderen Hand. Seine Augen wirkten düster, seine Lippen waren zu dem bekannten ironischen Lächeln verzogen.

»Mistress Warwick«, sagte er. »Sie sehen aus, als könnten Sie einen Schluck vertragen.«

»Ich, Sir?«

Er schob die Tür mit den Schultern auf und trat ins Zimmer. Olivia sah zu, wie er zu dem winzigen Tisch trat, an dem sie sich in den vergangenen Stunden ausführliche Notizen über die Situation in den Minen gemacht hatte. Er stellte die Flasche ab und nahm ihre Aufzeichnungen zur Hand.

»Eins würde ich gern wissen.« Er sah sie an und warf die Papiere auf den Tisch zurück. »Magst du Kinder, Olivia?«

Die Frage verblüffte Olivia. Sie nickte. »Offensichtlich...«

Er wischte ihre Bemerkung mit einer Handbewegung beiseite. »Nur weil du ein Kind hast, heißt das noch lange nicht, daß du Kinder auch gern hast. Es gibt unzählige Gründe, aus denen sich Menschen fortpflanzen. Die Liebe zueinander und/oder zu Kindern ist einer der seltensten. Gerade du solltest das wissen.«

»Warum fragen Sie?«

Miles goß großzügig Whisky in die Gläser und nahm dann einen Schluck direkt aus der Flasche. Das schwindende Tageslicht malte Muster auf den Fußboden. Miles starrte konzentriert die Flasche an, bevor er den Blick wieder auf Olivia richtete. »Bis vor kurzem habe ich eigentlich nie so recht darüber nachgedacht.«

»Oh?« Er reichte ihr ein Glas. Sie ergriff es mit beiden Händen.

»Ich habe nie viel Zeit mit Kindern verbracht. Natürlich, da sind meine Neffen, aber da ich aus anderen Gründen als einer Standpauke nie von Earl Warwick eingeladen worden bin, konnte ich die Burschen nicht gut kennenlernen. Aber es scheinen sehr nette Jungs zu sein.«

Er trank wieder, diesmal aus dem Glas. Dann ergriff er den Stuhl, auf dem zuvor Olivia gesessen hatte und rückte ihn ihr auffordernd zurecht. Er ließ sich auf das Bett fallen, lehnte den Rücken gegen die Wand, streckte die Beine aus und schlug die Knöchel übereinander. Dann wartete er ab, bis Olivia nervös auf der Stuhlkante Platz genommen hatte. Mit hochgezogenen Brauen betrachtete er ihre nackten Füße.

Olivia zog flugs die Zehen unter ihr Kleid und fragte: »Sind Sie gekommen, um mit mir über

Kinder zu sprechen, Sir? Oder über geschäftliche Dinge?«

»In deinem Fall ist es doch wohl das Gleiche, meinst du nicht auch?«

Olivia stand auf und holte sich ihre Notizen. Sie fühlte sich unbehaglich nervös, war sich ihrer Gefühle nicht sicher. Die Tatsache, daß er sie mit einer Intensität ansah, die selbst das von ihm so sehr geschätzte Blei zum Schmelzen gebracht hätte, trug auch nicht gerade zur Beruhigung ihrer Emotionen bei. »Ich bin sicher, Ihnen ist die kolossale Summe bewußt, die es kosten würde, die Minen zu retten«, wechselte sie das Thema.

Miles blickte in sein Glas.

»Und darin wären dringende Lohnerhöhungen für die Bergleute noch nicht einmal enthalten. Doch das trifft nicht den Kern der Sache.«

Olivia stand wieder auf, lief im Zimmer auf und ab und blätterte in ihren Papieren. »In den letzten fünf Jahren haben Sie aus den Minen keinerlei Gewinne ziehen können – trotz des Geldes, das Sie hineingesteckt haben. Die Renovierungsarbeiten und Sicherheitsmaßnahmen haben sich als nutzlos erwiesen. Allein im letzten Jahr hat sich die Zahl der Unfälle verdreifacht. Ich frage mich, wie Sie es verantworten wollen, auch nur einen weiteren Shilling in das Unternehmen zu stecken?«

Miles warf sein leeres Glas aufs Bett und beobachtete, wie sich Olivia anmutig durch den Raum bewegte. Unter dem schlammbeschmutzten Saum ihres Kleides lugten die Zehen hervor. Er fragte sich, ob er betrunken war. Vermutlich. Sonst könnte er an der Situation nicht soviel Vergnügen haben. Der kleine Kohleofen in der Ecke hatte das Zimmer behaglich erwärmt. Die Lampe auf dem Tisch tauchte die nackten Wände in einen gelblichen Schimmer, während draußen der Regen sanft gegen die Fenster und auf das Dach klopfte. Die Wut, die er auf Olivia gehabt hatte, kam ihm nun so sinnlos vor wie ein Aufbegehren gegen das Wetter. Vielleicht war er auch nur erschöpft. Oder resigniert. Alles, was Miss Schlaumeier sagte, war absolut richtig.

»Du hast selbstverständlich recht«, sagte er und brachte sie mitten im Raum zu einem abrupten Halt. »Nun komm schon, meine Liebe, du brauchst nicht so erstaunt dreinzuschauen. Ich bin durchaus nicht ohne einen Funken Verstand.«

»Das habe ich nie andeuten wollen, Sir. Ich wollte lediglich ausführen...«

»Aber das ist völlig überflüssig. All das hat mir Damien in den letzten Jahren immer wieder vorgehalten. Davor waren es mein Bruder Randolf und mein Vater.«

Olivia zog sich den kleinen Stuhl neben das Bett. Sie setzte sich sehr gerade hin und verkrampfte ihre Hände um die Unterlagen auf ihrem Schoß. Ihre Augen wirkten sehr groß, ihre Lippen glänzten. »Und warum bleiben Sie dann so beharrlich?«

»Weil ich an die Minen glaube. Ich kann dir nicht sagen, warum, aber hier drinnen« – er klopfte sich gegen die Brust »habe ich die feste Überzeugung, daß wir erst angefangen haben, dem Blei unter Tage auf die Spur zu kommen. Da drin liegt noch sehr viel mehr.« Er schwang die Füße vom Bett, beugte sich nach vorn und ergriff ihre Hand. Vor Überraschung hätte sie fast aufgeschrien. »Hast du dir jemals etwas so sehr gewünscht, daß du bereit warst, alles dafür zu riskieren – deinen Stolz, deinen guten Ruf, dein Geld –, um es zu bekommen?« Sie sah ihn mit ihren großen grünblauen Augen an. Er sprang ganz vom Bett und zog sie hinter sich her zum Fenster.

Die Scheiben waren beschlagen. Miles wischte sie so heftig sauber, daß kalte Wassertropfen auf Olivias nackte Füße spritzten. »Sieh hinaus«, sagte er. »Und dann sage mir, was du siehst.«

Olivia stellte sich auf die Zehenspitzen und blickte auf den trostlosen Ort hinaus. »Düstere Häuser und keine Menschen«, erwiderte sie schließlich.

»Früher einmal lebten hier dreimal so viele Menschen wie heute. Stell dir doch nur vor, wie es wieder sein könnte, wenn wir auf eine neue Bleiader stoßen würden.«

»Aber die Gefahren...«

»Zum Teufel mit den Gefahren. Mit entsprechenden Neuerungen, mit gründlichen Sicherheitsmaßnahmen lassen sich die Risiken auf ein Mindestmaß beschränken. In der Umgebung gibt es fünf Minen, die mein Vater schließen mußte, weil es in ihnen zu einer Reihe von Explosionen durch von Grubenlampen verursachte Brände gekommen ist. Inzwischen wurde eine Grubenlampe entwickelt, durch die derartige Gefährdungen vermieden werden. Diese Minen könnten wieder geöffnet werden, Olivia. Wir könnten fünfhundert Bergleute für diese Minen neu einstellen.«

Er rieb eine weitere Scheibe trocken, ergriff sie bei den Schultern und zog sie mit dem Rücken eng an sich. »Siehst du diese beiden Hügel da hinten, mit dem Tal dazwischen? Wenn du dieses Tal durchquerst, stößt du nach zwanzig Meilen auf Geleise. Eisenbahngeleise.«

Olivia wischte sich eine größere Scheibenfläche frei und blickte konzentriert in die dunstige Ferne. »Ich verstehe«, meinte sie nachdenklich. »Ja ... ich verstehe. Wenn Gunnerside einen Eisenbahnanschluß bekäme, würde das für den Ort wahre Wunder bewirken.«

»Und es gibt andere technische Weiterentwicklungen. Dampfpumpen saugen das Wasser aus den Schächten, Ventilatoren beseitigen das Methangas. Und dann ist da natürlich der Bessemerkonverter, durch den das Schmelzen in den herumrutschenden Wannen und Erzwaschtrögen in diesen Minen überflüssig wird.«

Olivia sah sich um und legte leicht den Kopf in den Nacken, um ihm in die Augen blicken zu können. Leichte Röte färbte ihre Wangen, und das Licht der nahen Lampe zeichnete goldene Streifen in ihr mahagonifarbenenes Haar. »Die Anschaffung dieser technischen Errungenschaften würde ein Vermögen kosten. Sie würde jeden Shilling verschlingen, den ich besitze – und mehr. Wir könnten das nie allein bewerkstelligen. Aber...«

Sie nahm ihre Wanderung durch den Raum wieder auf, lief nachdenklich mit gesenktem Kopf hin und her. Miles mußte über ihr offenkundiges Interesse unwillkürlich lächeln.

»Investoren«, rief sie und drehte sich mit blitzenden Augen zu ihm um. »Wir könnten Anteile an den Minen verkaufen – gerade so viel, um die Verbesserungen und Renovierungen zu finanzieren. Und mit Sicherheit werden die Banken...«

»Das kannst du vergessen. Wenn du dich recht erinnerst, bin ich für die ein rotes Tuch.«

»Aber ich nicht. Und mit meinem eigenen Geld als Sicherheit und dem Einfluß meines Vaters werden sie es nicht wagen, unsere Kreditwünsche zurückzuweisen.«

Miles runzelte die Stirn. »Ich möchte deinen Vater auf gar keinen Fall in diese Angelegenheit einbeziehen.«

»Aber...«

»Nein«, wiederholte er scharf und kam auf sie zu. Sie wich zurück.

Dann blieb sie entschlossen stehen, hob das Kinn und straffte die Schultern. »Immer eins nach dem anderen, Sir. Bisher habe ich Ihnen keineswegs jede finanzielle Unterstützung in dieser Angelegenheit angeboten – im Grunde noch gar keine. Meine Überlegungen waren rein hypothetisch. Außerdem haben Sie mich durchaus noch nicht davon überzeugen können, daß es in diesen Bergen überhaupt noch Blei gibt, das gefördert werden könnte. Sie haben keinen Beweis dafür, nur ein vages Gefühl.«

»Ich weiß, daß es da ist«, knirschte er zwischen den Zähnen hervor. »Ich weiß es. Und Josiah Lubinsky weiß es auch. Sonst würde er sich nicht so angestrengt bemühen, mich auszukaufen.«

»Dann sollten Sie ihm vielleicht ermöglichen, dieses Risiko einzugehen. Er kann sich ein Scheitern erlauben. Sie nicht.«

Miles starrte erbost in Olivias trotziges Gesicht.

»Betrachten Sie die Sache doch einmal von einer anderen Seite«, forderte sie ihn spöttisch heraus. »Das Geld aus dem Verkauf der Minen hätte Ihnen die Heirat mit mir erspart. Sie hätten ausreichend Mittel, um Ihre Gläubiger zu bezahlen und für den Rest Ihrer Tage ein auskömmliches Leben zu führen – vorausgesetzt, Sie halten sich von den Spieltischen fern.«

»Großer Gott«, murmelte er. »Daran habe ich ja überhaupt nicht gedacht.«

Olivia schluckte.

Sie standen in der Mitte des Zimmers und hörten leise den Regen gegen die Fenster trommeln und die lauter werdenden Geräusche der Zecher unten in der Schenke.

»Nun«, stellte er schließlich fest und verzog ironisch die Lippen. »Scheint so, als hättest du mir für den Rest des Abends etwas zum Nachdenken gegeben.«

Trotz der Verzweiflung, die Olivia überkam, war sie um Haltung bemüht. Sie sah in Miles' gutgeschnittenes Gesicht und ließ sich nicht anmerken, daß ihre eigene dumme Bemerkung sie bis in die nackten Zehen erschüttert hatte.

Schließlich bewegte er sich um sie herum, nahm die Whiskyflasche vom Tisch und ging zur Tür.

»Miles«, sagte sie, ohne sich zu ihm umzudrehen.

Er blieb stehen.

»Ich glaube, wir sind für morgen früh um halb acht mit den Herren Delaney und Wallace verabredet?«

»Stimmt.«

»Das sollte uns beiden genug Zeit lassen, um zu einer Entscheidung zu kommen.«

»Uns beiden?«

»Sie müssen entscheiden, was für Sie wichtiger ist: Wenn Ihnen Ihre Freiheit und ausreichend Geld für ein gutes Leben wichtig sind, dann sollten Sie an Lubinsky verkaufen. Oder Sie gehen das Risiko ein, daß ich eine Erneuerung dieser Minen nicht finanzieren werde.«

»Wie ich mich auch entscheide – ich scheine in beiden Fällen zu verlieren«, entgegnete er. Dann verließ er das Zimmer und schloß die Tür hinter sich.

Olivia blieb wie angewurzelt stehen und spürte, daß es kalt wurde. Die Kohlen im Ofen waren zu Asche verbrannt. Dann warf sie sich auf das Bett und schlug mit den Fäusten auf das Kissen ein.

Clare wußte, daß sie ihn liebte – das bewies jede Eigenart ihres Verhaltens – aber sie kannte zu dieser Zeit weder das ganze Ausmaß ihrer Hingabe noch deren Ausschließlichkeit und Demut; sie wußte nicht, welche Leidensfähigkeit sie mit sich brachte, wieviel Ehrlichkeit, Ausdauer und Zuversicht.

Thomas Hardy
Tess of the d'Urbervilles

13

Miles stand mit den Händen in den Taschen am Fenster und beobachtete die zwei Dutzend Männer mit ihren Familien, die sich vor dem Eingang zum *White Horse Inn* aufhielten. Es war fast Zeit, sich zu ihnen zu gesellen. Wenn möglich, hätte er dieses Zusammentreffen vermieden. Besonders nach gestern, nach dem Eingreifen seiner Frau.

Er holte tief Luft. Doch gerade, als er den Raum verlassen wollte, klopfte es. Bevor er reagieren konnte, wurde die Tür geöffnet, und Olivia trat zögernd ein. Miles entging nicht, daß sie sehr blaß aussah. Tiefe Ringe unter den Augen wiesen darauf hin, daß sie kaum Schlaf gefunden hatte. Das Kleid, das sie seit nunmehr zwei Tagen trug, hätte dringend eine Wäsche nötig gehabt, aber – wie üblich – hielt sie sich so ordentlich wie möglich.

»Guten Morgen, Sir«, sagte sie mit sachlicher Stimme.

Miles hob eine Augenbraue. »Olivia.«

»Ich hoffe, Sie hatten eine erholsame Nacht.«

Er hob die Schultern. »Und du?«

»Danke, ganz ausgezeichnet.«

Er sah ihr tief in die Augen und fragte sich, ob sie log. Noch nie hatte er eine Frau kennengelernt, die ihre Gedanken und Gefühle so perfekt verbergen konnte. Es war fast beängstigend – diese Unberechenbarkeit.

»Ich glaube, wir müssen jetzt beide eine Entscheidung über unsere Zukunft treffen«, sagte sie.

»Das nehme ich auch an.«

»Sie verkaufen an Lubinsky oder Sie gehen das Risiko ein, daß ich die Erneuerungsarbeiten an den Minen nicht finanziere.«

»Ja.«

Ihre Schultern waren gestrafft, ihre Hände locker verschränkt, während sie ihn ansah und auf seine Antwort wartete. Sekunden verstrichen, während die Stimmen vor dem Fenster lauter und ungeduldiger wurden. Großer Gott, dachte er. Sie würde eine ganz großartige Kartenspielerin abgeben. Die meisten Frauen wären in einem solchen Augenblick reine Nervenbündel – besonders eine Frau in ihrer Lage, deren möglicherweise einzige Hoffnung für sich und ihren Sohn davon abhing, wie er sich entschied: Ob ihm seine Freiheit wichtiger war als die Minen und – die Ehe mit ihr. Sie hatte am Abend zuvor absolut recht gehabt. Durch seine Heirat mit ihr hatte er seine Seele verkauft. Wenn er die Minen verkaufte, würde er auch seine Träume verkaufen. Welche der beiden Erniedrigungen ist wohl größer? fragte er sich.

»Ich werde die Minen nicht verkaufen«, sagte er leise.

Olivia zuckte nicht mit der Wimper.

»Ich sagte ...« Miles wandte sich ab. »Ich verkaufe

die Minen nicht. Ich werde es schaffen – mit oder ohne deine Hilfe.«

Einen Augenblick lang schwieg Olivia, dann erklärte sie gelassen: »In Ordnung, Sir. Die Minen werden weiterarbeiten...« Miles runzelte die Stirn, als sie auf ihn zukam. Sie ließ ihn keinen Moment aus den Augen. »Die Minen werden weiterarbeiten«, wiederholte sie, »und Sie können sicher sein, daß bei der Modernisierung des Unternehmens nicht an Geld gespart wird. Ich werde alles in meinen Kräften stehende tun, um Ihnen zu helfen.«

»Solange du das Sagen hast...«

»Nein. Vielleicht sollten wir meine finanzielle Unterstützung einfach als – Darlehen betrachten. Wenn Sie mit dieser neuen Ader fündig werden, erwarte ich, daß es mit Zinsen zurückgezahlt wird.«

»Du könntest alles verlieren, Olivia.«

Sie zuckte mit den Schultern. »Oder eine Menge verdienen. Das Leben stellt uns vor immer neue Risiken – ist es nicht so? Man muß nur mit aller Entschlossenheit daran glauben, daß sich alles zum Guten wenden wird. Wie schäbig und traurig wäre unsere Existenz doch, wenn wir keinerlei Träume und Hoffnungen mehr hätten.«

Olivia legte ihm zögernd die Hand auf den Arm und sah ihm in die wachsamen Augen. Welche Empfindungen konnte sie in ihnen entdecken? »Ihre Arbeiter warten, Sir.«

»Du wirst mich natürlich begleiten.«

»Ich glaube nicht, daß ich das tun werde. Ich bin fest davon überzeugt, daß Sie mit der Situation durchaus fertig werden. Erklären Sie ihnen einfach, daß genügend Mittel für Renovierungsarbeiten und Sicherheitsmaßnahmen zur Verfügung stehen. Vielleicht sollten Sie ihnen auch sagen, daß die Löhne unverzüglich angehoben werden. Beeilen Sie sich, Sir. Ich bin sehr gespannt auf die Reaktion der Leute.«

Am späten Nachmittag sahen sie endlich Braithwaite Hall vor sich liegen. Der Ritt von Gunnerside durch Regen und Kälte war sehr anstrengend gewesen. Miles' Pferd hatte zu lahmen begonnen, und sie waren gezwungen, die letzten fünf Meilen im Schrittempo zu reiten.

Kurz hinter Middleham verabschiedeten sie sich von Damien und legten die letzten paar Meilen bis Braithwaite schweigend zurück. Bisher hatte sie noch nicht den Mut aufgebracht, ihm von den Renovierungsarbeiten während seiner Abwesenheit zu erzählen. Denn seit ihrem Gespräch am frühen Morgen hatte eine eher gespannte Stimmung zwischen ihnen geherrscht.

Vor dem Portal zügelten sie die Pferde. Miles griff nach Perlagals Sattel und blickte zu Olivia empor. Die feuchte Luft hatte aus seinen dunklen Haaren einen ungebärdigen Lockenkopf gemacht. Seine Wangen waren von der Kälte gerötet, und seine Gesichtsmuskeln zuckten vor unterdrückter Verärgerung. Er packte sie mit beiden Händen um die Taille, hob sie aus dem Sattel und setzte sie ziemlich unsanft auf dem Boden ab.

In diesem Moment wurde die Tür geöffnet, Licht ergoß sich über die Freitreppe, und die Wärme überrollte sie wie ein Willkommensgruß. Ein hochgewachsener, schlanker Fremder in schwarzem Anzug und gestärktem weißen Hemd stand im Eingang. Sein schütteres graues Haar war streng aus der Stirn gekämmt, und er blickte Miles über eine beachtliche Hakennase hinweg prüfend an.

»Guter Gott«, murmelte Miles unterdrückt und eilte leichtfüßig die Treppe hinauf. »Wer um alles in der Welt sind Sie denn?« wollte er wissen.

»Der Butler, selbstverständlich. Und wer sind Sie, wenn ich fragen darf?«

Miles drehte sich langsam um und starrte zu Olivia hinunter, die ihn über die Mähne ihres Pferdes hinweg ansah. Er krümmte den Zeigefinger. Sie schüttelte den Kopf.

»Komm' sofort hierher«, befahl er.

»Madame Warwick!« erscholl eine Stimme aus dem Haus. Miles trat erschreckt zur Seite, als Jacques Dubois durch das Portal gefegt kam. Seine Kochmütze hüpfte auf und ab, seine Kleidung duftete nach ofenfrischem Brot. »Madame Warwick, was für ein großes Vergnügen, Sie endlich wieder zu Hause begrüßen zu dürfen!«

Olivia biß sich auf die Lippe und sah, wie Miles' Gesichtsausdruck von Verblüffung zu Ungläubigkeit wechselte. Jacques küßte ihr die Hand und geleitete sie dann höflich die Treppe hinauf. »Sie kommen gerade recht zum Abendessen. Ich habe meine Spezialitäten vorbereitet: Mandelsuppe, Rebhuhnpastete, und zum Dessert Zitronencreme. Das ist *magnifique, oui?* Ahh!« Er zog sie mit einem leicht verlegenen Lächeln auf den stocksteifen Butler zu. »Es wird Madame hoffentlich eine Freude sein, meinen Cousin Armand kennenzulernen. Wir würden uns freuen, wenn Sie sein Bleiben erwägen könnten. Er ist sehr erfahren, wissen Sie. Er hat zehn Jahre lang in den Tuilerien gearbeitet.«

»Oh.« Sie konzentrierte sich auf das Gesicht des Butlers und versagte sich selbst den allerflüchtigsten Blick auf Warwick.

Armand knallte die Hacken zusammen und verbeugte sich knapp aus der Hüfte heraus. Dann wandte er seine Aufmerksamkeit wieder Miles zu, dem er noch immer den Zugang versperrte. »Und wer sind Sie bitte, Sir?«

»Warwick«, flüsterte Miles heiser.

Armands Brauen gingen in die Höhe. Gelassen musterte er Miles von den nassen Locken bis zu den schmutzigen Stiefelspitzen. »Soll ich den Kammerdiener rufen, Madame?« fragte er Olivia, ohne sich umzudrehen.

»Ich habe keinen Kammerdiener«, erklärte Miles freundlich.

»Doch, haben Sie.«

»Habe ich nicht.«

»Doch, Sie haben einen«, mischte sich Jacques ein und nickte so heftig, daß ihm seine Kochmütze in die Stirn rutschte. Dann trat er in die hell erleuchtete Halle, klatschte in die Hände und rief: »Gustave!« Lachend hob er die Schultern und fügte hinzu: »Er ist Armands Sohn, *oui?*«

Ein schlaksiger junger Mann kam über den Korridor gehastet. Er strich sich die voluminöse Livrée glatt und stolperte fast in den für ihn zu großen Stiefeln. Er sprach kein Wort Englisch, sondern plapperte aufgeregt mit Armand, der zurückplapperte und mit mißbilligender Miene auf Miles' mit Schlamm bespritzte Stiefel deutete.

Miles kniff die Augen zusammen und trat am Butler vorbei in die Halle. Gerüste und Leitern verstellten die Wände, auf dem Fußboden waren Farbeimer,

Pinsel, Hämmer und Sägen verstreut. Handwerker huschten emsig wie Ameisen durchs ganze Haus. Er ballte die Hände. Seine Schultern verspannten sich, seine Miene wurde gefährlich düster.

»Das wäre dann alles, vielen Dank«, sagte Olivia zu dem neugierigen Personal. Als die Männer verschwunden waren, hielt sie den Atem an.

»Was zum Teufel geht hier eigentlich vor sich?« wollte Miles wissen.

»Gefällt es Ihnen nicht?«

»Wie ich sehe, hast du in meiner Abwesenheit das Haus einfach übernommen.«

»Ich...«

»Wer zum Teufel hat dir eigentlich das Recht gegeben, in mein Haus zu kommen und ohne meine Erlaubnis nur einen verdammten Nagel in meine verdammten Wände schlagen zu lassen?«

»Ich...«

»Du hast dich offenbar so sehr daran gewöhnt, das Kommando über Devonswick samt deinem Vater und deiner Schwester zu führen, daß du gedacht hast, hier das gleiche tun zu können.«

Er kam auf sie zu. Sie wich zurück.

»Nun, was hast du zu sagen?« schrie er.

»Sie brauchen nicht so laut zu werden...«

»Was glaubst du eigentlich, wer für diesen ganzen Unsinn hier bezahlen wird?«

»Na, ich selbstverständlich.«

Eine Braue schoß in die Höhe. »Du«, zischte er schließlich sarkastisch. »Natürlich. Wie konnte ich das vergessen? Du hast ja das Geld. Und die Macht. Und den Einfluß. Ich bin lediglich der Bettler, der die Hand aufhält.«

Sie funkelten einander an. Olivia dachte: Er sieht

so aus, als würde er jeden Augenblick an die Decke gehen. Miles dachte: Sie sieht aus, als hätte sie gerade allzu herzhaft in eine Zitrone gebissen.

»Sollte«, begann Olivia mit mühsam beherrschter Stimme, »dieser Mangel an Wertschätzung ein Hinweis darauf sein, wie sich unsere Ehe gestalten wird, dann lege ich keinerlei Wert auf sie.«

Er starrte sie wortlos an.

Sie zeigte Warwick ein dünnes Lächeln und ging auf die Treppe zu.

»Was zum Teufel hast du vor?« herrschte er sie an.

»Ich ziehe mich in mein Zimmer zurück.«

»Nun warte doch eine Minute«, rief Warwick. »Du kannst mich doch nicht einfach so stehenlassen. Ich habe die Absicht, ein paar Dinge zu klären.«

»Oh?« Sie sah Miles über die Schulter hinweg kühl an. Er stand mit leicht gespreizten Beinen mitten in der Halle. Von seinem Umhang tropften Regen und Schmutz auf den Fußboden. Seine Lippen waren ein Strich, seine Augen sprühten Blitze.

»Vielleicht«, sagte er ruhiger, »könntest du dir die Mühe machen, mich in mein Arbeitszimmer zu begleiten, damit wir die Angelegenheit ungestört besprechen können.«

Mit kalkweißem Gesicht stürmte er davon, stolperte über eine Leiter und stieß mit dem Stiefel gegen einen Farbeimer. Olivia holte tief Luft und folgte ihm in sicherem Abstand.

Er ließ sich in den Sessel hinter seinem Schreibtisch fallen und schien sich geringfügig zu entspannen, als er bei einer kurzen Überprüfung seines Reichs feststellte, daß hier nichts verändert worden war.

»Ich gebe zu, daß ich unter Umständen meine Kompetenzen überschritten haben könnte, Sir.

Dafür bitte ich um Verzeihung. Meine einzige Entschuldigung ist meine große Liebe zu ... diesem Haus und mein Wunsch, Ihnen einen Gefallen zu tun. Wenn ich damit das Gegenteil erreicht haben sollte, dann tut es mir aufrichtig leid.«

Miles schloß erschöpft die Augen. »O Gott. Was soll ich nur mit dir tun? Noch nie habe ich eine Frau kennengelernt, die ich in einem Moment liebend gern erwürgen würde, und im nächsten...«

»Und im nächsten, Sir?«

Er warf ihr unter schweren Lidern einen Blick zu, stand dann auf und ging zu dem Tisch mit den Getränkekaraffen hinüber. Er goß Brandy in einen Schwenker, trank ihn in einem Zug aus, knallte das zerbrechliche Glas auf den Tisch und füllte es erneut. »Und nun erzähle. Wie geht es meiner Mutter? Zweifellos seid ihr beide in meiner Abwesenheit gute Freundinnen geworden. Sie hat es schon immer gut verstanden, sich ... Freunde zu machen.«

»Ich nahm an, Sie hätten sich inzwischen ein wenig besser mit dem Gedanken vertraut gemacht, daß sie hierbleibt.«

»Dann kennst du mich nicht einmal ansatzweise so gut, wie du vielleicht glaubst, meine Liebe.« Er trank erneut, aber diesmal langsamer. »Es entbehrt durchaus nicht einer gewissen Ironie, findest du nicht auch? Daß die Frau, die sich kaum um mich gekümmert hat, als ich klein war, nun auf mich angewiesen ist.«

»Ich bin davon überzeugt, daß sie ihre Gründe gehabt hat...«

»Aber sicher. Ein Kind war ihren unzähligen Affären im Wege. Wie du selbst weißt, meine Liebe, haben Bastarde die unangenehme Eigenschaft, das Leben einer Frau völlig durcheinander zu bringen.«

Die sarkastische Bemerkung machte Olivia einen Moment lang sprachlos. »Das ist sehr unfreundlich«, bemerkte sie schließlich leise.

»Aber wahr.«

Mit fest verschränkten Händen trat sie zu Miles. »Hassen Sie sie für ihr Verhalten?«

»Was meinst du? Daß sie sich für die meiste Zeit meines Lebens nicht um mich gekümmert, oder daß sie mich überhaupt zur Welt gebracht hat?«

»Daß sie dich geboren hat.«

Er neigte den Kopf und sah sie zornig und prüfend an. »Was ist denn los? Ist dir plötzlich die Idee gekommen, daß dir dein hübscher strammer Sohn eines Tages wegen seines Elternhauses oder dessen Fehlen - Vorwürfe machen könnte? Ich glaube, darüber brauchst du dir keinerlei Sorgen zu machen, mein Herz.« Er umfaßte ihr Kinn leicht mit der Hand. »Zwischen dir und meiner Mutter gibt es einen Unterschied. Du liebst deinen Sohn.«

Der tiefe Schmerz, der sich flüchtig in Miles' Augen und in seiner Stimme zeigte, ließ Olivias Herz einen Schlag aussetzen. Und die Tatsache, daß er sie liebkoste - fast wie ein Liebender - machte sie atemlos.

Sally erschien auf der Türschwelle. Sie trug frischgewaschene Kleidung. Ihre Haare waren gebürstet und im Nacken in einem schwarzen Netz mit Schleife zusammengefaßt. Sie knickste und sagte höflich: »Guten Abend, Sir und Madam. Armand meinte, Mister Warwick benötige ein Bad.«

Olivia belohnte das Dienstmädchen mit einem Lächeln und hob spöttisch eine Augenbraue, als sie

Miles' verblüffte Miene bemerkte. »Armand hat recht, Sally. Bitte lassen Sie Mister Warwick ein Bad ein.«

»Möchten Sie, daß ich ihm bei seinem Bad zur Hand gehe?« erkundigte sich Sally. Olivia sah Warwick erstaunt an.

»Sind Sie denn normalerweise Mister Warwick bei seiner Toilette behilflich?« erkundigte sie sich, und es entging ihr keineswegs, daß dem Mädchen die Röte ins Gesicht stieg.

»Nun, Madam, jetzt hat er ja einen Kammerdiener...«

»Ich verstehe.« Olivia schürzte mißbilligend die Lippen. Die Vorstellung, daß sich die beiden mit irgendwelchen anrüchigen Späßen vergnügten, ließ auch ihre Wangen erröten. »Ich bin davon überzeugt, daß Mister Warwick sehr gut allein baden kann«, fügte sie so gelassen wie möglich hinzu. »Sorgen Sie bitte nur für heißes Wasser.«

Das Abendessen nahm Olivia mit Bryan, Bertrice und Alyson ein. Miles glänzte durch Abwesenheit. Olivia bemühte sich nach Kräften, sein Fernbleiben mit dringenden Geschäften zu entschuldigen: Vermutlich war er einfach erschöpft und hatte sich direkt zu Bett begeben.

Als Jacques die Zitronencreme servierte, hatte Olivia auch den Rest ihres Appetits verloren. Offensichtlich hatte Alyson große Sorgfalt auf ihr Aussehen verwandt. Mit Bertrices Hilfe waren ihre Haare hochgesteckt, so daß sie wie eine Haube um ihren Kopf lagen. Sie trug ein Kleid von Olivia, das locker um ihren mageren Körper fiel.

Schließlich konnte Olivia den verletzten Blick

ihrer Schwiegermutter nicht mehr ertragen. Sie stand auf, entschuldigte sich und ging auf die Suche nach ihrem Ehemann.

Nach Aussagen von Sally war Miles im »Bad« zu finden, einem riesigen Marmorsaal, zu dem man durch einen Gewölbegang vom Ostflügel des Hauses aus gelangte. Olivia war erst einmal dort gewesen, bei ihrem ersten Inspektionsgang durch Braithwaite. Eigentlich waren es zwei Räume mit Säulen und Oberlicht, von denen jeder ein großes Schwimmbekken enthielt, eins mit kaltem und eins mit dampfend warmem Wasser, das aus einer unterirdischen Qelle gespeist wurde. Bei ihrem ersten Besuch waren die Becken leer gewesen, und die Räume hatten sie vage an ein Mausoleum erinnert. Heute aber reflektierte das warmgoldene Licht von den Wandlampen in der spiegelglatten Wasseroberfläche.

Miles war nicht im ersten Becken, also holte sie tief Luft und betrat das Dampfbad, aber die warmfeuchte Luft ließ ihre Ersatzbrille innerhalb kürzester Zeit beschlagen und nahm ihr fast den Atem. Behutsam ging sie zum Beckenrand und spähte angestrengt durch die Dampfschwaden.

»Miles«, rief sie. »Auf ein Wort, bitte.«

Nichts.

»Sir, ich weiß, daß Sie hier sind. Ich würde gern ein Wort mit Ihnen sprechen und werde nicht gehen, bevor ich dazu Gelegenheit hatte.«

Von der anderen Seite des Beckens ertönte ein Plätschern. Olivia nahm die Brille ab, starrte in die Richtung. Endlich entdeckte sie ihren Ehemann. Er ruhte, bis zu den Hüften im Wasser, auf den Marmorstufen. »Oh«, entfuhr es ihr beim Anblick seines glänzenden nackten Oberkörpers.

»Was hast du denn erwartet?« erkundigte er sich leise. Seine Stimme klang eine Spur berauscht. »Ist es einem Mann denn nicht gestattet, in der Abgeschiedenheit seines privaten Beckens nackt zu baden?«

»Vielleicht sollten wir doch lieber später miteinander reden.« Sie trat den Rückzug an.

»Wir reden jetzt miteinander«, widersprach er, und sie blieb wie angewurzelt stehen, als erneutes Plantschen andeutete, daß er dabei war, das Becken zu verlassen. Olivia blickte stur geradeaus, ihr Herz klopfte so heftig, als wollte es zerspringen. Sie lauschte auf das leise Platschen von Miles' nackten Füßen auf den Marmorfliesen. Dann klirrte Glas, als er sich aus der Karaffe neu eingoß.

»Du wirst natürlich ein Glas mit mir trinken«, erklärte er, und sie vernahm erneut leises Glasklirren. »Ein Mann mag bei der Führung seines Hauses vielleicht nichts zu sagen haben, aber er hat mit Sicherheit ein Wörtchen mitzureden, wenn es darum geht, daß seine Ehefrau ihm beim Trinken Gesellschaft leistet. Aber du als meine Ehefrau wirst mir dieses Recht natürlich streitig machen wollen.«

»Ich habe absolut keine Absicht, Ihnen irgend etwas streitig zu machen, Sir.«

»Nein? Weshalb bist du denn dann gekommen? Doch wohl kaum, um mit mir zu baden – obwohl ich diese Vorstellung überaus reizvoll finde. Sag mir, Olivia, hast du schon jemals mit einem Mann gebadet? Nun komm schon, meine Liebe. Mir kannst du es ruhig sagen. Schließlich bin ich dein Ehemann.«

Sie sagte kein Wort, starrte nur weiter unverwandt geradeaus.

»Also wirklich, meine Liebe. Eine Frau, die mit Zigeunern getanzt und ihre Brust für einen Tätowierer entblößt hat, wird doch sicherlich auch nackt mit einem Mann gebadet haben. Hat es dir gefallen?«

»Ich bin gekommen, um Sie um Rücksichtnahme zu bitten.«

»Wem gegenüber?«

»Gegenüber Ihrer Mutter.«

»Ah. Natürlich. Wahrscheinlich hat sie ihre Rebhuhnpastete mit bitterlichen Zähren benetzt.«

»Nein.«

Er schwieg.

»Sie hat ihren Stolz«, fügte Olivia hinzu.

»Haben wir den nicht alle, mein Herz?«

In Olivia kam Verärgerung hoch. Sie drehte sich um und sah, daß sich Miles auf einer Ruhebank ausgestreckt hatte. Sein Körper in den Gobelinkissen mit langen bunten Fransen war nackt bis auf ein um die Hüften geschlungenes rotes Handtuch.

Er stellte ihr Glas neben sich auf den Boden und lächelte zu ihr auf.

Olivia brachte keinen Ton heraus. Plötzlich wurde sie sich der drückenden Hitze ebenso bewußt wie der Tatsache, daß ihre wollene Kleidung ihr feucht auf der Haut klebte. »Warum sind Sie so verdammt zornig?« wollte sie schließlich wissen.

»Ich bin nicht zornig. Ich bin betrunken. Das ist eine Warnung, denn ich bin äußerst unberechenbar, wenn ich zuviel getrunken habe.«

»Sind Sie eigentlich schon einmal auf den Gedanken gekommen, daß Ihre Mutter einfach ihren Frieden mit Ihnen schließen möchte?«

»Meine Mutter will ihr Gewissen beruhigen, bevor sie stirbt. Vermutlich bringt sie die Vorstellung fast um, für alle Ewigkeit für ihre Sünden in der Hölle schmoren zu müssen. Doch abgesehen davon – ich glaube keine Sekunde lang, daß du ihretwegen gekommen bist.«

»Wie bitte?«

»Du bist nicht gekommen, um mit mir über Alyson zu reden. Oh, du benutzt sie vielleicht als Ausrede. Aber in Wahrheit bist du verärgert darüber, daß ich vor dir nicht auf die Knie gefallen bin, um dir für deine Unterstützung im Hinblick auf die Minen zu danken.«

»Darauf wäre ich gar nicht gekommen.«

Er lachte leise auf. Ungläubig.

»Falls Sie sich hier in diesem ... Mausoleum vergraben haben sollten, um ungestört über meine Einmischung in die Leitung der Minen brüten zu können, Sir, dann kann dieses Problem sehr schnell beseitigt werden. Ich kann mich jederzeit daraus zurückziehen.«

Miles trank seinen Sherry ohne den Blick von ihr zu wenden. »Erpressung paßt zu dir, meine Liebe. Das bringt Feuer in deine grünen Augen und Farbe in deine Wangen. Du bist sehr schön, wenn du wütend bist.«

»Es ist nicht meine Absicht, Sie zu erpressen, Sir.«

»Wie bedauerlich. Ich kreuze gern die Klingen mit meinen Gegnern. Darin war ich ganz gut, bevor ich mich in diesem Haus verkroch und den Versuch unternahm, mein Leben zu verändern – meine Genußsucht hinter mir zu lassen und ganz neu anzufangen. Ich war einmal sehr, sehr gut im Unartigsein. Soll ich dir nicht einmal zeigen, wie unartig ich sein kann, Liebes?«

Durch seine sprunghafte Stimmung aus dem Gleichgewicht gebracht, zwang sich Olivia dazu, ihren Blick abzuwenden. Doch ihre Anstrengungen blieben erfolglos, als er sich aufsetzte. Seine Schultern glänzten schweißnaß im Lampenlicht. Sein Brustkorb war kräftig, sein Bauch flach und so glatt und eben wie der Marmorfußboden unter ihm.

»Ich habe mich bereit erklärt, Ihnen im Hinblick auf die Minen in jeder erdenklichen Weise zu helfen, und das werde ich auch tun«, brachte sie schließlich heraus. »Sie werden feststellen können, daß ich eine Frau bin, die sich an ihr einmal gegebenes Wort hält. Darüber hinaus bin ich keine Frau, die sich den Notleidenden gegenüber blind stellt.«

»Offensichtlich nicht. Mit an Sicherheit grenzender Wahrscheinlichkeit werden dich die großen Weltreligionen in etwa hundert Jahren zur Heiligen erklären. Die Frage ist nur – zu einer Heiligen für was? Zur Heiligen Olivia der Kranken und Sterbenden? Der Bankrotten und Verzweifelten? Oder der Bastarde dieser Welt?«

»Warum hassen Sie mich eigentlich so, wo ich Ihnen doch nur helfen will?«

»›Hassen‹ ist ein so hartes Wort – und unzutreffend. Ich hasse dich nicht, meine Liebe.«

»Aber Sie lieben mich auch nicht.«

»Das darfst du nicht persönlich nehmen. Ein derartiges Gefühl habe ich noch niemandem entgegengebracht.«

»Sind Sie eigentlich unfähig zu lieben, oder haben Sie nur Angst davor?«

»Angst?«

»Haben Sie Angst davor, nicht wiedergeliebt zu werden? Vielleicht sind Sie noch immer das Kind, das seine Mutter unendlich liebt, aber das Gefühl hat, daß diese Gefühle nicht erwidert werden. Sie haben Furcht davor, diesen Schmerz unter Umständen noch einmal erleiden zu müssen.«

Er griff nach ihrem Glas, hob es an seine Lippen und hielt gerade so lange inne, um zu sagen: »Du redest zuviel, meine Liebe. Und darüber hinaus zeichnest du ein viel zu positives Bild von mir. Du weißt doch, daß ich kein sehr angenehmer Mensch bin.«

»Da muß ich aber ganz entschieden widersprechen. Nach den Bekundungen von Janet Hooper sind Sie ein sehr mitfühlender und besorgter Mensch.«

»Ah.« Er lächelte sie geradezu strahlend an. »Nun kommen wir endlich zum Anlaß für diesen Besuch. Du willst etwas über Janet in Erfahrung bringen.«

»Ich...«

»Eifersüchtig, Schätzchen?«

Plötzlich wollte sie nur noch eins: davonlaufen. Sie kam sich unglaublich töricht vor. Bekümmert machte sie sich klar, daß er ihre Motive besser durchschaute als sie selbst - und außerdem die Unverfrorenheit besaß, sie auch noch auszusprechen.

»Nun?« hakte er nach. »Bist du eifersüchtig?«

»Sollte ich es sein?«

»Du wolltest wissen, ob sie meine Geliebte ist. Leugne es nicht. Ich habe doch gespürt, daß dich irgend etwas bedrückt, seit du in Gunnerside aufgetaucht bist. Anfangs nahm ich an, du hättest dich über mein plötzliches Verschwinden geärgert. Eben noch dachte ich, es hätte damit zu tun, daß ich nicht zum Abendessen gekommen bin. Aber es ist etwas ganz anderes ... Janet!« Er lachte leise auf.

»Nun?« brachte sie sich in Erinnerung.

»Nun was? Ob wir ein Liebespaar sind?« Er lächelte. »Ich werde dir etwas sagen, liebes Herz. Wenn du deine Amouren gestehst, werde ich auch meine beichten.« Er stand auf, das rote Badetuch glitt zu Boden. Olivia stand wie vom Donner gerührt und wurde sich vage bewußt, daß sie sich ebensowenig bewegen konnte wie die Mamornymphen, die sie aus den dunklen Nischen des riesigen Bades anblickten.

Heiß fühlte ich ihren Busen beben
und drückte ihn näher, näher an mich.
Doch zartes Werben erbrachte nichts –
Oh, selten hat die Welt Liebende gesehen,
die der Verirrung so nah waren
und doch nicht fehlten.

Thomas Moore

14

Miles kam wie ein Gott aus der griechischen Mythologie auf sie zu – sein Körper war vollkommener, als sie es sich je vorgestellt hatte: glatt, feucht und erregt.

»Verrate es mir, Frau...« Seine Hand glitt um ihren Nacken. »Welcher Name oder welche Namen werden über deine Lippen kommen, wenn ich dich liebe? Na? Schau doch nicht so schockiert drein. Der Vollzug der Ehe war und ist zwangsläufig. Wir wollen ihn beide, und er ist unvermeidlich. Wenn du willst, kannst du ja die Augen schließen und so tun, als wäre ich ein anderer.« Er griff unter ihr Kinn und sah ihr lächelnd in die Augen. »Deswegen bist du doch gekommen, oder? In unserer Hochzeitsnacht hast du zwar die Keusche gespielt, aber nachdem dir der Gedanke gekommen ist, ich könnte meine Bedürfnisse vielleicht auch bei einer anderen Frau stillen, hältst du es für besser, dir zu nehmen, was du bekommen kannst, bevor es zu spät ist. Bisher ist mir noch keine einzige Frau begegnet, die sich nicht nach dem Saft der verbotenen Frucht sehnen würde, nachdem sie einmal davon gekostet hat. Das ist nichts, weswegen man sich schämen müßte, mein Herz. Ob du es nun zugibst oder nicht: Auch du bist menschlich. Dein Sohn ist der Beweis.«

Mit bebenden Knien war Olivia bemüht, sich die plötzliche Wendung der Ereignisse zu erklären. Was hatte er eigentlich wirklich vor?

Seine Finger wanderten zu den Knöpfen ihrer Bluse und zupften spielerisch daran. Keine Sekunde ließ er den Blick von ihr, während sie sicher war, in der unerträglich schwülheißen Luft keinen einzigen Atemzug mehr tun zu können. Unvermittelt hatte sie das Gefühl, ertrinken zu müssen.

»Zieh sie aus«, befahl er leise und schob den feuchten Stoff zur Seite, enthüllte ihr durchsichtiges Unterkleid. »Ich möchte sehen, was ich mir eigentlich mit dem Verkauf meiner Seele eingehandelt habe. Ich bin schon seit unserem Hochzeitsabend sehr neugierig – seit ich dich wie ein Kind in deinem Flanellnachthemd über den Flur laufen sah. Sie sind ein einziger Widerspruch, Mistress Warwick. In einem Moment bist du die unberührbare eiserne Jungfrau, und im nächsten die verkörperte Leidenschaft. Und doch beginnt die Leidenschaft vor Empörung zu beben, sobald sie ein Mann berührt. Hast du Angst, Schätzchen? Da wirfst du mir Furcht vor der Liebe vor, obwohl ich es nicht bin, der sich nach hohlen Bekenntnissen der Zuneigung und Hingabe sehnt.«

Sie wollte das Gesicht abwenden, aber er ließ es nicht zu. Mit festem Griff brachte er sie dazu, ihm in die falkenähnlichen Augen zu sehen. Er betrachtete sie mit einer Intensität, die sie ängstigte. Alle ihre Instinkte rieten zur

Flucht, aber sie zwang sich zur Ruhe. Er wollte ihr ja doch nur Angst einjagen, wie er es schon im Gasthaus getan hatte.

Er streifte ihr die Bluse von den Schultern und schleuderte sie auf den Boden. Dann zeigte er auf ihren Rock. »Zieh ihn aus«, ordnete er an.

»Und wenn ich es nicht mache?«

»Dann reiße ich ihn dir vom Körper.«

Olivia zog den Rock aus und stand in Unterwäsche, Strümpfen und Schuhen vor ihm. Lächelnd ergriff Miles ihren Arm, führte sie zur Ruhebank und befahl ihr, sich hinzulegen. Dann goß er einen weiteren Sherry ein und reichte ihn ihr.

Zu keinem klaren Gedanken fähig, ließ sich Olivia in die Kissen fallen und sah zu, wie ihr Ehemann durch den dampfgeschwängerten Raum lief. Mit jeder behenden Bewegung spannte und entspannte sich sein geschmeidiger Körper. Vage fragte sie sich, ob sie sich vielleicht in einem erotischen Traum befand, aber die plötzliche Unruhe ihres eigenen Körpers schockierte sie. Sie machte sie atemlos und fast schwindlig.

Der Ölgeruch der Wandlampen stieg ihr in die Nase, und ihr gelbes Licht spiegelte sich auf dem Marmorfußboden wie Feuer wider. Die Kissen der Liegebank waren ein Regenbogen sanftglühender Farben: Gold, Purpur, Rot – seidige und gerippte Wogen, die sie umfingen und wieder von sich stießen. Darstellungen orientalischer Menschen im Liebesspiel schmückten die Wände. Sie war nicht entsetzt. Ähnliches hatte sie schon gesehen.

Aber sie war nicht gekommen, um zu verführen oder sich verführen zu lassen. Wieder riet eine leise Stimme in ihr zur Flucht. Sie war auf so etwas nicht vorbereitet – ganz gleich, was ihr Herz – oder ihr Körper – auch empfand.

Miles stieg in das Becken, sank nach und nach bis zu den Hüften ins kristallklare Wasser, während von der Decke fallende Wassertropfen kleine Kreise auf die Wasseroberfläche malten. »Olivia«, rief er und seine Stimme hallte in dem riesigen Raum wider, »komm auch herein.«

»Ich ... möchte nicht.«

»Aber ich bestehe darauf.«

»Sie können mich nicht dazu zwingen.«

»Das werden wir ja sehen.« Er hieb mit den Handflächen flach aufs Wasser, daß es hoch aufspritzte.

In diesem Augenblick erkannte sie, wie wichtig dieses Recht für ihn war. Behutsam stellte sie ihr Glas ab und öffnete die Schnürsenkel ihrer Schuhe. Sie sah Miles nicht an, sondern bemühte sich, der unvernünftigen Unruhe Herr zu werden, die ihre Hände zittern ließ. Ihr Mann hatte recht. Dieser Moment war unvermeidlich. Sie hatte jeden Gedanken daran verdrängt, indem sie sich einredete, Miles Kimball Warwick wolle von ihr nichts anderes als finanzielle Sicherheit. Emily hatte es gewußt. Emily hatte sie gewarnt.

Olivia streifte die Schuhe von den Füßen, legte die Strümpfe ab, stand auf und ging auf den Beckenrand zu. Flüchtig wurde ihr bewußt, daß ihre Unterwäsche durch die Feuchtigkeit nahezu durchsichtig auf ihrer Haut klebte. Sie stieg in das heiße Wasser und keuchte leise auf, als es ihre Knöchel, Beine und Hüften umspielte, und wie flüssiges Feuer zwischen ihre Schenkel drang.

Miles stand in der Mitte des Beckens. Dampfschwaden waberten um ihn herum, und er beobachtete sie mit funkelnden Augen. Seine schwarzen Haare fielen ihm in den Nacken, kräuselten sich hinter den Ohren. Olivia starrte auf die dunklen Locken zwischen seinen Beinen und das, was aus diesem Dickicht aufragte. Sie fand es wundervoller und erschreckender, als sie es sich vorgestellt hatte.

Er deutete auf ihre Haare. »Laß sie herunter.«

Sie hob die Hände und zog die Kämme und Nadeln heraus. Schließlich fielen ihr die dichten, feuchten Wellen über die Schultern und legten sich schwer auf ihre sich heftig hebenden und senkenden Brüste.

Miles neigte den Kopf und betrachtete sie mit einer Intensität, die sie erbeben ließ.

»Wunderschön«, sagte er leise, und schon diese kleine Bemerkung versetzte sie in höchste Panik. »Komm her«, befahl er ebenso leise.

Olivia bewegte sich langsam auf ihn zu, bis sie vor ihm stand – fast wie eine Sklavin vor ihrem Herrn. Sie verabscheute dieses Gefühl, beherrscht zu werden, und genoß es doch. Sie fühlte sich gleichzeitig schwach und kraftvoll. Unverkennbar lebendig, und doch voller Vorahnung, daß sie jeden Augenblick in einen Abgrund geschleudert werden konnte, aus dem sie nie wieder auftauchen würde.

Er streckte den Arm aus, legte seine Hand auf ihre Brust und liebkoste sie mit dem Daumen, bis sie innerlich aufstöhnte und die Augen schloß, weil heiße Blitze des Verlangens in jede Faser ihres Körpers drangen. Sie hatte das Gefühl, ohnmächtig zu werden. Nein, das würde sie nicht. Das konnte sie nicht. Jetzt die Beherrschung verlieren...

Dann berührten seine Fingerspitzen leicht die Rose auf ihrer Haut. »Sind da noch mehr?« fragte er.

Sie schüttelte mühsam den Kopf. »Nein.«

»Dreh dich um und laß mich sehen.«

Langsam drehte sie sich in den sanft schwankenden Wellen um, ließ zu, daß er sie von allen Seiten betrachtete. Großer Gott, die Wärme des Wassers, die Luftfeuchtigkeit, die Hitze ihrer Haut vermittelte ihr das Gefühl, sich in flüssigem Feuer zu befinden. Wenn er sie noch einmal berührte...

Als sie ihn wieder ansah, lächelte er und flüsterte ein wenig undeutlich: »Keine Drachen.«

»Sir?«

»Sie sagen, du hättest Drachen auf deinem Po.«

»Sie sagen vieles über mich. Glauben Sie das alles?«

»Sie scheinen dich besser zu kennen als ich.«

»Das bilden sie sich ein.«

»Hast du das gern?« fragte er und liebkoste ihre Brust.

Sie mußte schlucken. Dann senkte sie den Kopf und verfolgte seine Liebkosungen. Wie dunkel seine Hand auf ihrer weißen Haut wirkte. Der Anblick machte sie atemlos. Sie fühlte sich gefährlich unbekümmert. »Würden Sie aufhören, wenn ich es wünsche?« hauchte sie.

»Gefällt es dir?« wollte er noch einmal wissen.

Olivia nickte, legte ihre Finger auf seine Hand und drückte sie fester gegen ihre Haut, bis ihre Brustwarze steif und heiß war. »Ja«, sagte sie schließlich.

»Weshalb zitterst du dann so? Sehnst du dich so sehr danach, daß ich dich liebe?«

Sie antwortete nicht, sondern sah zu, wie ein Wassertropfen über seinen Hals in das dichte, weiche Haar auf seiner Brust rollte. In seinen haselnußbraunen Augen war etwas, das man mit etwas gutem

Willen durchaus für eine Form von Zuneigung halten konnte. Oder waren es einfach nur die körperlichen Bedürfnisse – wie er das vorhin genannt hatte –, die Männer dazu brachten, bei der Wahl ihrer Geliebten oft so gedankenlos vorzugehen?

Oh, wie sehr sie sich doch danach sehnte, ihn zu berühren – aber würde sie das auch wagen? Nur einmal, nur für einen kurzen Moment, seinen harten, festen Körper unter ihrer Hand spüren zu können. Immerhin war er ihr Ehemann. Aber ...

Er ergriff ihre Hand und legte sie um sein Glied. Seine Augen verengten sich, sein Atem ging schneller. Das mächtige Glied zwischen ihren Fingern regte sich, und seiner Brust entrang sich ein tiefes Stöhnen. »Gut«, flüsterte er rauh und führte ihre Hand leicht auf und ab, bis der Rhythmus sie innerlich ganz heiß und weich wie das Wasser werden ließ, das um ihre Hüften schwappte.

Jemand stöhnte. Vielleicht sie selbst. Sie war sich nicht ganz sicher. Die Hitze, der Dampf, das Licht der Wandlampen, das flackernd die Nebelschwaden durchdrang, machte die Reaktionen ihres Körpers, ihres Verstandes allzu verwirrend. Ihre Fähigkeit zur Beherrschung rann ihr wie das Wasser durch die Finger. Wenn sie nicht endlich aufhörte, würde sie es mit Sicherheit bereuen. Ihre Vergangenheit würde für ihn so schockierend deutlich werden wie das Verlangen seines Körpers.

Dennoch war sie zu keiner Fluchtbewegung fähig, und als er sie plötzlich hochhob und auf dem Beckenrand absetzte, konnte sie nur die Augen schließen und sinnlos den Kopf schütteln. »Bitte«, stöhnte sie.

»Bitte«, wiederholte er leise. »Bitte was, Liebes?

Soll ich dir zur Abwechslung einmal das Gefühl geben, eine Frau zu sein?« Er drückte sie sanft auf die Marmorfliesen nieder, und sie blickte durch die Dampfschwaden zum Oberlicht empor. Sie spürte, wie ihr das kondensierte Wasser wie warmer Regen aufs Gesicht tropfte. Sie hörte, wie das Wasser bei jeder seiner Bewegungen leise rauschte. Ihr Herz klopfte wie wild unter seinen Berührungen.

Seine Berührungen – o Gott, sie waren plötzlich überall. Auf ihren Brüsten, ihren Schenkeln und dazwischen. Sie ließen sie stöhnen, keuchen und erbeben. Sie brachten sie um ihren Verstand und ließen all ihre Sinne unter unbestimmbaren Gefühlen erschauern.

»Sieh mich an«, befahl er. Sie schlug mühsam die Augen auf und sah, daß er auf ihr lag – halb im und halb aus dem Wasser, wie eine Seegottheit, die an Land gekommen war, um eine Sterbliche zu verführen. Das schwarze Haar ringelte sich um Schläfen, Ohren und Nacken. Wie Flammen reflektierte das Lampenlicht auf seinem feuchten Gesicht, auf seinen Schultern. Seine Knie zwangen ihre Schenkel auseinander, seine Finger glitten durch den Schlitz in ihren Höschen, und die plötzliche Erregung dort ließ sie laut aufschreien.

»Erzähl mir, was du gerne hast«, drang seine Stimme in ihr Bewußtsein vor. »Das?« Seine Finger streiften ihr das nasse Unterhemd von den Schultern, bis ihre Brüste hüllenlos seinen Blicken preisgegeben waren. Er senkte den dunklen Kopf, schloß die Lippen um ihre Brustwarze, sog das harte rosige Fleisch in seinen Mund und zwischen seine Zähne, bis sie den Rücken krümmte und scharf und zitternd einatmete – und flehte, daß dies kein Traum war –

wie die Träume, die sie seit ihrer Hochzeitsnacht so oft heimgesucht hatten.

Aber dies war die Wirklichkeit. Spürbare Wirklichkeit. Sie spürte sie unter seinen Lippen auf ihren empfindsamen Brustwarzen, in dem zärtlichen, verspielten Zubeißen seiner Zähne auf ihrem Bauch, in seinem heißen Atmen an dem durchsichtigen Batist, der ihre Scham verhüllte.

Und dann – o Gott.

Sie wollte schreien. Weinen. Lachen. Wie verworfen, wie köstlich verdorben war doch dieser intime Kuß!

Sie warf den Kopf von einer Seite zur anderen. Sie vergrub ihre Finger in seinen feuchten, schwarzen Haaren und spürte, wie sich ihre Hüften hoben – ihm entgegen, näher, tiefer – ja, o ja! Das war unendlich wunderbarer als jeder Traum. Selbst in ihren kühnsten Vorstellungen hatte sie es sich so nicht erträumen können...

Er erhob sich und sah sie an. Seine Augen wirkten, als würden Flammen in ihnen tanzen. Er muß der Teufel persönlich sein, dachte sie. Anders war es nicht möglich, daß sie sich so lasziv fühlen konnte. Sie wollte sich vor seinen Blicken verhüllen. Sie wollte ihre Beine noch weiter spreizen und ihn anflehen weiterzumachen.

Wasser rauschte leise, als er seine Hüften zwischen ihre Schenkel schob. Dann kam der Druck, das schockierende Stoßen und Erforschen ihrer vor Erregung brennenden Scham, und – einen kurzen Moment lang – sah sie ihn bei der Vorstellung, sich dem Augenblick hinzugeben, verlockend und unverhüllt lustvoll an.

Dem gegenseitigen Verlangen ausgeliefert, sahen sie sich eine scheinbare Ewigkeit lang schweigend an – doch es können nur Sekunden gewesen sein, bis Olivia den Kopf schüttelte und leise aufschrie: »Ich kann nicht.«

Sie glitt unter ihm hinweg und schloß ihr Hemd fest über ihren Brüsten. »Ich kann nicht«, wiederholte sie und hörte ihre Worte von den Marmorwänden widerhallen. »Bitte, frag mich nicht, warum. Nicht jetzt. Nicht, bis ...«

»Bis was?« rief er hinter ihr.

Auf Händen und Füßen verließ sie das Becken. Als sie sich umblickte sah sie, daß sein Gesicht eine Mischung aus Verblüffung und Zorn war.

»Bis was?« wiederholte er und riß sie so heftig an seinen nassen erregten Körper, daß ihre Brüste gegen seinen Oberkörper gedrückt wurden und ihr Gesicht direkt unter seinem war. »Was zum Teufel ist eigentlich mit dir los? Du bist meine Frau, Olivia. Ich habe das Recht, den Vollzug der Ehe zu erwarten – ihn zu verlangen. Aber du kommst hier herunter, ziehst dich aus, verführst mich mit deinem Körper und erklärst dann, ich dürfte es nicht tun.« Er schüttelte sie. »Ist es deine Absicht, mich zum Trottel zu machen? Ist es das? Haßt du nur mich oder die Männer ganz allgemein?«

Sie wandte das Gesicht ab, sonst hätte sie wahrscheinlich ihre unsinnigen Ängste vergessen und ihm die Freiheiten eingeräumt, die er sich so verzweifelt nehmen wollte. »Laß mich los«, brachte sie mühsam über die Lippen.

Er tat es – so abrupt, daß sie hart auf den Boden aufschlug. Sie stand schnell auf und zog sich vorsichtig zurück, während ihr Verstand mit ihrem Herzen einen Kampf austrug, den keiner von beiden gewinnen konnte. »Es ... tut mir leid«, hauchte sie. »Vielleicht später...«

»Später. Selbstverständlich, liebes Herz. Du läßt mich wissen, wenn du dazu bereit bist? Denn ich schwöre dir hier und jetzt, daß ich dich nicht mehr anrühren werde, bis du mich darum bittest.«

Olivia ergriff die Flucht. Sie rannte den ganzen Weg bis in ihr Schlafzimmer. Erst dort kam sie - mit dem Rücken an der geschlossenen Tür - zur Ruhe. Das von ihrem Körper tropfende Wasser bildete kleine Rinnsale um ihre Füße. Sie konnte das zornige Gesicht ihres Mannes ebenso wenig vergessen wie seinen Schwur, sie nie wieder anzurühren - bis sie ihn darum bat.

Sie schloß die Augen, erlebte noch einmal die Lust, die seine Hände - und sein Mund - in ihrem Körper geweckt hatten, und sehnte diesen Tag herbei. Fast ebenso sehr wie sie ihn fürchtete.

Der Winter kam, und mit ihm kamen die Kälte, der Wind und der Regen aus Schottland herunter. Sie verwandelten das Moor in eine düstere, eisverkrustete Landschaft. Jede Fahrt über die nächste Ortschaft hinaus war praktisch unmöglich. Nacht für Nacht lag Olivia in ihrem Bett, starrte an die Decke und lauschte dem leisen Stöhnen des Windes und dem Klatschen des Regens an die Fensterscheiben. Ein Tag ging in den anderen über, und sie vergrub sich in der Routine ihres Alltags, wie sie es schon auf Devonswick getan hatte. Nur gelegentlich nahm sie sich die Zeit für ein Zusammensein mit ihrem Sohn und Alyson, deren Gesundheitszustand sich von einer Stunde zur anderen änderte.

Seit ihrer kindischen Flucht vor ihrem Ehemann mußte Olivia feststellen, daß sie mit einem Einsiedler verheiratet war. Sie sah ihn kaum noch. Tagsüber schlief er und nachts geisterte er durchs Haus, verfaßte Anordnungen für die Minen oder galoppierte über das frosterstarrte Moor. Selbst Charles Fowles fing an, sich um ihn Sorgen zu machen.

Olivia gab sich die Schuld an Miles' unstetem Verhalten. Sie hatte ihm die Verantwortung für sein Haus abgenommen. Für einen großen Teil seiner Geschäfte. Für seine Mutter. Sie hatte ihre Eigenarten einem Mann aufgezwungen, der sich für sein Leben nichts anderes wünschte als ein bißchen Normalität.

Es war nicht ohne Ironie, daß sie, die sich nach der gleichen Normalität sehnte, sich alle Aussichten auf ihr – und sein – Glück durch ihre eigenen Ängste und Befürchtungen verbaute. Doch was hatte sie denn erwartet? Durch ihre Heirat mit Miles Warwick hatte sie sich selbst in eine Situation manövriert, in der sie mit dem Rücken zur Wand stand. Und jede Veränderung zum Besseren hing ausschließlich von ihrem Verhalten ab.

Weihnachten und der Jahreswechsel verliefen ereignislos, und mit Beginn des Januar änderte sich das Wetter. Schnee und Frost tauten von den Bäumen, die Straßen waren nicht länger spiegelglatt. Olivia gewöhnte es sich an, jeden Tag in den Mittagsstunden mit Perlagal über das Moor nach Margrave Bluff zu reiten. Dort setzte sie sich, wandte das Gesicht der Sonne zu und versuchte, irgendeinen Sinn in ihrem Leben zu erkennen. Lange konnte es nicht mehr weitergehen, dieses Zusammenleben mit einem Fremden, der ihr Ehemann war. Sie hatte noch nie dazu geneigt, Problemen auszuweichen.

Aber genau das tat sie jetzt: Sie wich dem Unvermeidlichen aus.

Als sie eines Tages von einem solchen Ritt nach Margrave zurückkehrte, hatte sich Olivia davon überzeugt, daß es höchste Zeit für eine Aussprache war.

Zu ihrer Überraschung wartete Emily im Blauen Salon auf sie.

»Um Himmels willen, Olivia, hast du es dir zur Gewohnheit gemacht, zu so ungewöhnlichen Zeiten einfach das Haus zu verlassen?« fragte Emily aus ihrem Sessel neben dem Kamin.

»Guten Tag, Schwester«, erwiderte Olivia.

»An diesem Tag ist absolut nichts Gutes. Wie sollte es auch? Die Luft ist bitterkalt, und so wie der Horizont aussieht, wird es gegen Abend mit Sicherheit wieder regnen.« Emily betupfte sich die Nase mit einem Taschentuch, dann meinte sie stirnrunzelnd: »Oli, du siehst schlichtweg erbärmlich aus.«

»Vielen Dank.« Olivia warf ihre Reitgerte auf einen Stuhl. »Du siehst auch nicht gerade blendend aus. Em.«

»Du hast abgenommen.«

»Du nicht.«

»Deine Augen sehen aus, als hättest du wochenlang nicht geschlafen.«

»Du wirst ja richtig aufmerksam. Möchtest du Tee? Sally!« Das Dienstmädchen stand im Handumdrehen in der Tür und knickste. »Wir hätten gern Tee und Kekse...«

»Ich ziehe Toast vor. Und Orangenmarmelade. Ich hatte keine Zeit zum Frühstücken«, fügte Emily hinzu. »Und viel Milch und Zucker für meinen Tee.«

Olivia legte die Stirn in Falten, während sie sich in den Sessel gegenüber ihrer Schwester setzte. »Du trinkst deinen Tee normalerweise ohne Zucker, Em.«

Emily senkte den Blick und zerknüllte ihr Taschentuch. »Du fehlst mir, Oli. Du fehlst mir wirklich. Papa ist sehr gekränkt, daß er so gar nichts von dir hört.«

»Ich schreibe regelmäßig an Vater. Dennoch finde ich das irgendwie seltsam, da ihr beiden es doch gar nicht abwarten konntet, mich loszuwerden.«

»Wie geht es dem lieben kleinen Bryan?«

»Du meine Güte, Emily – was ist denn über dich gekommen?« entfuhr es Olivia überrascht. »Du hast dich doch noch nie nach Bryans Wohlergehen erkundigt.«

»Du brauchst nicht gleich so spitz und nachtragend zu sein, Olivia.«

»Mir war nicht bewußt, eines von beiden gewesen zu sein. Nur offen.«

Emily schmollte und drehte ihr Taschentuch zu einem festen Strick zusammen. »Du hast dich verändert, Oli. Furchtbar.«

»Oh? In welcher Hinsicht bitte?«

»Du bist verbittert. Leugne es nicht. Es steht dir buchstäblich ins Gesicht geschrieben. Du bist entsetzlich unglücklich. Du meine Güte, sogar dein Aussehen hat sich verändert. Sieh dir doch nur an, wie du die Haare trägst. Du siehst ja aus wie eine Wilde.«

»Ich bin gerade von meinem Ausritt zurückgekommen.«

»Und sieh dir dieses abscheuliche Kleid an, in dem du da steckst. Wo hast du das nur her?«

»Es hat einmal dir gehört. Ich glaube, du hast es in Venedig entdeckt, dann aber nie angezogen. Es hat Papa ein kleines Vermögen gekostet, wenn ich mich recht erinnere. Wenn ich es trage, macht es sich wenigstens ein bißchen bezahlt.«

Emily stand auf, lehnte sich kurz gegen die Lehne ihres Sessels und drückte sich das Taschentuch gegen die Wange. Mit ruhigerer Stimme sagte sie: »Ich bin nicht hergekommen, um Beleidigungen mit meiner Schwester auszutauschen.«

»Nein? Weshalb bist du denn dann gekommen, Emily?«

Sie seufzte tief auf. »Ich vermisse die Zeit, in der wir Freundinnen waren.«

»Freundinnen?« Olivia lachte in sich hinein und fragte dann zugänglicher: »Waren wir denn jemals Freundinnen, Emily?«

Emily blickte nervös zur Tür. »Wo bleibt nur das verdammte Dienstmädchen mit dem Tee und dem Toast? Ich kann dir sagen, gutes Personal ist kaum noch zu finden. Alle anständigen Dienstboten sind nach London gegangen, weil dort höhere Löhne gezahlt werden, heißt es.«

»Ist das so zu verstehen, daß ihr Schwierigkeiten mit dem Personal habt?«

»Diese Idioten. Sie nutzen mich schamlos aus. Du hast sie unzulässig verwöhnt, Olivia.«

»Ich habe sie nur anständig behandelt. Versuch es doch einmal damit.«

Emily wischte die letzte Bemerkung beiseite und durchquerte das Zimmer. Ihre Röcke rauschten und knisterten in der Stille. »Du bist hier nicht glücklich, Oli, stimmt's?«

»Warum fragst du?«

Emily wandte ihr wieder das Gesicht zu. Ihre Wangen waren bleich, ihre Augen starre blaue Teiche. »Bereust du eigentlich eine deiner Entscheidungen?«

»Das hängt von der Entscheidung ab, würde ich meinen.«

»Nun komm schon, Oli. Wir wissen doch beide, daß wir Entscheidungen getroffen haben, die sich auf unser ganzes Leben auswirken werden.«

»Also gut, Emily. Ja, ich denke, daß wir, solange wir leben und atmen, Entscheidungen treffen, von denen wir dann einige auch bereuen. Warum fragst du? Stimmt irgend etwas nicht? Ist etwas Besonderes geschehen?«

Mit kläglichem Lächeln eilte Emily auf Olivia zu, sank vor ihr auf ein Knie, ergriff die Hand ihrer Schwester und drückte sie an ihre kalte Wange.

»Emily.« Olivia strich sanft über das zarte Gesicht ihrer Schwester. »Da stimmt doch etwas ganz und gar nicht. Was ist geschehen?«

»Erinnerst du dich noch an die Tage und Nächte, in denen wir stundenlang miteinander geredet haben? Du warst immer für mich da, Oli. Immer! Ganz gleich, welchen Unsinn ich auch angestellt hatte – du warst immer bemüht, alles von der guten Seite zu sehen. Du hast mich beschützt. Ich vermisse die Tage sehr, in denen wir einander ganz und gar vertraut haben. Geht es dir nicht auch so?«

»Sicher.« Olivia lächelte und umfaßte das zarte Kinn ihrer Schwester aufmunternd mit der Hand. »Gerade vorhin habe ich darüber nachgedacht, wie gut es doch wäre, wenn ich mich bei jemandem aussprechen könnte. Wenn ich jemanden hätte, dem ich auch meine geheimsten Gedanken anvertrauen könnte.«

»Bist du so einsam wie ich, Oli?«

Olivia nickte.

»Und würdest du nicht auch irgend etwas - eben irgend etwas - tun, um diese furchtbare Einsamkeit zu beenden, wenn du es könntest?«

»Im Rahmen des Vernünftigen. Emily ... was ist passiert? Was hast du angestellt?«

Sally betrat den Salon. Sie trug ein Tablett mit dem Teegeschirr. Neben dem Teller mit Toast stand eine Schale Zitronengelee. Emily setzte sich wieder, warf einen Blick auf das Schälchen und legte die Stirn in mißbilligende Falten. »Ich wollte Orangenmarmelade. Sie haben mir Zitronengelee gebracht, Sie Dummkopf. Ich will es nicht. Nehmen Sie es wieder mit.«

Sallys Brauen schossen in die Höhe.

»Und Sie haben mir nicht den Rand von meinem Toast abgeschnitten.«

Olivia entließ das Dienstmädchen mit einem Kopfnicken und griff dann nach Emilys Toast. »Du wirst das Gelee essen, und ich schneide dir den Rand von deinem Toast. Du brauchst deine Verärgerung nicht an dem Personal auszulassen.«

»Ph! Du behandelst diese Bande so, als wären sie dir ebenbürtig. Das finde ich überaus unpassend, Oli.« Emily riß Olivia den Toast aus der Hand und häufte mit dem Löffel Gelee auf das Brot. Dann schüttete sie sich reichlich Zucker in den Tee, den ihr Olivia eingoß, und fügte großzügig Milch hinzu. Sie stürzte den Tee so hastig hinunter, daß sie sich fast den Mund verbrannte. Sie schloß die Augen, lehnte sich in ihrem Sessel zurück und schien sich zu entspannen, während sie das Taschentuch gegen die Lippen preßte.

»Sei nicht böse«, sagte Emily schließlich. »Ich scheine meine Gefühle neuerdings nicht richtig beherrschen zu können. Wenn du willst, entschuldige ich mich dafür.«

»Ich habe es noch nie erleben dürfen, daß du dich bei jemandem entschuldigt hättest«, entgegnete Olivia und verrührte den Zucker in ihrer Teetasse.

Emily holte tief Luft, schloß kurz die Augen und ermöglichte es Olivia dadurch, einen Schluck Tee zu trinken und ihren Toast in zwei säuberliche Dreiecke zu schneiden. Als sie wieder aufblickte, sah sie, daß Emily sie mit einem seltsamen Gesichtsausdruck beobachtete. Ihre Augen waren fast geschlossen, die Lippen leicht geöffnet.

»Wie geht es Miles?« fragte Emily.

»Gut, nehme ich an.«

»Du nimmst es an? Weißt du es nicht?«

»Warum willst du das wissen? Ich hatte den Eindruck, du wärst eigentlich ganz dankbar, wenn er plötzlich tot umfiele.«

»Ich habe gehört, was sich die Dienstboten auf Devonswick erzählen. Es geht das Gerücht, daß er kaum zu Hause ist, und daß ihr beide nur selten ein Wort wechselt und nie das Bett miteinander teilt. Bist du aus diesem Grund so unglücklich?«

Olivia lächelte andeutungsweise. »Offenbar hätte ich bei der Auswahl meines Personals vorsichtiger sein sollen. Ich fürchte, sie klatschen zuviel.«

»Stimmt es?«

»Würde es dich freuen, wenn es so wäre?«

Emily knabberte an ihrem Toast und zuckte mit den Schultern. »Es überrascht mich nicht. Ich habe dir gesagt, daß er dich unglücklich machen wird.«

»Wärst du auch nicht überrascht, wenn ich dir sage, daß Miles keine Schuld trifft?«

»Wen denn sonst?«

»Mich.«

»Warum?«

»Aus all den Gründen, die du vor meiner Heirat ausführlich erwähnt hast.«

Emily legte ihren Toast auf den Teller zurück. »Also bist du lediglich dem Namen nach verheiratet.« Sie lachte trocken auf. »Mein Gott, Oli, ich habe nie eine Frau mit mehr Seelenstärke kennengelernt – besonders, was deine Gefühle für diesen Bastard anbelangt.«

Olivia zuckte bei dieser Bezeichnung zusammen, entschloß sich aber, ihre Schwester deswegen nicht zurechtzuweisen. Was hätte das auch für einen Sinn? »Mir bleibt kaum eine Wahl, Emily. Ich habe in die Ehe mit Warwick eingewilligt, weil er bindend erklärte, die Beziehung zwischen uns würde eine rein geschäftliche sein. Ich war so naiv anzunehmen, daß das für immer so bleiben würde.«

»Also hat er Verlangen nach dir.«

Olivia griff nach ihrer Teetasse, um dem forschenden Blick ihrer Schwester ausweichen zu können.

»Das überrascht mich nicht«, erklärte Emily leise.

»Warum nicht? Weil er ein unverbesserlicher Schürzenjäger ist?«

»Weil du eine sehr hübsche Frau bist.«

Verblüfft lehnte sich Olivia zurück.

Emily lachte fast wehmütig auf. »Nun tu doch nicht so überrascht. Schließlich habe ich nicht behauptet, du wärst eine hinreißende Schönheit – wie ich...« machte sie sich über sich selbst lustig. »Du bist ganz attraktiv. Der arrogante Idiot hätte es wesentlich schlimmer treffen können.«

»Nun...« Olivia stellte ihre Teetasse ab. »Wie dem auch sei. Ich habe ihn zweimal abgewiesen. Das wird er weder vergeben noch vergessen können.«

»Verführe ihn.«

»Das kann ich nicht. Nicht unter den augenblicklichen Umständen. Das könnte alles aufs Spiel setzen, Emily. Und dieses Risiko gehe ich nicht ein. Nicht in einer Frage, die auch Menschen betrifft, die mir am nächsten stehen.«

»Für jeden Umstand gibt es eine Lösung, Oli. Ich kenne da einen höchst vertrauenswürdigen Menschen, der darüber hinaus sehr diskret ist. Er könnte dir bei der Lösung deines Problems behilflich sein, und dein Mann braucht die Wahrheit nie zu erfahren.«

Olivia stand auf. Emily folgte ihr und griff nach ihrem Arm. »Willst du mir etwa vorschlagen, eine Affäre zu beginnen?« erkundigte sich Olivia empört. »Welches Spiel spielst du denn jetzt wieder, Em?«

»Ich gebe zu, bestimmte Gründe...«

»Das dachte ich mir.«

»Ich gebe auch zu, eine schlechte Schwester gewesen zu sein. Ich hatte ja keine Ahnung, wie sehr ich auf deine Stärke und deine Unterstützung angewiesen war – bis ich beides verloren hatte. Jetzt habe ich niemanden, Oli, und ich fange an zu begreifen, wie einsam du in all diesen Jahren gewesen sein mußt. Ich war nie für dich da – und das bedaure ich zutiefst. Kannst du mir noch ein letztes Mal verzeihen?«

»Emily...« Olivia umschloß die Hand ihrer Schwester mit ihren Fingern. »Ich würde dir nur allzu gern alles glauben, was du da sagst, aber ich kann mir nicht helfen ... Ich frage mich, woher dieser plötzliche Sinneswandel kommt.«

Emily schien zu schwanken, ihr Gesicht wurde aschfahl.

»Um Gotteswillen«, schrie Olivia auf. Sie fing Emily mit beiden Armen auf und ließ sie sanft in den Sessel sinken. Sie ging in die Hocke, zog das Taschentuch aus der Faust ihrer Schwester und drückte es ihr auf die blasse Stirn.

Mit leeren Augen und farblosen Lippen bemühte sich Emily um ein Lächeln. »Liebe Olivia, ich wußte, daß du mich nicht im Stich lassen würdest. Du liebst mich trotz meiner Mängel und Fehler.«

»Was ist denn nur los, Em? Was ist geschehen? Bist du krank? Soll ich Doktor Whitman holen lassen?«

»Ich bin in Schwierigkeiten, Oli. In schrecklichen Schwierigkeiten. Du hilfst mir doch, nicht wahr? Hilfst du mir, es Papa zu erzählen?«

Olivia setzte sich auf die Fersen und blickte in das verhärmte Gesicht ihrer Schwester, in ihre angstgeweiteten Augen. Kaltes Entsetzen überfiel sie. »Emily..«

»Ich bin schwanger«, hauchte Emily.

»Vorsichtig, ganz vorsichtig«, dachte Emma,
»nähert er sich Zentimeter um Zentimeter,
und er wird nichts riskieren,
ehe er sich nicht sicher fühlt.«

Jane Austen
Emma

15

Das Prasseln von Regen gegen Fensterscheiben drang langsam aber beharrlich in Miles' Bewußtsein und weckte ihn aus dem Schlaf. Gestern abend war er erst gegen Mitternacht zu Tode erschöpft und halb erfroren aus Gunnerside zurückgekehrt. Seine Frau hatte er schlafend auf einem Sofa im Blauen Salon vorgefunden. Das Bild, wie ihr mahagonifarbenes Haar von den Kissen auf den Boden fiel, hatte sich in sein Gedächtnis eingegraben – wie die Erinnerung an ihren durchsichtig verhüllten Körper, als sie vor ihm im Schwimmbecken stand...

Er öffnete die Augen und hielt den Atem an.

Bryan lag neben ihm, sein kleiner Kopf ruhte dicht neben seinem auf dem Kissen.

»Mummy weint«, sagte der Junge.

Benommen zwinkerte Miles und richtete sich auf. »Was?«

»Mummy weint. Sie weint seit gestern, als Tante Emily zu Besuch war.«

»Das erklärt alles.« Miles rollte auf den Rücken, rieb sich die Augen und streckte sich. Bryan tat es ihm nach.

»Spielst du mit mir, wenn Großpapa gegangen ist?«

»Großpapa? Ist Lord Devonshire denn hier?«

Bryan nickte, kletterte auf Miles Bauch und hüpfte unbekümmert auf und ab. »Du hast mir noch immer nicht die geheimen Gänge gezeigt.«

Miles krümmte sich und hielt den Jungen mitten im Schwung fest. »Was macht denn dein Großvater hier?«

»Weiß nicht. Er hat mir gesagt, ich solle mich trollen. Dann hat er die Tür zugeschlagen und Mummy angeschrien. Nimmst du mich mit, wenn du auf deinen Pferden ausreitest?«

»Es regnet. Was hast du eigentlich in meinem Schlafzimmer zu suchen?«

»Ich helfe Bertrice, ihre Katze wiederzufinden. Darf ich dich jetzt Papa nennen?«

Stirnrunzelnd ließ Miles Bryan auf das Bett gleiten und warf die Decken zurück.

»Darf ich?« fragte Bryan.

»Was?« Miles griff nach einem seidenen, mit Drachen bestickten Morgenmantel und stand auf.

»Darf ich dich Papa nennen?«

»Nein.«

»Warum nicht?«

Miles zog den Morgenmantel an und schlang den Gürtel fest um seine Taille.

»Warum nicht?« hakte das Kind nach.

»Du fragst zuviel.«

»Großmama sagt, daß du nicht genug Zeit mit mir und Mummy verbringst.«

»Großmama«, gab er ironisch zurück, »sollte endlich lernen, sich um ihre eigenen Angelegenheiten zu kümmern. Abgesehen davon hat sie es gerade nötig, Kritik zu üben.«

»Schwanger. Bei allen Göttern im Himmel – wie hat sie mir das nur antun können?« Lord Devonshire sank neben dem Kamin in einen Sessel und verbarg das Gesicht in beiden Händen. Als er Olivia wieder ansah, war sein Gesicht hochrot und schweißüberströmt. »Ein Skandal in der Familie war bei Gott genug. Was hast du getan, um sie zu beeinflussen? Sag es mir, Mädchen. Mit Sicherheit hast du das alles ausgeheckt...«

»Mir kann daraus wohl kaum ein Vorwurf gemacht werden«, unterbrach ihn Olivia heftig.

»Willst du mich glauben machen, daß Emily ohne Ermutigung von dir gefehlt hat? Ich weiß nicht, wem die erste Züchtigung gebührt. Dir oder diesem Hund Clanricade.« Er sackte tiefer in den Sessel, zog sich seine Jacke fest über der Brust zusammen und schüttelte den Kopf. »Ich sollte ihn fordern – natürlich nachdem er sie geheiratet hat.«

»Jemand ist benutzt worden, Papa, aber das war nicht Emily.«

»Willst du damit etwa andeuten, daß Emily...«

»Papa.« Olivia eilte zu ihrem Vater und sank neben ihm auf die Knie. »Emily war verzweifelt. Clanricade machte Ausflüchte im Hinblick auf das Hochzeitsdatum, und sie hatte Angst, ihn zu verlieren. Wir wissen alle, daß der Grund dieser Heirat darin besteht, Clanricade einen Erben zu bescheren – und genau das tut Emily.«

»Willst du damit sagen, daß Emily absichtlich schwanger geworden ist... um diesen Halunken einzufangen?«

»Genau das will ich sagen, Papa.«

Er funkelte sie wütend an. Dann schlug er sie so heftig ins Gesicht, daß sie rückwärts zu Boden stürzte. Zitternd und mit geballten Fäusten erhob sich Devonshire aus seinem Sessel und zischte: »Du willst die Ehre deiner Schwester besudeln, damit du dich nicht mehr ganz so wegen deines eigenen Betragens zu schämen brauchst. Gib es zu! Ohne jeden Zweifel hat dieser Schuft ihr Gewalt angetan...«

»Das hat er nicht getan!«

»Ich werde dafür sorgen, daß er den Tag verflucht, an dem er geboren wurde. Ich werde ihn vor Gericht...«

»Er hat vor, sie so bald wie möglich zu heiraten.«

»Bösartiges Geschöpf! Du bist auf deine Schwester eifersüchtig, seit sie ein Kind war. Du würdest alles tun, um sie in meinen Augen herabzusetzen. Gib es zu!«

»Das stimmt nicht, Papa.«

»Zweifellos ist das ein Plan, den du dir ausgedacht hast, um mich dafür leiden zu lassen, daß ich dich Warwick überantwortet habe. Jedermann im Land weiß, wie unglücklich du ihn gemacht hast. Wo ist er jetzt, Mädchen? Bei seiner Mätresse?«

»Er steht direkt hinter Ihnen«, erklang Miles' gleichmütige Stimme von der Tür her.

Devonshire drehte sich um, während sich Olivia bemühte, auf die Füße zu kommen. Sie faßte sich an die schmerzende Wange.

Miles stand breitbeinig auf der Schwelle, das Hemd halb zugeknöpft, ein Zipfel hing ihm um die Hüften. Seine Haare waren ein einziges Durcheinander, sie umrahmten sein schmales Gesicht und lockten sich auf den Schultern. Seine dunklen Augen richteten sich forschend auf Olivia, dann wieder auf ihren Vater.

Wortlos bewegte sich Miles geschmeidig durch den Raum und streckte Olivia seine Hand entgegen. Sie sah sie stumm an, von seinem plötzlichen Auftreten ebenso verwirrt wie vom Verhalten ihres Vaters. Schließlich ließ sie sich von ihm auf die Beine helfen, ohne ihn anzuschauen.

Er faßte ihr sanft unter das Kinn und betrachtete das rote Mal auf ihrer Wange. »Haben Sie sie geschlagen?« wollte er leise von Devonshire wissen.

»Halten Sie sich da heraus, Warwick. Das geht Sie nichts an.«

»Verzeihen Sie, aber da bin ich anderer Meinung, Mylord. Wenn Sie in mein Haus eindringen und meine Frau mißhandeln, so geht mich das sehr wohl etwas an. Ich sollte *Sie* für das fordern, was Sie sich hier erlaubt haben.«

»Er ist erregt«, versuchte Olivia zu erklären, doch Miles hob abwehrend die Hand. Er ging langsam und geschmeidig wie ein Raubtier auf ihren Vater zu, der zurückwich, bis er gegen einen Sessel stieß.

Miles beugte sich über den kleineren Mann und funkelte ihn an. Er schien seine Wut nur mühsam zügeln zu können. »Erregt«, wiederholte er mit tiefer, grollender Stimme. »Über seine liebreizende, unschuldige Emily. Mylord, ich werde Ihnen jetzt endlich einmal etwas über Ihre liebreizende, unschuldige Emily sagen ...«

»Nein!« Olivia griff nach seinem Arm.

Er drehte sich um und sah sie an. »Also gut, Schätzchen. Dann sag du es.«

Sie schüttelte den Kopf.

»Sage es ihm, oder ich werde es tun.«

»Was wollen Sie mir sagen?« wollte Devonshire wissen.

»Daß Emily eine Hure ist«, zischte Miles.

Devonshire rang ächzend nach Luft, hob die Hand und wollte Miles schlagen, aber der wich dem Schlag geschickt aus. Olivia schrie auf, wollte sich auf ihren Vater werfen, wurde aber von ihrem Mann zur Seite geschoben.

Mit beiden Händen packte Miles Devonshire bei den Revers und zog den Mann auf seine Zehenspitzen. »Ich sollte Sie umbringen, Devonshire. Aber ich brauche mir meine Hände gar nicht an Ihnen schmutzig zu machen. Sie sind genug damit gestraft, daß ich Ihre geliebte Tochter Emily vor einigen Jahren gebumst habe. Und wenn Ihnen das noch nicht den Magen umdreht, dann vielleicht die Mitteilung, daß ich keineswegs der erste gewesen bin.«

»Lügner!« polterte Devonshire. »Emily würde einem Mann wie Ihnen nie derartige Freiheiten gestatten!«

Miles lachte und zog ihn noch ein bißchen höher, »Nicht? Woher könnte ich sonst wissen, daß sie dieses niedliche kleine Muttermal an der Innenseite ihres Schenkels...«

Mit einem Wutschrei befreite sich Devonshire aus Miles' Griff und stolperte auf die Tür zu. Vor Olivia blieb er kurz stehen und starrte sie mit hervorquellenden Augen an. »Wie kannst du zulassen, daß er deine Schwester auf eine so unverschämte Weise verleumdet? Schlampe! Und das nach allem, was ich für dich getan habe! Wage es ja nicht, mir noch einmal unter die Augen zu treten! Hast du verstanden? Und du wirst dich auch von Emily fernhalten, oder...«

Devonshire drehte sich abrupt um und stürmte aus dem Zimmer. Olivia lief ihm nach. »Papa, bitte! Du weißt ja nicht, was du sagst. Bitte...«

Sie verlor unvermittelt den Boden unter den Füßen, denn Miles hob sie hoch und trug sie in den Salon zurück.

»Er ist mein Vater, verdammt nochmal. Ich kann doch nicht zulassen, daß er so aus dem Haus geht.«

»Und ich bin dein Mann!« schrie er sie an. »Du tust, was ich dir sage, und ich sage dir, daß du dich nicht länger von ihm kränken und herabsetzen lassen wirst.«

Er ließ sie los. Olivia lief wieder auf die Tür zu, doch Miles' Worte ließen sie innehalten. »Wenn du ihm nachrennst, Olivia, dann kannst du deinen Sohn und dieses verrückte alte Kindermädchen gleich mitnehmen.«

»Was wollen Sie damit sagen?«

»Ganz einfach, liebes Herz: dein Vater oder ich.«

Olivia lachte fast hysterisch auf und schüttelte den Kopf. »Welch traurige Drohung, Sir. Sie lassen mir die Wahl zwischen zwei Männern, denen es völlig gleichgültig ist, ob ich lebe oder sterbe, und die ich mit meinen Versuchen, ihnen zu helfen, offensichtlich nur unglücklich gemacht habe.«

»Meinst du nicht eher deine Versuche, sie zu beherrschen, Schätzchen?«

»Oh, also das ist Ihr Problem? Sind Sie deshalb tagelang aus Braithwaite verschwunden? Irren Sie deshalb nächtelang durchs Haus? Ignorieren Sie deshalb die Tatsache, daß Sie verheiratet sind...?«

»Verheiratet?« lachte er böse und bewegte sich auf sie zu. »Du sprichst zu mir von Ehe und ihren Verpflichtungen, wo du es doch bist, die das Ehebett wie die Pest meidet ... als wäre ich ein Aussätziger, vor dessen Berührung du dich ekelst.«

Olivia hielt sich die Ohren zu. Er zog ihre Hände herunter und hielt sie fest umklammert. Olivia hob das Kinn und funkelte ihn wütend an.

»Sehnst du dich denn so sehr nach ihm?« zischte Miles durch die Zähne.

»Wem ...?«

»Stell dich nicht dümmer als du bist, meine Liebe. Für mich gibt es nur einen Grund, warum eine Frau wie du ihren Ehemann ablehnt – daß du Bryans Vater noch immer liebst.«

Olivia schüttelte den Kopf.

»Willst du es immer noch leugnen? Es ist doch eigenartig, daß du nie von diesem Mann sprichst, dem du dein Leben geopfert hast. Aber ich bin die Ausflüchte leid. Wenn du noch immer so leidenschaftlich in ihn verliebt bist, dann geh doch verdammt nochmal zurück zu ihm, Olivia. Wenn du es kannst.«

Vor den Fenstern trieb der Schnee in wirbelnden Wolken vorbei. Irgendwo in der Ferne donnerte es. Es schien, als lieferte das Wetter die dramatische Begleitmusik zu der Szene, die sich in Braithwaite abspielte. Olivias Blick hing an ihrer Schwester.

»Schuft!« schrie Emily Miles schluchzend an. »Du teuflischer Schuft! Meinem Vater von unserer Affäre zu erzählen! Oh, ich würde dich glatt umbringen, wenn ich es könnte! Ich schwöre, daß ich dich töten werde, wenn du schläfst. Ich werde dir das Herz herausreißen – so wie du meinem Vater das Herz gebrochen hast.« Emily sah sich gehetzt um, lief zu ihrer Schwester, ließ sich neben Olivias Sessel auf die Knie fallen und ergriff ihre Hand. »Ich flehe dich an, Olivia, komm nach Hause. Du darfst keine Minute länger mit diesem Unhold unter einem Dach bleiben. Komm nach Devonswick zurück, wo du hingehörst. Ich brauche dich, Oli. Papa braucht dich. Er ist doch ein Wahnsinniger. Ich habe Angst, Oli, entsetzliche Angst. Noch nie habe ich ihn so wütend gesehen.«

Benommen wandte Olivia den Blick ab. »Das kann ich nicht«, erwiderte sie. »Ich liebe dich, Emily, aber ich kann dir nicht helfen. Diesmal nicht. Wenn ich tatsächlich Braithwaite und meinen Mann für dich und Papa verlassen würde, was soll dann aus mir werden? Du wirst bald heiraten. Was wird dann aus mir? Was wird aus Bryan?«

Außer sich vor Wut schoß Emily hoch. Sie sah zu Miles hinüber. Er hatte ihr den Rücken zugewandt und starrte in das Kaminfeuer. Emily hastete zum Schreibtisch, ergriff einen Brieföffner und zückte ihn bedrohlich.

Doch in diesem Moment drehte sich Miles um, sprang auf sie zu und entwand ihr die Messingklinge.

»Emily!« schrie Olivia und sprang von ihrem Sessel hoch. »Armand! Gustave! Schnell!«

Im Handumdrehen tauchten die Bediensteten aus dem Dunkel der riesigen Halle auf. Mit einem Blick auf ihre Schwester sagte Olivia: »Bringen Sie sie hinaus. Sehen Sie zu, daß sie so sicher wie möglich nach Hause kommt.«

Emily befreite sich keuchend aus Warwicks Griff, holte tief Atem und rief: »Das vergesse ich dir nie, Oli. Niemals!«

Armand legte seine Hand fest um Emilys rechten Arm, Gustave um ihren linken. Dann führten sie sie beide freundlich aber bestimmt zur Tür.

»Wenn du dich jetzt von mir abwendest, Oli, werde ich dafür sorgen, daß es alle erfahren – alle! Es wird keine einzige Seele in England geben, die nicht über die Tricks Bescheid weiß, die du dir erlaubt hast – einschließlich der Geschichte mit deinem Ehemann und deinem Sohn.«

»Dann würden wir beide gemeinsam untergehen, nicht wahr, mein Schatz?« entgegnete Olivia gelassen, wenn auch mit einem Hauch Wehmut.

Nach einigen scheinbar endlosen Minuten wurde es still bis auf das Heulen des Windes. Steifbeinig trat Olivia ans Fenster und blickte in den verschneiten Garten hinaus. »Es ist ein gefährliches Wetter«, stellte sie ruhig fest. »Ich frage mich, ob es nicht besser gewesen wäre, sie bleiben zu lassen.«

»Sie ist fort«, stellte ihr Mann fest.

»Ja. Sie ist fort. Ich sollte wahrscheinlich dankbar sein, und doch ... warum empfinde ich eine gewisse Traurigkeit? Und Angst. Ich fühle mich, als würde ich aufs Meer hinaustreiben. Allein.«

»Du bist nicht allein«, sagte er so leise hinter Olivia, daß sie nicht sicher war, richtig gehört zu haben.

»Nein, du bist nicht allein.«

Olivia drehte sich um. Miles' Mutter stützte sich schwer auf ihren neuerworbenen Krückstock und wirkte noch gebrechlicher als sonst. Alles Blut schien aus ihrem Gesicht gewichen zu sein. »Du hast deine Freunde«, fuhr Alyson fort. »Du kennst doch das alte Sprichwort: Unsere Familie ist uns vom Schicksal bestimmt, unsere Freunde können wir uns aussuchen.«

Olivia eilte auf ihre Schwiegermutter zu und geleitete sie zum nächsten Sessel. Als sie saß, blickte Alyson ihren Sohn an. »Ist es nicht eigenartig, daß wir beständig gezwungen werden, uns mit unseren früheren Fehlern auseinanderzusetzen?«

»Achte darauf, wie sie mich ansieht, wenn sie von Fehlern spricht«, sagte Miles belustigt zu Olivia.

»Dummkopf«, entgegnete Alyson. »Du schwelgst doch lieber in deiner Vergangenheit als deine Gegenwart zu schätzen. Du ergehst dich in Klagen über deine Verluste, anstatt endlich in die Hände zu spukken und dein Leben in die Hand zu nehmen.«

»Donnerwetter, werden wir auf unsere alten Tage weise«, spöttelte er.

»Das ist nun einmal so«, beschied sie ihn knapp. »In unserer Jugend neigen wir zu der überheblichen Auffassung, wir wüßten längst alles und halten die Weisheit des Alters für Zynismus oder – Senilität.«

Alyson griff nach Olivias Hand und drückte sie beruhigend. »Du bist erregt«, stellte sie fest.

»Ja«, gab Olivia zu.

»Du machst dir sicherlich große Sorgen um deine Schwester, liebes Kind. Aber wenigstens hat der Halunke die Absicht, sie zu heiraten.«

»Ich fühle mich, als hätte ich sie verstoßen.«

»Sie hat bald ihren Ehemann. Es ist doch offensichtlich, daß sie eine starke Hand in ihrem Leben dringend nötig hat. Vielleicht hat Clanricade da Erfolg, wo dein Vater bedauerlicherweise versagte. Darin sollen Ehemänner angeblich besonders gut sein«, fügte sie hinzu und sah Miles bedeutungsvoll an.

Miles lächelte verkniffen. »Du bist ja unsere Expertin in Sachen Ehemänner.«

»Durchaus. Dein Vater hat mir zum Thema Ehe sehr viel Wissenswertes vermittelt.«

»Über Seitensprünge?«

»Ganz im Gegenteil«, erwiderte Alyson. »Er lehrte mich einiges über Verantwortung und darüber, mit Würde und Anstand zu einmal getroffenen Entscheidungen zu stehen. Er brachte mir bei, das beste aus unserer Zukunft zu machen, anstatt über Dinge zu jammern, die nicht zu ändern sind. Diese Lektion habe ich beklagenswerterweise ignoriert. Aber Olivia brauche ich darüber nicht zu belehren. Ich bin davon überzeugt, daß sie uns beiden eine Menge über Hingabe und die damit verbundenen Verpflichtungen beibringen könnte.«

Olivia lächelte ihre Schwiegermutter kläglich an. Alyson setzte sich behaglicher in ihrem Sessel zurecht. Ihre schmalen weißen Finger spielten mit dem Griff ihres Stocks. »Ich habe Jacques gebeten, uns Tee und Kekse zu bringen«, sagte sie. »Bryan und Bertrice werden uns Gesellschaft leisten. Ich hoffe, du erweist uns ebenfalls die Ehre«, fügte sie an ihren Sohn gewandt hinzu.

Miles bedachte seine Mutter mit einem Blick, der gewisse Ähnlichkeit mit dem Sturm hatte, der Braithwaite umtoste: ebenso wild – und genauso kalt. Und dennoch ...

»Ich glaube nicht«, meinte er dann, aber seine Stimme klang freundlich.

Als er zur Tür ging, sagte seine Mutter: »Es ist mir eine große Freude, mit deinem Sohn zusammensein zu können, Miles. Wir sind gute Freunde geworden. Nichts würde mich glücklicher machen, als wenn auch wir Freunde werden könnten.«

Er blieb zögernd an der Schwelle stehen.

»Ich fürchte, da kommst du neununddreißig Jahre zu spät«, sagte er schließlich.

»Es ist nie zu spät, mein Sohn«, entgegnete sie. »Niemals ... wenn man verzeihen kann.«

Olivia stand in der Dunkelheit vor Bryans Bett und betrachtete das schlafende Kind. Irgendwo im Haus schlug eine Uhr Drei.

Im Dunkel des Zimmers regte es sich. Wie aus dem Nichts tauchte Bertrice auf und kam mit ausgebreiteten Armen auf Olivia zu. Wortlos ließ sie sich hineinfallen.

»Ich habe unendliche Angst«, flüsterte sie.

»Ich weiß, mein Mädchen.«

»So wie heute habe ich Emily zuvor nur ein einziges Mal erlebt, Bertrice. Warum haßt sie mich so? Ich fürchte, sie wird alles zerstören. Mich. Bryan. Mein Glück hier mit Miles.«

»Du mußt nur fest darauf vertrauen, daß sich alles zum Guten wenden wird.«

»Ich hatte da diese Alpträume ... Ich bin in ihnen in Bryans Zimmer gekommen, aber er war fort. Jetzt fürchte ich, daß diese Träume durchaus Wirklichkeit werden könnten.«

»Ganz ruhig, Kind. Beruhige dich.« Sanft wiegte Bertrice sie hin und her.

»Ich weiß nicht, was ich tue, wenn sie ihn mir fortnimmt.«

»Sie will nur Clanricade, liebes Kind. Sie wird ihm seinen eigenen Sohn schenken und dich in Ruhe lassen. Abgesehen davon will sie unter keinen Umständen, daß jemand die Wahrheit über sie erfährt – daß sie Bryan zur Welt gebracht hat. Besonders Clanricade darf es nicht wissen.«

»Aber wenn irgend etwas Unvorhergesehenes geschieht ...«

»Es wird nichts geschehen, mein Schatz.«

Olivia schloß die Augen und versuchte ruhiger zu werden. »O Gott«, flüsterte sie. »Ich hoffe, du behältst recht.«

Ich wünschte, ich könnte den ersten Tag,
die erste Stunde, den ersten Augenblick,
im Gedächtnis behalten, da du mir begegnet bist...

Christina Rossetti

16

Olivia öffnete den Brief von Janet Hooper und las ihn.

»Es ist mir gelungen, zu einer Vereinbarung dahingehend zu kommen, daß jede Witwe der Warwick Mining Company pro Monat 100 Talgkerzen liefern wird. Die Kosten für die Minengesellschaft werden sich pro Bergmann auf etwa 3O Shilling im Monat belaufen - im Vergleich zu den bisherigen Kerzenlieferungen aus York bedeutet das eine Einsparung von rund 225 Pfund im Jahr. Die Damen sind hocherfreut und wissen diese Möglichkeit einer Einkommensverbesserung sehr zu schätzen.«

Olivia nahm die Brille ab, lehnte sich in ihrem Sessel zurück und schloß die Augen. Es war nicht ohne Ironie, daß sie und die Freundin ihres Mannes in den vergangenen Wochen Verbündete in dem Bemühen geworden waren, das Los der Menschen von Gunnerside zu erleichtern.

Bryan schoß an der geöffneten Tür vorbei. Er duckte sich, machte einen Ausfall, stieß zu und drehte mit hocherhobenen Händen eine Pirouette - ganz so, als schwinge er ein Schwert und wäre Prinz Eisenherz persönlich. *»En garde!«* rief er und gab einen markerschütternden Schrei von sich. Olivia hielt sich die Ohren zu und mußte lachen. Sie eilte zur Tür - gerade zur rechten Zeit, um Miles um die Ecke des Korridors biegen zu sehen.

»Großer Gott«, entfuhr es ihr. Sie glaubte, ihren Augen nicht trauen zu dürfen. Miles trug den Helm einer reichlich verrosteten Rüstung.

»Deine Tage sind gezählt, Schwarzer Ritter!« verkündete Bryan, durchschnitt mit seinem imaginären Schwert die Luft, untermalte seine Aktionen mit einem effektvollen »Schsch! Schsch!« und rief: »Von jetzt an erschlage ich alle Drachen, die sich hier in der Nähe der Burg zeigen. Und den Maiden mache ich den Hof.«

»Du machst Maiden den Hof?« wiederholte Olivia. »Du meine Güte.«

Auch Miles sagte etwas, während er mit seinem erdachten Schwert durch die Luft hieb, aber das heruntergelassene Visier verschluckte seine Worte.

Mit einem wilden Schrei versetzte Bryan seinem Angreifer einen Fußtritt und rannte ein paar Schritte den Flur hinunter. Als er zurückkehrte, war sein treues Schwert eine Lanze. »Nimm das!« rief Bryan mit überschlagender Stimme und richtete die Lanze gegen den gepanzerten Ritter.

Miles schreckte zusammen, griff sich an den Magen taumelte unter lauten Schmerzensschreien rückwärts und brach mit weit von sich gestreckten Beinen und Armen auf dem Fußboden zusammen.

Mit freudestrahlendem Gesicht verbeugte sich Bryan tief vor Olivia. »Seht, meine Königin, ich habe den Schwarzen Ritter erschlagen.«

»Wie tapfer und mutig von Euch«, erwiderte Olivia und wandte sich ihrem hingestreckten Ehemann zu.

»Und was bekomme ich dafür?« erkundigte sich Bryan und kratzte sich die kleine Nase.

Olivia blieb neben dem Schwarzen Ritter stehen und spähte durch das Visier. »Seid Ihr sicher, daß er auch wirklich tot ist, Sir Bryan?«

Bryan runzelte die Stirn, beugte sich hinunter und hob das Visier mit den Fingerspitzen hoch. Miles' Gesicht war hochrot und schweißnaß. Er hatte die Augen geschlossen. »Ich könnte ihn noch einmal töten«, meinte Bryan. »Nur, um ganz sicherzugehen.«

»Ich denke, ein Totschlag am Tag ist genug. Außerdem würdest du dich dann zu deiner Lesestunde mit Großmama verspäten. Ich glaube, Jacques hat einen Plumpudding gemacht.«

»Kuchen?« Alle verruchten Ritter waren vergessen. Mit strahlenden Augen flog Bryan über den Korridor dem Morgenzimmer zu.

Miles öffnete erst ein Auge, dann das zweite. »Ist er fort?«

»Schnell wie der Blitz«, lächelte Olivia. »Soll ich Ihnen helfen, da herauszukommen?« Sie deutete auf den Helm.

Miles setzte sich auf. Olivia schob ihm die schwere Metallrüstung behutsam vom Kopf. Seine feuchten Haare lockten sich, und Olivia mußte an sich halten, sie nicht zu berühren. »Sie sterben sehr beeindruckend«, versicherte sie ihm.

»Vielen Dank. Übung macht den Meister.«

»Oh? Sterben Sie häufig?«

»In den letzten drei Wochen täglich. Manchmal sogar zwei- bis dreimal am Tag.« Er fuhr sich mit der Hand durch die Haare, nahm ihr den Helm ab und lächelte sie an.

»Seltsam, daß mir das so gar nicht aufgefallen ist«, meinte sie nachdenklich.

»Wenn Sie sich ein bißchen häufiger sehen lassen würden, Mistress Warwick, könnten Ihnen eine Menge Dinge auffallen.«

»Ich bin sehr beschäftigt, und ich kann bereits erste Erfolge verzeichnen.«

Er nahm den Helm unter den Arm. »Zum Beispiel?«

»Wir haben vereinbart, daß Frauen aus dem Ort Kerzen für die Bergleute ziehen. Sie werden sie sehr viel billiger liefern können als das Unternehmen, von dem Sie sie bislang gekauft haben, und das Geld bleibt in Gunnerside.«

Nebeneinander gingen sie den Korridor hinunter.

»Wir haben einen Brief von Bob McMillian bekommen. Das bestellte Holz wurde aus Witterungsgründen zurückgehalten. Glücklicherweise ist es zu keinen weiteren Unglücksfällen gekommen, und da auch die Löhne regelmäßig und rechtzeitig ausgezahlt werden, hat sich die Stimmung der Männer geradezu drastisch geändert.«

Schweigend schritten sie weiter, dann sagte Olivia: »Wie ich erfuhr, haben Emily und Clanricade in der letzten Woche geheiratet.«

»Was? Und wir waren nicht eingeladen?«

Olivia fand nichts Spaßiges an seiner Bemerkung.

»Mögen sie glücklich werden bis an ihr Lebensende«, meinte Miles düster.

»Ich hörte, daß Vater an der Feier teilgenommen hat. Also nehme ich an, daß er ihr schließlich doch verziehen hat.«

»Hattest du daran gezweifelt?«

Vor der Tür zum Morgenzimmer setzte Olivia die Brille auf und blickte ihren Ehemann an. Viele Tage waren verstrichen, seit sie das letzte Mal mit Miles zusammengewesen war, und als sie jetzt zu ihm aufsah, bemerkte sie, daß er sich verändert hatte.

Sein dunkles Gesicht sah nicht mehr so angespannt aus. Seine Brauen, sein Blick und die ausgeprägten Gesichtszüge wirkten nicht mehr so verbittert. Und er schaute sie auf eine Weise an, die einen leisen Hauch von Hoffnung in ihrem Herzen weckte.

Sie hatte schon einmal gehofft, hatte sich mit jeder Faser ihres Seins danach gesehnt, daß er etwas für sie empfand. Doch alle ihre Hoffnungen und Sehnsüchte waren grausam enttäuscht worden.

Jetzt wagte sie nicht mehr zu hoffen. Olivia betrat das Morgenzimmer.

Miles sah ihr nach, wie sie das Zimmer betrat, in dem Alyson und Bryan in einem Sessel am Fenster saßen. In den letzten Wochen hatte Alyson bedenklich abgenommen. Da sie auch ihren rechten Arm nicht mehr bewegen konnte, hielt Bryan das Buch und blätterte die Seiten für sie um. Miles stand im Flur, schloß die Augen und hörte zu. Seine Erinnerung flog zurück in seine Kindheit, in der er so oft davon geträumt hatte, einen solchen Moment mit seiner Mutter erleben zu dürfen.

In mir magst du erschaun die späte Frist,
wo immer mehr der welken Blätter fallen,
im Frost erzittert dürres Astgerüst,
ein kahler Chor, wo einst war Vogelschallen.
Du siehst in mir das fahle Dämmerlicht,
wenn sich die Sonne will zum Hingang wenden,
das bald in schwarze Nacht entweicht der Sicht,
in totengleiches finsteres Verenden.

Du siehst in mir, wie letzte Glut noch glimmt,
auf ihrer Jugend Asche hingebreitet,
die ihr bereits zur letzten Ruh bestimmt,
wo einst'ge Nahrung ihr den Tod bereitet.
Und siehst du's, wirst du größre Liebe fassen
zu dem, der allzu bald dich muß verlassen.

»Bryan, Liebling, reichst du Mama ihre Teetasse? Ich fürchte, mir trocknet der Hals aus.«

Bryan warf seiner Mutter einen Blick zu, bevor er von Alysons Schoß rutschte und die Porzellantasse holte. Lächelnd strich ihm Alyson über die rosige Wange. »Was für ein lieber Junge du doch bist«, sagte sie mit der müden, leicht verträumten Stimme, die ihr in letzter Zeit zur Gewohnheit geworden war. »Wenn du nicht wärst, wüßte ich gar nicht, für wen ich noch leben sollte. Aber nun komm'. Setz dich wieder auf Mamas Schoß, dann lese ich dir noch ein bißchen Shakespeare vor.«

Olivia machte es sich in ihrem Sessel bequem, schloß die kalten Finger um ihre Tasse, lauschte Alyson, die dem Jungen vorlas, den sie für ihren eigenen Sohn hielt, und betrachtete das verschwommene Spiegelbild in den grauen Fensterscheiben.

In dem festen Glauben, nicht gesehen zu werden, stand ihr Ehemann mit geschlossenen Augen im Flur und nahm jedes einzelne Wort in sich auf.

Sollte sie ihn heute einladen, ihnen Gesellschaft zu leisten, sich Alysons Rezitationen anzuhören? Würde sie es wagen?

Behutsam stellte sie ihre Tasse ab und stand auf. So leise wie möglich begab sie sich zur Tür – um den Vortrag nicht zu stören, aber auch, um den verstohlenen Zuhörer nicht zu verschrecken.

Wie ruhig, fast heiter, er doch wirkte, während die Worte wie Musik durch die Stille strömten.

Sie berührte seine Hand. Seine Augen öffneten sich langsam.

»Sir«, flüsterte sie. »In den vergangenen zwei Wochen haben Sie sich hier täglich versteckt, wenn Ihre Mutter vorgelesen hat. Wollen Sie nicht zu uns hereinkommen?«

»Warum sollte ich das tun?«

»Um sich eine Freude zu machen. Und ihr auch. Haben Sie mir nicht am Tag meiner Ankunft in Braithwaite erzählt, Sie hätten sich stets danach gesehnt, daß Ihre Mutter Ihnen vorliest? Jetzt gibt die Krankheit Ihrer Mutter die Möglichkeit, diese verlorenen Stunden mit Ihnen nachzuholen. Wollen Sie sich diese Chance denn entgehen lassen?«

Sie wartete auf seine Antwort, wagte kaum zu atmen.

Schließlich richtete er sich auf und betrat, Hand in Hand mit ihr, das Morgenzimmer.

Ich habe ihr von meiner Liebe erzählt,
habe ihr zitternd und erschauernd in gräßlicher Furcht
mein ganzes Sehnen anvertraut –
aber ach, sie schied!

William Blake
»Love's Secret«

17

Das zarte Band der Versöhnung zwischen Miles und seiner Mutter, das so vorsichtig geknüpft worden war, wurde von Tag zu Tag fester. Und Olivia kam es so vor, als würde auch ihre Beziehung zu Miles mit der Zeit inniger. Stundenlang zogen sie sich in das Arbeitszimmer zurück und besprachen geschäftliche Angelegenheiten. Sie waren zu einem Einverständnis darüber gelangt, welchen Aufgaben sich jeder von ihnen widmete, ohne dem anderen in die Quere zu kommen. Die Instandsetzungsarbeiten in den Minen waren angelaufen, der Bau neuer Schächte war in Angriff genommen, die Bergleute gingen mit frischer Energie ihrer Arbeit nach, und Braithwaite erschimmerte in neuem Glanz. Und dennoch...

Wenn gegen Abend die Gespräche über die Situation in den Minen erschöpft waren, wenn es auch über Braithwaite nicht mehr viel zu sagen gab, stellte sich zwischen beiden eine neue Spannung ein.

Häufig bemerkte Olivia, daß ihr Ehemann sie betrachtete – intensiv und fast sehnsüchtig –, aber vielleicht bildete sie sich das auch nur ein. Nacht für Nacht hörte sie, wie er in seinem Zimmer unruhig auf und ab lief und gelegentlich an die Verbindungstür trat und am Knauf drehte. Doch diese Tür war verschlossen.

Wenn sie in der Dunkelheit in ihrem Bett lag und sich an jenen Abend vor vielen Wochen am Schwimmbecken erinnerte, dachte sie gelegentlich daran, die Tür zu öffnen.

Doch das war selbstverständlich unmöglich. Sie hatte noch immer keine Lösung für ihr größtes Problem gefunden. Miles war ein Mensch, der vor allem Aufrichtigkeit schätzte. Und daher befürchtete sie, daß Bryans Geschichte sie für immer trennen könnte. Diese Überlegungen raubten ihr Nacht für Nacht den Schlaf.

Nach einer wiederum schlaflosen Nacht stand sie früh auf. Der erste Schein der Dämmerung drang durch die Vorhänge und verwandelte die Dunkelheit in ein gespenstisches Grau, als sie sich anzog und auf den Weg zum Arbeitszimmer machte. Dort wartete Korrespondenz auf sie, der wöchentliche Speisezettel mußte mit Jacques abgesprochen werden, und sie wollte noch einen Versuch unternehmen, mit Emily in Verbindung zu treten – auch wenn sie nicht recht wußte, wozu das eigentlich gut sein sollte. Ihre letzten drei Briefe waren ungeöffnet zurückgeschickt worden.

Als Olivia den Raum betrat, blieb sie überrascht stehen. Am Schreibtisch lehnte ihr Mann und trank eine Tasse dampfenden Kaffee.

»Guten Morgen«, begrüßte er sie ernst.

»Das ist aber eine Überraschung«, stellte sie fest.

»Wirklich? Warum?«

»Ich hätte nicht gedacht, daß Sie so früh aufstehen.«

»Ich stehe jeden Morgen früh auf. Es ist dir nur noch nicht aufgefallen. Möchtest du einen Kaffee?«

Sie nickte und betrat das Zimmer.

Miles goß ihr eine Tasse ein und reichte sie ihr, während sie hinter dem Schreibtisch Platz nahm. Sie holte die Brille aus ihrer Rocktasche und setzte sie auf. »Die Bücher scheinen nicht da zu sein«, bemerkte sie besorgt nach einem Blick über die aufgeräumte Tischplatte.

»So ist es.«

Unwillkürlich sah sie ihn an. Die letzten Sonnentage hatten seinen Teint gebräunt. Mit seinen auf die Schultern fallenden Locken wirkte er wie ein Zigeuner. »Wissen Sie, wo sie sind?« erkundigte sie sich.

»Ich habe sie fortgeräumt.« Er griff in die Tasche und zog einen Schlüssel heraus. »Für die nächste Zeit sind sie an einem sicheren Ort verwahrt.«

»Aber warum?«

»Damit du gezwungen bist, mehr Zeit mit deiner Familie zu verbringen.«

Olivia legte die Stirn in Falten und bemühte sich, ihre Freude darüber zu unterdrücken, im Mittelpunkt von Miles' Interesse zu stehen. »Wollen Sie damit andeuten, Sir, daß ich mich meiner Familie nicht genügend widme?«

»Ja, das will ich.«

»Das ist doch absurd.«

»So? Wann hast du zum letzten Mal zusammen mit Bryan, Charles und mir dem Vorlesen meiner Mutter zugehört? Und an den meisten Abenden nimmst du dein Essen hier ein.«

»Sie übertreiben. Beispielsweise habe ich erst...« Sie brach ab, biß sich auf die Lippe.

»... am letzten Sonntag mit mir zu Abend gegessen. Vor fünf Tagen! Kann es sein, daß du mir aus dem Weg gehst?«

»Machen Sie sich doch nicht lächerlich. Es gibt absolut keinen Grund, warum ich Ihnen aus dem Weg gehen sollte.«

»So? Ich kann mir eine ganze Reihe von Gründen vorstellen. Es sind übrigens die gleichen Gründe, aus denen du unsere Gespräche strikt auf geschäftliche Dinge beschränkst. Du versuchst unter allen Umständen zu verhindern, daß wir uns - näherkommen.«

»Absurd. Und jetzt geben Sie mir endlich den Schlüssel, bitte.«

»Deine Brillengläser beschlagen ja, Liebling.« Sie griff nach ihrer Tasse, aber er legte seine Hand über ihre Finger. Sie holte tief Luft, riß die Hand fort und versteckte sie in ihren Rockfalten. »Verdammt nochmal, wovor hast du denn Angst, Olivia? Ich habe dir genügend Zeit gelassen. Und der Himmel weiß, daß ich alle Bedingungen deines Vaters erfüllt habe. Also - was ist es?«

Sie sprang hoch und wollte um den Schreibtisch herum, aber er verstellte ihr den Weg. »Nein, diesmal wirst du mir nicht davonlaufen, meine Liebe. Du wirst dich nicht in diesem Zimmer einschließen und hinter den verfluchten Geschäftsbüchern verstecken. Ich habe inzwischen gelernt, den Schwarzen Ritter zu spielen - sogar mit gewissem Vergnügen. Ich habe mit meiner Mutter Frieden geschlossen. Ich habe mich sogar an Bertrices endlose Katzenjagd gewöhnt. Aber dich habe ich nicht gewonnen. Ich würde gern einen Versuch dazu unternehmen.«

»Das ist sehr liebenswürdig von Ihnen, aber ich fürchte, gerade heute bin ich sehr beschäftigt«, erwiderte sie und sprang behende um ihn herum.

»O nein, das bist du nicht!« Damit hob er sie hoch und warf sie sich ohne weitere Umstände über die Schulter.

»Aber Sie können doch nicht... Was bilden Sie sich eigentlich ein?« schrie sie empört.

»Ich bilde mir ein, ein bißchen Zeit mit meiner Frau verbringen zu können. Wie es der Zufall so will, hat uns Jacques ein kleines Picknick zusammengestellt. John hat die Pferde gesattelt. Also werden wir beide jetzt ausreiten.«

»Vielleicht will ich aber gar nicht...«

»Ich gebe keinen gebratenen Pfifferling auf das, was du willst. Jetzt habe ich fünf geschlagene Monate mit dir in diesem verdammten Haus zusammengelebt, aber noch keine freie, unbeschwerte Stunde mit dir verbracht. Das, meine Liebe, wird sich ändern.«

»Aber...«

»Halt den Mund«, sagte er und gab ihr einen Klaps aufs Hinterteil.

Sie hatten kein bestimmtes Ziel, sondern ritten gemächlich die Straße nach Dodsley hinunter, um dann von der Landstraße abzubiegen und ihren Pferden zwischen Gras, Heide und Felsen die Zügel zu lassen. Um sie herum wurden die Niederungen bereits grün, und dahinter konnten sie die Schornsteine und Türme von Braithwaite Hall sehen.

In einer Niederung angekommen, stieg Miles aus dem Sattel und nahm seinem Pferd das Zaumzeug ab, damit es ungehindert grasen konnte. Nachdem er

Olivia beim Absitzen geholfen hatte, wiederholte er die Prozedur bei Perlagal und sah zu, wie die Stute mit hocherhobenem Schweif davontrabte.

Sie setzten sich auf einen bemoosten Granitfelsen und taten sich an Jacques' Croissants, seinen kleinen Fleischpasteten, dem Cheshirekäse und dem Wein gütlich.

Allerdings fehlte Olivia der rechte Appetit. Sie bekam kaum etwas hinunter.

Wie oft hatte sie nicht schon von einem Tag wie diesem geträumt – doch nun fühlte sie sich unsagbar unruhig.

Miles streckte die langen Beine von sich und betrachtete sie eindringlich, während er einen Schluck Wein aus dem holzgeschnitzten Becher trank. »Sei doch nicht so nervös. Entspanne dich«, sagte er. »Ich habe keineswegs die Absicht, dir etwas anzutun – obwohl mir dieser Gedanke, ich muß es gestehen, schon häufiger durch den Kopf gezuckt ist.«

Olivia schwieg.

»Vielleicht habe ich es in letzter Zeit an Lob und Anerkennung für das fehlen lassen, was du für Braithwaite und die Minen getan hast. Falls deine Melancholie also einem gewissen Gefühl entspringen sollte, nicht richtig gewürdigt zu werden...«

»Ein solches Gefühl habe ich nicht.«

»Weshalb bist du dann so verdammt unglücklich, Olivia?«

»Ich bin nicht unglücklich, Sir. Braithwaite ist zu einem wirklichen Heim für mich geworden.«

»Und wie ist es mit mir?«

»Mit Ihnen, Sir?«

»Was bin ich für dich geworden?«

Sie dachte einen Augenblick lang angestrengt nach, suchte nach einer passenden Antwort. »Ein Freund, glaube ich«, sagte sie schließlich.

»Ein Freund. Würdest du bitte definieren, was das für dich bedeutet?«

»Ein Vertrauter. Ein Gefährte. Jemand, mit dem man träumen kann.«

»Ein Vertrauter? Du hast mir doch noch nie vertraut, Mädchen - kein einziges Mal.«

»Da irren Sie sich mit Sicherheit. . .«

»Du hast mir nie erzählt, was du wirklich beim letzten Auftritt deiner Familie dir gegenüber empfunden hast - oder was du von meinem Verhalten dabei gehalten hast. Bist du zornig auf mich? Wütend? Und was ist mit deinen Reisen? Ich weiß so wenig über deine Vergangenheit. Ich kenne ja noch nicht einmal die Geschichte, die zu dieser Tätowierung geführt hat.«

Sie spürte, daß ihr die Röte in die Wangen stieg. Sie warf ihm einen kläglichen Blick zu.

Er lächelte mutwillig. »Nun erzähle mir nicht, daß dein Geliebter ein Experte im Tätowieren war.«

»Kaum. Aber der Herr war äußerst überzeugend. Er versicherte mir, ich hätte genau die Art exotischer Schönheit, die durch ein solches Kunstwerk geradezu unvorstellbar gesteigert würde.« Sie wandte den Blick ab, sah über das Moor und ließ sich vom Wind die heißen Wangen kühlen. »Es ist mein Körper«, fügte sie dann fast trotzig hinzu. »Welches Recht haben die Menschen eigentlich, mich dafür zu verdammen, was ich mit ihm mache - solange ich nichts Ungesetzliches tue oder einem anderen Schaden zufüge? Manche Frauen benutzen Rouge oder Puder. Ich ließ mir eine kleine Rose auf die

Brust tätowieren, weil es mir das Gefühl gab, etwas – Besonderes zu sein. Unverwechselbar. Und – sinnlich.«

Olivia sah Miles wieder an. Sein Blick war plötzlich sehr intensiv geworden. »Schockiert es Sie, daß ich Ihnen derartige Empfindungen offenbart habe?« fragte sie fast anzüglich.

Er schüttelte langsam den Kopf. »Würde es dich schockieren, wenn ich zugebe, daß ich diese Tätowierung ungemein sinnlich finde?« Seine Lippen verzogen sich provokativ. Olivias Herz begann schneller zu schlagen.

Miles lachte leise auf, als hätte er sich einen Scherz mit ihr erlaubt. Es hätte sie nicht überrascht, wenn er die Hand ausgestreckt hätte, um sie zu berühren. Aber er tat es nicht. Er lehnte sich gegen den Felsen zurück und verschränkte die Hände hinter dem Kopf. »Was ist deine Lieblingsfarbe, Mistress Warwick?« Er betrachtete ihr schlichtes Kleid. »Braun, nehme ich an.«

»Blau.«

»Aber du besitzt kein einziges blaues Kleid.«

»Welchen Nutzen hätte ein blaues Kleid für mich?«

»Es würde dich erfreuen, nehme ich an.«

»Vielleicht.« Olivia sah zum wolkenlosen Himmel hinauf. »Es hat da einmal ein Kleid gegeben. In einem winzigen Geschäft in Paris. Es war sehr hübsch – aus blaßblauem Organdy, besetzt mit elfenbeinfarbener Spitze. Jedesmal, wenn wir für eine von Emilys Anproben in dieses Geschäft gingen, stellte ich mir vor, wie ich wohl darin aussehen würde. Und dann habe ich es eines Tages tatsächlich angezogen. Es paßte mir hervorragend. Zum ersten und einzigen

Mal in meinem Leben hatte ich das Gefühl, wirklich hübsch zu sein.«

»Warum hast du es nicht gekauft?« fragte er sanft.

»Gekauft wurde für Emily. Und mein Vater brauchte neue Stiefel. Wie auch immer.« Sie zuckte gleichmütig mit den Schultern und stellte fest, daß sie diese neue Vertrautheit mit Miles gleichzeitig erregend und beunruhigend fand. Da gab sie zum ersten Mal etwas von sich preis, und er hörte ihr zu – sie glaubte sogar Mitgefühl in seinen Augen erkennen zu können. »Würde mich ein blaues Kleid im Winter wärmer halten? Oder im Sommer kühler? Würde sich Blau auf meiner Haut besser anfühlen als beispielsweise Braun? Ich glaube nicht.«

»Vermutlich nicht. Aber Seide fühlt sich beispielsweise sehr viel angenehmer auf der Haut an als Baumwolle.«

Olivia sah ihren Ehemann mit leicht hochgezogenen Augenbrauen an. »Damit spielen Sie natürlich darauf an, daß ich Ihren Schneider vor kurzem gebeten habe, Ihnen Hemden aus Baumwolle zu nähen, nicht aus Seide. Baumwolle ist sehr viel preiswerter und fügte sich von daher sehr viel besser in den Rahmen Ihrer finanziellen Möglichkeiten ein.«

»Ich nehme an, ähnliches gilt auch für meine Stiefel?«

»Es gibt in Middleham einen ganz ausgezeichneten Mann, der Ihnen Stiefel zu einem Drittel des Preises anfertigt, den Ihr Londoner Schuhmacher verlangt.«

»Sag bloß.«

Sie fing an, sich für das Thema zu begeistern. »Und nicht nur das. Ich bin sicher, daß uns die Bewohner von Middleham mehr schätzen würden, wenn wir dazu übergingen, ihre Dienstleistungen mehr in Anspruch zu nehmen.«

»Wie kommst du darauf, es könnte mich interessieren, was die Leute von Middleham von uns halten? Ich persönlich lasse mir meine Stiefel am liebsten in London herstellen. Milo Jones fertigt mir schon seit meinem zwölften Lebensjahr meine Stiefel an.«

»Offensichtlich haben Sie etwas gegen Veränderungen. Also gut. Wenn Sie darauf bestehen...«

»Großer Gott.« Miles setzte sich auf, trank seinen Wein mit einem Zug aus und warf den Becher auf die Erde. »Du mußt dich ja noch elender fühlen, als ich vermutet habe.«

»Wie bitte?«

»Ich kann mich ja nicht einmal mehr mit dir streiten. Aber lassen wir das. Kehren wir lieber zu deiner Definition von ›Freund‹ zurück. Ich denke, ich habe hinlänglich bewiesen, daß ich kaum ein Vertrauter für dich bin. Dann hast du von einem ›Gefährten‹ gesprochen. Obwohl du nicht bestreiten kannst, daß du mir bei jeder Gelegenheit aus dem Weg gehst.«

»Wir sind jetzt zusammen.«

»Und du siehst ganz so aus, als würdest du wie ein verschrecktes Kaninchen unverzüglich die Flucht ergreifen, sobald ich eine unvermutete Annäherung versuche – obwohl eine Annäherung an meine Ehefrau keinem anderen als dir unvermutet vorkommen würde. Erkläre mir, Mistress Warwick, warum du einen Mann zum Heiraten erträglich, aber fürs Bett unerträglich finden kannst.«

Sie rutschte unbehaglich auf dem Felsen hin und her und sah dann gelegentlich zu den Pferden hinüber. »Ich wette, Charles Fowles ist Ihrer Mutter mehr als nur zugetan. Er hat bereits begonnen, Gedichte für sie zu schreiben.«

»Beantworte meine Frage«, bohrte er verärgert.

Irgendwie gelang es Olivia doch noch, ausreichend Luft zu holen. »Das ist ganz einfach: Ich ging davon aus, daß unsere Ehe eine reine Zweckehe sein wird.«

»Anderenfalls hättest du mich nicht geheiratet?«

»Ich ergehe mich nicht gern in Konjunktiven. Sie führen zu nichts. Was geschehen ist, läßt sich nicht ungeschehen machen.«

»Und wovor hast du dann Angst, verdammt nochmal?«

Olivia legte ihr kaum angebissenes Croissant zur Seite und wischte sich nicht vorhandene Krümel vom Rock. Angst. Ja, sie durchlebte viele unausgesprochene Ängste. Ihr schien von Sekunde zu Sekunde wärmer - heißer! - zu werden. Ihr Körper verspannte sich. Und doch - ihr Herz schlug mit der Erkenntnis schneller, daß Miles Kemball Warwick sie in diesem Augenblick ähnlich verzweifelt begehrte, wie es ihn an jenem Abend am Schwimmbecken nach ihr verlangt hatte. Sie sah es an seiner Haltung, an seinen brennenden Blicken.

Sie stand auf, lief ein paar Schritte und hielt das Gesicht dem linden Wind entgegen. Miles erhob sich ebenfalls. Sie konnte die Wärme seines Körpers spüren, die Intensität seines Blicks. Wenn er mich berührt, breche ich zusammen, dachte sie. Ich gestehe alle meine Verfehlungen, beichte alle Lügen. Unter seinen Händen schmelze ich wie Wachs - wie an jenem Abend im Wasser.

»Olivia...«

Sie ging weiter, weiter den Hang hinauf, wo der Wind frischer wehte.

»Sieh mich an«, erscholl seine Stimme hinter ihr. Zögernd drehte sie sich um. Er stand im Farngestrüpp, der Wind blähte die weißen Ärmel seines Hemdes, wehte ihm die Haare in die Stirn. »Ich möchte dich lieben«, sagte er.

Flüchtig schloß sie die Augen – überwältigt von der Erregung, ihn diese Worte aussprechen zu hören, wie auch erschüttert über ihr eigenes Verlangen.

»Nein«, entgegenete sie leise.

Sein Gesicht wurde dunkel, fast wild. »Als dein Ehemann will ich wissen, warum du dich verweigerst.«

»Es bestand Übereinstimmung darüber, daß diese Ehe...«

»Zum Teufel mit diesen alten Vereinbarungen! Großer Gott, ich bin das so leid, Olivia. Zwei Fremde in tiefster Verzweiflung... Doch wir sind uns nicht mehr fremd.« Er kam näher, und seine hastigen Schritte brachten Steine ins Rollen.

Olivia wich vor ihm zurück.

»An unserem Hochzeitsabend«, begann er mit bemüht geduldiger Stimme, »hast du mich gefragt, ob ich eine gewisse Zuneigung für dich empfinde. Ein anderer Mann hätte dich vielleicht belogen. Er hätte dir ein paar fromme Lügen aufgetischt, um in den Genuß deines Körpers zu kommen. Ich habe es nicht getan. Wenn du mich heute fragen würdest, könnte ich voller Überzeugung und mit Freude ja sagen. Ich habe dich liebgewonnen, Olivia. Ich empfinde sogar etwas für diese verrückte alte Schachtel von einem Kindermädchen, und ich empfinde sogar sehr viel für deinen Sohn. Du hast einmal gesagt, du wärst überzeugt davon, ich sei es wert, gerettet zu werden. Da hielt ich dich für verrückt. Ich war nicht mehr zu retten. Doch neuerdings ... großer Gott, Olivia, ich fühle mich gerettet. Ich habe wieder Freude am Leben. Ich freue mich auf die Zeit, die ich mit deinem Sohn verbringen kann - und mit dir. Zum ersten Mal seit sehr langer Zeit verspüre ich wieder so etwas wie Hoffnung.«

Er lachte kurz und fast ärgerlich auf. »Hör mir doch endlich zu. Ich lege dir meine Seele zu Füßen, aber du stehst da, als wärst du zur Salzsäule erstarrt. Um Gottes Willen, rede mit mir! Versprich mir doch wenigstens, daß es für uns eine gemeinsame Zukunft gibt.«

Sie hätte sich am liebsten die Ohren zugehalten. Sie wollte nicht hören, was er da sagte, wollte ihn nicht so verletzlich erleben, so offen und aufrichtig. Sein Zorn, seine Wut wären leichter zu ertragen gewesen. Es hätte es leichter gemacht, mit dieser beschämenden Lüge zu leben.

Unvermittelt stand er neben ihr. Seine Hand griff fest nach ihrem Arm, als sie sich abwenden wollte. Er zwang sie dazu, ihn anzusehen, und neigte ihr das Gesicht zu. »Sag mir endlich die Wahrheit, verdammt nochmal. Liebst du Bryans Vater noch immer?«

»Warum kümmerst du dich ständig um meine Vergangenheit?« fragte sie hitzig und versuchte, sich seinem Griff zu entwinden.

Doch er packte sie nur noch fester. »Weil ein Teil der Vergangenheit dich zu dem gemacht hat, was du jetzt bist. Weil dich die Vergangenheit immer noch so festhält, daß du deinem eigenen Mann den Einblick in dein Herz verwehrst.«

Sie schaute ihn verzweifelt an, kein Wort kam über ihre Lippen.

»Bist du überhaupt noch in der Lage, irgend etwas zu empfinden, Olivia, oder hat er die Frau, die einmal so leidenschaftlich geliebt hat, daß sie ihr Leben aufgegeben hat, um seinen Sohn zu bekommen – und zu behalten –, so enttäuscht, daß sie einfach nicht mehr fähig ist zu lieben?«

Schweigend beobachtete sie, wie sein Blick erst flehend, dann verbittert und schließlich wütend auf ihr ruhte.

Er ergriff sie mit beiden Händen, seine Finger gruben sich schmerzhaft in ihre Arme. Er schüttelte sie, bis sie laut aufschrie. »Hör auf! Ich bitte dich, hör endlich auf!«

»Du bittest mich? Die Olivia Devonshire, die ich einst kannte, hätte sich eher die Zunge abgebissen, als mich um etwas zu bitten, sie hätte mir das Gesicht zerkratzt. Himmel, ich wäre lieber mit der verruchten Frau verheiratet, die mit Zigeunern getanzt hat als mit diesem Eisberg, zu dem du dich entwickelt hast.«

»Aber du verstehst das alles falsch – oh, Gott, wenn es doch nur nicht so hoffnungslos wäre...«

Schließlich lockerte er seinen Griff. Olivia wandte sich ab. Sie stand mit dem Rücken zum Wind, sah ihn nicht an. Ihre Hände umfaßten ihre Schultern. Sie umarmte sich so fest sie konnte und betete, daß sich die in ihr tobenden Gefühle nicht verrieten. Wo war die Lösung? Sie konnten doch nicht für den Rest ihres Lebens so weitermachen.

Schließlich blickte sie sich um und stellte fest, daß er den Hügel hinunterging, auf die Pferde zu. Das

Zaumzeug schwang in seiner Hand hin und her. Sie dachte daran, ihm nachzulaufen ... zu gestehen.

Wenn sie sich nur nicht so sicher gewesen wäre, daß die Wahrheit sie zerstören mußte.

Der Rest ist Schweigen.

William Shakespeare

18

Bryan sprang hinter der Tür hervor und schwang sich auf Miles' Rücken. »Jetzt hab' ich dich, Schwarzer Ritter!« krähte er und lachte laut auf – höchst befriedigt darüber, Miles und Olivia bei ihrem Eintritt ins Haus überrascht zu haben. Jacques tauchte aus der Küche auf, umwabert vom Duft frischgebackenen Brots.

»Madame! Monsieur! Sie kommen gerade rechtzeitig für mein *Déjeuner à la fourchette.* Ich...«

»Ich bin nicht hungrig«, sagte Miles mürrisch zu dem verdutzten Koch und setzte Bryan auf dem Fußboden ab.

»Entschuldigung, Jacques. Vielleicht ein wenig später«, erklärte Olivia.

Sie nahm Bryan an die Hand und ging ohne ein weiteres Wort mit ihm zum Morgenzimmer. An der Tür zögerte Olivia und faßte die Hand ihres Sohns unwillkürlich fester. Ein Gefühl von Mutlosigkeit überkam sie

Alyson saß in ihrem Lieblingssessel, den Charles für sie angefertigt hatte. Über ihre Knie war sorgsam eine wärmende Decke gebreitet. Die Morgensonne strahlte durch die blitzenden Fensterscheiben – warm und gelb wie Butter. Sie beschien Alysons Gesicht, ihre geschlossenen Augen und die Hände, die schlaff auf ihrem Schoß lagen.

Olivias Blick flog zu ihrem Mann.

Er stand neben Alyson und starrte über das Moor hinaus, ein Buch in den Händen.

»Schläft Großmama?« flüsterte Bryan.

Olivia schloß die Augen und kämpfte gegen die brennenden Tränen an. »Hole Bertrice und Charles«, sagte sie freundlich aber bestimmt zu Bryan.

»Aber...«

»Schnell, Bryan!«

Der Junge schoß davon, und schon bald waren seine hastigen Schritte von der Stille verschluckt.

Olivia ging ruhig auf Miles zu, der immer noch unverwandt aus dem Fenster blickte.

»Es sieht so aus, als wäre sie ganz ruhig eingeschlafen«, sagte er.

Vorsichtig, ganz vorsichtig, legte Olivia ihre Hand auf seinen Arm.

Er wurde ganz steif.

»Es tut mir unendlich leid«, sagte sie.

Er holte tief und zitternd Luft, aber sein Gesicht war fast ausdruckslos. »Gerade, als wir uns näherkamen ... hat sie mich verlassen.«

»Sie hat keine Schmerzen mehr. Sie hat es überstanden...«

»Sie hat es überstanden«, wiederholte er. »Und was ist mit meinen Schmerzen? Nie hat sich auch nur ein Mensch um mein Leid, meine Schmerzen gekümmert.« Seine Finger umklammerten das Buch – so fest, daß seine Knöchel schneeweiß wurden. Dann unternahm er den ungeschickten Versuch, das Gedicht aufzuschlagen, das Alyson mit einem Satinband markiert hatte. »Was um alles in der Welt soll ich jetzt nur machen?« flüsterte Miles.

Ihr Entschluß, Earl Warwick aufzusuchen und ihn

um seine Erlaubnis dafür zu bitten – notfalls anzuflehen –, daß Alyson in der Familiengruft der Warwicks bestattet wurde, war voreilig gewesen. Sie hatte dabei nur einen Wunsch gehabt, die Trauer ihres Mannes zumindest ein wenig zu lindern. Sie hatte nicht gedacht, wie töricht ihre Bitte in den Augen eines Mannes wirken mußte, der seine Meinung über Miles' Mutter mehrmals ganz unmißverständlich zum Ausdruck gebracht hatte. Dennoch hatte sich Damien, wie in letzter Zeit häufiger, schließlich zugänglich gezeigt – wenn auch äußerst zögernd.

Olivia kehrte mit einem Gefühl der Erleichterung nach Braithwaite zurück, doch das verwandelte sich ins Gegenteil – kaum hatte sie die Schwelle überschritten.

»Er hat sich wie ein Wahnsinniger aufgeführt«, erklärte Sally, die in der Halle Glasscherben zusammenfegte. »Ich habe Warwick ja schon häufiger erlebt, wenn er seine Anfälle bekam – aber so war er noch nie. Er war betrunkener als das sprichwörtliche Schwein, hat mit Vasen um sich geworfen und gegen die Möbel getreten. Ich habe es richtig mit der Angst zu tun bekommen.«

»Wo sind Bryan und Bertrice?« erkundigte sich Olivia.

»Sie haben sich in ihre Zimmer geflüchtet und die Türen abgeschlossen«, erwiderte Sally. »Seither habe ich sie nicht wieder gesehen. Ich kann es ihnen nicht verübeln. Er hat sich aufgeführt wie ein Verrückter...«

»Wo ist mein Mann jetzt?«

»Vor zehn Minuten ist er losgestürmt, in Richtung Reitställe.«

Olivia trat vorsichtig um die Scherben herum und eilte einen Flur nach dem anderen entlang. Als sie endlich das Haus hinter sich gelassen hatte, beschleunigte sie ihre Schritte noch und flog förmlich über den Backsteinpfad, der zu den Ställen führte. Dort stand Charles und wollte gerade Perlagal besteigen.

»Moment!« rief Olivia. Der alte Mann blickte sich um und wartete, bis Olivia bei ihm war. »Wo ist mein Mann?«

»Da draußen«, antwortete Charles und deutete über das Moor. »Ich will ihm nach. Man sollte ihn in dieser Gemütsverfassung nicht allein lassen, Mädchen.«

Olivia nahm ihm die Zügel aus der Hand.

Charles packte sie am Arm. »Seit dem Tod seines Vaters habe ich ihn nicht mehr so erlebt. Und selbst damals war er nicht so außer sich. Ich weiß nicht, ob ich Sie wirklich allein zu ihm reiten lassen soll, liebes Kind. Sie wissen doch, wie unberechenbar er werden kann, wenn das Temperament mit ihm durchgeht.«

»Er ist mein Mann«, entgegnete sie. »Mir würde er nichts tun. Und jetzt helfen Sie mir, Charles Fowles – oder muß ich mir erst einen Hocker aus dem Stall holen?«

Sehr zögernd stützte Charles Olivias Bein und half ihr in den Sattel. Das Pferd scharrte nervös mit den Hufen. Einen Moment später preschte die Stute vorwärts und reckte ihren Hals dem Moor entgegen.

Olivia flog förmlich durch die Landschaft, ein scharfer Wind peitschte ihr Gesicht, dröhnte in ihren Ohren.

Der Instinkt führte sie nach Margrave Bluff.

Dort graste Alhabac friedlich im tiefen Heidekraut. Olivia saß ab, ließ ihr Pferd frei laufen und strebte eilig dem Abhang zu. Am steilen Abgrund stand Miles. Er hatte das Gesicht dem Wind und der untergehenden Sonne zugewandt.

»Miles«, sagte sie leise aber drängend, »ich fürchte, Sie stehen zu nahe am Abgrund. Kommen Sie da weg. Bitte!«

»Woher wußtest du, wo du mich finden kannst?« Seine Stimme klang trunken-verschwommen.

Ruhig trat sie neben ihn und streckte die Hand aus. »Es gibt sicherere Orte, um zu trauern«, sagte sie.

»Um zu trauern? Warum sollte ich denn trauern? Weil Alyson gestorben ist? Ich habe ihr in meinem Leben mehr als tausendmal den Tod gewünscht. Als sie hinfällig wurde, und ich sie nach Amersham bringen ließ, habe ich mir oft vorgestellt, daß sie dort genauso einsam und elend stirbt, wie sie mich gemacht hat.«

»Aber Sie haben sie geliebt, sonst hätten Sie niemals so stark empfinden können.«

Seine dunklen Augenbrauen zogen sich zusammen.

»Und am Ende haben Sie ihr verziehen.«

Miles' Blick verlor sich in der Ferne. Lange Zeit sagte er kein Wort. Wie unglaublich zugänglich er in diesem Augenblick doch wirkte: ein plötzlich verwaistes und unendlich verstörtes Kind. Sie sehnte sich danach, ihn in die Arme zu nehmen und zu trösten. Aber würde sie das wagen? Das konnte alles verraten – all die Geheimnisse, die sie in den vergangenen, langen Monaten so bemüht für sich behalten hatte.

»Es war nicht der richtige Zeitpunkt für sie zu sterben«, murmelte er versonnen. »Wir hatten uns doch gerade erst kennengelernt. Da sind all diese vergeudeten Jahre ... Mein Gott, all diese Jahre, in denen ich sie in meiner Wut verflucht habe.« Er schloß die Augen. »Jetzt möchte ich das alles zurücknehmen, aber ich kann es nicht.«

»Sie haben es zurückgenommen! Die Zuneigung und die Besorgnis, die Sie ihr in den letzten Monaten gezeigt haben, war Ihre Art der Wiedergutmachung. Das hat sie verstanden. Sie hat ihren Frieden in dem Augenblick gefunden, als sie wußte, daß Sie ihr verziehen haben.«

Er schüttelte heftig den Kopf, verlor das Gleichgewicht und geriet ins Straucheln. Olivias Herz setzte aus, als sie ihn einen Moment lang gefährlich nah am Abgrund schwanken sah. Behutsam packte sie seinen Arm und zog ihn zurück.

Er riß sich los. »Verschwinde«, rief er kaum verständlich.

»Das werde ich nicht tun. Jedenfalls nicht, bevor Sie von diesem Abgrund da wegtreten.«

Mit blitzenden Augen und verzerrten Lippen zuckte er so plötzlich zu ihr herum, daß sich unter seinem Schritt Steine lösten und dumpf den Abgrund hinunterpolterten. Wieder hielt Olivia den Atem an. »Begreifst du denn nicht?« schrie er. Seine Stimme hallte weit über das verlassene Moor. »Ich habe niemanden mehr. Keine Familie. Keine Menschenseele, die zu mir gehört. Ich bin allein, verdammt nochmal, und ich habe Angst!«

»Allein? Sir, ich bin Ihre Frau. Sie können sich kaum als einsam bezeichnen.«

»Meine Frau? Willst du wissen, was meine Frau

für mich ist? Sie ist eine Unterschrift unter einem wertlosen Stück Papier. Sie ist ein Gegenstand hinter einem Schreibtisch, der Berechnungen anstellt, Zahlen und Prozente errechnet und mit Sicherheit auch noch im Schlaf Soll und Haben kalkuliert. Sie ist eine Märtyrerin, die ihr Leben für ihren Vater und ihre Schwester aufgeopfert hat, die sich nicht im geringsten darum scheren, ob sie lebt oder stirbt – aber für mich hat sie keine Minute Zeit.« Er packte mit einer Hand ihren Arm und vergrub die andere in ihren Haaren, so daß sich der ordentliche Knoten löste und die langen Strähnen über ihre Schultern fielen. Er zog sie nahe an sich heran – so nahe, daß sie den Alkohol riechen konnte, den er zu sich genommen hatte – und zischte ihr zu: »Sie stößt mich zurück.«

Olivia berührte sein Gesicht ganz sanft mit ihren Fingern. Seine Verzweiflung gab ihr die Kraft, das zu tun, was ihr Herz ihr sagte. »Ich träume von keinem anderen Mann«, erklärte sie fest. »Nur von dir.«

Er lachte hart auf. Seine Finger zerrten an ihren Haaren. »Lügnerin«, meinte er verächtlich.

»Nur von dir. Ich schwöre es. Bist du denn so blind, daß du das nicht sehen kannst? Jede einzelne meiner Handlungen in diesen letzten fünf Monaten war für dich – dazu bestimmt, dich zu stützen, dich aufzubauen. Ich liebe Miles Warwick. Kein anderer Mann hat je mein Herz besessen.«

Er schob sie einen Schritt von sich fort. Sein Gesicht wirkte erschreckend wild. »Du verhöhnst mich.«

Olivia schüttelte den Kopf. »Um nichts in der Welt würde ich dich verhöhnen.«

»Du erklärst, du hättest immmer nur mich geliebt – und doch ist da Bryan. Du weigerst dich, über deinen Geliebten zu reden oder über deinen Schmerz darüber, daß er dich aufgegeben hat. Welche gemeinsame Zukunft sollen wir haben – welche Art von Liebe soll uns verbinden –, wenn du so viele Geheimnisse bewahrst? Warum willst du nur nicht einsehen, daß deine Vergangenheit mir absolut nichts mehr bedeutet, Olivia? Mir geht es ausschließlich um Offenheit. Ohne Aufrichtigkeit kann es für uns keine Zukunft geben.«

Unsicher lächelnd und mit wild klopfendem Herzen berührte Olivia die kalte Wange ihres Mannes. Freude durchflutete sie wie eine warme Woge. Sie begann zu zittern.

»Liebe und Zuneigung zählen mehr als Abstammung. Ich bin Bryans Mutter, weil ich mich dazu entschlossen habe. Und du bist für Bryan ein echter Vater geworden. Bryans Vater ist ein Mann, der zu unendlicher Zärtlichkeit und leidenschaftlicher Liebe ebenso fähig ist wie zu unmäßigem Zorn. Jede Faser seines Wesens ist mir genauso teuer wie das meines eigenen Sohns.« Sie reckte sich auf die Zehenspitzen, berührte seinen Mund ganz leicht mit ihren Lippen und mußte nach Atem ringen. »Ich ... verstehe die Sprache seines Herzens und seines Körpers, weil wir uns so ähnlich sind, weil wir uns beide verzweifelt nach einer Zukunft sehen und nach einer Familie, zu der wir gehören.«

Wieder küßte sie ihn zärtlich, verweilte mit ihren Lippen und atmete ganz leise dicht an seinem Mund, bis sie spürte, wie er in Reaktion auf ihre Berührungen erschauerte. In seinen haselnußbraunen Augen sah sie Qual, Zorn, Ungläubigkeit und Verlangen.

»In meinem Herzen hat es nie einen anderen gegeben. So lange ich lebe, wird es nie einen anderen geben. Ich liebe dich.«

»O mein Gott!« stöhnte er auf.

Sie küßte ihn wieder, fester diesmal. Sie schnitt ihm das Wort ab und vergrub ihre Hände in seinen dichten Haaren - so wie sie es sich so oft in den Nächten erträumt hatte, wenn sie einsam in ihrem Bett gelegen und Tränen der Sehnsucht nach ihm vergossen hatte. Sie küßte ihn, bis sich die Welt um sie zu drehen begann, bis Himmel, Wolken, Moor und Heide zu einem Kaleidoskop der Farben wurden, das ihr den Boden unter den Füßen fortzog.

Und sie zog ihren Mann mit sich, bis sein Gesicht und seine Schultern ihr den Blick auf den Himmel verbargen, bis seine Hände auf ihrer nackten Haut ungeduldig ihre Kleider zur Seite schoben und ihren Körper explodieren ließen, bis sie nichts anderes mehr empfand als unendliches, schmerzliches und zu lange verdrängtes Begehren. Wie unsagbar töricht kamen ihr die Ängste vor, die sie fünf endlose Monate lang davon abgehalten hatten, ihren Ehemann ganz und vollständig kennenzulernen, als seine Finger sie liebkosten, als er sie mit seinem heißen Whiskymund küßte. Sie hätte alle Bedenken auch dann in den Wind geschlagen, wäre er nicht betrunken gewesen - so sehr verlangte es sie nach ihm.

»Liebe mich!« rief sie, als sie das Warten nicht länger ertragen konnte, und ignorierte die leisen aber beharrlichen inneren Warnungen. »Liebe mich«, bat sie und blickte in sein Gesicht. Seine Züge wirkten gequält, aber auf seinen Lippen und in seinen Augen war ein Lächeln, und in seinen Händen eine drängende Zärtlichkeit, als sie über ihre Haut glitten und so wundervolle Dinge taten, daß sie aufstöhnen mußte.

Und ihr Körper gab die Antwort. Eine brennende Leidenschaft machte die sehnsüchtige Stelle zwischen ihren Beinen weich, heiß und bereit. Ihre Furcht vor dem Unbekannten schwand vor dem Ansturm des Begehrens. Sie bemerkte den flüchtigen Schmerz kaum, als er in ihren Körper eindrang, sondern schrie statt dessen voller Glück über die Vereinigung laut auf.

O Gott, endlich...

Er streckte sich auf dem weichen, fließenden Gras des Hügels aus. Der Himmel war eine blaue Kuppel über seinem Kopf, seine Haare wurden vom Wind und den schnellen behenden Bewegungen seines Körpers verweht, mit denen er in sie drang und wieder verließ. Wie wundervoll er doch war. Wie schön! Sie liebte jeden Zug seines dunklen Gesichts. Sie betete das Gefühl seiner nackten Haut auf ihrem Körper an – glatte Haut und rauhes, schwarzes Brusthaar, die Muskeln seiner Hüften, die sich mit jedem Eindringen spannten und entspannten. Plötzlich fühlte sie sich so, wie sie sich noch nie gefühlt hatte – schwindlig, abgehoben, entrückt – hilflos gegenüber dem freien Fall, dem überwältigenden Strom flüssigen Feuers, das ihr durch den Körper drang und ihr die Luft aus den Lungen holte.

Fieberhaft erwiderte sie seine Küsse, öffnete den Mund, um seine heiße Zunge selbst in den Augenblicken aufzunehmen, in denen seine Hüften fast gewalttätig vor- und zurückstießen und mit jedem tiefen Stoß das berauschend neue Gefühl von Entzücken, Schmerz und Unbeherrschtheit [illegible]chten. Sie verdrehte seine Haare zwischen ihren Fingern und reckte sich jeder Bewegung seines machtvollen Glieds entgegen, liebte ihn mit ihrer ganzen aufgestauten Leidenschaft, die sie nicht länger zurückhalten konnte.

Die Welt wurde für sie zu einem Fokus unvorstellbarer, schrankenloser Lust und hemmungslosen Glücks. Seine Küsse legten ihre Seele bloß, und sie gab sich ihm hin, bis sie sich von der Hitze der aufwühlenden Zuckungen überwältigt fühlte, dem Höhepunkt, der sie hilflos machte und endlich frei.

»Jane, du siehst ja heute früh blühend aus,
strahlend und hübsch, richtig hübsch.
Ist das meine blasse, kleine Elfe?
Mein graues Mäuschen? Dieses kleine,
sonnige Mädchen mit den Grübchenwangen
und den Rosenlippen, dem seidenen
Braunhaar und den glänzenden Haselnußaugen?«
(Ich hatte grüne Augen, werter Leser,
aber Sie müssen diesen Irrtum entschuldigen;
für ihn waren sie vermutlich frisch gefärbt.)
»Ich bin Jane Eyre, Sir.«

Charlotte Brontë
Jane Eyre

19

Miles erwachte zögernd, als ihm die Morgensonne auf die geschlossenen Lider schien. Er hatte Kopfschmerzen, und die Erinnerung an die Ereignisse des vergangenen Tages stiegen in verschwommenen Bildern in sein Bewußtsein.

Himmel, wie betrunken war er eigentlich gewesen?

Er richtete sich im Bett auf, betrachtete die unordentlichen Bettdecken neben ihm, griff nach dem Kopfkissen, hob es ans Gesicht und roch schwachen Veilchenduft.

Er verließ das Bett und blieb erst einmal stehen, damit das Dröhnen in seinem Schädel nachließ. Er nahm seine verstreut herumliegenden Kleidungsstücke in Augenschein: Stiefel hier, Reithosen dort, das Hemd (Baumwolle!) zusammengeknüllt neben dem Sessel. Er blieb stehen, hob einen Damenstrumpf mit dem Finger hoch und lächelte.

»Bryan, komm sofort von dieser Mauer herunter!« hörte er Olivias ferne Stimme.

Miles trat an das Fenster und sah gerade noch, wie Olivia im Rosengarten ihren Sohn von der Mauer hob. Einen Moment lang drehten sich Mutter und Kind übermütig im Kreis herum und lachten unbeschwert in die Morgensonne.

Er zog sich so schnell an, wie es sein benebelter Zustand erlaubte, und eilte die Treppen hinunter. Die Dienstboten schlichen auf Zehenspitzen umher und warfen ihm wachsame Blicke zu, als er die Flure durchquerte. Als er Sally hinter einer Tür hervorspähen sah, blieb er stehen. »Kommen Sie her«, befahl er.

»Nur, wenn Sie versprechen, mich nicht wieder mit Gegenständen zu bewerfen.«

Er zog eine Augenbraue hoch und wiederholte: »Kommen Sie her - bitte.«

Zögernd kam sie durch die Halle und blieb in sicherem Abstand vor ihm stehen.

»Ich hätte gern einen starken schwarzen Kaffee. Ich werde ihn im Morgenzimmer trinken.«

Sie sah ihn befremdet an. »Sir ... im Morgenzimmer ist Ihre Mutter aufgebahrt.«

»Meine ... also gut. Dann machen Sie sich keine Mühe.«

Miles betrat sein Arbeitszimmer und ging durch die Terrassentür in den Garten, wo Olivia gerade ihre Schaufel und ihre Handschuhe aufhob, während Bryan ein paar Steine einsammelte, die er bei seinen Erkundungen in der Erde entdeckt hatte. Miles trat hinter seine Frau und legte ihr die Arme um die

Taille. Sie zuckte überrascht zusammen und ließ ihre Handschuhe fallen.

»Guten Morgen«, flüsterte er ihr ins Ohr.

»Wer ist denn das?« erkundigte sie sich mit gespielt strenger Stimme.

»Dein Mann natürlich.«

»Oh, nur der? Ich dachte, es könnte vielleicht der Pferdebursche vom Nachbargut sein. Wir treffen uns hier jeden Morgen um zehn.«

Lachend schob er ihr weichfallendes Haar zur Seite und enthüllte die sanfte Kontur ihres Nackens. »Ich wußte ja gar nicht, daß du dir Veilchenwasser hinter die Ohren tupfst.«

»Es gibt sehr viele Dinge, die Sie an mir noch nicht bemerkt haben, Sir.«

Er zwang sie dazu, ihn anzusehen. Sein Blick ruhte auf ihrem Gesicht. Nur langsam nahm sein benommener Verstand die Veränderungen an der Frau vor ihm wahr. Olivias Teint zeigte Farbe, ihre Augen funkelten wie Edelsteine. Ihr langes Haar schimmerte in der Morgensonne wie gesponnenes Kupfer, und er hätte viel darum gegeben, seine Hände darin verbergen zu können. Doch sie lächelte irgendwie wachsam und zog sich zurück.

»Wie geht es dir?« fragte sie eine Spur zu höflich und bückte sich, um ihre Handschuhe aufzuheben.

»Schwindlig und benommen.«

»Das glaube ich gern.« Sie sah sich nach Bryan um, der seine Steine zu einem Stapel auftürmte.

»Was zum Teufel ist hier gestern eigentlich passiert? Jeder sieht mich an, als wäre ich ein mehrköpfiges Ungeheuer.«

»Ich würde sagen, daß du dich wohl auch so ähnlich benommen hast. Erinnerst du dich denn nicht?«

Olivia ging auf das Haus zu.

»An manches schon«, erwiderte er und paßte sich ihrem Schritt an.

»An was?«

Er blieb unvermittelt stehen, nahm sie in den Arm und drehte sie zu sich herum. Ihre Augen wurden ganz groß und ihre Lippen öffneten sich, kurz bevor er sie küßte - zärtlich zunächst, dann immer leidenschaftlicher, bis sie nach Luft rang und sie zu zittern begann. »Ich erinnere mich an alles Wichtige«, murmelte er leise an ihrem Mund.

»An was genau erinnerst du dich?« flüsterte sie ebenso leise zurück.

»Nicht viel. Aber nach und nach fällt mir alles wieder ein. Ich würde es allerdings vorziehen, für neue Erinnerungen zu sorgen.«

Olivia entwand sich seinen Armen und erwiderte sein Lächeln - wenn auch nicht ganz so enthusiastisch. »Deine Mutter...«

»Ich werde nach Middleham reiten und die nötigen Vorbereitungen treffen...«

»Das habe ich dir bereits abgenommen«, unterbrach sie. »Ich habe mit Earl Warwick gesprochen. Er hat seine Erlaubnis dazu gegeben, daß Alyson in der Familiengruft beigesetzt wird. Neben deinem Vater.« Sie nahm seine Hand und fügte hinzu: »Der Geistliche wird gegen zwei Uhr hier sein.«

Alyson Kemball wurde Seite an Seite mit Joseph Warwick zur letzten Ruhe gebettet. Earl Warwick und seine Frau nahmen an der Trauerfeier teil, wahrten aber Abstand. Sie waren lediglich aus Mitgefühl für Miles erschienen - keineswegs aus Hochachtung für die Frau, die einst fast die Familie Warwick zerstört hätte. Olivia stand neben Miles, und ihre Anwesenheit gab ihm Kraft. Bryan stand auf der anderen Seite und hielt Miles' Hand ganz fest.

Als sie nach Abschluß der Feierlichkeiten die Gruft verlassen wollten, sah Miles seinen Bruder an, der in einiger Entfernung stand. Ihre Blicke trafen sich kurz, dann wandte sich Earl Warwick ab und verließ mit seiner Frau die düstere Halle.

Miles steckte die Hände in die Taschen und sah seinem Bruder und seiner Schwägerin nach. »Ich hätte nie geglaubt, daß er kommen würde«, sagte er zu Olivia. »Damit hat er mir einen sehr großen Dienst erwiesen. Ich vermag mir nicht einmal vorzustellen, was es ihn gekostet haben muß, mir diesen Gefallen zu tun.«

»Ist es nicht mitunter eigenartig, wie der Tod Freunde einander näher bringen kann?«

»Sprichst du von meinem Bruder und mir oder von dir und mir?«

»Vermutlich meine ich uns alle.« Sie schenkte ihm ein strahlendes Lächeln und ging dann ihm voran dem Ausgang zu. Bryan blieb beharrlich an Miles' Seite. Er ließ seine Hand nicht los.

Er wurde mit klopfendem Herzen und schweißüberströmt wach. Doch bis auf das fahle Mondlicht, das durch die Fenster fiel, war der Raum dunkel. Eine Bewegung neben dem Fenster erregte seine Aufmerksamkeit.

Olivia trat ins Mondlicht. »Miles«, flüsterte sie. »Bist du wach?«

Miles konzentrierte sich, mußte blinzeln, konzentrierte sich erneut. Olivia stand neben seinem Bett, die Haare fielen ihr über die nackten Schultern.

Ihre Brüste schimmerten im Halbdunkel wie Alabaster.

Sie stieg ins Bett, streckte ihren schlanken Körper neben ihm aus und schickte ihre Hand über seinen nackten Oberkörper, dann unter die Bettdecke, die seine Lenden verhüllte. Schweratmend umfaßte er ihre Hand.

»Schsch«, murmelte sie und schob ihr Knie über seine Hüften. »Weißt du eigentlich, wie lange ich mich danach gesehnt habe?« flüsterte sie in sein Ohr und begann, verspielt mit ihren Zähnen an seinem Ohrläppchen zu knabbern.

Er schwieg. Er konnte nicht sprechen. Aber sein Körper sprach für ihn, wurde steif und hart. Er hatte das Gefühl, in Flammen zu stehen. Seine vorherige Benommenheit war durch tausend unterschiedliche Empfindungen ersetzt. Er griff nach Olivia, doch sie schüttelte den Kopf und schob sich auf ihn, bis sie sein Glied mit ihrem warmen, feuchten Körper umhüllt hatte. Sie hob und senkte sich, bis er laut aufstöhnte und seine Hände in ihre Hüften krallte. Ihr tiefes, heiseres Auflachen schickte eine Woge hitzigen Verlangens durch seine Lenden. »Heute bin ich dran«, hauchte sie leise.

Seine Hände glitten um ihre schmale Taille, als sie mit zurückgeworfenem Kopf auf ihm schwebte und ihre Haare wie eine goldschimmernde Mähne bis auf ihre Hüften hinunterschwangen. Ihr Begehren und ihre Nähe brachten ihn fast um den Verstand. Doch da waren winzige Klagelaute, die ihn verwirrten.

»Hast du Schmerzen?« fragte er besorgt.

Ihre herrlichen Brüste hoben und senkten sich mit jedem ihrer tiefen Atemzüge, als sie fast tonlos hervorstieß: »Das sind die Kratzer auf meinen Hüften.« Sie fing seine Finger ein und legte sie auf die Schürfwunden an ihren Schenkeln. »Gestern, vom Heidekraut.«

»Das tut mir leid.«

»Mir nicht.« Sie senkte sich ganz auf ihn hinunter - langsam, wie jemand, der sich seinen Weg in unbekannte Tiefen ertastet. Ihre Gesichtszüge wirkten unsicher und verlangend, spiegelten den Schmerz und die Ekstase wider. »Mein Gott«, murmelte er, »war ich so grob zu dir?«

»Erinnerst du dich denn nicht mehr?«

Sie wiegte sich leicht auf ihm hin und her, und er hielt den Atem an, preßte die Augen zu und fragte sich, ob er noch immer träumte - aber die Träume, die ihn mit wildklopfendem Herzen geweckt hatten, waren nicht so wundervoll gewesen, sondern verwirrend... Er wünschte, er könnte sich erinnern.

»O Gott«, stöhnte er auf, als ihr Rhythmus jeden anderen Gedanken auslöschte.

Der Brief ihres Vaters traf am nächsten Morgen kurz nach zehn Uhr ein. Nachdem sie die flüchtig hingekritzelten Zeilen ihres Vaters gelesen hatte, glaubte Olivia, der Boden unter ihren Füßen hätte sich aufgetan. Emily war nach Devonswick zurückgekehrt. Sie hatte ihr Kind verloren, und Clanricade hatte sie zu ihrem Vater zurückgeschickt.

Olivia fand Miles und ihren Sohn bei den Reitställen. Bryan saß auf dem ungesattelten Alhabac, während Miles das Pferd an der Longe im Kreis herumführte. Der Anblick ließ sie innehalten.

Wie prachtvoll sie doch zusammen aussahen. Die

Sonne schimmerte in ihren dunklen Haaren, und Bryans Gesicht war vor Freude hochrot. Wie gut er sich hielt! Seine Beine waren entspannt, die Fersen zeigten nach unten, sein ganzer Körper bewegte sich harmonisch im Rhythmus des Pferdes. Schon bald würde Miles ihn zu den Ausritten mit der Meute mitnehmen können.

Bryan entdeckte seine Mutter und winkte aufgeregt. »Hallo! Sieh doch nur, was Papa mir beigebracht hat!« rief er.

Papa?

Olivia wartete gespannt auf Miles' Reaktion. Doch der lachte und winkte nur. Dann wandte er seine Aufmerksamkeit wieder Bryan zu. »Kopf hoch!« kommandierte er. »Ein richtiger Reiter läßt sich auch von schönen Ladies nicht ablenken!«

Papa.

Leicht schwindlig ließ sich Olivia auf eine Steinbank fallen. Kaum eine Minute schien vergangen, als sie wieder aufschaute und Miles vor sich stehen sah. Die Longenleine hatte er um eine Hand geschlungen und blickte Olivia mit seinen braunen Augen forschend an.

»Du siehst ja aus, als wärst du gerade einem Geist begegnet«, stellte er fest.

Sie schaute ihm über die Schultern und sah, daß Bryan auf dem Araber immer noch seine Kreise zog. »Ist es auch sicher?« fragte sie. »Er ist noch so klein. Was ist, wenn er herunterfällt?«

»Das wird er – irgendwann einmal. Niemand lernt ordentlich reiten, bevor er sich nicht ein paar Knochen gebrochen hat.« Miles setzte sich neben sie auf die Bank. »Du wirkst besorgt. Wenn es darum geht, daß er Alhabac reitet ...«

»Nein, darum geht es nicht«, unterbrach sie ihn heftiger als beabsichtigt. Schließlich wandte sie ihre Aufmerksamkeit von ihrem Sohn ab und bemerkte, daß Miles neben ihr die Ellbogen auf die Knie stützte und auf den Boden zwischen seinen Beinen starrte.

»Dir paßt es nicht, daß er mich Papa nennt«, stellte er ganz ruhig fest.

»Ich dachte nur, du hättest etwas dagegen.«

»Aber es scheint für ihn sehr wichtig zu sein.« Er setzte sich aufrecht hin und schien nachzudenken. »Nein, das stimmt nicht ganz«, meinte er schließlich. »Plötzlich, aus einem Grund, den ich mir selbst nicht erklären kann, bedeutet es mir sehr viel, daß er mich Papa nennt. Wenn ich ihn mir manchmal so ansehe, dann ...« Er beobachtete, wie der Junge das Pferd zu einem leichten Trab antrieb.

»Dann?«

»Dann stelle ich mir vor, er wäre mein eigener Sohn. Ich glaube nicht, daß ich ihn mehr lieben könnte, wenn das der Fall wäre.« Er sah sie an. »Du würdest doch nie versuchen, ihn mir fortzunehmen, oder?«

In Miles' Gesicht stand ein leidenschaftliches Drängen, das Olivia momentan die Sprache verschlug. Doch jede Antwort wurde ohnehin durch Gustave verschoben, der in seinen übergroßen Schuhen herangetrottet kam. Er trug einen Brief, den er Miles feierlich überreichte. Trotz der unangenehmen Neuigkeiten über Emily mußte Olivia über die jungenhafte Unbeholfenheit Gustaves lächeln und achtete nicht darauf, daß Miles den Umschlag aufriß und das darinsteckende Schreiben las.

»Mein Gott«, ächzte er mit tiefer, fast tonloser Stimme. »O mein Gott!«

»Was ist geschehen?« rief Olivia. In ihr stieg Panik hoch. »Miles, was ...«

Miles begann über das ganze Gesicht zu strahlen, seine Wangen röteten sich. Olivia fühlte sich hochgehoben und durch die Luft gewirbelt. Hinter ihr zügelte Bryan den Araber, glitt blitzschnell von seinem Rücken und kam, so schnell ihn seine kleinen Füße trugen, herbeigeeilt.

Miles fing auch Bryan ein und drehte sich nun mit beiden übermütig im Kreis herum. Sein Lachen war so ansteckend, daß Olivia unwillkürlich einstimmte.

»Wenn du mir endlich sagen würdest, was denn so wunderbar ist, wüßte ich endlich auch, warum ich hier lache wie eine Verrückte.«

»Ja, sag's uns, Papa«, forderte auch Bryan und umarmte Miles' Hals so fest er konnte.

»Wir sind reich«, rief Miles.

»Wir...«

»Wir sind reich! O Gott, Olivia! Ich werde dir tausend blaue Kleider in Paris kaufen und zweitausend Flakons des teuersten Parfums. Veilchenwasser hat meine Frau nicht mehr nötig. Und Bryan ... dich werden wir auf die beste Universität der Welt schikken. Meine Lieben, ich hatte recht!« Wieder schwang er Olivia und Bryan herum und küßte Olivia auf den Mund, bis ihr schwindlig wurde.

»Ich hatte recht«, wiederholte er immer wieder.

»In welcher Hinsicht?«

»Die Minen. Sie sind auf eine neue Ader gestoßen, mein Schatz – und das ist die reichste Bleiader, die in den letzten hundert Jahren in diesem Land gefunden wurde.«

Manche werden groß geboren, manche erringen Größe, und manchen fällt Größe zu.

William Shakespeare

20

Miles und Olivia hatten fest damit gerechnet, daß in Gunnerside große Freude herrschte. Doch als sie dort ankamen, trafen sie nur Bergleute mit versteinerten Gesichtern, weinende Frauen und Kinder und vor der Kirche ein Dutzend aufgebahrte Tote an.

»Eine Explosion.« Miles stand in der Tür der Verwaltung und sah auf die verstörten Arbeiter, die sich rund um den Eingang zur Mine drängten. Manche hatten rußgeschwärzte Gesichter, anderen waren Arme, Beine und Köpfe verbunden. Olivia und Janet Hooper gingen durch ihre Reihen und versuchten zu helfen so gut sie konnten.

»Ja«, erwiderte Jake Delaney. »Wir gratulierten uns gerade für die gute Arbeit, die wir geleistet hatten und freuten uns auf die abendliche Feier im *White Horse,* da brach auch schon die Hölle los. Diejenigen von uns, die weiter hinten standen, konnten sich durch Flucht retten. Die anderen hatten dieses Glück nicht.«

»War es eine Methangasexplosion?«

Jake stand auf und trat neben Miles. »Sir, wir haben in den letzten vier Monaten jeden Tag in diesem Schacht verbracht auch heute früh. Und, Sir, die Kanarienvögel zwitscherten wie immer.«

Die Vögel hatten gezwitschert. Miles runzelte die Stirn.

»Wo ist McMillian?«

»Nicht da, Sir.«

Miles blickte Delaney an. »Warum zum Teufel ist er nicht da, wo er hingehört?«

»Er sagte, er hätte in Newbiggin zu tun. Er wollte wohl weitere Leute für den neuen Schacht einstellen.«

»Ich hatte ihm nicht die Erlaubnis gegeben, neue Leute einzustellen.«

»Ich kann Ihnen nur das erzählen, was er mir gesagt hat, Sir.«

Miles trat einen Schritt von der Tür fort und fragte: »Sind alle Männer in Sicherheit?«

»Fünf werden noch vermißt.«

»Warum wurden noch keine Rettungsmaßnahmen eingeleitet?«

»Die Männer haben Angst, noch tiefer zu graben. Es bestehen ohnehin kaum Aussichten auf Überlebende. Wenn es zu weiteren Gasexplosionen kommt...«

»Gas hat diese Explosion nicht verursacht, Delaney. Ich glaube, das wissen Sie ebenso gut wie ich. Sie sagten doch eben selbst, daß die Kanarienvögel gezwitschert haben.«

»Sie haben Angst, Sir. So einfach ist das. Viele dieser Männer haben Väter und Brüder verloren – wir waren alle gute Freunde.« Jakes Gesicht verdunkelte sich, als er hinzufügte: »Herbert Wallace wird auch noch vermißt.«

»Und wenn die Männer noch leben?«

Jake schüttelte den Kopf. »Die Männer weigern sich, einzufahren, Sir. Sie behaupten alle ohnehin schon seit geraumer Zeit, die verdammten Schächte würden von Pixies heimgesucht.«

»Das ist doch absurd. Es handelt sich immerhin um erwachsene Männer.«

»Die meisten von ihnen wollen mit der Warwick Mining Company nichts mehr zu tun haben. Daran kann auch die neue Ader nichts ändern. Sie sagen, Toten kann auch eine neue Ader nicht helfen.«

»Verflucht.« Miles verließ das Gebäude und ging direkt zum Mineneingang. Dort griff er nach einem Blecheimer und einem Stock und schlug so lange dagegen, bis das scheppernde Geräusch die Aufmerksamkeit der Bergleute auf ihn lenkte.

»Ich brauche ein paar Freiwillige, die mit mir da hinuntergehen. Da unten sind noch fünf Männer...«

»Ich gehe auf keinen Fall wieder hinunter«, rief einer.

»Ich auch nicht.«

»Sind denn nicht schon genug in Ihren verdammten Schächten ums Leben gekommen?« schrie eine Stimme. »Wollen Sie jede Frau zur Witwe machen, bevor Sie davon überzeugt sind, daß die Minen nicht sicher sind?«

Miles schleuderte den Eimer von sich. »Es handelt sich um eine neue Sohle. Es wurde alles unternommen, um ihre Sicherheit zu garantieren.«

»Die verdammten Schächte sind verwünscht.«

Fluchend machte Miles auf dem Absatz kehrt, krempelte sich die Ärmel hoch und lief auf den Eingang zu.

»Miles!« schrie Olivia auf. Sie packte ihn von hinten am Arm. »Du wirst auf gar keinen Fall dort hinuntergehen«, erklärte sie.

»Jemand muß es tun.«

»Aber allein kannst du gar nichts bewirken.«

»Da unten könnten noch Männer am Leben sein.«

»Dann werde ich dich begleiten.«

Er blieb stehen und sah sich um. Ihr Gesicht war schmutzig und schweißbedeckt, ihr Kleid zeigte Blutflecken. »Das kommt gar nicht in Frage, zum Teufel nochmal.«

Jake Delaney trat aus dem Verwaltungsgebäude, eine Spitzhacke in der derben, kräftigen Faust. »Ich gehe mit Ihnen, Sir«, verkündete er. Dann sah er in die furchtsamen, verstörten Gesichter der Bergleute. »Da unten warten eure Väter, Brüder und Freunde auf euch!« rief er.

Ein Mann mit verbundener Stirn trat vor. »Das sind ja ganz neue Töne aus deinem Mund, Jake Delaney. Es ist noch gar nicht so lange her, daß du lautstark die Schließung dieser Todesfallen gefordert hast.«

Delaney baute sich neben Miles und Olivia auf. »Und es ist noch nicht einmal vierundzwanzig Stunden her, daß ihr einander auf die Schultern geschlagen und Hochrufe auf Warwick ausgebracht habt. Da habt ihr sein Unglück in den letzten Monaten geklagt und seine Entschlossenheit bewundert, diesen neuen Schacht zu öffnen.« Mit leiserer Stimme fügte er hinzu: »Ich räume ein, daß ich zu den lautesten Schreiern gehört habe – doch nun ist und bleibt es eine Tatsache, daß wir auf eine Ader gestoßen sind, die uns allen und unseren Kindern bis ans Lebensende Beschäftigung garantiert. Denkt nur daran, welchen Aufschwung das für Gunnerside bringen kann.«

Janet Hooper trat nach vorn und ließ ihre Blicke über die Bergleute und die Frauen schweifen, die sich an ihre verletzten Männer drängten. »Mein Mann und mein Sohn sind in diesen Minen ums Leben gekommen. Sie kannten die Gefahren. Ihr kennt sie alle.«

Die Männer begannen unruhig zu murren.

»Bill Foster!« rief Janet und zeigte auf den Mann, der Jake angegriffen hatte. »Dein Vetter ist in den Minen der London Lead Company gestorben. Riley Davis, dein Bruder und Schwiegervater verloren ihr Leben in der Boltsburn Mine in Rockhope, als die verdammten Strossen einbrachen.«

»Und was beweist das?« schrie Davis wütend zurück.

»Daß alle Minen gefährlich sind.« Janet sah Miles und Olivia an. »Ich komme mit.«

Eine Frau, die neben ihrem Ehemann stand, meldete sich fast schüchtern. »Wenn mein Quinton da unten wäre, würde ich mit Sicherheit nur allzu gern wissen, ob er noch lebt...«

Einer nach dem anderen bewegten sich die Männer, die nicht verletzt waren, auf den Eingang der Minen zu und ließen ihre weinenden Frauen zurück. Olivia sah ihren Mann mit bangem Herzen an. »Bitte«, sagte sie so ruhig und gelassen wie möglich, »geh nicht hinunter.«

Miles schenkte ihr ein schiefes Lächeln und strich zärtlich über ihre Wange. »Schatz, wenn du mich weiter so ansiehst, könnte ich am Ende noch glauben, daß du mich wirklich liebst.«

Er beugte den Kopf, küßte sie erst leicht auf den Mund und drückte seine Lippen dann auf ihre Stirn.

Dann war er fort.

Die Stunden schlichen dahin. Olivia bemühte sich

um die Verletzten und versuchte die Menschen zu trösten, die Angehörige verloren hatten. Doch während der ganzen Zeit nahm ihre Angst zu. Immer wieder sah sie zum Eingang der Minen hinüber und hoffte gegen besseres Wissen, daß ihr Mann dort endlich aus den gefährlichen Tiefen auftauchte.

Warum hatte noch niemand etwas von den Männern gehört, die ihr Leben für die vage Hoffnung riskierten, in den Abgründen da unten noch Überlebende zu finden?

Gerüchte über die Ursache der Explosion machten die Runde. Doch niemand wußte etwas Genaueres. Erst als Bob McMillian aus Newbiggin zurückkehrte, begann ein schockierender und häßlicher Verdacht in Olivias Kopf Gestalt anzunehmen. McMillian war nicht allein nach Gunnerside gekommen.

Josiah Lubinsky war bei ihm, und der verschwendete keine Zeit, die entsetzten, verstörten und zornigen Bergleute aus ihrer Lethargie zu reißen. Er stellte sich vor die zweihundert Arbeiter und ihre Familien, die Ladenbesitzer, Bauern und die Geistlichen, die für die Toten, Sterbenden und Verletzten beteten. »Ich kann euch versichern, daß es zu solchen Katastrophen nicht kommen wird, wenn ihr für mich arbeitet«, rief er der erregten Menge zu. »Ich bin in der glücklichen Lage, euch versichern zu können, daß es in den letzten drei Jahren in meinen Bergwerken zu keinem einzigen Todesfall infolge von Explosionen oder Einstürzen gekommen ist. Das ist natürlich dem Einsatz der modernsten Sicherheitsmaßnahmen zu verdanken, die heutzutage verfügbar sind.«

Olivia betrachtete die Bergleute, sah die Aufmerksamkeit, mit der sie sich die offene Propaganda gegen das Unternehmen ihres Mannes anhörten. Dann traf sie einen Entschluß.

Olivia arbeitete sich mühsam weiter im Schacht vorwärts, indem sie den Gleisen der Förderkarren folgte. Sechs Stunden waren vergangen, seit der Bergungstrupp eingestiegen war. Seit sechs Stunden hatten die oben Wartenden nichts mehr von ihm gehört. Vor dem Minentor war davon die Rede, daß sie im Methangas erstickt waren. Andere sprachen von weiteren Erdreichsenkungen im Stollenbereich. Seit Lubinskys Ankunft schien oben vor dem Minenschacht die Hölle los zu sein.

Nach Atem ringend mußte sie stehenbleiben. Die Erschöpfung und der Mangel an Sauerstoff schienen ihr fast alle Luft aus den Lungen gesogen zu haben. Ihr Kleid hing ihr klatschnaß am Körper, ihre Füße schmerzten, die tropfende Talgkerze, die sie in den Händen trug, hatte ihr die Finger verbrannt. Wo war ihr Mann?

Hatte er möglicherweise in der Dunkelheit einen falschen Weg eingeschlagen? Gab es irreführende Abzweigungen in dem Schacht?

Kam sie, wie viele oben behaupteten, bereits viel zu spät?

Flüchtig schloß sie die Augen und wehrte sich mit aller Kraft gegen die Möglichkeit, daß Miles zu Schaden gekommen war.

Sie blickte den Weg zurück, den sie gekommen war. Hinter ihr war pechschwarze Dunkelheit – so unendlich und undurchdringbar wie die Schwärze, die sich vor ihr erstreckte. Panik wollte in ihr aufsteigen.

Ein Geräusch.

Olivia hielt den Atem an und konzentrierte sich. Einen Augenblick lang dröhnte ihr der eigene Herzschlag so laut in den Ohren, daß er alles andere übertönte.

Sie streckte die Kerze weit voraus, lief hastig die Gleise entlang und lauschte angestrengt in die Stille. Nur nicht in Panik geraten, sagte sie sich. Klar denken. Du mußt vor allem klar und vernünftig denken. Da! Wieder ein Geräusch.

»O Gott, o mein Gott«, flüsterte sie vor sich hin und lief noch schneller, als sie das Geräusch als Männerstimmen und als klirrendes Klingen identifizierte, mit dem Metall auf Stein traf. Schließlich schimmerte ganz weit vorn ein schummriges Licht auf. Es wurde größer, deutlicher – und endlich konnte sie in seinem Schein die Umrisse von Männern erkennen.

»Miles!« schrie sie. »Miles, bist du da?«

Plötzlich tauchte Miles vor ihr auf. Ungläubigkeit zeigte sich auf seinem schmutzverkrusteten Gesicht, als er sie da aus der Dunkelheit auf sich zustolpern sah.

»Was zur Hölle ... Olivia?«

Erleichtert auflachend warf sie sich an seine schweißnasse Brust. Die Kerze fiel zu Boden. Er hielt sie eng an sich gedrückt.

»Alle haben gesagt, du wärst tot«, flüsterte sie.

»Erschöpft, aber höchst lebendig.« Er hielt sie auf Armeslänge von sich. Sein Gesicht wirkte abgezehrt, aber erleichtert. »Sie leben. Wir sollten eigentlich jeden Augenblick zu ihnen durchbrechen.« Stirnrunzelnd blickte er ihr über die Schulter. »Kommen da noch mehr?«

Sie schüttelte den Kopf.

»Du bist ganz allein hier heruntergekommen?« herrschte er sie zornig an.

»Ich mußte. Oben gibt es Probleme.« Olivia schluckte mühsam und rang nach Luft. »McMillian ist aus Newbiggin zurück, und er ist nicht allein – er hat Lubinsky mitgebracht.«

Als Olivia und Miles wieder ans Tageslicht kamen, brannten ihre Lungen vor Erschöpfung, und Miles' Schweigen machte ihr Angst. Sie kannte die Gedanken, die ihm durch den Kopf schossen. Ihre ganze Zukunft hing vom Ausgang der bevorstehenden Konfrontation ab.

Die eine Hälfte der versammelten Bergleute applaudierte, die andere Hälfte zischte und buhte. Es war klar ersichtlich, wessen Loyalität bei wem lag. Miles ging direkt auf Lubinsky zu. Die Menge verstummte. Eine Frau verstellte ihm den Weg und rief: »Mein Mann, Sir? Haben Sie meinen Mann gefunden?«

Ein Mann zog die weinende Frau fort, die weiter verzweifelt um Nachrichten über die eingeschlossenen Bergleute flehte. Lubinsky drehte sich zögernd um. Mit großen Augen sah er Miles – schmutzig, verschwitzt und blutig – mit langsamen, selbstsicheren und drohenden Schritten auf sich zukommen. Einen Moment lang wirkte Lubinsky verblüfft, dann verwirrt, schließlich ängstlich.

Da trat Bob McMillian aus der abendlichen Dunkelheit und stellte sich schützend vor Lubinsky. Miles blieb dicht vor ihm stehen, sah den Mann an, der sieben Jahre lang als Geschäftsführer für ihn tätig gewesen war, und zischte durch die zusammengebissenen Zähne: »Warum, verdammt nochmal? Sie haben acht Jahre lang für meine Familie gearbeitet. Wir haben Sie von Untertage hochgeholt und Ihnen Verantwortung übertragen.«

»Das ist nichts Persönliches, Sir. Sie haben sich mir gegenüber mehr als fair verhalten. Aber ein Mann muß auch an seine Zukunft denken. Und Mister Lubinsky hat mir eine Beteiligung an diesem Unternehmen zugesagt.«

»Eine Beteiligung an nichts ist nichts, McMillian. Ich habe nicht die Absicht zu verkaufen. Warum sollte ich das tun, wo wir doch gerade auf eine neue Ader gestoßen sind? Nicht einmal Lubinsky hat genug Geld, um mir das zahlen zu können, was dieses Bergwerk jetzt wert ist.«

»Solange Sie keine Männer haben, die Ihnen das Zeug aus der Erde holen, Sir, ist Ihr ganzes Bergwerk wertlos.«

Olivia trat neben Miles und nahm seinen Arm. Miles blickte sie flüchtig an, bevor er sich Lubinsky zuwandte. »So ist das also. Sie wiegeln meine Arbeiter gegen mich auf und wollen mich dazu zwingen, mich mit einem Bruchteil dessen zufrieden zu geben, was diese Minen wert sind.«

Lubinsky hob die Schultern und grinste anmaßend. Die grauen Koteletten ließen sein ohnehin großflächiges Gesicht noch breiter erscheinen. Er verhakte die Daumen in seiner Weste und lächelte anzüglich. »Es ist ja nicht so, als stünden Sie ohne einen Pfennig da«, stellte er fest. »Schließlich haben Sie ja noch das Geld Ihrer Frau.«

Miles machte einen Satz vorwärts, wurde aber von hinten von McMillian gepackt, der ihn mit einem Faustschlag zu Boden streckte. Er hörte Olivia schreien und spürte einen Druck in seinem Rücken. Er knirschte mit den Zähnen und schmeckte Schmutz und Erde.

Mit seinem Knie in Miles' Rücken rief McMillian: »Ich glaube, wir sollten die Männer entscheiden lassen, für wen sie arbeiten wollen, nicht wahr, Sir?«

»Sie Lump«, zischte Miles durch die Zähne. »Wenn sie mich im Stich lassen, stelle ich einfach neue ein.«

»Ich glaube nicht, daß Ihnen das gelingen wird. Nicht bei dem schlechten Ruf, den diese Minen im Hinblick auf Gasexplosionen und Stolleneinbrüche haben – es sei denn, Mister Lubinsky übernimmt sie und garantiert die Sicherheit der Männer.«

Miles schloß die Augen, holte tief Luft und versuchte, sich auf etwas anderes als den Schmerz, das Gefühl von Hilflosigkeit und Wut zu konzentrieren, die ihn zu überwältigen drohten. Er war so nahe dran gewesen, so dicht davor, sich zu beweisen, daß er erfolgreich sein konnte – nicht für sich selbst, sondern für Olivia und Bryan. Ein paar kurze Stunden hatte er das befriedigende Gefühl genießen dürfen, seinen Lieben etwas bieten zu können – nicht immer nur nehmen zu müssen.

»Hör mal, Kappen, Sir«, kam eine Stimme aus der Dunkelheit. »Behandelt man denn so einen feinen Gentleman wie Mister Warwick? Und das, nachdem er sein Leben riskiert hat, um unsere Freunde und Kameraden hier zu retten?«

Die Menge sah schweigend zu, wie Jake Delaney aus dem Grubenschacht trat, seine Spitzhacke wie eine Waffe in den Händen. Hinter ihm tauchten die erschöpften und verletzten Überlebenden auf.

Eine Frau schrie glücklich auf, löste sich aus der Menge und eilte auf ihren lächelnden Ehemann zu, der sie in die schwachen Arme nahm und kurz herumschwang. Einen Moment lang hielt die Stille noch an, dann machte sich das Begreifen in einem ungeheuren Aufschrei Luft. Die Bergleute waren in Sicherheit! Männer, Frauen und Kinder setzten sich in Bewegung und strömten wie eine Woge auf die Überlebenden zu.

Lubinsky legte die Stirn in Falten, zog die Daumen aus der Weste und ließ die Arme sinken. McMillian nahm sein Knie von Miles' Rücken und sah erst Lubinsky, dann die Bergleute unsicher an. Olivia drängte sich durch die Massen, ging neben Miles in die Knie und umfaßte sein Gesicht mit beiden Händen.

Er setzte sich auf, als Delaney auf einen Holzstapel sprang und abwartete, bis auch der letzte Jubelruf verklungen war und aller Blicke an ihm hingen.

»Ich frage euch, welcher andere Unternehmer sein Leben aufs Spiel gesetzt hätte, um diese Männer zu retten? Lubinsky? Da habe ich meine Zweifel. Ich wette, er hätte euch alle da hinuntergeschickt, ehe er selbst auch nur einen Schritt in die Mine getan hätte. Muß ich euch daran erinnern, daß ihr alle noch vor Stunden bereit gewesen seid, diese Männer aufzugeben? Wenn Warwick nicht gewesen wäre, hätten sie da unten verrecken müssen.«

»Aber was ist mit den Unglücksfällen?« schrie jemand.

Herbert Wallace humpelte zu Delaney hinüber. Der streckte die Hand aus und zog seinen erschöpften und verletzten Freund neben sich auf den Holzstapel. »Vielleicht hört ihr euch einmal an, was

Wallace euch über diese sogenannten Unglücksfälle zu erzählen hat.«

Herbert hielt einen schwarzen, zerfetzten Gegenstand hoch. »Es waren keine Unglücksfälle«, erklärte er. »Das hier haben wir gefunden, als wir uns in Sicherheit graben wollten.«

Die Männer drängten näher an ihn heran.

»Dynamit«, sagte Wallace.

»Was ist das?« rief jemand. »Und was hat das mit der Explosion zu tun?«

»Alles« rief Jake. »Es ist ein Sprengstoff.«

»In meinem ganzen Leben habe ich noch nichts von ... Dynamit gehört«, schrie ein Mann.

»Es ist erst im letzten Jahr von dem schwedischen Chemiker Alfred Nobel zum Patent angemeldet worden. Es ist mit Nitroglycerin vollgesogener Bimsstein – und was Nitro anrichten kann, wissen wir alle. Dieses Dynamit wurde im Schacht gezündet, um unsere Grabungen an der neuen Ader zu sabotieren. Ich kenne nur einen Mann, der in seinen Minen Dynamit einsetzt. Und das ist Josiah Lubinsky.«

Lubinsky trat zurück und wandte sich an McMillian, der wie angewurzelt dastand und sich offenbar nicht sicher war, ob er das Weite suchen sollte. »Sie Idiot!« schrie Lubinsky. »Ich habe Ihnen nie den Auftrag gegeben, so weit zu gehen. Ich wollte lediglich, daß Sie den Männern Angst einjagen.«

Miles stand langsam auf und schob Olivia von sich. Janet Hooper erschien wie aus dem Nichts, legte ihre Hände um Olivias Schultern und hinderte sie daran, ihrem Mann zu folgen.

»Sie verfluchter Mistkerl!« Miles ging auf Lubinsky zu. Der wich zurück, traf aber bald auf die geschlossene Mauer der Bergleute. »Also Sie steckten dahinter, hinter all diesen für Sie so zweckdienlichen ›Unglücksfällen‹. Was machte es da schon aus, daß dann und wann ein Mann sterben mußte? Ich wette, daß Sie auch dafür gesorgt haben, daß mir die zugesagten Kredite für das Stollenholz gekündigt wurden. Sie und McMillian haben mit tödlicher Sicherheit dafür gesorgt, daß alle meine Maßnahmen zur Verbesserung der Sicherheit in den Minen zum Scheitern verurteilt waren. Und zweifellos hat es McMillian in die Wege geleitet, daß sich die Kunde von Ihren Fähigkeiten in der Geschäftsführung eines Minenunternehmens wie ein Lauffeuer unter meinen Arbeitern verbreitete.«

Auf Lubinskys Stirn standen Schweißperlen. Er schüttelte den Kopf. »Ich habe McMillian nie den Auftrag gegeben, auch nur ein Menschenleben zu gefährden. Sagen Sie es ihm, McMillian!«

Alle Köpfe wandten sich nach McMillian um. Er wich zurück, als die Bergleute mit Spitzhacken und Schaufeln in den Händen auf ihn zukamen.

»Jemand sollte den Sheriff benachrichtigen«, sagte Miles.

»Ohne dich wird mir mein Leben zur Last«, rief er unterdrückt. »Ich brauche dich ...
ich brauche dich,
damit ich dir immer wieder sagen kann,
wie sehr ich dich liebe!«

Thomas Hardy

21

Erst am nächsten Tag gegen Mittag kehrten Olivia und Miles nach Braithwaite zurück. Olivia litt unter dem fehlenden Schlaf, die Sorge um ihren Mann hatte sie erschöpft und sie empfand Trauer um die toten Bergleute. Sie sehnte sich nach einer Stunde der Entspannung im heißen Wasser des Dampfbades. Miles schleppte sich neben ihr mit verbundenen Händen und in zerfetzter Kleidung die Freitreppe hinauf, als auch schon das Portal aufgerissen wurde und Bertrice auf sie zugetaumelt kam.

Olivia und Miles blieben wie angewurzelt stehen, als Bertrice in verzweifeltes Schluchzen ausbrach.

»Ich wußte nicht, was ich tun sollte, mein Mädchen«, weinte die Nanny auf. »Sie erschien hier ohne jede Vorwarnung und erklärte, du hättest ihr erlaubt, ihn mitzunehmen.«

Olivia legte eine Hand auf die zuckende Schulter des alten Kindermädchens. »Bertrice, wovon redest du?«

»Von Bryan.«

Eisige Kälte kroch Olivias Rücken herauf.

Miles packte Bertrice und schüttelte sie heftig. »Was sagen Sie da? Reden Sie endlich verständlich und hören Sie mit dem Gestammel auf. Wo ist Bryan?«

Mit kalkweißem Gesicht und schreckgeweiteten Augen erwiderte Bertrice: »Emily hat ihn mitgenommen. Sie kam her und sagte, sie hätte Ihre Erlaubnis, mit ihm auszureiten. Sie schwor hoch und heilig, ihn eine Stunde später zurückzubringen.«

»Oh, mein Gott.« Olivia begann zu schwanken. Miles fing sie auf und nahm sie fest in die Arme.

»Als sie ihn nicht zurückbrachte, habe ich Mister Fowles nach Devonswick geschickt. Sie erklärte Mister Fowles, Bryan wolle über Nacht bei ihr bleiben. Sie würde ihn dann gleich heute früh nach Hause bringen. Als sie ihn heute früh nicht zurückbrachte, habe ich Mister Fowles erneut nach Devonswick geschickt...«

Bertrice begann wieder zu schluchzen, und in ihrer Erregung ließ sich Olivia dazu hinreißen, sie zu schütteln. »Oh, du grundgütiger Himmel«, wimmerte das Kindermädchen hilflos vor sich hin.

Olivia konnte nicht atmen, Olivia konnte nicht denken. Sie drehte sich um und starrte die lange, gewundene Auffahrt hinunter. Wie schön war doch dieser Morgen nach den schrecklichen Ereignissen des vergangenen Abends, der vergangenen Nacht gewesen. Doch im Bruchteil einer Sekunde hatte Olivias Welt allen Glanz verloren. Sie blickte über die Blumenbeete, sah aber keine einzige Blüte – weder die purpurfarbenen Aurikeln, noch die Stiefmütterchen mit ihren goldenen Augen, die rosafarbenen Grasnelken oder die scharlachroten gefüllten Margeriten, die sich mit jedem Windhauch sanft bewegten.

Nach und nach drangen Wortfetzen in ihr Bewußtsein.

»... Fahren Sie die Kutsche vor ... Unverzüglich nach Devonswick fahren ... Den Tag bereuen, an dem sie geboren wurde ... wegen Kindesentführung verklagen ...« Miles' Arme umfingen sie. Er drückte sie fest an sich und strich ihr über die Haare. Erst da wurde ihr bewußt, daß sie lautlos zu weinen begonnen hatte.

»Schsch«, flüsterte er ihr ins Ohr. »Es wird alles wieder gut. Das verspreche dich dir. Wir finden unseren Sohn und holen ihn nach Hause. Ich schwöre dir, Olivia – ich lasse nicht zu, daß ihm irgend etwas zustößt.«

Sie versuchte zu atmen, versuchte, sich auf den heftigen Herzschlag ihres Mannes zu konzentrieren – in der Hoffnung, er würde die irrationale Angst besänftigen, die ihr die Brust zusammenzog. Selbstverständlich würde Emily Bryan nichts antun. Emily war zu vielem fähig, aber eine Mörderin war sie nicht.

Sie ließ sich von Miles ins Haus und in den nächstgelegenen Salon führen, wo er sie auf ein Sofa setzte und einem dienstbereiten Hausangestellten auftrug, ihr eine Tasse Tee zu holen.

Olivia schüttelte den Kopf. »Ich möchte nichts.«

Miles betrachtete sie eine Minute lang. Ihr Anblick brach ihm fast das Herz. Ihr zierlicher Körper schien sich in sich selbst zusammenzuziehen. Gestern war ihre Angst um ihn riesengroß gewesen, doch die Empfindungen, die sie nun durchlitt, gingen über einfache Furcht hinaus. Sie waren mit einem einzigen Wunsch nach Braithwaite zurückgekehrt: ihr neugefundenes Glück mit ihrem Sohn zu teilen.

Und nun das.

Armand betrat den Salon. »Sir, Ihre Kutsche ist bereit.« Stirnrunzelnd fügte er hinzu: »Vielleicht wollen Sie sich umkleiden, bevor Sie aufbrechen?«

»Dazu ist keine Zeit.«

Als Miles zur Tür ging, blickte Olivia auf. »Wohin willst du?« fragte sie.

»Zu deinem Vater.«

Sie eilte ihm nach. »Ich komme mit.«

»Auf keinen Fall.«

Olivia schüttelte den Kopf. Ihr Gesicht war schneeweiß, in ihren blaugrünen Augen standen die ungeweinten Tränen. »Ich möchte wissen, was mit Bryan ist. Ich kann doch hier nicht ruhig sitzenbleiben und abwarten, bis du zurückkommst. Falls mein Vater in irgendeiner Weise damit zu tun hat, dann möchte ich das erfahren. Wenn wir Emily finden, sollte ich diejenige sein, die sie zur Rede stellt. Auf dich würde sie ja doch nicht hören.«

Miles umfaßte liebevoll ihr Gesicht. »Warum hat Emily das nur getan? Sie hat sich doch zuvor nie um Bryan gekümmert.«

»Sie ... ist verstört und verzweifelt.« Olivia rang mühsam nach Atem. »Emily hatte eine Fehlgeburt und Clanricade will sich von ihr scheiden lassen. Er hat sie nach Hause zurückgeschickt.«

»Aber was hat das alles mit Bryan zu tun?«

Olivia wich seinem Blick aus. Es verging ein Moment, bis sie wieder sprechen konnte. »Ich fürchte, sie ist ... in einer verzweifelten Lage. Mit Sicherheit haben der Verlust des Kindes und das Scheitern ihrer Ehe sie in einen Schockzustand versetzt. Frauen in derartigen Ausnahmesituationen neigen zu unverständlichen Gefühlsausbrüchen ...«

»Ist sie dazu fähig, ihm einen Schaden zuzufügen?« wollte er wissen. Ihr Gesicht wurde noch fahler. Als sie schwieg schüttelte er sie leicht und rief: »Antworte, Olivia. Glaubst du, daß Emily Bryan in irgendeiner Weise schaden könnte?«

»Nein«, sagte sie. »Ich glaube, sie will ihn für sich behalten.«

Nachdem Olivia und Miles eine geschlagene halbe Stunde in der Halle von Devonswick gewartet hatten, empfing sie Lord Devonshire in der Bibliothek, die offiziellen Gästen vorbehalten war.

Als sie ihrem Vater Auge in Auge gegenüberstand, fragte Olivia so ruhig wie möglich: »Sag mir, wohin Emily Bryan gebracht hat.«

»Wie zum Teufel soll ich das wissen?« fragte er zurück. Er schwitzte bedenklich. Seine Augen saßen tief in den Höhlen und zuckten alle paar Sekunden nervös und wütend in Miles Richtung.

»Du lügst, Vater«, sagte sie.

»Warum sollte ich lügen, um Himmels willen? Das Mädchen ist doch nicht mehr bei Sinnen, seit Clanricade sie zurückgeschickt hat. Dauernd murmelt sie etwas von Ehemännern, Kindern und Babies – sogar im Schlaf. Großer Gott, ich kenne mich bei diesem Mädchen wirklich nicht mehr aus.« Er senkte den Blick und fügte resigniert hinzu: »Ich fürchte fast, ich habe sie nie richtig gekannt. Emily hat sich verwandelt. Sie ist ...«

»Was ist sie geworden, Vater?«

»Eine Fremde. Ein ... Monstrum. Wirft mir vor, ich hätte sie mit meinen Erwartungen überfordert, und behauptet, ich würde sie nur aus einem Grund so lieben: weil sie mich an deine Mutter erinnert. Sie hatte doch die Unverschämtheit, mir zu erklären, ich hätte sie mit meinen Aufmerksamkeiten ›erstickt‹ und von ihr verlangt, in allem ihrer Mutter zu entsprechen.«

Devonshire ließ sich auf ein Sofa fallen. Olivia setzte sich neben ihn und ergriff seine Hand. »Bitte, Vater. Wenn du eine Ahnung hast, wohin sie gegangen sein könnte, dann sage es mir.«

Er sah sie an. In seinen Augen standen Fragen, Verwirrung und Bedauern.

»Diese Dinge, die sie mir da über sich erzählt hat...« sagte er leise.

»Vater«, flüsterte Olivia und drückte seine Hand. »Bitte.«

»Sind sie alle wahr? Verdammt nochmal, sag mir die Wahrheit, Olivia. War Emily zu diesen scheußlichen Dingen wirklich fähig? Zu diesen Lügen? Diesen Täuschungen? Wie oft hast du für sie gelogen? Wie oft hast du sie beschützt?« Er schlug die Hände vor das aschfahle Gesicht und begann zu weinen. »Wieviel Leid muß ich dir angetan haben - jedesmal, wenn ich dich verhöhnte, beschimpfte und beschuldigte. Dabei hast du nur deine Schwester geschützt - und mich, denn du wußtest, daß die Wahrheit mich vernichtet und sie zerstört hätte.«

Sanft zog Olivia ihrem Vater die Hände vom Gesicht. Sie versuchte zu lächeln. »Das alles ist vergeben und vergessen, Vater - wenn du mir nur hilfst, Bryan zu finden.«

Sein Blick kehrte zu ihr zurück. »Wenn ich mich dir und Emily gegenüber nur ansatzweise so verhalten hätte, wie du dich gegenüber Bryan verhältst, hätte all dieses Leid vermieden werden können.« Er blinzelte, neue Tränen liefen über seine Wangen.

»Also gut«, sagte er heiser. »Sie erwähnte etwas von einem Picknick am Bluff ... dann wollte sie den Jungen seinem rechtmäßigen Vater übergeben...«

Miles blickte aus dem Kutschenfenster auf die vorbeifliegende Landschaft und versuchte, sich auf die Hügel und Niederungen zu konzentrieren, um die Ereignisse der letzten Zeit zu verdrängen. Seit einer Stunde saß ihm seine Frau wie eine Fremde gegenüber. Sie drückte sich in die Ecke der Kutsche und hielt den Blick strikt geradeaus gerichtet. Ihre Finger krallten sich in ihr schmutziges Kleid, und es war, als weigerte sie sich, seine Anwesenheit überhaupt zur Kenntnis zu nehmen. Er hatte den Eindruck, daß Olivia in dem Moment in einen Starrezustand gefallen war, als ihr Vater ihr von Emilys Absicht erzählt hatte, sich auf die Suche nach Bryans Vater zu machen.

Miles schloß die Augen, lehnte den Kopf gegen die Polster und versuchte, so ruhig wie möglich zu atmen. Er ballte seine bandagierten Hände und stöhnte vor Schmerzen auf. Es war alles so verdammt undurchsichtig. Warum hatte sich Olivia geweigert, dem Kutscher Margrave Bluff als Ziel ihrer Fahrt anzugeben, wo doch Emily gesagt hatte, sie wollte mit Bryan dorthin zu einem Picknick? Doch das war nicht die brennendste Frage, die sich ihm stellte.

Er sah seine Frau an und spürte die Anstrengungen seiner Rettungsbemühungen in der Mine und den fehlenden Schlaf in jedem Knochen, jedem einzelnen Muskel. Er fühlte sich schwindlig, benommen und zu Tode erschöpft.

»Ich möchte die Wahrheit wissen«, sagte er leise.

Olivia zeigte ihm den Schatten eines Lächelns und berührte seine Wange ganz sacht mit den Fingerspitzen. »Verzeih mir, aber ich bin völlig durcheinander. Ich weiß einfach nicht, wo ich beginnen soll. Dauernd muß ich daran denken, wie glücklich wir vor kurzem noch waren, wie lieb du Bryan gewonnen hattest - von dem großen Erfolg in den Minen ganz zu schweigen... Und dann ... alles ist nur meiner Dummheit zu verdanken. Ich hätte wissen müssen, daß es so weit kommen würde. Es war einfach nicht zu vermeiden. Ich wußte das alles, habe innerlich aber doch darum gefleht, es aufschieben zu können - wenigstens so lange, bis unsere Liebe so stark sein würde, um den Sturm der Wahrheit überstehen zu können.«

Miles ließ sich in die Polster zurücksinken. »Olivia, Liebling, weißt du, wohin Emily gegangen ist? Wenn du es weißt, würdest du es mir dann um Himmels willen - bitte! - sagen?«

»Wie Papa schon sagte... Sie will zu Bryans Vater«, erwiderte sie und sah ihn unverwandt an.

»Also werde ich ihn endlich doch kennenlernen.«

»Ich fürchte, ich kann seine Identität nicht länger vor dir geheimhalten. Ich kann nur hoffen, daß du mich dann nicht allzusehr hassen wirst. Wenn wir Bryan gefunden haben, wird alles sehr viel klarer werden.«

Sie setzten ihre Fahrt schweigend fort. Olivia blickte aus dem Fenster und sah zu, wie sich die Sonne dem Horizont im Westen zuneigte. Miles betrachtete das vollkommene Profil seiner Frau, bis ihm die Dämmerung die Lider immer schwerer werden und schließlich zufallen ließ.

Er träumte, daß Olivia – in der Annahme, er schliefe fest – die Hände vor ihr Gesicht schlug und hemmungslos zu schluchzen begann. »Ich will keinen von euch verlieren. Ich könnte das nicht ertragen. Ihr beide seid doch alles, was ich auf der Welt habe«, flüsterte sie immer wieder.

Und er träumte, daß er schläfrig erwiderte: »Ich bringe jeden um, der den Versuch unternimmt, mir einen von euch wegzunehmen.«

»Sir?«

Mit einem Ruck kam er zu sich. Olivia war fort. Die Kutsche stand.

Neben der geöffneten Tür stand der Kutscher in seiner besten Livrée und betrachtete ihn besorgt. Das strahlende Licht aus den Fenstern des Hauses erhellte die Dämmerung. Steif setzte sich Miles auf, rieb sich den verspannten Nacken und fragte: »Wo ist meine Frau?«

»Bereits im Haus, Sir.«

Miles verdrängte seine Benommenheit, richtete den Blick auf das vertraute Portal und verließ die Kutsche.

Olivia kniete in der Halle und hielt Bryan fest umschlungen, als Miles hinter ihr das Haus betrat. Sie hörte seine Schritte und hob den Blick zu ihm auf, als er mit besorgtem, aber auch erleichtertem Gesichtsausdruck neben ihr stehenblieb.

»Wo ist Emily?« fragte er.

»Im Morgenzimmer«, antwortete Bertrice aus der Nähe. Dann eilte die Nanny zu Olivia und legte liebevoll die Arme um ihre beiden Schützlinge. Sie wirkte geistig völlig klar und finster entschlossen.

Ohne ein weiteres Wort bewegte sich Miles langsam auf das Morgenzimmer zu. In der Stille klangen seine Schritte wie dröhnende Glocken. Olivia brachte es nicht über sich, ihm nachzusehen. Doch in dem Moment, als er das Zimmer erreicht hatte, erkannte sie an seinem Schweigen, daß er ihrer Schwester gegenüberstand.

»Mach die Tür zu«, kam Emilys Stimme aus der Ferne.

»Was zum Teufel geht hier eigentlich vor?« wollte Miles wissen. »Ich hätte dich wegen Kindesentführung festnehmen lassen sollen.«

»Ich sagte, du sollst die Tür schließen.«

Nach längerem Zögern fiel die Tür ins Schloß.

Langsam stand Olivia auf. Ihre Hand lag noch immer auf Bryans Kopf, der sich weiterhin fest an sie klammerte und sein tränenüberströmtes Gesichtchen in den Falten ihres Kleides verbarg. Olivia sah Bertrice an.

Bertrice streckte die Hand nach ihm aus. Der Junge schüttelte sie heftig ab und griff verzweifelt nach Olivia, während sich Bertrice bemühte, ihn zu beruhigen und aus der Halle zu führen.

»Geh jetzt«, flüsterte Olivia und lächelte ihn zärtlich an. »Nachher lese ich dir vor. Ich verspreche es dir.«

Endlich ließ sich Bryan von dem Kindermädchen aus der Halle geleiten. Olivia atmete tief durch und ging mit unsicheren Schritten den Korridor hinunter zur geschlossenen Tür des Morgenzimmers, bis sie die dort gesprochenen Worte deutlicher hören konnte.

»Ich habe Clanricades Kind verloren, und der Arzt sagte, daß jede weitere Schwangerschaft Selbstmord wäre. Daraufhin erklärte mein Mann unsere Ehe für beendet und schickte mich zu meinem Vater zurück. Zunächst geriet ich in Panik. Ich glaubte allen Ernstes, wenn ich ihm ein Kind präsentieren könnte, irgendeines, würde er das als sein eigenes akzeptieren. Ich war immer noch so überheblich zu glauben, daß er mich genug liebte, um den Sohn eines anderen Mannes als seinen eigenen annehmen zu können. Er tat es nicht. Doch damit war dann auch die Wahrheit heraus.«

»Was zum Teufel willst du mir eigentlich sagen?« fragte Miles zornig.

»Daß ich Bryans Mutter bin, natürlich.«

Olivia schloß die Augen. Ihre Knie begannen zu zittern. Ihr Gesicht glühte wie Feuer. Die Angst schnürte ihr den Hals zu, so daß sie kaum atmen konnte.

»Du bist ja verrückt«, erklärte Miles schließlich. »Olivia ist...«

»Seine Tante. Nichts anderes als seine Tante.«

Schweigen.

Großer Gott, diese Stille. Warum sagte er denn nichts?

Schließlich erklärte er mit tiefer, kaum hörbarer Stimme: »Du lügst.«

»Du kennst doch Olivia. Sie hat sich doch schon immer für andere aufgeopfert. Mitunter konnte einem das ziemlich auf die Nerven gehen. Sie wird nie wissen, wie eifersüchtig ich immer auf sie gewesen ist. Oh, nicht auf ihr Aussehen. Sie ist nicht annähernd so hübsch wie ich. Aber ich haßte die Art, in der Papa ihren Verstand rühmte. Ich haßte die Art, in der die Dienstboten zu ihr aufsahen. Ich haßte die Art, in der sie tapfer jede Krise bewältigte, ohne auch nur eine Träne zu vergießen. Es hat Zeiten gegeben, in denen ich freudigen Herzens meine Schönheit dafür hingegeben hätte, um so klug wie Olivia zu sein. So gelassen. So tapfer. Sie hat sogar diese Farce einer Heirat mit Würde hinter sich gebracht, obwohl sie doch ganz genau wußte, daß du sie nur aus einem einzigen Grund heiraten wolltest, und das war ihre Mitgift. Und doch...«

Emily machte eine winzige Pause und fuhr dann fort: »Und doch hat sie sogar diese lächerliche Beziehung zwischen euch positiv gestaltet. Es geht das Gerücht, daß ihr euch ... sehr nahe gekommen seid. Zum ersten Mal in ihrem miserablen Leben ist Olivia glücklich. Es entbehrt nicht einer gewissen Ironie, daß sie meinetwegen in diese Ehe gestolpert ist, die nun auch meinetwegen enden wird.«

Olivia drückte langsam die Tür auf. Sie trat auf die Schwelle, sah Emily direkt in die Augen und sagte: »Emily, ich habe dich noch nie um irgend etwas gebeten. Doch jetzt bitte ich dich. Ich flehe dich an.« Sie schloß kurz die Augen, kämpfte gegen die Tränen der Verzweiflung und gegen die Angst an, die ihre Stimme zittern ließen. Nie zuvor hatte sie einen solchen Haß im Gesicht ihrer Schwester gesehen, soviel Bosheit. »Wegen Bryan. Meinetwegen. Zeige doch ein bißchen Barmherzigkeit. Ich könnte es nicht ertragen, sie beide zu verlieren.«

Emily erhob sich von ihrem Sessel und glitt wie eine Wolke aus rosafarbenem Taft und weißer Spitze durch den Raum. Ihre goldblonden Haare waren im Nacken in einem schwarzen Netz mit schwarzem Satinband zusammengefaßt. Sie warf sich an Miles' Brust, der in ihren Armen stocksteif wurde.

Mit zitternden Knien trat Olivia weiter in das Zimmer hinein. Ihr Blick hing an der Szene vor ihr: Ihre Schwester hatte die Arme um Miles geschlungen, der sie düster musterte. In seinem dunklen Gesicht standen Zorn und Verwirrung. Schließlich schloß er die Finger um Emilys Arm und schob sie von sich.

»Bleib mir um Himmels willen vom Leibe«, knirschte er durch zusammengebissene Zähne.

»Nun komm schon, Miles. Du weißt, daß du mich immer geliebt hast. Als du Anfang November auf den Brief meines Vaters hin nach Devonswick gekommen bist, hast du angenommen, ich hätte ihn geschrieben – das hast du selbst gesagt. Du hast sie nur geheiratet, weil sie meine Schwester ist. Du wirst doch bestimmt verstehen, warum ich mich für Clanricade entschieden habe. Nur wegen seines Geldes, das versichere ich dir.«

Miles blickte Olivia an. Als sie in sein geliebtes Gesicht sah, sehnte sie sich danach, es ein letztes Mal zu berühren, ihn um Verzeihung zu bitten...

»Sie behauptet, Bryan geboren zu haben«, sagte er.

Olivia wollte lächeln, wollte nicken. Aber sie konnte ihrem Mann nur stumm in die Augen sehen und glaubte, das Herz müßte ihr brechen. »Ich ... tat, was ich für das Beste für alle Beteiligten hielt. Vater hatte so große Pläne mit Emily, träumte von einer großartigen Ehe. Ich war fest überzeugt, daß ich nie heiraten würde. Ich war zu unscheinbar. Ein Blaustrumpf. Meine Lebenseinstellung, mein Geschmack waren viel zu gewöhnlich...«

Ihr Blick flog kurz zum Fenster, hinaus in den Garten, kehrte dann aber wieder zu ihrem Mann zurück. »Außerdem habe ich immer nur einen Mann geliebt. Und als ich ihn nicht bekommen konnte, wollte ich auch keinen anderen. Du wirst sicher verstehen, daß mir Emilys Schwangerschaft wie ein Wunder erschien. Wenn ich den Mann, den ich liebte, schon nicht heiraten konnte, dann konnte ich doch wenigstens die Mutter seines Sohnes werden ... und ihn aus ganzem Herzen lieben.«

Miles starrte sie an. Nach und nach verlor sein Gesicht alle Farbe, sein Körper wurde ganz steif. Tausend Empfindungen zuckten in diesen wenigen Sekunden über seine Züge. Konfusion. Wut. Ungläubigkeit. Und jede durchschnitt Olivia wie ein Messer.

Er schloß seine Finger um ihre Arme. Sein Griff war nahezu unerträglich, da er durch den unendlichen Schmerz in seinen graugrünen Augen noch verstärkt wurde, als er zu sprechen versuchte, aber keinen Ton herausbrachte.

Ohne den Blick von ihm zu wenden, sagte sie sanft: »Du bist Bryans Vater.«

»Emily...«

»Ist seine Mutter. Er hat mir nie wirklich gehört.«

Emily trat neben ihn, nahm seinen Arm. Fast mechanisch drehte er sich zu ihr um und sah sie an. Sein Gesicht war leer – ob vor Schock oder Wut, konnte Olivia nicht entscheiden.

Großer Gott, wie mußte er sie hassen, dachte Olivia, als sie sich auf die Tür zu bewegte.

Emilys Lächeln verblich unter der Intensität seines Blicks. »Du wirst begreifen, warum ich dir nichts davon sagen konnte, Miles, mein Liebling. Ich hatte nur eins im Sinn: zu fliehen, bevor mein Vater von dir und mir ... und unserem Kind erfuhr. Olivia hat dann vorgeschlagen, daß wir bis nach der Geburt des Kindes nach Frankreich fahren sollten – so würde niemand etwas davon erfahren. Danach könnte ich das Kind in eine Familie geben, die zu einer Adoption bereit war. Erst als wir in der Nähe von Les Sables d'Olonne wohnten, kam Olivia die Idee, das Kind als ihr eigenes auszugeben. Das war natürlich die beste Lösung. Mein Ruf war gerettet. Es war reiner Zufall, daß mein Vater ausgerechnet dich zum Ehemann von Olivia erwählte. Aber ich bin davon überzeugt, daß du mir darin zustimmen wirst, daß unsere Familie endlich vereinigt werden sollte. Mutter, Sohn – und sein Vater...«

Olivia lief den Korridor entlang. Dort standen Armand, Sally, Jacques, Gustave und ein paar neue Angestellte wie angewurzelt im Halbdunkel und blickten sie mit teilnahmsvollen Gesichtern an.

»Olivia!« schrie Miles hinter ihr.

Sie erstarrte.

»Sieh mich an!« rief er.

Fast hölzern drehte sie sich um. Miles stand am Ende des Ganges, halb im Licht, halb im Schatten. Er hatte die Hände zu Fäusten geballt. Sein schmutziges Hemd hing ihm in Fetzen von den Schultern. Sein wundervolles dunkles Haar fiel ihm in wirren Locken in Stirn und Nacken. In diesem Augenblick dachte sie, daß er der wundervollste Mensch war, den sie je gesehen hatte, daß er sogar noch schöner war als vor diesen langen Jahren, als sie ihn am Margrave Bluff zum ersten Mal erblickt hatte und nur davon träumen konnte, ihn zu lieben und zu heiraten.

»Ist das wahr?« fragte er mit heiserer, fast brechender Stimme. Selbst aus der Entfernung sah sie, daß er zitterte. In seinen dunklen Augen schimmerten Tränen. »Ist Bryan mein Sohn?«

Sie nickte. »Ja«, hauchte sie.

Emily kam aus dem Morgenzimmer und schlich sich an ihn heran. »Wir werden natürlich heiraten...« begann sie, aber er schob sie zur Seite und kam über den Flur auf Olivia zu, die plötzlich keine Kraft zur Flucht mehr fand. Wenn er die Absicht hatte, sie wegen ihrer betrügerischen Täuschung umzubringen, dann sollte er es ruhig tun. Sie würde lieber sterben, als mit der Gewißheit zu leben, daß er sie haßte, nur weil sie ihn so unendlich liebte.

Er blieb vor ihr stehen, schien nachzudenken, bevor er den Mund öffnete. »Warum hast du mir es nicht gesagt?«

»Ich... ich hatte Angst. Du hast mir vor unserer Hochzeit unmißverständlich erklärt, daß du mich nicht liebst.«

Ihre Schultern begannen zu zucken. Sie konnte nichts dagegen tun. Alle Kraft schien sie verlassen zu haben. Sie sank auf den Boden, stützte die Ellbogen auf die Knie und verbarg das Gesicht in den Händen. Sie begann krampfhaft zu schluchzen und schämte sich, so hilflos zu sein.

»Später habe ich dann befürchtet, daß du mich wegen meiner Lüge verachten würdest, wenn du die Wahrheit erfährst. Lange Zeit habe ich mich damit getröstet, daß du bei mir bleiben würdest, weil du mein Geld brauchst. Doch als du dann diese neue Bleiader gefunden hattest, bist du plötzlich unvorstellbar reich geworden. Da wußte ich, daß du mich nicht mehr brauchen würdest. Und du brauchst mich ja auch nicht mehr.«

Langsam ließ sich Miles vor ihr auf die Knie nieder. Er nahm ihr Gesicht in seine Hände.

»Ihr beide gehört zu mir, verdammt nochmal!« rief sie, während ihr die Tränen die Wangen hinunterliefen. »Ich habe Bryan vielleicht nicht geboren, aber ich habe ihn aufgezogen. Ich könnte ihn auch nicht mehr lieben, wenn er in meinem Leib gewachsen wäre. Er ist ein Teil des Mannes, den ich liebe ... Er ist ein Teil von dir.«

Um Beherrschung bemüht und sich plötzlich der Schwäche bewußt, die sie offenbarte, schob Olivia die Hände ihres Mannes fort und versuchte aufzustehen. Miles hielt sie fest, drückte sie an sich und vergrub eine Hand fast schmerzhaft in ihren Haaren. Olivia schloß die Augen, genoß noch einmal das Gefühl, ihm nahe zu sein, ihn zu riechen, ihn zu schmecken ... und dachte, sie müßte vergehen.

Schließlich hauchte sie. »Laß mich los. Du hast dich für Emily entschieden – du hast sie einmal geliebt. Mich hast du lediglich aus finanziellen Gründen geheiratet. Es war eine Zweckehe. Vielleicht hast du mich ein wenig liebgewonnen, weil du kaum eine andere Wahl hattest. Aber jetzt kannst du wählen. Es gibt keine Frau in England, die sich jetzt nicht um dich reißen würde. Siehst du das denn nicht ein, Miles? Du kannst ganz von vorn anfangen und es diesmal richtig machen. Du kannst die Frau heiraten, die du wirklich liebst – und diesmal aus ehrlichen Motiven.«

Lange Zeit sagte er kein Wort. »Du hast recht«, sagte er schließlich sehr leise. »Ich sollte noch einmal heiraten. Allerdings werde ich diesmal die Frau heiraten, die ich liebe ... Und bei Gott, diesmal werde ich es richtig machen.«

Emily, die bewegungslos an der Tür verharrt hatte, begann strahlend zu lächeln und setzte sich in Bewegung. Sie sah sich jedoch zu einem abrupten Halt gebracht. Armand und Gustave tauchten wie aus dem Nichts neben ihr auf und packten sie bei den Armen.

»Was erlauben Sie sich!« zischte sie. »Nehmen Sie augenblicklich Ihre Hände von mir! Für wen halten Sie sich eigentlich?« Ihr Kopf zuckte zu Miles herum. »Tu doch endlich etwas, du Idiot!« schrie sie.

»Oh, genau das habe ich vor, Emily.« Lächelnd blickte er zu den Angestellten, die mit besorgten Gesichtern den Korridor säumten. Sally hatte die Hände in die Hüften gestemmt und funkelte ihn herausfordernd an. Unter ihrer verrutschten Haube ringelten sich die roten Locken wie Korkenzieher. Jacques stand in der Tür zum Speisezimmer, Hände, Schürze und Gesicht mehlbestäubt.

Dann sah Miles die Treppe hinauf, wo Bertrice Bryan auf den Armen hielt. Er holte tief Atem. »Ihr seid meine Zeugen, daß ich Miles Kemball Warwick, bei klarem Verstand...« Er drehte sich langsam zu Olivia um. Unbeweglich und mit wildklopfendem Herzen sah sie zu, wie er vor ihr niederkniete und ihre Hand erfaßte. »... bei klarem Verstand und aus vollem Herzen Olivia Devonshire Warwick, die Mutter meines Sohnes, hiermit um ihre Hand bitte. – Meine große Liebe, meine einzige Liebe, willst du meine Frau werden?«

Olivia schloß die Augen und konnte vor unendlicher Erleichterung und Glück kein Wort über die Lippen bringen. Da rief eine Kinderstimme die Treppe herunter: »Sag ja, Mummy, oder ich habe niemanden mehr, der mit mir Schwarzer Ritter spielt.«

»Oh«, seufzte sie. »O ja.«

Die Hochzeit wurde im Rosengarten von Braithwaite gefeiert, inmitten der vielen herrlichen Blüten, die die Juniluft mit ihrem wundervollen Duft füllten. Der Himmel war strahlend blau und wolkenlos.

Dreihundert Gäste nahmen an der Feierlichkeit teil, und Olivia hatte nicht genug kleine Geschenke für alle. Die Gäste kamen aus Gunnerside, aus Middleham, aus London. Sie verteilten sich in den riesigen Gartenanlagen und nahmen gerührt Anteil, als Olivia und Miles in einem rosengeschmückten Pavillon ihren Treueschwur vor einem Pfarrer erneuerten. Als Miles den schweren goldenen Ehering über Olivias Finger streifte, donnerte lauter Applaus aus den Reihen der Bergleute auf.

Jacques war im siebten Himmel, als die Gäste immer wieder seine turmhohe Hochzeitstorte und seinen Champagner-Punsch rühmten. Armand stellte leicht pikiert fest, daß Braithwaite so schnell wie möglich einen neuen Flügel erhalten müßte, um die vielen Hochzeitsgeschenke aufnehmen zu können, und Sally holte sich einen Schwips, weil sie die Neigen aller Punschgläser austrank.

Als sich die Festlichkeiten dem Ende näherten, verabschiedeten sich Miles und Olivia von jedem einzelnen ihrer Gäste. Neben Miles stand sein Trauzeuge Earl Warwick, während Janet an Olivias Seite zu finden war, sich aber von Zeit zu Zeit entschuldigte, um angeregt mit Charles Fowles zu plaudern, der großes Vergnügen daran zu finden schien, sie in die Geheimnisse eines gutgeführten Reitstalls einzuweihen.

Plötzlich sah Olivia zu ihrem Entsetzen, daß sich Bryan mit Earl Warwicks ältestem Sohn Patrick einen wilden Ringkampf auf dem Rasen lieferte. Miles und Damien trennten die Kampfhähne schnell, während Bonnie, die Countess Warwick, und Olivia mit hochgezogenen Brauen zusahen, wie ihre Ehemänner die hoffnungsvollen Sprößlinge wieder auf ihre Füße stellten.

»Holla!« erscholl eine Stimme aus der Gästeschar. »Ich setze auf Bryan!«

»Und ich auf Patrick!«

»Aber der Ausgang steht doch außer Frage«, rief eine dritte Stimme. »Ich wette auf unentschieden.«

Fredrick Millhouse, Philippe Fitzpatrick und Claurence Newman, Freunde von Earl Warwick und Miles, umringten die Jungen und stritten hitzig darüber, welcher Cousin den anderen besiegen würde. Miles und Damien sahen sich einen Moment lang finster an. Dann brachen sie in schallendes Gelächter aus. Damien streckte Miles die Hand entgegen und sagte: »Willkommen in unserer Familie, Mister Warwick.«

Es war Tradition, daß sich die Angestellten von Braithwaite nach dem Abschied der Gäste aufreihten, um von Olivia ein Zeichen der Anerkennung zu erhalten. Es gab neue Schürzen für die Dienstmädchen und neue Handschuhe für die männlichen Angestellten. Alle dankten strahlend und sprachen Olivia und Miles ihre Glückwünsche aus. Bertrice hielt sich ein wenig abseits, summte leise vor sich hin und warf ihren Dienstherren hin und wieder verstohlene Blicke zu.

Miles zwinkerte Olivia zu und rief: »Kommen Sie doch bitte her, Bertrice.«

Zögernd kam die alte Frau durch die Halle auf Miles zu. Ihre grauen Haare standen ihr in Büscheln vom Kopf ab, ihre Augen blickten skeptisch.

»Ich habe auch für Sie etwas«, sagte er.

Die dunklen Knopfaugen weiteten sich in freudiger Überraschung.

»Bryan!« rief Miles.

Bryan erschien aus einem der angrenzenden Salons und schleppte eine pummelige gelbe Tigerkatze in seinen kleinen Armen. Bertrice brach in Tränen aus und schlug ihre molligen Hände zusammen. »Grundgütiger Himmel«, schrie sie, »Sie haben es gefunden, mein ...«

»Kätzchen!« riefen Olivia, Miles und Bryan wie aus einem Mund.

Miles legte die schnurrende Katze in Bertrices Arme und sagte: »Ich bin sicher, daß Sie und Bryan eine Möglichkeit finden werden, sich mit Dickens für den Rest des Abends zu vergnügen. Oder nicht, meine Liebe?«

Ihr Mund verzog sich zu einem Lächeln. »Sicher.« Bertrice ergriff Bryans Hand und setzte sich in Bewegung, hielt dann aber noch einmal kurz inne, blickte flüchtig zurück und bemerkte spitz: »Dickens war schwarz.«

Miles steckte die Hände in die Hosentaschen. »Undankbares altes Weib«, murmelte er. »Ich sollte sie vor die Tür setzen.«

»Das würdest du ja doch nie tun.« Olivia schlang die Arme um ihren Mann und lächelte zu ihm auf. »Und nun zu deinem Hochzeitsgeschenk.«

»Ein Geschenk für mich?« Er strahlte genau wie ihr Sohn: Seine Augen tanzten förmlich vor Aufregung.

Olivia zog ihn zum offenstehenden Eingangsportal, neben dem Armand stand und in seinem schwarzen Gehrock mit schneeweißen Handschuhen sehr distinguiert wirkte. Er hob wohlwollend eine Augenbraue - eine für ihn sehr seltene Gefühlsregung.

Olivia und Miles verließen das Haus. Die Dämmerung legte ihre Rosenfinger über die Landschaft, ließ alle Farben intensiver hervortreten. Am Fuß der Freitreppe stand Charles Fowles und gab sich alle Mühe, den tänzelnden schwarzen Araber zu beruhigen, der laut aufwieherte, als seine braunen feuchten Augen Miles erblickten.

Miles blieb wie angewurzelt stehen. »Gdansk.«

»Es hat Monate gekostet, ihn aufzuspüren«, erklärte Olivia, tiefbewegt von den Empfindungen, die sich in den Gesichtszügen ihres Mannes spiegelten. »Seit er im letzten Dezember auf der Auktion verkauft wurde, hat er dreimal den Besitzer gewechselt. Scheint so, als würde er keinen anderen als dich auf seinen Rücken lassen. Er wird einen großartigen Zuchthengst für Perlagals Fohlen abgeben, denke ich.«

Miles schloß die Augen und nahm dann Olivia ohne jede Vorwarnung in die Arme, lief mit ihr ins Haus und die ehrwürdige alte Treppe hinauf. Olivia warf lachend den Kopf zurück und erklärte, er würde sich mit Sicherheit den Hals brechen, bevor er oben angekommen war.

Doch als er sie in seinem Schlafzimmer wieder absetzte, mußte er nicht einmal Luft holen. Einen langen Augenblick standen sie vor dem Drehspiegel und betrachteten ihr reflektiertes Bild: Sie in der herrlichen Hochzeitsrobe, die vor ihr schon zahllose Warwick-Frauen getragen hatten - auch Damiens Frau Bonnie - und er, Miles Kemball Warwick, ihr Ehemann, in einem hinreißenden kurzen Gehrock aus blauem Tuch, dessen Samtkragen mit Seide eingefaßt war. Seine Weste war aus weißem Drell, seine Hose taubengrau. In einem Knopfloch seines Gehrocks steckte eine schneeweiße Rosenknospe.

»Ich liebe dich«, sagte er schließlich.

Olivia schloß die Augen und gab sich dem Glücksgefühl hin, das sie fast benommen machte.

Seine Finger glitten langsam ihren Rücken hinunter und öffneten jeden der winzigen Knöpfe, bis ihr das Seidenkleid mit leisem Rascheln von den Schultern fiel und ihren Brustansatz mit der blaßrosa Rose enthüllte.

Miles zeichnete die Umrisse der Blüte mit seinen Fingerspitzen nach, während er unverwandt ihre Augen im Spiegel im Blick behielt. »Habe ich dir eigentlich schon einmal gesagt, wie sehr ich Rosen liebe?« fragte er leise.

Sie nickte. Behende streifte er das Kleid weiter hinunter, so daß es über ihre Taille glitt. Sie bemerkte kaum, daß sich die kostbare Robe um ihre Knöchel bauschte. All ihre Sinne konzentrierten sich auf seine Berührungen ihrer Brüste, ihrer Hüften, ihrer Schenkel, und alles in ihr sehnte sich fast schmerzhaft danach, sich ganz mit ihm zu vereinigen.

Miles küßte sie zart hinter das Ohr. »Beim ersten Mal habe ich dir weh getan«, flüsterte er. »Du warst noch unberührt, aber ich war zu verzweifelt und zu betrunken, um das zu bemerken. Und doch hast du mir verziehen. Du hast mich auf jede nur denkbare Weise gerettet, und ich habe es dir mit Schmerzen vergolten. Solange ich lebe, werde ich mich bemühen, das wiedergutzumachen.«

Sie sagte kein Wort. Sie fühlte sich himmlisch schwach. Sie fühlte sich unvorstellbar lebendig.

Er zog ihr das Seidenhemd aus, das Mieder und die Seidenhöschen. Er nahm die Schuhe von ihren Füßen, streifte die seidenen Strümpfe von ihren Beinen. Dann hob er sie hoch und legte sie auf die weißen Seidenlaken seines Bettes, die mit den Blütenblättern tiefroter Rosen bestreut waren.

Schon bald war er bei ihr, nackt wie sie und ebenso erregt. Berührte, liebkoste, kostete, schmeckte und stürmte auf sie ein, bis sie unter der Ekstase erfüllter Liebe erbebte und laut aufschrie.

»Ich danke dir«, sagte er schließlich, als sie erschöpft und unter dem Nachtwind erschauernd nebeneinander lagen, der durch das geöffnete Fenster hereinstrich.

»Für deinen Glauben an mich. Aber vor allem für deine Liebe.« Er nahm Olivia in die Arme und hielt sie ganz fest, bis die Wärme ihres Körpers ihn neu entflammte. Er rollte sie auf den Rücken, und ihre Haare wirkten auf den weißen Kissen und zwischen den Rosenblättern wie eine Feuerwolke. Wieder drang er langsam in sie ein und fand Erfüllung in der Rhapsodie ihrer Leidenschaft.

»Ich danke dir für meinen Sohn«, sagte er.

Sie rang nach Luft, seufzte, klagte leise unter dem Ansturm der Gefühle, die fast zu intensiv waren.

»Es gibt nur eine einzige Sache, die mich noch glücklicher machen könnte, als ich es jetzt schon bin«, drangen seine leisen Worte in den Himmel ihrer Seligkeit.

»Sag es mir«, hauchte sie. »Schnell, Miles! Ich will alles tun, damit du es bekommst.«

Miles küßte sie ganz zart. »Eine Tochter, die genauso aussieht wie du«, flüsterte er. Dann konnte er nichts mehr denken.

Band 12010

Elizabeth Chadwick

Die Leopardin

England 12. Jahrhundert. Widerstrebend kehrt Renard von einem Kreuzzug in die nebligen Moore seiner Heimat zurück. Dort herrscht Bürgerkrieg, und Renards Vater liegt im Sterben. Deshalb soll der Erbe von Ravenstow rasch heiraten. Doch Renard ist nicht allein gekommen.Bei ihm ist Olwen, eine verführerische Tänzerin, die gleich einer Leopardin ihre Beute nicht aus den Augen läßt. Zwischen Eleanor, Renards Verlobten, und Olwen kommt es zum offenen Konflikt...

BASTEI LÜBBE

Band 12019

Julie Garwood

Die Braut des Normannen

Historischer Liebesroman aus der Epoche Wilhelms des Eroberers

England, 11. Jahrhundert. Beim Einfall der Normannen wird Nichola, eine schöne und stolze Angelsächsin, gefangengenommen und gezwungen, sich unter Wilhelms Kriegern einen Ehemann zu wählen. Sie entscheidet sich für den besonders grimmig aussehenden Royce und will ihn sich – gegen heimliches Verlangen – mit allen Mitteln gefügig machen. Auch Royce, nicht zimperlich im Kampf und nicht gerade wählerisch in der Liebe, ist erstaunt, welche Empfindungen seine junge Braut bei jeder Berührung in ihm hervorruft...

Band 12021

Barbara Erskine

Königreich der Schatten

Jung, schön, kinderlos wird Clare Royland, Frau eines Londoner Bankiers, von furchtbaren Alpträumen gequält. Sie sieht sich dabei in die Rolle ihrer Ahnherrin Isobel von Five versetzt, die im 14. Jahrhundert auf Duncairn Castle lebte und dafür kämpfte, ihren Geliebten Robert Bruce zum König eines freien Schottland zu krönen. Mit dem Verlust der Liebe und Kerkerschmach mußte sie dafür bezahlen.– Auch Clare sieht sich von Feinden umringt: Ihr Mann will sie entmündigen lassen, und ein amerikanischer Ölkonzern versucht ihr Duncairn Castle um jeden Preis streitig zu machen...

BASTEI LÜBBE